LUCIFER'S HAMMER ❸
루시퍼의 해머

루시퍼의 해머 3

ⓒ 래리 니븐 · 제리 퍼넬 2014

초판 1쇄 인쇄	2014년 7월 14일
초판 1쇄 발행	2014년 7월 17일

지은이	래리 니븐 · 제리 퍼넬
옮긴이	김찬별

펴낸이	박대일
편집	이문영 · 임유리 · 신지연
외주 편집	봉정하
마케팅	송재진
디자인	김은희
일러스트	Silvester Song

펴낸곳	새파란상상(파란미디어)
출판등록	2004년 9월 14일 제313-2004-00214호

주소	121-897 서울시 마포구 성지1길 32-36
전화	02-3141-5589(영업부) 070-4616-2011(편집부)
팩스	02-3141-5590
전자우편	paranbook@gmail.com
트위터	@paranmedia
카페	http://cafe.naver.com/paranmedia

ISBN   978-89-6371-158-4 (전 3권)
ISBN   978-89-6371-161-4 (04840)

LUCIFER'S HAMMER ❸

루시퍼의 해머

래리 니븐 · 제리 퍼넬 지음
김찬별 옮김

새파란상상

LUCIFER'S HAMMER

닐 암스트롱과 버즈 올드린,

다른 세상에 발을 디뎠던 최초의 사람들과

그것을 기다려준 마이클 콜린스를 위하여.

그 도전의 과정에서 유명을 달리한

거스 그리섬, 로저 채피, 에드 화이트, 게오르기 도브로볼스키,

빅토르 파자에프, 니콜라이 볼코프,

그리고 다른 모든 사람들을 위하여.

❖ 감사의 말 ❖

본문에 등장하는 삽입구는 다음의 저서 및 연설에서 인용되었으며, 저작권자와 출판권자의 사전 합의를 마쳤다.

기포드 강의, 1984, 에밀 브루너

로버트 하인라인의 연설

『순수하고 달콤한 문화Pure, Sweet, Culture』, 1977, 프랭크 가파릭

『어떻게 세계가 종말할 것인가How The World Will End』, 1973, 다니엘 코엔, 맥그로힐 출판사

『털 없는 원숭이』, 1967, 데즈먼드 모리스, 맥그로힐 출판사

『우주의 관계The Cosmic Connection』, 1973, 칼 세이건 · 제롬 에이젤, 더블데이 & 컴퍼니 출판사

『다가오는 암흑시대The Coming Dark Age』, 1973, 로베르토 바카, 더블데이 & 컴퍼니 출판사

『달과 행성: 행성학 입문Moons and Planets: An Introduction to Planetary Science』, 1972, 와즈워스 출판사

『군주Sovereignty』, 1957, 베르트랑 드 주브날, 시카고 대학 출판부

『폭풍우의 분노The Elements Rage』, 프랭크 W. 레인, 1965, 칠튼 출판

『씨발 독수리The Friggin Falcon』, 1966, 시어도어 R. 콕스웰

§ 주요 등장인물 §

§ 팀 햄너 및 주변 인물

팀 햄너: 아마추어 천문 연구자

아일린 수잔 핸콕: 코리건 배관 자재회사의 부사장

해리 스팀스: 터헝가의 자동차 판매상

페넬로페 조이스 윌슨: 패션 디자이너

조 코리건: 코리건 배관자재회사의 사주

마티 로빈스: 팀 햄너의 조수

§ 하비 랜들과 주변 인물

하비 랜들: NBS 텔레비전 방송국의 PD

로레타 랜들: 하비의 아내

앤디 랜들: 하비의 아들

마크 체스쿠: 하비의 친구, 바이커

조안나 맥퍼슨: 마크의 애인

프랭크 스토너: 바이커

고르디 밴스: 은행장, 하비의 이웃

마리 밴스: 고르디의 아내

§ 젤리슨 상원의원 및 실버밸리의 주변 인물

아더 클레이 젤리슨: 캘리포니아 상원의원

모린 젤리슨: 젤리슨 상원의원의 딸

앨빈 하디: 젤리슨 상원의원의 수석 비서관

앨리스 콕스: 여학생, 승마가 특기

콕스 부인: 젤리슨 상원의원 소유 목장의 집사 부인

조지 크리스토퍼: 젤리슨 상원의원의 이웃, 목장주

해리 뉴컴: 우체국 소속 우편배달부

제이슨 질커디: 소설가

휴고 벡: 시에라 지역 히피 공동체의 소유주

§JPL 및 우주비행사

댄 포레스터: JPL의 기술 스태프, 천체물리학자

찰스 샤프: JPL의 소장, 천체물리학자

조니 베이커: 미 공군 우주비행사

릭 델란티: 최초의 흑인 우주비행사

표트르 자코브: 준장, 우주 비행사

레오닐라 말리크: 의사 겸 우주비행사

§ 신혈맹

앨림 나소르: 흑인 갱단 리더

헨리 아미티지: 목사

토마스 후커: 하사관

제리 오웬: 환경론자

§ 기타

토머스 밤브리지: 장군, 전략공군지휘소 사령관

벤틀리 앨런: LA 시장

에릭 라슨: 버뱅크 시 경찰

조 해리스: 버뱅크 시 경찰 수사관

배리 프라이스: 샌호아킨 원자력 발전소 건설 현장 소장

돌로레스 먼슨: 배리의 비서

프레드 로렌: 성범죄 전과자

콜린 다르시: 은행 창구 직원, 프레드 로렌의 스토킹 대상

혜성 감시단: 남부 캘리포니아 종교단체

차 례

4부 운명의 날, 그 이후

첫 번째 주: 공주님 _13

두 번째 주: 산 사나이 _32

세 번째 주: 방랑자들 _52

네 번째 주: 예언자 _83

여섯 번째 주: 고등 법원 _134

아홉 번째 주: 조직 속의 인간 _145

여행의 끝 _179

망명자의 이야기 _212

마법사 _251

원정대 _259

소모품 _317

죽음의 계곡 _352

여파 _384

최후의 결정 _415

에필로그 _455

역자 후기 _461

4부
운명의 날, 그 이후

이에 내가 보니 흰 말이 있는데 그 탄
자가 활을 가졌고 면류관을 받고 나아
가서 이기고 또 이기려고 하더라.
이에 다른 붉은 말이 나오더라. 그 탄
자가 허락을 받아 땅에서 화평을 제하
여 버리며 서로 죽이게 하고 또 큰 칼
을 받았더라.

— 요한계시록

첫 번째 주: 공주님

모든 것을 의심하거나 모든 것을 신뢰하는 것은 똑같이 편리한 해결책이다.
생각할 필요가 없기 때문이다.

– H. 푸앵카레

모린 젤리슨은 산봉우리에 갔다. 따뜻한 비가 쏟아지고 머리
위에서 번개가 번쩍였다. 그녀는 불룩 튀어나온 화강암 봉우리에
올라섰다. 봉우리 표면은 미끄러웠다. 예전 시절에도 아버지는
종종 혼자서 여기 오면 안 된다고 했었다. 모린은 옛 생각을 하니
헛웃음이 나왔다.

그녀는 이 세계에 벌어진 일에 적절한 이름을 붙이고 싶었지
만 적절한 말이 떠오르지 않았다. '세상의 종말'이라는 표현은 진
부하기도 하고, 사실을 정확하게 설명하지도 못했다. 세상은 아
직 끝나지 않았다. '요새'라고 불리는 여기 이 실버밸리의 목장에
서 아직도 세상은 계속되고 있다.

비 때문에 산 아래가 보이지 않았지만 뭐가 있는지는 잘 알고
있었다. 사람들이 부산히 움직이고 있을 것이고, 다가오는 겨울
에 그들의 생존을 도와줄 거의 모든 물품을 쌓아둔 창고가 있다.

가솔린, 탄약통, 바늘, 핀, 비닐봉지, 식용유, 아스피린, 무기, 아기 젖병, 냄비, 프라이팬, 시멘트. 앨빈은 이 모든 것을 체계적으로 공동 관리하고자 했다. 그래서 모린, 아일린, 마리 밴스, 세 사람은 임무를 부여받고 계곡의 모든 집을 방문해야 했다.

"염탐꾼이야. 나는 염탐꾼이라고."

모린은 바람과 비를 향해 큰 소리로 외쳤다. 그녀는 낮게 중얼거렸다.

"다 쓸모없는 짓이라고."

염탐 자체가 괴로운 것은 아니다. 그들에게는 앨빈의 꼼꼼함이 꼭 필요했고, 앨빈 덕택에 목숨을 이어갈지도 모른다. 모린을 괴롭히는 것은 자신이 염탐을 한다는 사실도 아니었고, 소유물을 숨기려고 애쓰는 사람 때문도 아니었다. 그녀는 자신을 환영하는 사람들 때문에 괴로웠다. 그 사람들은 젤리슨 상원의원이 생존을 보장해줄 것이라고 철석같이 신뢰하고 있었고, 상원의원의 딸을 만난다는 사실만으로도 애절할 정도로 행복해했다. 그들은 모린이 엿보고, 캐묻고, 그들의 소유물을 빼앗을지도 모른다는 의심을 조금도 하지 않았다. 그들은 보호의 대가로 기꺼이 자신들의 모든 소유물을 제공했다.

그러나 보호는 존재하지 않았다.

어떤 농부나 목장주는 독립적인 삶을 영위하는 것에 자부심이 있었고 공동체의 필요성은 이해하면서도 열심히 참여하지는 않았다. 하지만 다른 사람들, 그러니까 어떤 식으로든 바리케이드를 넘어온 가련한 난민들이나 해머 충돌을 피해 계곡의 별장으로 도망 온 도시 사람들은 상황이 달랐다. 그들은 무엇을 해야 할지 전혀 몰랐다. 슈퍼마켓이나 포장식품에 의존해서 살던 농촌 사람들도 마찬가지였다. 그런 사람들에게 젤리슨 상원의원은 '정부'나 마찬가지였다. 그들의 일상을 보호해주던 존재 말이다.

모린은 그런 책임을 지고 싶지 않았다. 하지만 그녀는 거짓말을 해야 했다. 그들에게 우리는 죽지 않을 것이라고 이야기했고 진실을 숨겼다. 올해는 어디에서도 곡식이 영글지 않을 것이다. 부서진 상점에서 꺼낸 물건으로 연명할 수 있는 기간이 얼마나 될까? 샌호아킨에는 얼마나 더 많은 난민이 있을까? 그리고, 온 세상이 사멸하는 가운데 그들에게 살아남을 권리가 있을까?

번개가 가까이서 번쩍였다. 모린은 움직이지 않았다. 그녀는 절벽 끝의 미끄러운 바위에 가만히 서 있었다.

'나는 목표를 가지고 싶었어. 이제 목표가 생겼지. 하지만 너무 큰 목표야.'

예전 워싱턴에서의 삶은 파티와 인간관계가 전부였으나, 그것에 집착하면서 살지는 않았다. 이제 세상의 종말로부터 생존한다는 거대하면서도 사소한 목표가 생겼다. 워싱턴에서의 삶과 지금부터의 단순한 생존은 무슨 차이가 있을까? 워싱턴에서는 삶의 고통을 숨기기 쉬웠다. 그래서 더 편했다. 차이라면 그것뿐이다.

모린은 뒤에서 접근하는 발걸음 소리를 들었다. 누군가가 능선을 따라 걸어오고 있었다. 그녀는 두려움에 질렸다가, 곧 두렵다는 사실이 우스워졌다. 절벽 끄트머리의 미끄러운 절벽에 서 있고 미친 듯 번개가 번쩍이는 중에, 사람 때문에 두려움에 떨다니. 하지만 이 계곡에서 생활하면서 누가 접근한다는 이유로 두렵기는 처음이다. 그리고 처음이라는 사실이 더욱 두려웠다. 해머 충돌 때문에 모든 것이 파괴됐다. 모린은 절벽 끝으로 조금 다가섰다. 몸을 던지기는 아주 쉬울 것이다.

발소리가 더 가까워졌다. 판초우의를 입었고, 넓은 창이 달린 모자를 썼으며, 비옷 아래로 총을 들고 있는 남자였다.

"모린?"

모린은 안도했다. 아는 목소리였다. 그녀는 조금 신경증적으로 웃으면서 말했다.

"하비? 대체 여기는 웬일이에요?"

하비는 다가오다가 어정쩡하게 멈춰 섰다. 모린은 그에게 고소공포증이 있는 것을 기억해내고 절벽에서 나와 하비에게 걸어갔다.

하비가 말했다.

"난 여기서 일하고 있소. 당신이야말로 여기서 뭘 하는 거요?"

"나도 몰라요. 그냥 비를 맞고 싶었던 것 같아요."

말하고 보니 실제로도 그 말이 맞는 것 같았다. 비옷을 입었지만 속으로 빗물이 흘러 들어와서 등이 축축했고, 발목이 낮은 부츠에는 이미 물이 가득 들어갔다.

"여기서 무슨 일을 해요?"

"보초를 선다오. 초소도 있소. 이리 와 보시오, 잠깐 비를 피하시오."

"그래요."

모린은 하비를 따라서 능선을 걸었다. 하비는 뒤를 돌아보지 않았고, 모린은 수동적으로 묵묵히 따라갔다.

오십 미터를 걷자, 바위 두 개가 서로 기대고 있는 곳이 있고, 그 아래에 나무로 골격을 짜고 비닐로 차양을 친 임시 초소가 있었다. 오후의 흐린 햇빛 이외에 별도의 빛이 없었다. 내부에는 에어 매트리스, 침낭, 걸터앉을 수 있는 나무 상자가 있었다. 그리고 기둥 하나가 서 있는데 기둥에 박힌 못에는 큰 나팔, 책 몇 권이 담겨 있는 천 가방, 쌍안경, 깡통, 그리고 도시락이 들어 있었다.

하비가 말했다.

"궁궐에 오신 것을 환영하오. 자, 여기에 재킷을 벗고 몸을 좀 말려요."

하비는 조용하고 자연스럽게 말했다. 천둥 번개가 요란한 가운데 산꼭대기의 절벽에 혼자 서 있는 모린을 발견한 것이 조금도 이상할 것 없다는 듯한 말투였다.

이 초소는 제법 공간이 넓었다. 하비는 모자와 비옷을 벗고, 그녀가 재킷을 벗는 것을 도와줬다. 그리고 젖은 옷들을 기둥에 박아둔 못에 걸었다.

모린이 물었다.

"보초라고요? 뭘 지키는 건가요?"

그가 어깨를 으쓱했다.

"샛길을 지키는 거죠. 이런 빗속에서 샛길로 오는 사람이 있을 것 같지도 않고, 만약 오더라도 그걸 알아볼 수도 없을 것 같지만, 아무튼 초소는 있어야 했으니까."

"여기서 살아요?"

"아니오. 순서대로 교대하오. 나와, 팀 햄너, 브래드 웨고너, 마크 체스쿠, 이렇게 네 사람이오. 가끔 조안나가 올 때도 있소. 전부 바로 이 아래에 살고 있지. 몰랐소?"

"알고 있었어요."

"도착한 다음에 당신을 한 번도 못 봤소. 몇 번 당신을 찾으려고 했지만, 왠지 당신이 나를 피해 도망 다니는 느낌이었다고 할까. 그리고 사실 나는 상원의원님의 저택 주변에서 그리 환영받는 존재는 아니니까. 아무튼 도움 줘서 고마웠소."

"도움?"

"당신이 나를 들여보내달라고 부탁했다면서요. 상원의원님에게 들었소."

"아, 괜찮아요."

실제로 간단한 결심이었다. 아무튼 나도 아무 남자나 함께 자는 건 아니거든. 당신이 간통을 저지르고 옆방으로 달아나기는 했지만, 아무튼 괜찮아. 그리고 나는 그것을 후회하지 않아. 당신을 함께 자도 될 만한 사람이라고 생각했을 때에는 당신의 목숨을 구하는 결심도 내릴 수 있는 것이지. 간단한 결심이야. 그렇지 않나?

"앉으시오."

하비는 손짓으로 나무 상자를 가리켰다.

"가구는 차츰 더 장만할 거요. 여기서는 집을 꾸미는 것 말고

딱히 다른 할 일이 없으니까."

모린이 말했다.

"여기서 그런 일을 하는 게 무슨 의미가 있는지 모르겠네요."

"나도 그렇게 생각하오. 하지만 앨빈을 설득할 수가 없소. 지도상에서 봤을 때 여기는 경비 초소를 두기 적합한 장소가 분명하지. 시야가 오십 미터 이상 트였을 때는 아마 의미가 있을 거요. 하지만 지금 당장은 인력 낭비일 뿐이오."

"인력은 충분하잖아요."

모린이 말했다. 그녀는 나무 상자에 앉은 후, 조심스럽게 딱딱한 바위에 몸을 기댔다. 바위 위에 비닐이 덮여 있었는데 안쪽 표면에 물방울이 맺혀서 축축했다.

"절연을 시켜야 할 것 같아요."

모린은 젖은 비닐을 가리키며 말했다.

"좋은 시절이 오면 해야겠죠."

그는 초소 가운데에서 불안하게 서 있다가 에어 매트리스 위에 있는 침낭에 걸터앉았다.

모린이 말했다.

"앨빈이 멍청하다고 생각하는군요."

하비의 목소리가 진지해졌다.

"아니, 그런 뜻이 아니오. 내가 여기 있는 것은 장점이 더 많소. 만약 무장 강도들이 쳐들어오는 것을 내가 못 봤다고 하더라도, 나는 그들의 후방에서 무기를 겨눌 수 있을 거요. 내가 미리 봐서 경고를 해준다면 큰 도움이 될 거고. 그러니 앨빈이 멍청하다고 생각하지는 않소. 그리고 당신 말대로 우리에게는 인력이 충분하기도 해요."

모린이 말했다.

"인력은 너무 많죠. 너무 많은 사람들이 있지만, 음식은 충분하지 않아요."

침낭에 걸터앉은 이 사내는 지금까지 계속 진지한 표정이었다. 그는 단 한 번도 미소를 짓지 않았다. 은하제국에 대해서도, 그녀가 왜 산꼭대기 절벽까지 혼자 왔는지에 대해서도 이야기하지 않았다. 이 남자는 변했다. 예전에 잠자리를 나눴던 그 남자가 아니다. 그렇다면 이 사람은 누군가? 이 남자는 조지를 떠올리게 했다. 기둥에 기대어 서 있는 총은 언제라도 쏠 수 있는 준비가 되어 있었고, 겉옷 주머니에는 언제라도 꺼낼 수 있도록 탄창이 들어 있었다.

내가 잠자리를 나눴던 두 사람, 그 두 사람 모두 이방인이다. 조지는 포함하지 않는다. 열다섯 살에 했던 일은 포함시키지 않는다. 아주 급하고, 당혹스러웠던, 여기서 멀지 않은 어느 언덕에서의 짝짓기는 포함하지 않는다. 우리 두 사람은 모두 두려웠기 때문에 그 이후 한 번도 그때의 일에 대해서 이야기하지 않았고, 그 일이 결코 없었던 것처럼 행동했다. 그러니 그 일은 포함시키지 않는다.

조지, 한 낯선 남자 하비, 그리고 또 한 명의 낯선 남자 조니 베이커. 조니 베이커는 죽었다. 틀림없이 죽었을 것이다. 이혼했던 전 남편도 죽었을 것이다. 그리고…… 떠올릴 사람이 그다지 더 많지 않다. 지난 몇 년간, 몇 주간, 또는 단 하룻밤이라도 모린과 함께 했던 사람들. 그런 사람이 많지도 않았지만 대부분 워싱턴에 있었다. 그들은 모두 죽었다.

어떤 사람들은 위기에 강하다. 하비는 위기에 강하다. 나도 그럴 줄 알았다. 하지만 그렇지 않은 것 같다.

"하비, 난 두려워요."

지금 내가 왜 그에게 이런 말을 하는가?

그녀는 하비가 자신을 안심시켜줄 것이라고 생각했다. 조지가 그랬듯이, 뭔가 확신을 줄 것이라고 생각했다. 틀림없이 거짓말이겠지만, 그렇다고 하더라도 최소한 미친 듯 웃을 줄은 몰랐다.

하비는 키득거리더니 미친 사람처럼 폭소를 터뜨렸다. 모린은 그를 가만히 지켜보기만 했다. 하비가 소리를 질렀다.

"당신, 두렵다고 했소? 오, 하느님, 당신은 정말 두려운 것은 아무것도 보지 못했소. 도대체 이곳 바깥의 세상이 어떤 형편인지 아시오? 전혀 모르겠지. 이 계곡 바깥으로 나가본 적도 없을 거요."

하비는 자제하기 위해 노력하더니, 차츰 조용해졌다. 웃음은 사라졌고 하비는 이방인의 모습으로 돌아왔다. 하비는 아주 침착하게 말했다.

"미안해요."

형식적인 표현이지만 진심어린 사과가 담겨 있었다.

모린은 두려움에 떨며 그를 바라봤다.

"당신도 두려운가요? 겉으로만 아닌 척하는 거예요? 당신은 정말 남자답게 침착한데⋯⋯."

하비가 말했다.

"뭘 기대하는 거요? 내가 다른 무엇을 할 수 있겠소? 그리고 정말 미안해요. 나도 모르게 이성을 잃었소."

"그건 괜찮아요."

하비가 대답했다.

"아니, 괜찮지 않소. 우리 생존을 위해서는, 모두의 생존을 위해서는, 우리 모두는 최대한 이성적으로 행동해야 하죠. 만약 우리 중 한 사람이 이성을 잃고 행동하면 다른 사람들이 훨씬 견디기 힘들어질 거요. 그래서 미안한 거요. 가끔씩 우울이 나를 덮치는 바람에 정신을 흩트려놓는 날이 없지는 않지만, 최대한 이성을 지키며 사는 것에 조금씩 익숙해지고 있소. 당신에게 이런 내 모습을 보여서는 안 되는 거였소. 결코 당신에게 도움이 될 리 없을 테니까⋯⋯."

모린이 말했다.

"하지만 그렇게만 생각할 필요는 없어요. 가끔⋯⋯ 가끔은 진심을 말해야 하니까요."

그들은 한동안 말없이 앉아서 바람과 비와 산을 가르는 천둥소리를 들었다. 모린이 말했다.

"우리 교환하는 거예요, 당신은 내게 말하고, 나는 당신에게 말하고."

하비가 말했다.

"그게 현명할까요? 나는 우리가 지난번 여기서 마지막으로 만났던 때를 아직 잊지 않았소."

"나도 잊지 않았어요."

모린의 목소리는 작고 가늘었다. 모린은 그가 곧 일어서서 움직이려는 느낌을 받았다. 그녀는 급히 말했다.

"아직도 난…… 어떻게 해야 할지 전혀 모르겠어요."

그는 앉아서 전혀 움직이지 않았다. 그래서 모린은 그가 일어나려는지 아닌지 짐작할 수 없었다. 하비가 말했다.

"이야기하고 싶은 것 있소?"

모린이 말했다.

"아뇨."

모린은 하비의 얼굴을 자세히 알아볼 수 없었다. 턱수염이 너무 많이 났고, 초소 안이 너무 어둡기도 했다. 가끔 가까운 곳에서 번개가 치면 비닐을 통과한 초록빛이 번뜩거리며 쏟아졌지만, 일시적으로 시각이 마비될 뿐 얼굴 표정조차 알아볼 수 없었다. 모린이 말을 이었다.

"이야기를 하기 민망해요. 내겐 너무 끔찍하지만, 듣는 사람에게는 너무 사소할 거예요."

"정말 사소한 문제일까요?"

그녀가 말했다.

"그러기를 빌 뿐이죠. 그들은 우리 집으로 오고 나는 그들에게로 가죠. 그리고 그들은 우리가 지켜줄 거라고 믿고 있어요. 미쳐버린 사람도 있어요. 읍장의 막내아들은 열다섯 살인데, 어머니가 붙잡아두지 않으면 빗속에서 발가벗고 돌아다녀요. 남편이 사냥하러 갔다가 돌아오지 않은 여자도 다섯 명이나 돼요. 노인과 아이들과 도시에서 온 사람도 많아요. 모두 우리가 기적을 만들 거라고 기대하고 있어요. 하비, 우리는 기적을 일으킬 수 없지만, 그걸 할 수 있는 것처럼 행동해야 해요."

그리고 모린은 이야기를 계속했다. 모린의 언니인 샤를로트는 방에 혼자 앉아서 멍하게 벽만 바라보다가, 가끔 정신이 들었을 때 곁에 아이들이 없으면 비명을 질렀다. 우체국에 있던 흑인 여자 지나는 다리가 부러진 채 배수로에서 발견됐는데, 상처의 감염으로 가스 괴저가 발생했고, 아무 치료도 받지 못한 채 죽었다. 티푸스에 걸린 어린아이 세 명도 치료를 받지 못하고 죽었다. 미쳐버린 사람도 치료를 받을 수 없다. 그 모든 것은 결코 사소하지 않은 사건이지만, 동시에 아주 사소하게 들렸다. 그녀는 두려움을 상대해야 했다. 그녀가 마침내 말했다.

"사람들에게 계속 거짓 희망을 줄 수가 없어요."

하비가 말했다.

"그건 당신의 의무요. 세상에서 가장 중요한 일이기도 하고."

"왜죠?"

그는 충격을 받은 듯 손을 흔들었다.

"왜냐하면 중요하기 때문이오. 왜냐하면 세상에 이제 생존자가 거의 없기 때문이오."

"과거의 세상에서 삶이 중요하지 않았는데 지금은 중요할 이유가 있어요?"

"중요하기 때문이오."

"아니에요. 과거의 워싱턴에서 의미 없이 생존하는 것과, 지금 이곳에서 의미 없이 생존하는 것의 차이가 뭐죠? 모두 아무 의미도 없어요."

"다른 사람에게는 큰 의미가 있소. 당신의 기적을 기다리는 사람들에게는 말이오."

"난 기적을 일으킬 수 없어요. 다른 사람들이 내게 의지한다는 것이 어째서 중요하죠? 왜 그런 것 때문에 내 삶에 의미를 부여해야 하죠?"

하비가 말했다.

"때로는 산다는 것 자체가 모든 것을 의미할 때도 있소."

그는 아주 진지했다.

"그리고 뭔가 더 있다는 것을 깨닫게 될 겁니다. 훨씬 더 많은 것들이. 하지만 먼저, 당신이 별로 중요하다고 생각하지 않는, 하지만 다른 사람들을 위해서 해야 할, 그런 일들을 하세요. 그러면 어느 순간 당신의 삶이 중요하다는 것을 깨닫게 될 거요."

그는 웃었다. 하지만 웃음에 담긴 것은 슬픔이었다.

"하지만…… 내가 그것을 알 수밖에 없는 사정이 있소, 모린."

"말해줘요."

"정말 듣고 싶소?"

"나도 잘 모르겠어요. 아니, 듣고 싶어요."

"그래요."

하비는 이야기를 시작했고 모린은 귀를 기울였다. 해머 충돌 이전에 피난 준비를 했었고, 로레타와 말다툼을 하고, 로레타와의 애정에 대한 확신이 없었고…… 모린과의 관계 때문에 생긴 죄의식, 하룻밤을 보냈기 때문에 생긴 죄의식이 아니라, 이후에도 모린을 계속 떠올리고 모린과 로레타를 비교하면서 생긴 죄의식, 그러면서 더욱 로레타를 진지하게 받아들이기 힘들었다고.

하비는 계속 이야기를 했고, 모린은 경청하면서도 온전히 이해할 수는 없었다.

"그리고 마침내 여기 도착했소. 안전하게 말이오. 모린, 당신은 내 느낌을 정확하게 이해하지 못할 거요. 완전히 구분된 별도의 시대를 산다는 느낌을 말이오. 사랑하던 사람이 누더기 인형처럼 갈가리 찢긴 모습을 보지 않고서는 이해할 수 없는 느낌이지. 내 느낌을 이해하기를 원하지는 않아요. 정말이오. 하지만 최소한 알아둘 것은 있소. 당신의 아버지가 이 계곡에 건설하는 것이야말로 세상에서 가장 중요한 것이오. 누군가가, 어디에선가, 희망을 가진 사람들이 있다는 것은 진정 가치 있는 일이오. 안전하게……."

"아니에요! 그거야말로 두려워요. 모두 거짓된 희망이에요! 세상은 끝났어요, 하비! 세상은 조각조각 찢어졌고 우리는 존재하지 않는 희망을, 결코 일어날 수 없는 일을 약속하고 있어요."

하비가 말했다.

"물론이오. 가끔 나도 그런 생각을 하니까. 알다시피 아일린이 아래쪽 저택에 있으니까 이곳 돌아가는 상황은 나도 듣고 있소."

"이 겨울을 나지 못한다면 그 모든 것이 무슨 의미가 있죠?"

하비는 일어서서 모린에게 다가가 곁에 섰다. 하비는 모린을 건드리지 않았지만, 그녀는 하비의 존재를 느꼈다. 그가 말했다.

"첫째, 희망은 없지 않소. 당신도 이해해야 할 거요. 앨빈과 당신의 아버지는 정말 훌륭한 계획을 세웠소. 운도 약간 따라줘야겠지만, 가능성은 충분해요. 맞지 않소?"

"그럴 수도 있죠. 만약 운이 좋다면 말이에요. 하지만 행운이 다했다면요?"

하비는 대꾸하지 않고 말을 이었다.

"둘째, 이 모든 것이 거짓말이라고 합시다. 우리 모두가 이번 겨울에 굶주리게 된다고 합시다. 모린. 그래도 여전히 가치 있는 일이오. 만약 굶주림에 대한 공포를 한 시간만 뒤로 미룰 수 있다면, 내가 차 뒷좌석에 구겨져 보냈던 한 시간 동안 받았던 죽음 같은 느낌을 다른 사람이 느끼지 않게 할 수 있다면……. 모린, 그런 느낌을 갖지 않고 살 수 있다면, 당신은 그렇게 할 수 있소. 연기가 필요하다면, 연기를 하시오. 해야만 해요."

하비의 의미는 분명했다. 어쩌면 하비는 지금 연기를 하고 있을 것이다. 그러나 하비는 확신을 가지고 있다. 그렇지 않으면 귀찮게 연기를 할 이유가 없다. 어쩌면 하비의 말이 옳다. 오, 주여, 그의 말이 옳도록 하소서. 하지만 주여, 당신은 존재하지 않잖아요, 그렇지 않나요?

하비, 당신은 그 모든 것을 얼마나 믿나요? 그 모든 것이 당신의 고뇌를 얼마나 해결해줬나요? 부디 확신을 잃지 말아요. 왜냐하면 당신의 확신이 내게도 전해지니까. 모린은 그를 올려다보면서 아주 부드럽게 말했다.

"나와 함께 자고 싶어요?"

"그래요."

그는 움직이지 않았다.

"왜요?"

"지난 몇 달간 당신을 생각했기 때문이고, 이제는 죄의식을 느끼지 않을 것이니까요. 그리고 왜냐하면 내게는 사랑할 누군가가 필요하기 때문이오."

"모두 아주 좋은 이유들이에요."

모린은 일어서서 그에게 다가갔다. 그가 팔을 그녀의 어깨 위에 올렸다가, 그녀를 가볍게 껴안았다. 모린은 등의 젖은 곳에 추위를 느꼈다. 그녀는 그를 떼어놓을 뻔했다. 이번의 섹스는 지난번처럼 가벼운 것이 아니다. 이번에는 의미가 무겁다. 그래야 한다.

등에 닿은 그의 손이 따뜻하게 느껴졌다. 하비에게서 땀과 노동의 냄새가 났다. 스프레이 깡통에서 나온 향수 냄새와 다른 정직한 냄새다. 하비가 몸을 구부려 그녀에게 키스했다. 그것은 마치 전기 충격 같았다. 모린은 그에게 파묻히듯 온몸을 던지면서 자기 스스로를 잊었으면 좋겠다고 생각했다.

그들은 에어 매트리스에 침낭을 펴고 누웠다. 하비는 모린을 부드럽게 안았다. 이 시간은 행복할 것이다. 앞으로도 오랫동안.

사랑을 나눈 후, 모린은 그를 등지고 누워서, 녹색 비닐을 통해 비치는 번개 불빛의 기이한 무늬를 바라봤다. 그리고 그녀는 자신의 행동의 의미를 생각했다.

'맡은 일에 충실하라. 인생은 그런 것이다.'

그건 알베르 까뮈의 소설 『페스트』에 나온 문구지만, 하비가 전달하는 의미도 똑같았다. 그리고 맡은 일을 충실히 한다는 말에 많은 것이 포함되겠지만, 그중 하비 랜들과의 관계도 포함되는지는 잘 모르겠다. 거기에 역설이 있다. 그는 내게 인생의 목표를 말해줬고, 나는 혼자서 삶을 견뎌낼 수 없다는 사실을 너무 잘 알고 있다. 하지만 만약 지금 내가 뭘 하는지 안다면 조지가 무슨 짓을 할까? 틀림없이 하비를 계곡 바깥으로 쫓아낼 것이다.

하비가 물었다.

"문제가 뭐요?"

그의 목소리가 아주 멀리서 들리는 느낌이었다. 그녀는 돌아누우면서 미소를 지으려고 애썼다.

"아무것도 아니에요. 아니, 모든 것이에요. 그냥 생각을 좀 하느라고요."

"떨고 있군. 춥소?"

"아뇨, 하비. 당신 아들은 어떻게 됐나요? 그리고 마리의 아들은요?"

"저 산 어딘가의 고지대에 있을 거요. 이제 그들을 찾아야 해요. 앨빈에게 허락을 받아야 나갈 수 있는데, 그가 너무 바빠서 나와 이야기할 틈을 내지 못하고 있소. 상황에 따라서는 허락을 받지 않고 가야겠지. 하지만 한 번 더 물어볼 거요. 내일쯤. 아니, 내일은 아니오. 내일은 다른 일이 있으니."

"로만 가족의 집으로 가는군요."

"맞소."

"당신도 거길 가야 해요?"

"마크와 나, 둘 중 동전을 던질 거요. 그리고 크리스토퍼 형제, 앨빈, 그리고 몇 사람 더 갈 것 같소."

"총격전을 할 수도 있어요?"

그러니까, 당신이 죽을 수도 있잖아요?

"그럴 수도 있소. 그들은 해리를 쐈고, 다른 사람들도 죽였으니까."

모린이 물었다.

"무섭지 않아요?"

"미치도록 두렵소. 하지만 어떻게든 될 거요. 그 일을 마친 다음에 앨빈에게 마크를 데리고 산에 올라가는 문제를 이야기하면 되겠군."

모린은 그에게 꼭 가야 하느냐고 묻지 않았다. 그 정도는 안다.

"돌아올 건가요?"

"그렇소. 돌아오기를 원하는 거요?"

"네. 하지만…… 하지만 당신과 사랑에 빠진 건 아니에요."

"그건 괜찮소."

그가 말했다. 하비는 쿡쿡거렸다.

"무엇보다도. 우리는 서로를 거의 모르니까 말이오. 앞으로는 사랑에 빠질 것 같소?"

"나도 잘 몰라요."

감히, 그러지는 못할 거예요.

"앞으로 누군가를 사랑할 수 있을 것 같지 않아요."

이제 미래는 존재하지 않아요. 미래라는 건 없어요.

그가 말했다.

"사랑하게 될 거요."

"그 이야기는 그만해요."

사하라 사막에 비가 내렸다. 차드 호수는 범람해서 인근 도시인 응구이그미를 감쌌다. 니제르와 볼타에서는 해일로부터 생존한 수백만 명의 사람들이 홍수로 익사했다.

동부 나이지리아에서 이그보족이 중앙정부에 대항하는 폭동을 일으켰다. 동쪽의 팔레스타인과 이스라엘은 그들에게 간섭하는 거대 권력이 사라졌다는 사실을 뒤늦게 깨닫고 끝없는 싸움에 돌입했다. 이스라엘, 요르단, 시리아, 사우디아라비아의 남아 있는 모든 지역이 전투에 휩싸였다. 그 전쟁은 끝장을 볼 때까지 계속될 것이다. 이제 전투기도 없고, 탱크도 연료가 조금밖에 남지 않았다. 탄약의 재보급도 없을 것이다.

하지만 그들의 전쟁은 칼을 들고 싸울 때까지 멈추지 않을 것이다.

두 번째 주: 산 사나이

시간은 도도히 흐르는 강물처럼,
스스로 낳은 아들을 모두 데려가네.
그들은 마치 꿈처럼 날아가고, 잊혀지고
그리고 새 날이 오면 죽어 사라지네.

— 아이작 와츠, 1719, 성공회 찬송가 289

하늘에서 물벼락이 쏟아졌다. 하비는 엉망진창이 된 도로를 걷느라 비가 내린다는 사실조차 잊었다. 깊은 물웅덩이를 본능적으로 피하고, 도로 위를 가로지르는 강물이 운반한 진흙 위를 조심스럽게 걸었다. 하이시에라 고산지대로 올라가는 급경사 도로, 왠지 느낌이 좋았다. 이 도로에는 차도 사람도 없었다. 하비에게는 음식이 있고 칼이 있고 권총도 있었다. 그 모든 것은 충분하지 않더라도 가졌다는 것으로도 충분히 운이 좋은 것이었다.

"이봐요, 하비. 잠깐 쉬었다가 갑시다."

마크가 뒤에서 그에게 말했다.

하비는 계속 걸었다. 마크는 어깨를 한 번 으쓱하고, 가쁘게 숨을 토하면서 투덜거렸다. 그리고 오른쪽 어깨에 메고 있던 산탄총을 왼쪽으로 옮겼다. 마크는 판초우의의 아래에 총을 꼭 품고 있었다. 무기는 젖지 않았지만 마크의 몸은 한 군데도 남김없이 모두 젖었다. 판초우의 아래로 엄청난 땀을 흘리고 있었다. 비옷 속은 꼭 스팀 사우나 같았다.

하비는 개울을 건너갔다. 지금까지 왔던 길은 트래블─올을 타고 왔다면 쉽게 올 수 있었을 것이다. 하비는 상원의원과 그의 땍땍거리는 비서 앨빈에게 저주를 퍼부었다. 물론 소리를 내지는 않았다. 만약 하비가 소리를 냈다면 즉시 마크가 시끄럽게 동의하고 나올 것이다. 마크는 이미 앨빈과 틀어질 만큼 틀어졌기 때문에, 조만간 총에 맞든 요새에서 쫓겨나든 할 것이다.

그런 생각을 하면서 하비는 힘들게 오르막을 걸었다. 한 걸음을 딛는다. 일 초도 안 되는 짧은 시간 동안 정지하고, 뒷무릎이 짧은 휴식을 맞이했다. 앞쪽 발에 체중이 실리고, 다시 한 걸음 딛는다. 다시 일 초의 짧은 휴식.

하비는 허리띠에 매단 주머니에 손을 뻗어 마른 고기 한 조각을 꺼냈다. 곰 고기다. 이전에는 곰을 먹어본 적이 없었다. 이제 그는 무엇이든 먹을 수 있다. 음, 저녁 무렵이면 실버밸리 요새에서 십사 킬로미터 정도 떨어진다. 그러면 사냥을 하고, 포획물을 개인적으로 보관하고 먹어도 된다. 상원의원의 규칙은 엄격했다. 목장 부근 팔 킬로미터 이내에서 사냥은 금지!

그 규칙은 합리적이다. 나중에 언젠가 사냥을 해야 할 텐데, 미리 짐승들이 겁을 먹고 도망가게 할 필요는 없다. 상원의원이 만든 모든 규칙은 합리적이다. 하지만 토론은 없다. 저택에서 만들어지고, 조지를 제외한 누구의 반대도 허락하지 않는다. 그 규칙은 곧 법률이자 명령이었다. 그리고 누구도 상원의원의 명령에 불복하지 않았다. 적어도 지금까지는 말이다.

하비가 아들을 찾으러 가도 좋다고 허락해준 것은 조지 크리스토퍼였다. 앨빈은 굳이 위험을 무릅쓰지 않기를 원했다. 물론 하비를 걱정한 것은 아니다. 하비가 들고 갈 귀중한 총탄과 음식 때문이었다. 그러나 모린이 앨빈에게 부탁을 했고, 이어서 조지가 하비에게 보급품을 건네주면서 도로 상태에 대해 조언해줬다.

우연의 일치는 아니었다. 조지가 하비를 도울 다른 이유는 없었다. 모린이 앨빈과 젤리슨 상원의원에게 부탁을 하던 바로 그 순간 조지는 하비를 도와줬다. 무시할 수 없이 분명한 의미를 담은 것이었다.

조지에게 모린이 어떤 의미를 지니는지는 쉽게 알 수 있다. 그렇다면 모린에게 조지는 어떤 의미를 지닐까? 그리고 모린에게 하비 본인은 어떤 의미를 지닐까?

나는 사랑에 빠진 것 같아. 하비는 나직하게 혼잣말을 했다. 단지…… 난 사랑이 어떤 것인지 잘 모를 뿐이야. 스스로에게 솔직해지자, 아주 솔직해져 보자. 지난 십팔 년간 결혼생활을 해왔던 남자는 다시 사랑에 빠질 준비가 되어 있지 않다.

아니면. 그것이 아닐지도 모른다. 하비는 항상 두 사람이 함께 결심해야 사랑이 시작한다고 생각해왔다. 하지만 지금은 궁금해졌다. 사랑이란 대체 어떻게 작동하는 것일까? 그는 로레타를 위해 죽을 각오가 되어 있었지만, 반면에 그녀가 두려워하기 때문에 집에 머물고 싶지 않기도 했다. 이제는 그 사실을 솔직하게 시인할 수 있었다. 하지만 그 생각이 어떤 의미인지는 알 수 없었다.

마침내 오후가 됐다. 이제 텐트를 세워야 한다. 하비는 걸어가면서 주변을 주의 깊게 살폈다. 외롭다. 예전에는 등산로에서 멀리 떨어진 곳에서도 좋은 사람을 만날 수 있었고, 그들과 서로 의지할 수 있었다. 그러나 해머 충돌 이후 모든 것이 바뀌었다. 언제 산에서 사람들이 나타나서 강도로 돌변할지 모른다. 관목 숲 여기저기에는 강도들이나 또는 강도를 피하려는 사람들이 숨어 있을지도 모른다. 며칠 전이라면 있을 수 없는 상황이다. 아무튼 지금까지는 아무도 만나지 않았다. 다행이다.

그들은 침엽수림을 지나 가파른 오르막을 계속 걸어갔다. 아무리 높이 올라가도 여기저기 물이 괴어 있었다. 이런 빗속에서 천막을 칠 만한 장소는 좀처럼 나타나지 않았다. 바위 동굴이 있다면 좋을 텐데. 하지만 그런 장소가 나타나더라도 조심해야 한다. 그가 찾을 수 있다면 다른 누군가, 또는 다른 무엇인가가 선점했을 수 있다. 곰, 뱀, 아니면 다른 뭔가.

처음 들어간 동굴에는 스컹크가 있었다. 하비는 아쉬워하면서 그곳을 지나칠 수밖에 없었다. 바위가 비를 막아줬고 바닥도 건조해서 정말 야영하기 좋은 장소였지만, 구슬 같은 눈의 짐승이 뿜어내는 냄새만큼은 도저히 이겨낼 수 없었다. 그리고 스컹크는 광견병을 옮기기도 한다. 스컹크에게 물리는 것은 아주 위험하다. 앞으로 한동안은 광견병을 치료할 백신이 없지 않은가.

다음번으로 찾아낸 동굴에는 여우, 아니 들개인지도 모를 짐승이 있었다. 그들은 그 짐승을 쫓아냈다. 그곳은 바닥이 축축했고 넓지도 않았지만, 판초우의를 부러진 나뭇가지에 걸어서 입구에 펼쳐놓기만 하면 비는 가릴 수는 있었다.

이제 불을 피울 차례다. 하비는 어두워지기 전에 나무를 주워 모았다. 흠씬 젖어 있는 죽은 나무를 쪼개 가운데에서 마른 부분을 조금 얻었다. 고작해야 한 시간을 땔 수 있는 양이었다. 조심스럽게 땐다면 한 시간보다 조금 더 땔 수 있겠지. 완전히 어둠이 내려온 다음 하비는 소중한 라이터 기름 약간을 사용하기로 했다.

하비가 말했다.

"도화선이 조금 있으면 딱 좋겠군."

그는 마른 나무를 쌓아놓은 아랫단에다가 라이터 기름 약간을 조심스럽게 부었다.

"눈보라가 치더라도 도화선만 조금 있으면 불을 피울 수 있으니까."

마크가 말했다.

"빌어먹을 앨빈 자식이 그걸 줄 리가 없죠."

하비가 말했다.

"앨빈 주변에서 말조심하게."

하비는 성냥을 그었다. 라이터 기름에 불이 붙으면서 시력을 잠시 마비시켰다. 곧 나무로 불이 옮겨 붙었다. 아주 작은 불꽃과 온기였지만 정말 반가웠다.

"앨빈은 자네를 좋아하지 않아."

마크가 대답했다.

"내가 보기에 그는 아무도 좋아하지 않는 것 같아요."

그는 젖은 나뭇가지를 불꽃 주변에 조심스럽게 배열하면서 말했다.

"항상 웃고 있지만 그건 웃는 게 아니잖아요."

하비가 고개를 끄떡였다. 앨빈은 해머 충돌 이전에도 지금처럼 웃었다. 그는 여전히 정치인의 비서였고 누구에게든 친근하게 행동했지만 이제 그의 미소는 위협에 가까운 것이었다.

마크가 말했다.

"주여."

"왜?"

"그 불쌍한 놈들 생각이 나서 말이에요. 오싹 소름이 끼치는군요. 하비."

"더 생각하지 마."

"밧줄을 내가 잡아당겼잖아요. 결코 잊지 못할 거예요."

"그래."

그들은 어제 로만 가족의 집을 덮쳤다. 거기에는 네 명의 겁에 질린 소년과 소녀가 있었다. 남자 두 명과 여자 두 명으로 넷 모두 스무 살이 되지 않았다. 그들은 격렬히 반항하다가 두 사람이 부상을 입은 후에야 생포됐다. 앨빈과 조지 크리스토퍼는 그 자리에서 고함을 지르며 논쟁을 벌였다. 조지는 네 사람 모두를 현장에서 쏴 죽이자고 했고 앨빈은 그들을 마을로 데려가자고 주장했다. 하비와 마크는 앨빈의 편을 들었고 결국 조지가 그들의 의견을 따랐다.

그들은 마을에 도착해서 상원의원과 읍장의 주관으로 오후에 재판을 열었다. 그리고 저녁에는 네 사람 모두를 마을회관 앞 광장에서 교수형에 처했다. 결과적으로 조지가 하자는 대로 했다면 훨씬 친절했을 것이다.

하비가 말했다.

"그놈들은 주인 가족을 모두 죽이고, 무초스 놈브레스 목장의 사람도 한 명 쏴 죽였어. 다른 처분을 받을 수는 없었지."

마크가 대답했다.

"제기랄, 그 녀석들은 아무도 접근하지 못하게 막았을 뿐이었어요. 그들로서는 세상이 너무 두려웠을 테니까. 그리고 그 계집애들이 비명을 지르고 울부짖던 걸 생각하면……."

마크는 나무를 던져 넣었다. 불꽃이 넘실거렸다.

사형 집행은 마을 사람들에게 큰 충격을 줬다. 하지만 아무도 입을 열지 않았다. 로만 일가의 사람들은 이 마을 사람들의 오랜 친구였다. 게다가 논쟁을 벌이는 것은 위험했다. 앨빈의 미소와 침착함과 몸에 밴 예절, 그 모든 것이 극단적인 협박이었다.

길. 언제나 길이 있다. 협조하지 않고, 너무 많은 말썽을 부리는 사람들은 길 위로 쫓겨날 것이다.

⚜

다음 날 오후가 되자 그들은 거의 산꼭대기 가까운 곳까지 올라갔다. 도로를 통해 다다를 수 있는 가장 높은 곳이었다. 비는 멈추지 않았고 높이 올라갈수록 날씨는 추워졌다. 오늘 밤에도 불을 피우고, 밤새 교대로 불씨를 관리해야 할 것이다.

하비는 조심스럽게 나뭇가지를 배열한 뒤 주머니에서 라이터 기름을 꺼내려고 했다. 그러다가 그들은 거의 동시에 뭔가 냄새를 맡았다.

마크가 말했다.

"연기다. 이건 모닥불 냄새예요."

하비가 말했다.

"그래. 조금 흐릿하기는 하지만."

"가까운 곳이에요. 이런 비가 내리는 날은 냄새가 멀리 퍼지지 않을 테니까 말이죠."

아마 눈으로도 잘 보이지 않을 것이다. 하비는 꼼짝 않고 조용히 앉았고, 마크에게도 소리 내지 말라는 손짓을 했다. 산 위에서 아래로 부는 바람이 모닥불 냄새를 실어오고 있을 것이다. 하지만 젖은 커튼같이 내리는 비와 있으나 마나 한 햇빛 속에서는 몇 미터 바깥도 똑똑히 볼 수 없었다.

마크가 말했다.

"가서 한 번 보죠 뭐."

"그래. 판초우의는 벗어두지. 지금보다 더 젖을 수도 없을 테니까."

그들은 어둠 속에서 조심스럽게 오르막길을 올라갔다. 마크가 작게 말했다.

"저기요. 뭔가 소리가 들렸어요. 사람 목소리요."

하비도 뭔가를 들은 것 같았지만 너무 희미했다. 그들은 소리가 난 방향으로 이동했다. 조심스럽게 행동하는 것은 별 의미가 없었다. 바람과 비 때문에 소리는 대부분 묻혔다. 발밑에서 나뭇잎이나 진흙이 이겨지는 소리까지도 말이다.

"잠깐 기다려보지."

그들은 죽은 듯 조용히 멈췄다.

여자 목소리가 들렸다. 나이가 많지 않은 것 같았고, 아주 가까운 곳에서 들렸다. 아마 앞의 덤불 뒤편인 것 같았다.

그녀의 목소리가 조금 더 또렷하게 들렸다.

"앤디, 손님은 두 명이에요."

이어서 소년의 목소리가 났다.

"들어오세요."

하비는 잠시 얼빠진 듯 멈췄다. 그것은······.

"앤디!"

하비가 고함을 질렀다.

"앤디! 너니?"

그의 아들, 앤디가 오솔길에서 천천히 내려왔다.

"네, 아버지."

하비는 급히 달려가서 앤디를 반겼다.

"앤디, 오, 감사합니다, 신이시여, 네가 무사했구나."

"네, 아버지. 저는 괜찮습니다. 어머니는?"

하비는 자기도 모르게 움찔했다. 전기담요에 둘둘 말린 가련한 모습은 영혼 깊숙이 기억하고 있었다. 하비가 말했다.

"폭도들······ 강도들이 어머니를 죽였다."

"오."

앤디가 아버지에게서 살짝 비켜섰다. 덤불 속에서 소녀 하나가 나왔다. 여자아이는 산탄총을 들고 있었다. 앤디가 여자아이에게 다가가더니 나란히 섰다. 나란히.

앤디는 지난 이 주 사이에 훌쩍 자랐다. 앤디가 소녀와 함께 선 모습은 보호하는 듯한 자세였고, 아주 자연스러웠다. 결혼식에서 상투적으로 쓰는 '한 몸'이라는 말이 떠올랐다. 그 두 사람은 한 사람의 서로 다른 반쪽 같았다. 그러나 그들은 너무 어렸다. 앤디의 턱에는 가느다란 털이 몇 가닥이 있었지만 그것은 진짜 턱수염이 아니었다. 로레타가 보기 싫다면서 항상 면도시켰지만 사실 거의 눈에 보이지도 않는 솜털이었다.

하비가 물었다.

"고르디 밴스도 여기 있나?"

앤디가 대답했다.

"물론이에요. 이쪽으로 오세요."

앤디가 돌아서자 소녀가 다시 덤불 속으로 사라졌다. 소녀는 한 마디도 하지 않았다. 그녀는 누구일까. 아들의 여자? 하지만 그는 소녀의 이름조차 몰랐고, 아들 또한 아무 말도 해주지 않았다. 뭔가 끔찍할 정도로 잘못됐다. 하지만 하비는 어떻게 해야 할지 알 수 없었다.

고르디 밴스는 그를 반갑게 맞이했다. 고르디를 만난 것은 정말 반가웠다. 그들의 숙소는 통나무로 집을 짓고 풀로 지붕을 얹어 비를 가렸다. 그들에게는 마른 장작이 있었고, 집의 천장 아래에는 생선과 새가 매달려 있었으며 냄비 가득히 스튜가 끓고 있었다.

고르디가 말했다.

"하비! 여기로 올 줄 알고 있었네."

하비가 말했다.

"내가 자네를 찾아낼 줄 어떻게 알았나?"

"여기가 바로 등산로의 출발지점 아닌가. 항상 차를 세워두던 곳이지."

어두워서 확실히 보이지 않았다. 하비 혼자였다면 도로 주변의 다른 공터와 구분하지 못했을 것이다.

"아마 못 알아보고 그냥 지나쳤을 것 같은데."

고르디가 말했다.

"통나무집까지 갔다가 돌아왔겠지. 통나무집은 잔해가 있으니 알아볼 테고."

그들의 숙소에 십여 명이 있었는데, 대부분 짝을 지어 침낭 속에 함께 있었다. 소년들과 소녀들이다. 그들이 각자 한 쌍씩 짝을 짓고 있다. 하비가 물었다.

"보이 스카우트와 걸 스카우트인가?"

고르디가 고개를 끄떡였다.

"그 이야기는 나중에 해주겠네. 지난주에 여기서 싸움이 있었거든. 지금은 괜찮다네. 자네, 제니는 이미 만났지? 그렇지 않나?"

"앤디와 함께 있던 여자아이 말인가?"

하비가 주변을 둘러봤다. 앤디는 여기에 없었다. 하비와 마크를 여기까지 데려다주고 말없이 사라졌다.

고르디가 어깨를 으쓱했다.

"그래. 제니와 앤디는……."

하비가 말했다.

"알겠네."

하지만 알 수 없었다. 앤디는 소년이다, 아니 아이였다.

로마 시대에는 소년이 열네 살만 되면 칼과 방패를 지급받고 부대에 징집됐다. 물론 가장이 될 법적인 권한과 재산 소유권도 받았다. 하지만 그건 로마 시대니까 말이 되는 이야기다. 그리고 여기는…… 여기는 해머가 충돌한 이후의 세계다.

그리고 앤디는 가족이 있다. 앤디는 성인이다.

다른 아이들, 아니, 아이들이 아니다. 그들은 아주 가까이에서 하비를 바라보고 있는데, 아이가 어른을 볼 때 짓는 표정이 아니다. 그들은 자신을 의심하고 있었으며, 분노도 존경도 담기지 않았다. 그들은 분명 아이들이었지만 갑자기 훌쩍 자랐다.

고르디의 침낭 속에도 여자아이 하나가 있었다. 그녀도 열여섯 살이 넘지 않아 보였다.

실내는 건조하고 따뜻했다. 하비는 옷을 불가에 널고, 고르디의 침낭 속에 몸을 반쯤 넣었다. 사치스러울 정도의 뽀송뽀송함이 그를 포근하게 감쌌다. 최근 며칠간 처음 발이 건조해진 것 같았다. 대접하는 차는 진짜가 아니라 나무껍질로 만든 것이었지만 맛은 훌륭했다. 아까 고르디가 준 스튜도 마찬가지였다. 마크는 모닥불 바로 곁에서 입가에 미소를 머금은 채 자고 있었다. 다른 사람도 모두 잠이 들었거나 또는 잠든 척하고 있었다. 앤디와 여자아이는 한 침낭 속에 둥지를 틀고 서로에게 착 달라붙어 있었다. 고르디의 아들인 버트도 다른 소녀와 함께 자고 있었다. 고르디의 짝인 스테이시는 고르디의 무릎에 기대 꾸벅꾸벅 졸았다.

깊은 숲 속에서 맞이하는 심야의 만남이다.

고르디가 이야기를 시작했다.

"그래, 처음에는 힘들었다네. 나는 해머 충돌을 깨달은 순간 소년들을 데리고 소다 스프링스로 돌아왔어. 거기서 비와 허리케인을 피하다가, 나흘째 되는 날 다시 등산로를 타고 출발해서 계속 걸었다네. 이곳에 도착했을 때 폭주족들이 자리를 잡고 있더군. 그들은 여기서 야영하던 여자아이들을 데리고 있었고. 그리고 우리가 넘겨받았지."

"넘겨받다니, 자네 말은……."

"하비, 내 말 뜻을 모르겠나? 그들은 여자아이 하나를 죽을 때까지 강간했어. 그리고 여자아이들을 인솔했던 여교사는 아이들을 지키려고 싸우다 살해당했고."

"주여…… 고르디. 자넨 총도 없지 않았나."

"22구경 권총 한 자루가 있었지. 그냥 비상용으로. 하지만 일이 벌어졌을 때는 쓸모가 없더군."

고르디는 예전과 달랐다. 예전과 말투가 같았고 얼굴이나 유머 감각도 하비가 알고 지내던 고르디 밴스와 비슷했지만, 분명히 예전과는 다른 사람이었다. 무엇보다도 그는 더 이상 은행원

같은 모습이 아니었다. 그는 지난 이 주 사이에 수염을 길렀고 아랫배가 사라졌다. 그는 산사람 같았다. 편안해 보이면서도 팽팽하게 긴장되어 있는 모습이었다.

"그 자들은 멍청했어. 비를 맞기 싫어서 별 짓을 다 하더군. 갖은 등산장비를 다 가져오고, 텐트도 줄줄이 쳐놨었지. 그 장비의 대부분은 지금 우리가 잘 쓰고 있어. 일부는 이 통나무집 안에서도 쓰고 있고."

고르디는 손을 들어 통나무와 차양 지붕, 화로 등을 가리켰다.

"그 자들은 불침번을 서야 할 녀석까지 전부 텐트 안에 들어가 있었어. 그래서 우리는 그들의 머리를 깨부쉈어."

"머리를 그냥?"

"머리를 그냥. 그리고 목젖을 찔렀어. 앤디가 두 명 해치웠네."

고르디는 그 말의 의미가 전달되기를 잠시 기다렸다. 하비는 조용히 일어서서 모닥불 건너편에서 잠든 그의 아들을 바라봤다. 그의…… 그의 여자가 함께 잠들어 있다. 그 여자는 앤디가 정복의 대가로 획득한 것이다.

하비가 물었다.

"그랬더니 저 여자아이가 자네 침대 속에 팔짝 뛰어들던가?"

"그들에게 물어봐. 자네도 상황을 모르지는 않겠지. 우리는 누구도 강간하지 않았어. 묻고 싶은 게 그건가?"

"형식적으로는 누구도 강간하지 않았겠지."

하비는 그렇게 말하면 안 된다고 생각했으나, 자기도 모르게 말이 입 밖으로 나왔다.

하지만 고르디는 화내지 않고 웃었다.

"미성년자 성폭행이라는 거지? 그럼 법규 위반을 누가 처벌할 건가? 누가 그런 걸 따지나, 하비?"

"나도 모르지. 상원의원이 뭔가 할지도. 마리가 나와 함께 있다네, 고르디. 상원의원의 실버밸리 목장에 말이야."

"마리? 죽었다고 생각했는데."

고르디가 말했다.

"마리는 진심으로 아들을 찾으려고 애를 썼을 거야. 하지만 나 따위는 별 상관이 없었겠지."

하비는 아무 말도 하지 않았다. 고르디의 말은 사실이었다.

고르디가 말했다.

"아니, 어쩌면 아들을 찾는 것도 크게 신경 쓰지 않았을 거야."

"헛소리. 그녀는 암호랑이 같았어. 마크와 나를 따라오겠다는 것을 간신히 말렸네."

"그래? 그랬을지도 모르지. 하지만 아들의 안전을 알게 되면 더는 신경 쓰지 않을 거야."

고르디는 불꽃을 들여다봤다.

"그래서, 이제 어쩔 건가?"

"자네를 데리고 돌아가야지."

"그러면 상원의원이 신기한 표정으로 나를 쳐다보겠군? 미성년자 성폭행 혐의로 법을 집행할지도 모르고? 앤디와 그의 여자를 갈라놓을 수도 있겠군?"

"그러지는 않을 거야."

"그래? 자, 좀 자두게, 하비. 나는 보초 교대를 해줘야 하니까. 내 차례거든."

"내가 서겠네."

"아니."

"하지만……"

"내가 꼭 끝까지 말해야겠나? 하비. 그냥 잠을 자게."

하비는 고개를 끄덕이고 침낭 안에서 몸을 길게 뻗었다. 고르디에게 그 말까지 하게 해서는 안 된다. 나는 그들의 일원이 아니며, 그러니 경비를 믿고 맡길 수 없다는 말……

하비는 잠을 자고 일어났다. 아침 식사는 튀긴 생선과 알아볼 수 없는 몇 가지 야채였다. 맛은 있었다. 하비가 식사를 마치자 고르디가 와서 곁에 앉았다.

"우리끼리 이야기를 마쳤네, 하비. 우리는 자네와 함께 돌아가지 않기로 했다네."

하비가 물었다.

"아무도?"

"그래. 우리 모두는 함께 머물기로 했어."

"고르디, 자넨 미쳤어. 여기는 점점 추워질 거야. 몇 주 후에는 눈이 내리기 시작할 거라고."

고르디가 말했다.

"어떻게든 되겠지."

하비가 외쳤다.

"앤디!"

"네, 아버지?"

"너는 나와 함께 간다."

"아니오, 아버지."

앤디는 더 이상 대꾸하지 않았고 반항하지도 않았다. 단지 앞으로 일어날 일을 담담하게 말했을 뿐이었다. 앤디는 일어서서 빗속으로 걸어갔고 여자아이가 뒤를 바짝 따랐다. 그녀는 산길에서 하비를 만난 이래로 아직 한 마디의 말도 하지 않았다.

고르디가 말했다.

"하지만 자네는 우리와 함께 머물러도 좋네."

하비가 말했다.

"그것도 좋지. 앤디가 내게 그렇게 부탁하면 더 좋겠는데."

고르디가 물었다.

"대체 뭘 기대하는 거지? 자, 자네는 선택을 했었어. 자네는 혼자 LA로 갔어. 일자리를 지키기 위해서였지. 그리고 자네는 도시에 머물면서 앤디를 산 위로 보냈어."

"그곳이 안전한 장소였으니까!"

"앤디 혼자 말이지."

하비는 강하게 주장했다.

"앤디는 혼자가 아니었어. 그는……."

고르디가 말했다.

"내게 이야기하지 말게. 앤디의 말을 전할 뿐이니까. 자, 하비, 오늘 아침에 우리는 모두 투표를 했어. 아무도 반대하지 않았다네. 자네는 우리와 함께 머물러도 좋아."

"그건 바보 같은 일이야. 여기에 대체 뭐가 있나?"

"그 아래에는 뭐가 있나?"

"안전한 쉼터가 있지."

고르디가 어깨를 으쓱했다.

"그게 그렇게 가치가 있나? 이 친구야."

고르디는 전혀 절실한 말투가 아니었다. 왜냐하면 절실할 이유가 없었기 때문이다. 고르디는 하비가 결코 이해할 수 없다는 것을 알면서도, 친구에게 신세를 갚기 위해서 이해시키려고 노력하는 기색이었다.

"하비, 생각해보게. 만약 앤디가 자네를 따라가면 그는 다시 어린아이가 되어야 해. 이곳에서 그는 서열이 두 번째지."

"대체 무슨 의미가 있는 서열인가?"

"우리가 아무리 보잘것없어도, 앤디는 여기에서 성인이야, 하비. 아래 세상에서는 그렇지 않겠지. 자네가 앤디와 제니를 어떻게 보는지는 나도 봤네. 자네는 그들을 다시 아이로 다루게 될 거고, 그들 스스로도 자신이 쓸모없는 어린애라고 느끼게 되겠지. 하지만, 이곳에서 앤디는 쓸모없는 사람이 아니야. 우리 모두는 그에게 의지하고 있어. 그는 중요한 역할을 하고 있지. 생존 장치의 톱니바퀴 하나 따위가 아니라네."

"생존 장치라."

그래, 상원의원의 요새에 가면 얻을 수 있는 것이 바로 그것이다. 생존 장치. 그것도 꽤 성능 좋은 놈이다.

"최소한 생존 가능성은 높아지지 않나."

고르디가 말했다.

"물론 그렇겠지. 하지만 생각해보게, 하비. 세상이 끝났어. 해머가 충돌했고. 이제 세상은 달라져야 하지 않겠나?"

"세상은 이미 달라졌다네. 오, 주여, 대체 얼마나 달라지기를 바라는 건가? 난 마을회관 앞에서 아이들 넷의 목을 매달고 왔다고. 그리고 이번 겨울에 살아남기 위해 얼마나 혹독한 준비가 필요한지 아나? 운도 따라야겠지만, 우리는 살아남고 말 거라네."

고르디가 물었다.

"우리가 저 아래에 내려가면 뭘 하게 되나?"

하비는 이미 그것을 생각해봤다. 하비도 확실히 몰랐다. 사실은 앨빈이 이들을 받아줄지도 확실하지 않았다. 보이스카우트 한 무리라면 괜찮을지도 모른다. 하지만 이런 전사들 한 무리라면? 아마 이들은 여기에서 머물러야 할 것이다. 전혀 새로운, 산악에 거주하는 종족으로서 말이다.

"젠장, 저 아이는 내 아들이야. 앤디는 나와 함께 가야 해."

"아니, 아니야, 하비. 그는 자네 소유가 아니야. 이미 스스로 한 명의 성인이고, 무엇으로도 그를 강제로 데려갈 방법은 없어. 우리는 돌아가지 않아, 하비. 우리 중 누구도 말이야. 하지만 자네가 머무르겠다면 그건 허락해줄 걸세."

"나는 여기서 뭘 하게 되나?"

"뭐든 자네 마음대로 하게."

조금도 유혹적이지 않은 제안이다. 이 산꼭대기에서 대체 뭘 하라는 말인가? 대체 어떤 존재가 되라는 건가? 하비는 자리에서 일어나서 짐을 꾸렸다.

"아니. 나는 가겠네. 마크, 자네는? 갈 텐가, 머무를 텐가?"

마크는 이곳에 도착한 이후 부자연스러울 정도로 조용했다.

"돌아가요, 하비. 조안나가 산 아래 있어요. 그녀가 여기를 썩 좋아할 것 같지 않아요. 나도 사실 여기가 좋지는 않고요. 계속 야영만 하다가는 빨리 늙을 것 같아요. 당신은 어떻게 할 거죠?"

"가자."

하비가 말했다. 그는 슬픈 눈으로 주변을 쳐다봤다. 여기에는 하비의 소유가 아무것도 없었다.

**

해일은 지상에서의 용무를 마쳤다. 대서양 해안 주변에는 이제 인간의 흔적은 전혀 남지 않았다. 그리고 해안선이 변형됐다. 멕시코 만은 이전보다 30퍼센트는 커졌고 플로리다는 이제 줄줄이 이어진 일련의 섬으로 바뀌었다. 버지니아의 채서피크 만은 이제 거대한 바다가 됐다. 아프리카의 서부 해안도 안으로 더 깊숙해졌다.

육지의 화구에서는 더 이상 불꽃을 뿜지 않았지만 여전히 날씨에 영향을 끼쳤다. 화산은 계속 용암과 연기를 분출했고 바다에서는 허리케인이 작렬했다.

비가 온 세상에 내렸다. 해머는 아직 용무를 마치지 않았다.

세 번째 주: 방랑자들

수많은 생존자들은 이제 과거 세상에서 오랫동안 사람들이 고통받던 문제와는 전혀 다른 형태의 문제에 직면할 것이다. 진보된 문명에서 발생했던 고민들은 이제 좀 더 원시적이고 단순한 고민으로 대체될 것이다. 그리고 생존자들은 세련된 사람보다는 원시적이고 단순한 사람으로 구성될 가능성이 높다.

— 로베르토 바카, 『다가오는 암흑시대』

숲은 사랑스럽고 어둡고 울창했지만 비를 막아주지는 못했다. 포레스터 박사는 이제는 잃어버린 따뜻하고 보송보송하던 세상을 그리워하며 계속 움직이면서 한숨을 쉬었다. 다섯 겹으로 겹쳐 입은 옷은 그가 움직일 때마다 물방울을 떨어뜨렸다. 나무 아래에도 더 이상 마른 땅이 없었다. 그렇다고 그곳이 특별히 더 젖은 것도 아니었다.

햇빛이 사라졌다. 나무 그늘이라는 것도 없었다. 게다가 결코 눈이 내리지 않던 지역에 간혹 눈발이 흩날렸다. 어쩌면 생전에 다시 햇빛을 볼 수 없을지도 모른다.

걸어가면서 그는 아직 채 썩지 않은 물고기 한 줌을 입 안으로 쑤셔 넣었다. 그가 가진 책에 냇가에 사는 물고기를 잡는 방법이 적혀 있었는데, 책에 적힌 방법은 놀라울 정도로 성공적이었다.

그리고 공들여 만들었던 토끼 덫도 제대로 성공했다. 터헝가를 떠난 뒤 먹을 것이 충분하지는 않았지만 굶주리지도 않았다. 하지만 아무튼 그는 다른 사람들과는 형편이 조금 달랐다.

해머 충돌 후 사 주가 지났다. 그는 꾸준히 북쪽으로 향했다. 차는 집을 떠난 지 불과 몇 시간 만에 빼앗겼다. 두 명의 남자와 그들의 부인과 아이들이 빼앗아갔다. 그들은 포레스터의 가방과 장비 대부분은 남겨줬다. 해머가 충돌한 지 얼마 안 되어 사람들이 사태의 심각성을 몰랐기 때문일 수도 있고, 아니면 그들이 워낙 급해서 강도짓을 하기는 했지만 사실 선량한 사람들이기 때문일 수도 있다. 그들은 후자라고 말했다. 아무튼 그건 중요하지 않다.

이제 그는 전보다 날씬해졌고, 인정할 수밖에 없지만 과거 어느 시점보다 더 건강해졌다. 발만 제외하고. 발에는 물집이 잡혀서 잘 낫지 않았다. 당뇨병 때문에 말초혈관의 순환이 더뎠고 그래서 그는 하루에 불과 몇 킬로미터밖에 이동하지 못했다.

댄 포레스터, 그는 천문학 박사였으나 새로운 세상에서는 별이 보이지 않았다. 고용주가 생길 가능성도 없고 취업을 할 가능성도 없었다. 그는 계속 걸었다. 다른 할 일이 없었다.

가끔 허리케인이 몰아칠 때를 제외하면 바람은 순했고 비는 안정을 찾았다. 조금씩 잠시 내리거나, 흩뿌리거나, 비가 그칠 때도 있었다. 그리고 빗물은 차가워졌고, 때로는 눈발이 흩날리기도 했다. 7월, 고도 천이백 미터, 거기서 눈이 내린다. 그건 포레스터의 예상보다 훨씬 빨랐다. 지구를 둘러싼 구름이 햇빛의 상당 부분을 우주로 반사했기 때문에 지구는 차가워지고 있을 것이며 북극에서는 빙하가 생성되고 있을 것이다. 지금 산등성이와 고지대 일부에 가볍게 흩날리는 눈발은 자신이 죽을 때까지 녹지 않을 것이다.

그는 가방을 두꺼운 나뭇가지에 걸고 잠시 나무에 몸을 기대 쉬었다. 몸을 기댄 덕택에 발에 부담이 덜 갔다. 이렇게 하는 것이 가방을 벗고 앉아서 쉬다가 다시 그 가방을 등에 매고 일어서는 것보다 편했다. 사 주가 지났는데 벌써 눈이 내리기 시작했으니 생각보다 훨씬 힘겨운 겨울이 될 것 같다.

"꼼짝 마."

포레스터가 말했다.

"알겠습니다."

대체 이 목소리는 어디서 들린 거지? 그는 눈동자만 굴렸다. 포레스터는 자신이 전혀 위험해 보이지 않는 사람이라고 생각하며 살아왔다. 겉모습뿐 아니라 실제로도 말이다. 하지만 지금 그는 살이 빠졌고 수염이 덥수룩했다. 게다가 공포가 지배하는 지금의 세상에서는 위험하지 않아 보이는 사람은 존재하지 않았다.

나무 뒤에서 군복을 입은 남자 하나가 걸어 나왔다. 그의 손에 든 소총은 가벼워 보였지만, 총구의 지름은 '죽음'만큼 거대해 보였다. 사내는 왼쪽과 오른쪽 눈을 번갈아 깜빡였다.

"당신 혼자지? 무기 있소? 먹을 것은?"

"예, 아니오, 그리고 별로 없어요."

"말장난할 생각하지 마. 가방을 전부 쏟아."

총구 후방에는 아주 긴장한 군인이 서 있었다. 그 사내의 피부는 아주 창백했고 놀랍게도 턱수염이 거의 없이 까칠한 수염 자국만 있었다. 지난 몇 주간 계속 면도를 했다는 것이다. 포레스터는 궁금했다. 대체 왜 면도를 했지?

포레스터는 엉덩이에 걸친 벨트를 풀고 허리 가방에 들어 있던 물건을 쏟아냈다. 그가 가방 주머니의 지퍼를 열자 군인이 뚫어지게 쳐다봤다. 포레스터는 의료용 주머니의 내용물을 늘어놓으면서 말했다.

"인슐린이오. 당뇨병 환자라서 말입니다."

그는 다른 가방에서 포장된 책들을 꺼내 늘어놓았다.

사내가 말했다.

"열어봐."

책을 말하는 것이다. 포레스터는 시키는 대로 했다.

"음식은 어디 있지?"

댄은 지퍼 백을 열었다. 끔찍한 냄새가 났다. 그는 지퍼 백 속의 생선을 남자에게 건넸다.

"방부제가 없었소. 미안합니다. 하지만 급하다면 먹어도 별 탈은 없을 거예요."

남자는 마치 지난 한 주쯤 굶었던 것처럼 냄새나는 날 생선을 마구 입속에 쑤셔 넣었다. 그리고 말했다.

"다른 건?"

포레스터가 대답했다.

"초콜릿이오."

그의 목소리에 후회가 담겨 있었다. 세상의 마지막 초콜릿일 텐데. 그는 뭔가 축하할 날만 기다리며 벌써 여러 날째 그 초콜릿을 아껴뒀다. 이제 그 군인이 초콜릿을 먹어치웠다. 그것은 축하도 아니고 즐기는 것도 아니었다. 그저 먹어치우는 것이었다.

"저것도 열어."

군인은 조리용 냄비를 가리켰다. 포레스터는 가장 큰 냄비의 뚜껑을 열었다. 그 안에는 다른 냄비가 들어 있었고, 또 그 안에는 조그만 휴대용 스토브가 들어 있었다. 포레스터가 말했다.

"스토브 연료는 없소. 도대체 내가 왜 그걸 들고 다니는지 모르겠소. 냄비는 요리할 것 없이는 별 쓸모가 없죠."

포레스터는 그 꾸러미에서 삐죽 튀어나온 얇은 구리철사에 시선을 주지 않으려고 애썼다. 토끼 올가미다. 이것이 없으면 포레스터도 굶주리게 될 것이다.

남자가 말했다.

"당신 냄비 중 하나를 가지겠어."

"그러시오. 큰 것? 아니면 작은 것?"

"큰 것."

"여기 있습니다."

"좋아."

남자는 조금 평온해졌지만 눈은 여전히 희번덕거렸고 작은 소리에도 화들짝 놀랐다.

"이제까지…… 당신은 뭘 한 거지?"

사내는 조금 불분명한 손짓을 했다.

"패서디나에 있는 JPL에 있었소. 모든 것을 봤습니다. 해머랩 위성에서 발신되는 영상을 실시간으로 지켜봤고요."

"모든 것이라니. 무슨 뜻이지?"

"해머는 지구에 여러 번 충돌했소. 대부분은 여기보다 동쪽의 유럽과 대서양 쪽이었지요. 하지만 가까이서 충돌한 것도 있고, 남쪽에서 충돌한 것도 있었지요. 그래서 나는 북쪽으로 이동했습니다. 그러다가 차를 빼앗겼죠. 혹시 샌호아킨 원자력발전소가 지금 가동하고 있는지 아시오?"

"아니. 샌호아킨밸리가 있던 곳은 바다가 됐지."

"새크라멘토는 어떤가요?"

"몰라."

그 남자는 조금 망설이는 듯했지만 총구는 여전히 포레스터를 향했다. 삼십 그램의 힘만 가해져도 포레스터의 목숨은 끝장날 것이다. 그는 자신이 얼마나 경계하고 있는지, 얼마나 살고 싶은지를 깨닫고 새삼 놀랐다. 본인의 생존 확률이 거의 없다는 것을 알고 있음에도 불구하고 말이다. 오늘 살아남더라도 이번 겨울에 죽을 것이다. 겨울까지 살아남는 사람의 절반 이상이 봄을 보지 못할 것이다.

군인이 말했다.

"우리는 구보 중이었지. 군인이니까. 트럭이 배수로로 처박혔을 때 몇 사람이 장교들을 쏴버리고 마음대로 행동하자고 했지. 질링스 하사가 앞장섰고 나도 그를 따랐어. 그래서 전부 다 쏴죽였으니까. 알았어?"

그 사내는 허둥지둥 말을 쏟아냈다. 포레스터를 죽이기 전에 자신을 정당화하려는 것 같았다.

"하지만 그 다음에는 걷고, 걷고, 또 걸어야 했지. 음식은 찾을 수 없었고, 그리고……."

그가 갑자기 말을 멈췄다. 군인의 얼굴에는 어두운 증오의 그림자가 피어올랐다. 그가 말했다.

"음식은 더 없나? 자, 재킷을 벗어."

"그냥 벗으라고요?"

"벗어. 내겐 비옷이 없거든."

"당신 체구가 너무 커요. 맞지 않을 거요."

"알아서 입을 테니 걱정 마."

강도는 벌벌 떨고 있었다. 그는 포레스터만큼이나 젖어 있었다. 그리고 체온 유지를 위한 충분한 체지방이 없었다.

"이건 그냥 바람막이 점퍼요. 방수가 아니에요."

"바람막이면 좋지. 알겠지만, 내가 억지로 벗겨낼 수도 있어."

물론 그렇지, 그리고 옷에 구멍이 하나 생기겠지. 아니, 꼭 구멍이 날 필요는 없지. 머리에 쏜다면 재킷에는 구멍이 생기지 않을 테니까. 포레스터는 재킷을 벗었다. 그는 옷을 벗어 강도에게 넘겨주려다가 뭔가가 생각났다.

"잠깐."

그는 모자를 칼라에 달린 좁은 주머니 속에 말아 넣은 뒤 지퍼를 채웠다. 그리고 큰 주머니를 뒤집어서 재킷 전체를 주머니 속에 말아 넣었다. 재킷은 곧 주먹 두 개 사이즈로 줄어들었다. 포레스터는 지퍼를 채워 그에게 건넸다.

강도가 감탄했다.

"허."

"당신이 내게 뺏는 물건이 뭔지는 아시오?"

포레스터는 새삼스럽게 씁쓸한 상실감을 깊이 느꼈다.

"그 소재는 이제 더는 생산되지 않을 거요. 소재를 가공하는 기계도 사라졌을 거고. 그 재킷은 다섯 가지 사이즈로 나왔소. 값이 싸기 때문에 구입했다가 차 트렁크에 넣어둔 채 깜빡하고 십 년쯤 지나갈 수도 있는 물건이었소. 그 시절에는 옷을 구하러 찾아다닐 필요도 없었소. 회사가 당신을 쫓아다니면서 광고 전단을 보냈으니까요. 이제 그런 회사가 나오려면 세월이 얼마나 흘러야 할까요?"

군인은 고개를 끄떡였다. 그는 나무 쪽으로 뒷걸음을 치다가 잠시 멈춰 서서 말했다.

"서쪽으로는 가지 마. 거기서 우리가 남자 하나와 여자 하나를 죽였고, 그들을 먹었어. 우리가 그랬다고. 나는 내가 봤던 것을 다른 사람이 다시 보게 하고 싶지 않았어. 그래서 기회가 왔을 때 혼자서 달아났지. 그러니까 이 재킷 때문에 너무 슬프게 울지는 마. 그리고 주변에 마른 장작이 있다는 사실에 기뻐하라고."

군인은 킬킬거리면서 웃었다. 고통스러운 웃음을 끝낸 후, 그는 돌아서더니 달려갔다.

포레스터는 고개를 저었다. 식인이라니, 벌써? 아무튼 아직 내의, 티셔츠, 긴소매 플란넬 셔츠, 스웨터를 입고 있다. 포레스터는 운이 좋았고, 스스로 그것을 잘 알고 있었다. 그는 기운차게 가방의 내용물을 다시 챙겼다. 재킷보다 훨씬 소중한 철사도 아직 남아 있다. 몇 미터 길이의 가늘고 강한 철사 위에 강한 단섬유가 코팅된 이 철사는 당분간은 생명만큼 소중하다. 그는 다시 가방을 짊어졌다.

서쪽으로는 가지 말라고 했다. 샌호아킨 원자력발전소 건설현장이 서쪽에 있지만, 샌호아킨은 이제 물로 가득 찼고 발전소도 붕괴됐을 것이다. 어차피 완공도 되지 않았었으니까 상관없다. 하지만 새크라멘토는 멀쩡할 것이다. 포레스터는 캘리포니아의 현황을 머릿속에 그려봤다. 그는 현재 범람한 계곡의 동쪽 경계를 형성하는 고지대에 있다. 이제 걷기 편한 저지대로 이동할 생각이었다. 하지만 저지대로 가려면 서쪽으로 가야 한다.

과거 샌호아킨이었던 호수 지대 쪽에는 사람을 잡아먹는 자들이 있다. 그렇다면 북쪽의 고지대로 계속 가는 편이 좋겠다. 포레스터는 자신이 살아남을 것이라고 기대하지는 않았지만 식인종들에게 보탬이 되고 싶지는 않았다.

✣

후커 하사는 행군하면서 하늘을 바라봤다.

마치 개박하에 환장한 고양이 떼처럼 심한 바람이 불었다. 바람은 헬멧 아래를 할퀴고 소매와 바지를 펄럭거리게 하다가 갑자기 사라지는 듯하더니, 엉뚱한 방향에서 엄청난 먼지를 몰고와서는 눈을 후려치기도 했다. 아랫배에 뭔가를 숨기고 있는 듯 불룩한 검은 구름은 불안하게 이동했다. 조만간 무시무시한 폭풍이 불 것 같았다. 이미 몇 시간이나 비가 내리지 않았다. 이 날씨는 무슨 일이든 벌어질 것을 예고하고 있다. 해머 충돌 이후의 날씨를 기준으로 생각해도 오늘처럼 불길한 날씨는 흔하지 않다.

의사는 시무룩한 침묵을 지키면서 기운 없이 뒤따라 걸었다. 후커는 의사가 달아날 것이라는 걱정은 하지 않았다. 하지만 계속 투덜거리고 있다. 후커의 귀에 제대로 들리지는 않았지만 불만과 분노의 느낌은 전해지고 있었다.

물론 우리끼리 서로 잡아먹지는 않을 거야. 선이라는 것이 있어. 우리 중 누가 죽더라도 그 시체를 먹지는 않을 거야. 아직은. 하지만 만약 최악의 상황이 된다면? 사람들이 불평한다면? 그때는 질링스부터 쏴버려야겠다.

임무에서 복귀했을 때 호라 대위가 죽고 질링스가 지휘를 맡은 것을 알았을 때, 그 자리에서 질링스를 쏴버렸어야 했다. 하지만 그때는 후커에게 총알이 없었고, 또 질링스의 제안이 솔깃하기도 했다. 해머가 문명을 끝장냈기 때문에 이제 그들이 왕이 된 것과 다름없으니 함께 판을 벌여보자는 것이었다.

처음에는 정말 재미있었지. 하지만 후커는 웃지 않았다. 그는 갑작스러운 분노가 치밀어 의사에게 말했다.

"만약 또 느리게 걸으면 당신부터 잡아먹힐 걸?"

후커의 배 속도 꾸르륵거렸다.

의사가 말했다.

"나도 압니다. 당신이 병에 걸린 이유도 말했잖소."

의사는 키가 작고 연약해 보였으며 앞으로 뾰족하게 튀어나온 코에 콧수염이 달려, 얼룩다람쥐를 닮았다. 그는 후커에게 가까이 붙었다.

의사가 말했다.

"스테이크는 거의 익히지 않고도 먹죠. 쇠고기에는 인간에게 옮는 병균이 거의 없으니까. 돼지고기는 잘 익혀서 먹습니다. 왜냐하면 돼지고기는 인간에게 기생충이나 여러 가지 질병을 전염시킬 수도 있으니까."

그는 잠시 숨을 들이마시고, 혹시라도 후커가 입을 다물라는 손짓을 하는지 눈치를 살폈다. 후커가 아무 손짓도 하지 않자 의사는 말을 이었다.

"하지만 사람 고기에서는 모든 병이 다 옮을 수 있소. 겸상적혈구성 빈혈 정도만 빼고 말이오. 당신들이 사람을 먹기 시작한 뒤로 죽은 사람이 지금까지 열다섯 명인데……."

"그중 여덟 명은 총에 맞은 거지. 당신도 봤잖소."

"병에 걸려 뛰지도 못했으니까 그렇잖소."

"젠장, 그놈들은 신병이라서 그렇지. 그놈들이 얼마나 군기가 없는지를 몰라서 하는 소리인가?"

의사는 입을 다물었다. 그들은 말없이 터벅터벅 걸어서 축축한 언덕길을 올라갔다. 여덟 명은 총에 맞았는데 그중 넷은 해머가 충돌한 이후 그들에게 가담한 신병이었다. 하지만 기간병도 일곱 명이나 죽었다. 그들은 총탄에 맞아 죽은 것이 아니었다.

의사가 말했다.

"우리 모두는 병들어 있소. 오, 제기랄, 내가 그 고기를 먹지 않았더라면……."

"당신도 우리만큼 배가 고팠지. 만약 그랬다면 지금 걷지도 못할 만큼 허약해져 있었을걸."

후커는 의사가 무슨 생각을 하건 관심을 둘 필요가 없는데 왜 자꾸 신경이 쓰이는지 알 수 없었다. 아무튼 그는 악의적인 계획 하나를 숨기고 있었다.

어디든 정착할 만한 장소를 찾아내면 그 다음에는 의사의 다리를 분지를 생각이다. 신화 속의 동굴에 사는 사람들이 대장장이를 달아나지 못하게 하기 위해 다리를 부러뜨렸던 것처럼 말이다. 하지만 아직은 그럴 때가 아니다.

어딘가에 적절한 장소가 있을 것이다. 효과적으로 수비할 수 있을 만큼 작으면서도 그의 무리를 모두 수용할 수 있을 만큼 넓은 장소. 농민들이 모여 사는 곳. 일할 사람도 많고 모두를 먹여 살릴 만큼 경작지도 충분한 곳. 그런 곳에 동료들과 함께 정착할 것이다. 빌어먹을 놈의 질링스! 그는 우리가 아무 곳이든 들어가서 약탈하면 된다고 했다. 하지만 그것은 불가능했다.

너무 배가 고프다. 고지대에서 빠져나와 한참을 걸었고 상점들은 이미 완전히 털렸다. 사람들은 도망쳤거나 바리케이드를 단단히 치고 있다. 바주카포나 무반동포가 있다고 해도 확신할 수 없을 정도다. 후커는 차분히 생각을 하고 싶었다. 만약 좀 더 일찍부터 전투를 시작했다면 어떨까. 아니다. 생각할 가치가 없는 일이다. 차라리 새로운 장소에 정착할 방법을 생각하자. 거기에 정착하고 나면…….

"만약 사람 고기를 먹을 수밖에 없다면……."

의사는 후커가 생각에 잠기도록 가만히 놔두지 않았다. 의사는 아마 계속 떠들 것이다. 그의 얼굴은 쭈글쭈글했고 구역질을 참는 듯했다. 개자식, 입 좀 닥치지?

"만약 정말 사람 고기를 먹을 수밖에 없다면 반드시 건강한 놈으로 골라야 합니다. 제일 빨리 앞장서서 달아나고 가장 강하게 반항하는 놈 말이오. 하지만 잡히는 놈은 언제나 병든 놈이지. 병든 고기를 먹으면 당신도 병이 들 거요. 아픈 사람을 먹느니 병든 짐승을 먹는 게 훨씬 낫소."

"닥쳐, 이 돌팔이야. 우리가 왜 죽었는지는 당신도 알지 않나. 당신이 제대로 된 의사가 아니라서 그들이 죽은 거야. 당신은 돌팔이야."

"물론이오. 그리고 제대로 된 의사를 찾는 순간 나는 냄비 속에 들어가겠지."

"그때까지라도 살고 싶거든 내 뒤에 잘 달라붙어."

의사는 해머 충돌 전에 부인과 전문의였다고 했다. 샌호아킨의 새로운 바다 앞에서 넋을 잃고 앉아 있던 것을 발견한 것인데, 만약 그가 잽싸게 자신의 직업이 의사라고 밝히지 않았다면 이미 스튜가 되었을 것이다.

의사는 처음에는 징집되는 것을 저항했지만, 후커가 정확한 상황을 설명해주자 곧 순종적으로 바뀌었다. 의사는 더 이상 시민의 권리 따위를 웅얼거리지 않았다. 그리고 후커는 의사가 사람들의 생명을 구하기 위해 최선을 다했다는 것을 의심하지는 않았다.

의사는 가장 느린 군인과 비슷한 속도로 행군했다. 그리고 스튜 솥을 진 건장한 남자 세 명이 맨 뒤에 있었다. 그중 한 명은 질링스였다. 후커는 덕택에 안심이었다. 만약 질링스가 후커를 뒤에서 쏘려면 먼저 솥을 내려놔야 할 테니까 말이다.

후커는 누구도 쏘고 싶지 않았다. 이미 너무 많은 사람을 잃었다. 질병 때문에, 탈영 때문에. 그리고 계곡에서 그들의 뒤를 쫓던 사람들과의 전투 때문에.

계곡에 처박혀 있는 농부들 따위가 그렇게 전투에 능숙할 줄 누가 상상했을까. 현대식 무기를 갖춘 군대 조직을 상대로 말이다. 물론 자신들이 뛰어난 군대가 아니라는 점은 인정했다. 총알도 많지 않았고 매우 영리하지도 않았다. 신병을 훈련시킬 시간이 없었기 때문에 군기도 없다. 지금의 그들은 헌병뿐 아니라 심지어 일반 경찰조차 두려워했다. 하지만 후퇴는 없었다. 그리고 그들의 행군 속도보다 소문이 퍼지는 속도는 더 빨랐다.

더 많은 신병을 징집해야 한다. 하지만 먹을 것이 충분하기 전까지는 충분한 신병을 구할 수 없었다. 경제 논리는 끔찍하다. 사람 하나를 죽여 솥에 넣고 그 고기를 음식으로 만들 땔감과 물을 구하려면 많은 노동력이 필요했다. 만약 일행의 숫자가 줄어들면 고기를 다 먹지 못해 상하게 될 것이다. 그리고 지나치게 많이 노동해야 하…… 그리고 지나치게 많이 죽이게 된다.

분노한 군중들이 뒤를 쫓고 있을지 모른다는 걱정도 가끔 들었다. 쓸데없는 걱정이다. 해머 충돌 이후 제대로 돌아가는 것은 아무것도 없었다. 충돌 후 정확히 며칠이 지났지? 기억나지는 않지만 그의 부하 두 사람에게 주머니용 달력에 선을 그어 날짜를 세도록 했으므로 필요하면 언제든지 확인할 수 있었다.

후커는 다른 중요한 책임도 직접 져야만 했다. 예전에 그는 선임하사였기 때문에 주로 시시콜콜한 실무를 했다. 하지만 지금은 지휘관이 됐다. 자신이 얼마나 뛰어난 지휘관이 될 수 있을지 걱정할 여유가 없었다. 다른 사람 중에는 일을 맡을 만한 사람이 없었다.

왼쪽. 오른쪽. 저 망할 계곡에서 멀어져서 다시 남쪽을 향하고 있다. 이제 남쪽 어딘가에서 정착할 만한 곳을 찾아내고, 새로 신병을 구하고, 그리고 먹을 것도 찾아야 한다.

후커는 멍하게 구름을 쳐다봤다. 구름이 정말로 시계 반대방향으로 회전하고 있는 것 같았다. 눈앞의 내리막길 끝에 집 한 채가 보였다. 정찰대를 보내야겠다. 잠시라도 지붕이 딸린 쉴 공간이 필요했다. 저 집이 버려져 있다면 좋겠다. 그리고 통조림이라도 좀 남아 있으면 정말 좋겠다. 피를 보고 싶지는 않다.

"너! 너! 두 사람이 저 농가로 가봐! 누가 있는지 살펴 봐! 누가 있다면 이야기를 좀 해봐. 쏘지는 말고."

"알겠습니다, 선임하사님."

두 명의 군인, 두 명의 건강한 녀석이 대열에서 뛰쳐나가서 내리막을 달렸다.

의사가 말했다.

"저 녀석들부터 가서 죽으라고 한 거요?"

후커가 멍하게 말했다.

"신병을 더 징집해야 해, 이 돌팔이야. 그리고 삶은 고기는 아직 남았어. 하루는 더 버틸 수 있다고."

그는 여전히 두 명의 군인이 농가를 향해 달려가는 모습을 지켜봤다. 하늘의 움직임이 걱정스럽다. 이제 갓 정오가 지난 시간인데 구름은 월풀 욕조의 배수로에서 보이는 무늬를 그리며 움직이고 있었다.

구름 속에서 뭔가 번쩍였다. 햇빛이 저렇게 번쩍이면서 아래로 내려올 리는 없다. 그것은 붉었고, 점처럼 작았고, 아주 빨랐다. 거의 수직으로 날아와서 구름의 윗부분을 꿰뚫고 안으로 들어가더니, 먹구름의 어두운 아랫배를 뚫고 튀어나왔다. 후커가 읊조렸다.

"안 돼!"

의사는 그가 미치지 않았나 걱정하면서 물러났다.

후커가 작은 목소리로 말했다.

"안 돼. 안 돼. 안 돼, 안 돼. 더는 안 된다고. 이만하면 충분하잖아. 충분하잖아! 그만하라고! 이젠 그만둬야 해."

후커는 아래로 내리꽂히는 밝은 빛을 바라봤다. 만약 또 해머가 떨어진다면 도저히 더 받아들일 수 없다. 누구도 받아들일 수 없을 것이다.

그가 기도하자 이상한 반응이 돌아왔다. 밝게 빛나던 유성 뒤에서 갑자기 낙하산이 펼쳐졌다. 후커는 멍청한 표정으로 유성을 쳐다봤다.

의사가 말했다.

"저건 우주선이오. 젠장, 후커. 저건 우주선이오. 해머랩일 겁니다. 정신 차리시오."

후커가 아래로 내려오는 낙하산을 보며 말했다.

"닥쳐."

질링스가 뒤에서 우렁차게 소리 질렀다.

"선임하사님, 우주비행사는 맛이 어떻겠습니까? 칠면조 비슷할까요?"

후커가 대답했다.

"결코 알 수 없을걸."

그는 자신의 목소리가 자제심을 잃지 않은 것에 만족했다. 그리고 자제심을 잃은 표정을 본 것은 의사뿐이다. 의사 녀석은 소문을 내지 않을 것이다.

"저 우주선은 지금 계곡으로 떨어지고 있어. 어제 우리를 쏴갈겼던 망할 농부들이 있던 바로 그 자리 말이야."

그들은 동쪽을 향해 떨어지면서 시각이 마비됐다. 새롭게 낙하하는 혜성, '소유즈' 아래로 구름이 맹렬하게 빛을 반사했다. 여기저기 허리케인의 소용돌이가 있었다. 그들의 진로의 북쪽,

태평양의 혜성 충돌 지점의 상단에는 하늘 높이 치솟은 거대한 허리케인 모체가 작은 허리케인들을 계속 분리시키고 있었다. 소유즈가 흔들릴 때마다 창문이 진동했고 조니의 눈빛도 함께 흔들렸다. 소유즈는 구름 속에 파묻혔다가, 구름 밖으로 빠져나왔다가, 다시 새로운 구름에 진입하기를 반복했다. 주변은 회백색에서 차츰 어두운 회색으로 변했다.

"저 아래에 대체 뭐가 있을까."

조니가 말했다.

이제 낙하 각도가 좀 더 급격해졌다. 구름 밖으로 빠져나왔는데도 바깥이 어두웠다. 땅? 바다? 늪? 뭐든 간에 이미 돌이킬 수 없다. 소유즈에는 연료도 없고 전력도 없고 조작할 방법도 없다. 해머랩의 태양열 집열기가 모래폭풍 때문에 거의 작동을 멈춰 참을 수 없도록 더워진 상태가 되도록, 마지막 몇 킬로그램의 산소와 최후의 식량이 다 할 때까지 최대한 오래 상공에 머물렀다. 인류 최후의 우주선을 최대한 오래 비행시키기 위해서였다. 그러나 영원히 궤도상에 머무를 수는 없으므로 결국 폐허가 된 지구로 돌아와야 했다.

그들의 최후 임무는 나름대로 의미가 있었다. 그들은 혜성의 충돌 지점을 정확하게 식별해서 지구에 알렸다. 그리고 목격한 모든 것을 계속 방송했다. 로켓의 비행, 원자 폭발, 미사일의 비행, 중국과 소련의 전쟁. 어쩌면 영원히 계속될 것 같은 전쟁이었다.

그들의 방송을 수신한 사람들도 있었다. 남아프리카의 프리

토리아에서, 뉴질랜드에서 그들의 방송을 수신했음을 알려왔다. 특히 콜로라도스프링스의 북미 대공방위 사령부와는 오 분 가까이 대화를 나눴다. 해머 충돌 후 사 주간 궤도에 머문 것치고 많은 것을 봤다고 하기는 어려웠지만 설사 볼 것이 없었더라도 그들은 상공에 머물렀을 것이다. 최후의 우주여행자로서 말이다.

조니의 뒤에서 표트르가 말했다.

"낙하산 개방!"

평범한 단어였지만 어디인지 조니를 긴장하게 만드는 음색이었다.

릭이 뒤편에서 말했다.

"승차감이 안 좋습니다. 정원 초과라서 그런 것 같군요."

레오닐라가 말했다.

"아니, 항상 이렇죠. 당신네 아폴로는 탑승감이 좀 나았겠죠?"

릭이 대답했다.

"나도 올라가기만 해보고 내려와 본 적은 없어서 잘 모르겠소. 그래도 아폴로는 감압복을 입으니까 걱정이 조금 덜 되었죠."

표트르가 말했다.

"공간이 없으니까 어쩔 수 없다고 했잖소. 그리고 우주비행사 인명사고가 난 이후로 설계를 변경했으니까 걱정할 필요 없습니다. 새는 곳 없죠? 맞소?"

"맞소."

주변 풍경이 바뀌면서 빠르게 가까워졌다. 표트르가 말했다.

"너무 남쪽으로 내려온 것 같소. 바람을 예측할 수가 없으니."

조니가 말했다.

"착륙만 제대로 하면 되오."

그는 아래쪽의 수면을 바라보며 말했다.

"모두 수영할 수 있소?"

레오닐라가 큭큭거렸다.

"물은 깊어 보이지 않아요. 모두 늪을 걸을 수 있나요? 사실……."

그녀는 말을 멈추고 지상의 풍경을 주의 깊게 내려다봤고, 다른 사람들은 그녀의 다음 말을 기다렸다. 그녀는 조니 바로 옆의 의자에 앉아 있고, 표트르와 릭은 그들 뒤편의 공간에서 구겨지듯 몸을 웅크리고 있었다.

"사실 지금 우리는 내륙에서 움직이고 있어요. 동쪽을 봐요. 사람들이 세 명, 아니 네 명. 집에서 달려 나오고 있어요."

조니가 말했다.

"이백 미터 남았소. 착륙 준비. 백 미터. 오십…… 이십오……."

철썩! 정원을 초과한 소유즈 비행선은 거칠게 착륙했다. 지면에 닿은 것 같았다. 조니는 한숨을 내쉬면서 근육 하나하나의 긴장을 풀었다. 더 이상 진동도 없고 공기의 비명도 들리지 않았다. 폭발의 공포와 익사의 두려움도 지나갔다. 그들은 무사히 착륙했다.

그들 모두는 땀에 젖어 있었다. 아주 뜨거운 비행이었다. 조니가 물었다.

"모두들 괜찮소?"

"괜찮습니다."

"괜찮아요. 고맙습니다."

릭이 말했다.

"자, 모두 밖으로 나가봅시다."

조니는 급히 나갈 필요를 느끼지 못했지만, 뒤편에서 엉망진창으로 구부리고 있는 릭과 표트르는 그렇지 않을 것이다. 릭이 제안한 자리 배치였지만 편한 것은 아니었다. 조니는 익숙하지 않은 잠금장치를 붙들고 낑낑거렸다. 갖은 애를 써도 작동하지 않던 잠금장치가 어느 순간 툭 튀어나갔다.

"아뿔싸."

릭이 물었다.

"무슨 일이죠?"

레오닐라가 목을 길게 빼고 조니의 너머를 봤다.

조니가 말했다.

"환영 행사야."

조니는 해치를 열고 몸을 일으킨 뒤, 총을 쥔 군중을 향해 환한 미소를 지었다. 그를 바라보고 있는 사람이 열 명도 넘었다. 여자는 한 명도 없고, 총의 개수는 세어 보지 않았지만 대여섯 자루는 되는 것 같다. 산탄총, 소총, 권총, 그리고, 주여! 군용 기관총까지 있었다.

그는 손을 들었다. 팔을 높이 들고 캡슐 바깥으로 기어 나가는 것은 쉽지 않았다. 저 사람들은 대체 왜 저렇게 예민하게 굴지? 그는 몸을 천천히 움직이면서 그들에게 자신의 어깨에 붙어 있는 미국 국기를 보여줬다.

"쏘지 마세요. 나는 미국의 영웅입니다."

그들은 전혀 감동을 받지 않았다. 그들은 심하게 훼손된 작업복을 입었고, 반쯤 익사한 생쥐 같았다. 그들의 얼굴은 손에 든 총만큼 차가워 보였다. 몇 명은 피에 젖은 붕대를 감고 있었다.

조니는 고함을 지르고 싶었다. 난 위대한 우주비행사이고, 당신들과 같은 나라 사람이라고! 그는 충동을 억눌렀다.

반원형으로 둘러선 사람들 중 가장 덩치 큰 사람이 입을 열었다. 머리가 희고, 입고 있는 작업복만큼은 아니지만 아주 억세 보였다. 그의 팔은 레슬링 선수처럼 굵었고, 그 굵은 팔에 쥐어진 경기관총은 부서질 듯 약해 보였다.

"자, 말해보시오, 미국의 영웅님. 어쩌다가 빨갱이의 비행기를 타고 온 거요?"

"비행기가 아니라 우주선입니다. 나는 해머랩에서 방금 왔소. 해머랩이 뭔지는 다들 아시오?"

당신들 머리 위, 저 멀리 멀리 멀리 위 하늘에 올려놨다가 내려오지 않았던 로켓 말이야, 알겠냐고!

"아폴로와 소유즈가 공동 추진했던 우주 비행 프로젝트였습니다. 혜성 탐사 임무를 부여받았죠."

"알고 있소."

"잘됐군요. 아폴로에는 작은 구멍이 하나 뚫렸습니다. 아마 무시무시한 속도로 날아온 눈송이 같은 것에 관통당했던 것 같습니다. 그래서 소련인들에게 지구로 가는 길에 좀 태워달라고 부탁

할 수밖에 없었소. 그들의 비행선에 말이오. 내 이름은······."

"조니! 나는 저 사람 얼굴 알고 있소. 조니 베이커라고요."

마르고, 힘없는 검은 머리의 남자였다. 그의 가느다란 손에 들린 산탄총은 어마어마하게 커 보였다.

조니가 말했다.

"만나서 반갑습니다."

그리고 조니는 실제로도 반가웠다.

"내가 손을 내린다면 다치게 되겠소?"

흰 머리의 남자가 말했다.

"손 내리시오."

명백히 그는 이들의 우두머리였다. 아마 반쯤은 연장자를 우대하는 전통 덕택에, 반쯤은 큰 체구 덕택일 것이다. 그가 기관총을 들고 있다고 해서 우두머리로서의 체면은 조금도 손상되지 않았다. 기관총은 정확히 조니를 겨누지는 않는 상태로 허공에서 멈췄다.

"다른 사람은 누가 더 있소?"

"다른 우주비행사들입니다. 두 명의 소련인, 한 명의 미국인이오. 안은 아주 비좁습니다. 그들도 나와도 되겠소? 그저 당신들이······ 당신들이 침착하게 행동해주기만 한다면 말이오."

"여기에 흥분한 사람은 없소."

우두머리가 말했다.

"당신 친구들도 데리고 나오시오. 물어볼 것도 있소. 예를 들어, 빨갱이가 왜 여기에 왔는지, 같은 것 말이오."

"우리가 갈 곳이 어디 있었겠습니까? 사람은 네 명이지만 비행기는 한 대였소. 자, 레오닐라?"

그녀가 바깥으로 나왔다. 레오닐라는 가벼운 미소를 띠며 손을 가볍게 들었다. 조니가 소개했다.

"레오닐라 말리크입니다. 최초의 여자 우주인이죠."

정확하게 따지면 사실이 아니었지만, 말하기에 좋았다.

사람들의 딱딱하던 시선이 조금 부드러워졌다. 흰 머리 사내는 총구를 아래로 내렸다.

"나는 디크요. 자, 나오시오, 아가씨. 아니, 동무라고 불러야하오?"

레오닐라가 말했다.

"부르고 싶은 대로 부르세요."

그녀는 열린 해치를 통해 기어 나오면서 서쪽에 펼쳐진 호수가 반사한 햇빛 때문에 눈을 찡그렸다.

"미국은 처음 방문했습니다. 소비에트 연방 바깥으로 나와 본 것도 처음이네요. 이전에는 나가는 것을 허락받지 못했거든요."

조니가 말했다.

"그다음 사람입니다. 표트르……."

표트르 자코브 준장은 미소를 짓지 않았다. 그는 손을 하늘로 높이 들고 허리를 뻣뻣하게 세운 채 나왔다. 그의 어깨에는 해머와 낫이 그려진 소비에트 사회주의 연방 공화국 마크가 새겨져 있었다. 농부들이 다시 경계의 태도를 보였다.

"표트르 자코브 준장입니다."

조니는 모인 사람 중 누구도 그의 이름을 놀리지 않기를 바라면서, 최대한 소련식 발음으로 말했다.

"그리고 한 명이 더 있습니다. 릭……."

농부 중 몇 사람은 얼굴을 마주보면서 아는 사람이 나온다는 듯한 표정을 보였다.

릭이 나타났다. 그는 미군 마크가 잘 보이도록 하고 미소를 지었다.

"릭 델란티 대령입니다. 미국 공군 소속입니다."

농부들이 조금이지만 다시 경계를 풀었다.

릭이 말했다.

"나는 우주에 나간 첫 번째 흑인입니다. 그리고 마지막 흑인일 거요. 앞으로 천 년쯤 말입니다."

그는 잠시 말을 쉬었다.

"우리 모두는 최후의 우주비행사들입니다."

디크가 말했다.

"당분간 마지막일 뿐이지. 문명의 복구는 그렇게 오래 걸리지 않을 거요."

그는 기관총을 어깨로 돌려 맸다. 총구가 하늘을 향했다. 다른 사람들도 무기를 쥐는 자세를 미묘하게 바꿨다. 그들은 이제 우연히 무기를 얻은 농부 같은 자세였다.

사람들 중 하나가 장난 섞인 미소를 지으며 말했다.

"저들이 당신을 집에 태워다 준 거요?"

릭이 대답했다.

"아 글쎄, 거기서 여기로 오는 버스는 이거밖에 없더라고요."

사람들이 웃음을 터뜨렸다.

윌슨이 말했다.

"바리케이드 당번조, 자네들은 다시 바리케이드로 돌아가게."

그는 조니에게 돌아섰다.

"지금 걱정되는 것이 있소. 군대 출신의 폭도들이 이 부근을 돌아다니고 있소. 저 아래쪽 길목에서 아르메니아 출신 친구 하나를 죽여서 잡아먹었소. 잡아먹었다고요. 그들 중 하나가 탈출해서 우리에게 미리 경고를 해준 덕택에 매복했다가 그 개새······ 그 자식들을 습격했소. 하지만 아직도 그들은 많이 남아 있소. 그들뿐 아니오. 도시의 사람들, 미친개처럼 날뛰는 사람들······."

레오닐라가 물었다.

"상황이 그렇게 나쁜 건가요? 벌써 이렇게까지?"

릭이 말했다.

"차라리 내려오지 말 걸 그랬소."

표트르가 소유즈를 향해 손을 뻗으며 말했다.

"저 우주선에 아주 중요한 기록들이 있소. 저 우주선은 꼭 보존해야 합니다. 혹시 근처에 연구 인력이 있는 곳이 있소? 과학자나, 대학교 같은 것 말이오."

농부들이 웃음을 터뜨렸다. 디크가 말했다.

"대학교? 조니 베이커, 주변을 한 번 보시오. 자세히 말이오."

조니는 주변을 둘러봤다.

동쪽은 비에 흠뻑 젖은 산이었는데 녹색인 부분도 약간 있지만 대부분 황폐했다. 저지대는 물에 침수되어 있었다. 북쪽과 동쪽으로 이어지는 고속도로는 길이라기보다 몇 개의 콘크리트 섬이 이어져 있는 것 같았다. 서쪽에는 광대한 바다가 펼쳐져 있었는데 삼십 센티미터 높이의 파도가 찰랑거렸고 군데군데 갈색 산과 언덕이 섬처럼 솟아 있었다. 완전히 잠기지 않은 과수원의 나무들이 물 바깥으로 꼭대기만 내밀고 있었다. 그리고 누가 탔는지 모를 몇 척의 배가 떠다녔다. 물은 진흙탕이었고, 검고, 위험해 보였으며, 죽은 것들이 떠다녔다. 짐승 사체, 그리고 사람의 사체. 해변에서 삼십 미터 정도 떨어진 곳에 봉제 인형 하나가 부드럽게 파도에 흔들리고 있었다. 거기서 멀지 않은 곳에는 체크무늬 옷과 금발 머리칼 한 뭉치가 엉켜서 떠 있었는데, 사람인지 아닌지 알 수 없었다.

디크는 조니의 시선을 따라 움직이다가, 바다 위에 섬처럼 솟은 언덕의 한 농가를 쳐다보며 씁쓸하게 말했다.

"우리가 할 수 있는 것은 아무것도 없소. 사체를 매장하는 일에만 전념할 수도 있겠지. 하지만 그래도 끝내지 못할 거요."

그제야 해머 충돌의 두려움이 조니에게도 온전하게 전해졌다. 그가 말했다.

"끝나지 않았군요."

디크는 인상을 찌푸렸다. 조니가 말을 이었다.

"한 번 쾅! 하고 끝난 것이 아니었군요. 이제 문명은 끝장났고, 우리가 문명을 재건해야 할 텐데, 지금은 후유증을 겪는 시기이고, 그 후유증은 혜성보다 끔찍하고……."

디크가 말했다.

"젠장, 그러니까 당신들은 정말 운이 좋소. 아무튼 최악의 시간은 피했으니까."

표트르가 물었다.

"중앙 정부는 없습니까?"

디크가 말했다.

"지금 보고 있잖소. 우리 중에는 전직 보안관도 있지만, 그도 이제는 평범한 사람일 뿐이오. 해머 충돌 이후 새크라멘토에서 아무 소식도 듣지 못했으니까."

레오닐라가 말했다.

"하지만 분명히 질서를 유지하려고 애쓰며 사는 사람들이 있겠죠."

디크가 말했다.

"그렇소. 우리 말고도 상원의원 쪽 사람들도 있소."

조니가 솟구치는 감정을 표현하지 않으려 애쓰며 물었다.

"상원의원이라니요?"

그는 그 끔찍한 바다에서 시선을 거두고 동쪽 고지대를 바라봤다.

디크가 말했다.

"아더 젤리슨 상원의원 말이오."

릭이 말했다.

"별로 그를 좋아하지 않는 것 같은데요?"

"꼭 그렇지는 않소. 그를 비난할 수는 없지. 하지만 그를 반드시 좋아해야 되는 것도 아니니까."

조니가 물었다.

"그가 뭘 하고 있습니까?"

디크가 말했다.

"조직을 만들고 있소."

디크는 북쪽과 동쪽 그리고 하이시에라 방향의 산등성이를 가리켰다.

"그가 자리를 잡은 실버밸리는 주변이 온통 산으로 되어 있소. 그들은 울타리마다 순찰을 세우고 허락 없이는 누구도 들어오지 못하게 합니다. 만약 도움을 청한다면 군인들을 빌릴 수 있겠지만 대가는 더럽게 비싸오. 그들의 군대를 먹여야 하고, 많은 식량과, 석유와, 탄약과, 비료와, 지금은 구하지 못하는 그 모든 물건을 대가로 받아갈 거요."

릭이 말했다.

"만약 석유가 있다면 형편이 나을 텐데 말입니다."

디크가 과장되게 손을 흔들었다.

"어떻게 우리가 그걸 지키겠소? 울타리도 없고, 지킬 수 있는 담장도 없는데 말이오. 건설할 시간도 없을 뿐 아니라, 피난민들이 밀려와서 우리가 챙기지 못한 물건을 주워가는 것을 막을 방법도 없소. 그런 물건을 지키라고요? 거기 세워둘 사람이 없소. 다른 할 일이 너무 많으니까."

"알았소. 아무튼 이 기록은 안전하게 보관해야 합니다."

표트르는 소유즈에 기어올라 해치를 닫았다.

조니가 말했다.

"전기는 없습니까? 원자력발전소가 있지 않습니까? 새크라멘토 인근의 발전소 말입니다."

디크가 어깨를 으쓱했다.

"새크라멘토는 고도가 해발 칠 미터쯤 됐소. 지진 때문에 모든 것이 흔들렸으니 발전소는 물속에 잠겼을 수도 있지. 아닐 수도 있고. 나도 잘 모르겠소. 이곳과 그곳 사이의 거리는 사백 킬로미터가 넘고 그 사이에는 늪과 호수뿐이오. 계곡 대부분은 깊은 물 아래에 잠겨버렸으니까. 우주선 문은 잘 잠갔소? 그럼 갑시다."

그들은 농가가 있는 산등성이로 걸어갔다. 좀 더 가까이 가자 농가 주변에 모래주머니와 개인용 참호가 보였다. 여자와 아이들이 요새를 강화하는 작업을 하고 있었다.

디크는 잠시 생각하더니 말했다.

"조니, 당신은 참호 파는 것보다는 더 나은 일을 해줘야겠소. 하지만 그게 어떤 일일지는 나도 잘 모르겠소."

조니는 아무 말도 하지 않았다. 그는 방금 목격하고 파악한 것에 압도되어 있었다. 이제 이곳에 문명은 사라졌고, 오직 몇 제곱미터의 땅을 지키려고 애쓰는 농부들이 있을 뿐이었다.

릭이 말했다.

"우리는 일도 할 수 있습니다."

"물론이지."

디크가 말했다.

"봅시다. 앞으로 몇 주 안에 상원의원에게 연락이 올 거요. 그때 난 당신들이 여기 있다는 말을 할 거요. 아마 상원의원은 당신들을 보고 싶어 하겠지. 아주 간절하게 원한다면, 당신을 보내주는 대가를 받을 수 있을 거요. 그게 무슨 대가든지 말이오. *그렇게 해야겠소.*"

네 번째 주: 예언자

> 여러 형태의 국가 중 최악의 국가는 그 지도자가 더 이상 모든 국민을 기꺼이 복종시킬 만큼 강력한 권력을 가지지 못하면서도 일부 국민에게만 권력을 행사함으로써 그 일부가 국민의 나머지를 억압하는 경우다.
>
> – 베르트랑 드 주브날, 『군주』

예전에 세상은 미쳤었다. 나소르는 선명하게 기억했다.

한때 백인들은 슬럼가에 빵을 퍼붓고 폭동을 막기 위한 뇌물을 바쳤다. 그때 나소르는 자신의 몫을 받았다. 돈뿐 아니라 권력도 있었다. 나소르는 시 정부에서도 잘 알려져 있었고, 그는 점점 성장하고 있었다.

그러다가 흑인 시장이 당선되었고, 그리고 돈줄이 끊기고 권력이 증발했다. 나소르는 도저히 참을 수 없었다. 돈과 돈으로 살 수 있던 상징이 사라지면 그는 아무것도 아닌 존재가 된다. 창녀와 마약장사와 슬럼가에서 삶을 잇는 다른 쓰레기보다 나을 것이 없었다. 그는 권력을 잃었고, 그 권력을 찾기 전에 가게를 털다가 체포되었다. 풀려나는 방법은 백인 보증인과 백인 변호사에게 돈을 주는 것뿐이었다. 그들은 보석금을 받고 나소르를 풀어 줬고, 나소르는 이제 석방의 대가를 지불하기 위해 또 다른 상점을 털어야 했다. 이런 미친 세상!

그리고 아주 부유한 백인들 수백 명이 고지대를 향해 달아났다. 하늘에서 재앙이 다가오고 있다는 것이다! 나소르와 그의 형제들은 평생 부유하게 살 수 있을 만큼 물건을 털었다. 그들은 부자가 됐다. 암시장에 넘길 물건을 트럭 가득히 모았다. 그리고…….

미쳤다. 미쳤다. 해머 충돌 이전 시절은 분명하게 기억났지만, 꼭 약에 취해 꾼 꿈같았다. 그는 자신을 따르는 형제들을 지키려고 최선을 다했다. 여섯 명의 형제 가운데 네 명은 비와 지진과 엄청나게 많은 도망자 사이에서 무사히 살아남았다. 그리고 그들은 모이기로 했던 장소인 그레이프 바인 인근 통나무집까지 이동했다. 중간에 트럭 한 대의 엔진이 고장 나자 연료를 뽑아낸 다음 트럭을 버렸다. 싣고 있던 전자제품도 함께 버렸다. 텔레비전, 하이파이 오디오, 라디오, 소형 계산기…… 하지만 망원경과 쌍안경은 들고 왔다.

그리고 한동안은 괜찮았다. 통나무집 근처에 목장이 있는데 그곳에는 소와 다른 음식들이 있었다. 스물네 명의 형제들이 한동안 먹고살기 충분했다. 심지어 그 음식을 얻기 위해 싸울 필요도 없었다. 목장 주인이 무너진 지붕 아래에서 다리가 부러져 죽어 있었기 때문이었다. 굶어죽었는지 과다출혈로 죽었는지 모르지만 말이다.

하지만 곧 많은 수의 총을 든 흰둥이들이 몰려왔고 그들은 목장을 빼앗겼다. 열여덟 명의 형제들은 세 대의 트럭에 나눠 타고 쏟아지는 빗속을 뚫고 그곳에서 빠져나왔다.

그 후는 지옥 같았다. 먹을 것도 없고, 갈 곳도 없었다. 어디에도 한 떼의 흑인을 반겨주는 사람은 없었다. 이제 대체 어쩌란 말인가, 굶으란 말인가?

나소르는 빗속에서 다리를 꼬고 앉아 반쯤 졸며 기억을 더듬었다. 과거의 정신 나간 세상에는 멍청이들이 만든 웃기는 법과 경찰이 있기는 했지만, 믿기지 않을 만큼 훌륭한 물건들도 있었다. 뜨거운 커피, 근사한 스테이크, 보송보송한 타월 같은 것들 말이다.

나소르는 자신에게 꼭 맞는 코트를 입고 다녔다. 솜처럼 물을 머금은 여자용 밍크코트였다. 형제들 중에서 누구도 그에 대해서 뭐라고 말하지 않았다. 이제 다시 나소르에게는 힘이 있었다. 그의 시선에 자신의 발이 보였다. 훔친 부츠는 솔기가 뜯어지고 하도 걸어 바닥이 닳았다. 나소르는 고개를 들었다. 스완이 말을 걸었다.

스완은 온몸에 날카로운 물건을 지니고 다니는 위험한 사람이었다. 처음 나소르와 한 패가 되었을 때의 그는 마치 댄서처럼 날씬하고 칼날처럼 냉정하며 위험한 사내였다. 지금의 그는 자신감 없고 굶주린 사람이었다. 스완이 말했다.

"재키가 또 치크의 마누라를 집적거렸소. 그래서 또 치크가 이를 갈고 있소."

나소르가 일어섰다.

"젠장."

스완이 말했다.

"그냥 치크 그 자식을 죽여 버립시다."

"너, 잘 들어라."

나소르는 자신의 목소리에 기운이 없는 것을 깨닫고 조금 당황했다. 자기도 모르게 아주 지친 것 같았다. 그는 스완에게 접근하면서 낮고 위협적인 목소리로 말했다.

"우리에게는 치크가 필요하다. 치크를 죽인다면 그 전에 재키부터 죽이겠어. 그 다음에는 너를 죽여 버리겠다."

스완이 물러섰다.

"알았소, 나소르."

나소르는 그것을 즐겼다. 스완은 칼을 쥐려고 하지 않고 뒤로물러섰다. 나소르는 여전히 힘이 있다.

나소르가 말했다.

"치크는 우리 형제 중 가장 크고, 가장 강하다. 하지만 그것 때문은 아니야. 치크는 농부다. 농부. 알았어? 우리는 지금 벌써 열흘째 걷고 있지. 이 짓이 좋아? 남은 평생 걷기만 하고 싶어? 어딘가에는 우리를 위한 장소가 있을 거다. 하지만 농사를 짓는 방법을 모른다면 아무 의미가 없어."

스완이 말했다.

"씨발, 농사일 따위는 다른 새끼들에게 시키면 되잖소."

나소르가 말했다.

"딴 놈들이 꾀부리지 않고 제대로 일하는지는 어떻게 알아볼생각이지? 우리는……."

나소르는 말을 잠시 멈췄다. 더 말하다가는 좌절한 모습을 보일 것 같다.

"치크는 어디 있나?"

"모닥불 옆에. 그리고 재키는 도망갔소."

"치크의 마누라는?"

"치크와 함께."

"좋아."

나소르는 모닥불을 향해 걸어갔다. 자신이 스완에게 등을 내보여도 결코 그는 덤비지 못할 것이다. 그건 기분 좋은 일이다. 스완에게는 내가 필요하다. 다른 모든 사람들도 나소르를 필요로 했다. 다른 누구도 그들을 지금까지 살 수 있게 하지 못했을 것이다. 그 사실을 모두가 알고 있었다.

해머가 충돌한 첫 번째 주에는 내내 비가 왔다. 비는 조금씩 줄어들었지만 아주 그치지는 않은 상태로 시간이 흘러갔다. 누구도 참기 힘든 비가 계속 이어졌다. 이제 신이 해머를 내리친 지 사 주가 지났지만 여전히 비가 자주 흩뿌렸고, 적어도 하루 한 번은 세찬 비가 쏟아졌다. 오늘도 비가 세 번 쏟아졌고 지금도 흩뿌리고 있다. 비는 누구에게든 고통이었다. 비는 마음을 무겁게 했고, 부츠 속에 든 발을 썩게 했다. 모든 것이 절망적으로 흠씬 젖었다. 뽀송뽀송한 자리를 차지하기 위해서라면 서로 죽일 수도 있었다.

비는 한밤중이 되어서야 멈췄다. 모두가 차양막 옆에 피운 모닥불에 모여 앉았다. 나소르는 내일이면 연료로 불을 피운 것을 후회할 것이다.

하지만 제기랄, 트럭의 연료가 떨어지기 전에 도로가 먼저 끝이 날 것 같았다. 대부분의 도로는 저지대로 이어지는 지점에서 수중으로 잠기면서 끝이 났다. 차가 건너갈 수 있는 곳을 찾기 위해 몇 킬로미터씩을 빙빙 도는 것이 예사다. 제기랄, 미쳤다. 그리고 저지대를 건널 수 있는 지점에는 종종 바리케이드가 있고 총을 든 농부가 지키고 서 있었다.

게다가 지금 그들에게는 불이 필요했다. 가솔린 덕택에 불이 쉽게 붙기는 했지만 끔찍하게 연기가 났다. 큰 바람이 불어 비닐 차양막을 뒤흔들었다. 스무 명의 형제와 다섯 명의 자매가 모두 불 주변에 웅크리고 앉았다. 연기가 주변으로 퍼지다가 때로는 그들을 삼킬 듯 피어올랐다. 즐거운 웃음소리를 듣자 나소르도 기분이 좋아졌다.

이 사나운 남자의 무리에 여자가 끼어 있는 것은 나쁘다. 하지만 여자가 없다면 더 나쁠 것이다. 나소르는 혹시 자신이 실수한 것은 아닐까 의심스러웠지만 이젠 너무 늦었다. 제기랄. 작은 실수 하나가 그들 모두를 죽일 수도 있다. 좋든 싫든, 그것이 바로 힘이다.

처음 이곳으로 왔을 때 그들은 열여덟 명의 형제들뿐이었다. 여자는 없었다. 그들이 만나게 되는 사람은 대부분 백인 남자였고, 대부분 굶주렸고, 대부분 싸울 능력이 없었다. 그의 무리는 음식과 주거 공간을 마구 약탈했고 종종 살인도 했다. 그리고 흑인을 만나면 무리로 끌어들였다. 북쪽에서 여기까지 오는 동안 흑인은 이상할 정도로 보이지 않았다. 가끔 보이는 자들은 대부분은 농부였으며 상당수는 나소르를 따라오려고 하지 않았다. 나소르에게는 먹을 입이 줄어들기 때문에 잘된 일이었고 그들에게는 안된 일이다. 나소르의 무리가 지나고 난 곳에서는 어떤 흑인도 환영받지 못할 것이기 때문이었다.

그들은 계속 이동했다. 그들은 아직 정착 생활을 해도 될 만큼 농경과 수비에 용이한 장소를 찾지 못했다. 그의 형제들은 언제나 총을 든 농부, 경찰의 잔당, 살인 이외에 생존 수단이 없는 다른 생존자들에게 쫓겨서 도망 다녔다.

그리고 지금은 다섯 명의 여자와 스무 명의 남자가 있었다. 이제까지 여자를 두고 싸우다가 네 명이 죽었다. 죽은 자 중 셋은 여자의 남편이었고, 최근에 남편을 잃은 여자 하나가 자살했다. 나소르는 기뻤다. 최소한 한동안 잠잠해질 것이기 때문이었다.

하지만 오래 가지는 않았다. 마베라는 년 때문이다. 마베의 남편은 자다가 칼에 찔려 죽었는데, 그 후 마베의 행동이 이상했다. 그녀는 아무 남자하고나 잠을 잤는데 그러고 나면 싸움이 생겼다. 그녀가 복수를 하고 있는 것일까? 하지만 나소르로서는 방법이 없었다. 만일 마베를 죽이려면 사고로 위장해야 한다. 형제들에게 섹스를 제공하는 하나뿐인 창녀를 죽일 수는 없다. 적절한 때가 된다면? 그녀가 다시 모든 사람이 알 만큼 요란한 싸움을 일으킨다면?

치크와 그의 마누라는 경우가 조금 다르다. 그들은 농부였다. 그들의 목장은 지금은 바다의 일부가 됐다. 예전 샌호아킨밸리가 있던 자리에 생긴 바다 말이다. 그들의 말투는 마치 레드넥[*] 흰 둥이들 같았다. 그들은 도시의 사람들이 떠드는 말을 이해하지 못했다. 치크의 마누라는 나긋나긋하면서도 당당하고 강인하며 사랑스러웠다. 치크는 우락부락한 거인이었다. 그는 차의 한쪽 끝을 번쩍 들어 올리거나 스완처럼 마른 형제의 한쪽 발목을 쥐고 팔랑개비처럼 빙글빙글 돌리다가 하늘로 사 미터는 던질 만큼 힘이 셌다. 그리고 실제로 스완을 그렇게 하기도 했다.

그들은 홍수 때문에 두 아이를 잃었다. 만약 그 아이들이 있었다면…… 나소르는 아쉬웠다. 지금 그들의 무리에게는 아이들이 간절하게 필요했다. 물론 일반적인 의미는 아니었다. 만약 치크의 마누라가 두 아이의 엄마로서 이 무리에 합류했다면 형제들은 그녀에게 치근덕거리지 않고 그녀를 보호하는 쪽으로 행동했을 것이다.

나소르가 다가오자 무리는 그의 일거수일투족을 지켜봤다. 그리고 나소르는 무리의 얼굴에 떠오른 미소를 봤다. 그래. 모닥불을 피우기를 잘 했다. 치크 부부는 서로에게 팔을 두르고 앉아 생각에 잠긴 듯 모닥불 속을 바라봤다. 나소르는 그들 앞에 쭈그리고 앉아서 말했다.

"이야기 좀 했으면 좋겠는데?"

치크가 머리를 흔들었다. 그의 부인은 움직이지 않았다.

"확실한가?"

---

[*] 남부 미국인 빈민.

치크가 말했다.

"더러운 도둑놈들을 내 여자에게 오게 하지 마시오."

"노력하고 있다. 그건 누구의 잘못도 아냐. 상황이 그러니까 어쩔 수 없는 거지. 특별히 심한 놈 있어?"

"재키, 그 개자식이 칼까지 꺼냈다는 것 들었소?"

여자가 말했다.

"그냥 보여주기만 했어요. 하지만 무서웠다고요."

나소르가 말했다.

"당신은 총도 두려워하지 않잖아."

그녀는 아주 훌륭한 권총을 가지고 있었고, 새를 잡는 총탄부터 곰도 잡을 수 있는 총탄까지 대여섯 가지를 늘 들고 다녔다. 나소르는 권총 한 가지로 그렇게 많은 일이 가능하다는 것을 처음 알았다.

"왜 칼 따위에?"

여자는 고개를 저었고, 치크가 눈을 번뜩였다.

나소르가 일어섰다.

"내가 해결하지. 재키 어디 갔나?"

"숨었소."

나소르가 고개를 끄떡이고 걸었다.

이제 그냥 주변을 어슬렁거려야 할까, 아니면 재키의 뒤를 쫓아야 할까? 그냥 어슬렁거리자. 그는 형제와 자매 사이를 걸어 다니면서, 불빛에 자신의 모습이 비춰 보이도록 했다.

시간이 지나자 형제와 자매들은 삼삼오오 트럭으로 들어갔다.

곧 비 때문에 모닥불이 꺼졌고, 그때까지 재키는 돌아오지 않았다. 나소르는 이미 자신이 어디로 갈지를 결정했다.

해안선. 지난 주 내내 이 해안선을 따라왔다. 나소르는 고지대의 도시로 들어갈 생각도 해봤다. 하지만 뭘 위해서? 흰둥이들이 건설한 세상은 이제 끝났다. 처음부터 다시 시작해야 한다. 그들에게는 약간의 농토, 치크처럼 일하는 방법을 알려줄 사람 몇 명이 필요하다. 농토는 완전히 물에 잠겨 있다. 만약 물이 빠지기만 한다면…… 하지만 비는 끝없이, 끝없이 내렸다. 모닥불이 거의 꺼져서 어두워서 보이지는 않았지만 거대한 바다는 여전히 그 자리에 있었다. 그리고 쓰레기와 동물 시체와 사람 시체도 여전히 떠다녔다.

뒤편에는 언덕이 있다. 재키가 모닥불을 바라볼 수 있는 장소는 저 언덕뿐이겠지. 나소르는 언덕으로 향했다. 그는 발목이 부러질까봐 두려워하는 장님처럼 더듬거리며 언덕을 간신히 올라가서 경쾌하게 소리쳤다.

"재키?"

멀지 않은 곳에서 대답이 들렸다.

"여기 있소."

나소르는 조금 더 언덕을 올랐다. 재키는 꼭대기에 있었다. 그는 평범한 체구였고, 세 사이즈쯤 큰 코트를 입고 있었다. 나소르가 말했다.

"왜 치크의 마누라를 가만히 놔두지 못하지?"

"노력했소."

"나를 죽이려고 노력했다고?"

"정말로 참으려고 노력했소, 나소르. 심지어 마베한테 가기도 했소. 사타구니 말고는 아무것도 없는 년에게라도 마음을 안정시키려고 말이오. 그런데 그 년이 나한테는 안 주겠다는 거요. 그리고 스완에게 달라붙으면서, 내 차례가 아니라는 거요. 그 쌍년은 하룻밤에 세 놈한테도 주는 쌍년이고, 달라는 놈한테는 다 주는 쌍년인데, 나한테는 안 줬단 말이오!"

"네 대가리가 빠개지기를 바라는 거지."

나소르는 일을 어떻게 풀어야 할지를 깨달았다.

"마베는 싸움이 일어나기를 원해. 그 년의 남편에게 칼을 박은 것이 누군지 모르니까 우리 모두가 서로 죽이기를 원하는 거야. 그 년은 엘리엇과 섹스를 한 다음 롭에게는 엘리엇에게 강간을 당했다고 말했어. 너한테 다리를 안 벌리는 이유는 네가 치크와 싸우기를 바라기 때문이야. 내가 이런 이야기를 한 줄 알면, 마베는 대여섯 명의 남자를 꼬드겨서 내게 덤벼들게 만들겠지. 재키, 어떻게 하면 될까?"

저 녀석이 이제 자지 대신 대가리를 쓰도록 만들어야 한다.

재키가 말했다.

"형제들의 관심을 끌 일을 만들어야 해. 여자가 아닌 다른 일 말이오."

그는 자신의 말이 아주 재미있는 것 같기도 하고 아주 슬프기도 하다는 말투였다.

"그러면 뭔가 행동이 필요하겠군."

"나소르, 우리 어디로 가고 있는 거요? 이제 어떻게 해야 하는 거요?"

"말해주기 힘들어."

나소르는 뭘 해야 하는지, 어디로 갈지 모른다는 사실을 누구에게도 말할 수 없었다. 그리고 재키는 똑똑하고, 나소르와 마찬가지로 정치적 감각이 있다. 재키는 예전에 큰 판을 벌이던 시절에도 중요한 역할을 했다. 나소르가 시 정부에서 원하는 것을 얻을 때까지 재키가 빈민가를 온통 휘저었고, 나소르가 뭔가를 얻으면 그는 잠잠해졌다. 모든 것이 나소르의 소행처럼 보이도록 말이다. 재키에게 직접 생각하게 하라. 하지만 말을 해줘서는 안 된다. 만약 나소르도 남들처럼 두려워하고 있다는 사실이 밝혀지면 형제들의 질서가 사라지고 모든 것이 끝장날 것이다.

재키가 말했다.

"흑인의 힘은 끝났소. 사람이 모이지 않으면 힘도 없는 거지."

나소르가 말했다.

"맞아. 나도 그렇게 생각해."

재키가 말을 이었다.

"그리고 우리는 숫자가 충분하지 않소. 어딘가 정착할 수 있는 숫자가 아니오. 치크의 말로는 일인당 팔천 제곱미터가 필요하다고 했으니, 사십만 제곱미터의 토지가 있으면 자립할 수 있겠지. 아니, 그렇지도 않소. 우리 중 농사를 지을 수 있는 사람이 너무 부족해. 농사를 도와줄 사람이 있어야 해. 그리고 일인당 팔천 제곱미터도 문제요. 우리 모두가 완전히 흩어져야 하는데, 그렇게 흩어지면 살아남을 수 없소."

나소르가 말했다.

"그렇다고 너무 수가 적어도 안 돼."

"맞소. 그래서 우리는 흰둥이들의 조직을 찾아서 협력해야 하지. 그건 혈맹은 아니오. 정치적인 협력일 뿐이지."

재키는 어둠 속을 바라봤다. 그의 목소리는 조용했지만 나소르는 재키가 이 문제를 오래 생각했다는 것을 느낄 수 있었다.

재키가 말했다.

"망할 놈의 옛 질서는 끝났소. 시스템이 무너지고, 정부의 돼지들과 부자 놈들이 싸그리 사라지는 것은 정말 오랫동안 원했던 일이지만, 그게 무너지는 동안 우리는 아무 기회도 잡지 못했소. 왜냐하면 우리는 숫자가 충분하지 않기 때문이오."

"제기랄. 나는 최대한 많이 데리고 나왔어. 지금 내 잘못이라는 건가?"

재키가 말했다.

"아니오, 나소르. 당신은 할 수 있는 것을 다 했소. 숫자가 충분하지 않은 것은 당신 잘못이 아니오. 여기 와서 아래를 내려다보시오."

비가 흩뿌리는 가운데 불빛이 번진 것이 보였다. 북쪽 해안선 옆 어딘가에서 다른 누군가가 모닥불을 피우고 있을 것이다.

재키가 말했다.

"내가 당신보다 시력이 좋지. 아마 당신한테는 모닥불 두 개가 또렷하게 보이지는 않을 거요. 모닥불이 두 개야. 모닥불을 두 개나 피울 정도라면 대체 사람이 몇 명이나 모여 있을까?"

"아주 많겠지. 저쪽에서도 우리 모닥불을 봤을까?"

"아니. 이 길에 누가 있을 거라고는 생각하지 않을 거요. 그리고 저들은 누가 그들을 보든 말든 별로 신경도 안 쓰고 있을 거요. 무슨 말인지 한 번 생각해보시오."

힘이다. 저 무리는 숨을 필요가 없다. 그들에게는 힘이 있다.

"정찰대가 있을까? 그들이 우리 뒤를 쫓을까? 아냐. 북쪽으로 가고 있는 자들이 남쪽으로 정찰대를 보낼 이유는 없다."

재키가 말했다.

"이런 상황을 알게 되면 치크가 나를 죽일 생각을 좀 덜 하게 될 거요."

"너, 나를 실망시키려는 건가? 저 모닥불들을 보고도 왜 즉시 내게 말해주지 않았지?"

"계속 보고 있어야 했소. 그리고 여기에는 아무도 없었소. 그래서 내가 계속 지켜보고 있었지."

재키는 치크를 두려워했다.

"좋아. 너는 여기에서 계속 지켜봐. 게이에게 쌍안경을 들려서 보낼 테니까."

❧

아침의 흐린 햇빛이 들 때쯤 재키는 언덕에서 내려왔다. 나소르가 사람들을 모두 깨워서 짐을 꾸리고 있는데 재키가 먼저 치크 부부에게 다가갔다. 나소르는 그들의 대화를 들을 수 없었지만, 치크가 손에 든 산탄총을 쏘거나 싸움을 하는 것 같지는 않았다. 재키는 돌아서서 그에게 결과를 보고했다.

"그들도 모두 이동을 준비하고 있소. 그들은 아주 질서 있는 조직이오. 오십 명, 육십 명, 어쩌면 훨씬 많을 수도 있소. 한 장소에 모두 모이지 않아 전체 인원은 잘 모르겠소. 여자도 있고 넝마가 된 양복과 넥타이를 맨 흰둥이도 하나 있었소. 하지만 대부분은 군인이었소."

재키는 그 말의 의미가 전달되기를 기다렸다.

나소르가 말했다.

"군대라고? 오, 제기랄."

재키가 말했다.

"그런데 그놈들 움직이는 것이 좀 이상했소. 군복도 입고 총 비슷한 것도 들었지만 행동이 군인 같지는 않았소. 민간인 복장을 한 사람도 제법 있었고."

나소르가 얼굴을 찌푸렸다. 재키가 말을 이었다.

"그리고 무기가 소총뿐이 아니었소. 기관총도 있고, 난로 굴뚝 같은 물건도……."

나소르가 말했다.

"바주카포?"

"그렇소. 그리고 대포만큼 거대한 물건도 있었소. 두 사람이 들고 다니는 물건인데, 집이라도 박살낼 것 같았소. 내가 보기에 그 자들은 북쪽으로 이동하려고 하고 있었소."

나소르는 재키의 말을 가만히 생각해봤다.

이제까지 북쪽에서 남쪽으로 내려오면서 그들의 흔적을 조금도 볼 수 없었고 서쪽의 샌호아킨은 호수가 되었으므로, 그들은 아마 동쪽에서 왔을 것이다.

스완이 말했다.

"어쩌면 그들의 뒤를 따라가는 편이 좋을 수도 있겠소. 그놈들, 아주 겁나는 놈들 같으니까."

나소르가 말했다.

"그리고 우리는 그놈들이 모든 것을 싹 다 주워간 다음 아무것도 없는 곳만 따라다니겠지."

나소르는 말을 많이 하고 싶지 않았다. 어떻게 해야 할지 몰랐기 때문에, 다른 사람들의 생각을 먼저 듣고서 말을 하는 편이 좋을 것 같았다.

"나도 올라가서 직접 봐야겠다."

그는 스완에게 이곳의 지휘를 맡겼다. 만약 그 군대가 접근해 온다면 어디로 달아날지를 알려준 다음, 재키를 앞세워 언덕으로 올라갔다. 젠장. 산탄총 몇 자루를 들고 저 군대와 맞서 싸우며 장렬하게 토요일 밤 특집 영화나 한 번 찍어볼까.

한참 후 나소르는 입을 열었다.

"이제 알겠다."

재키가 그를 쳐다봤다. 나소르가 말을 이었다.

"왜 아무것도 없었는지 말이다."

이틀 전 그들은 뗏목을 타고 반쯤 가라앉은 슈퍼마켓에 갔다.

그곳은 이미 아무것도 없었다. 연어 통조림이나 안초비 같은 이상한 물건만 있었는데, 그나마 많지도 않았다. 틀림없이 저 군대가 깡그리 집어갔을 것이다.

언덕 꼭대기에 올라가자 날이 조금 더 밝아져 있었다. 재키가 손짓을 하자 나소르는 몸을 숙이고 잠시 수풀을 기어갔다. 게이가 있는 곳에 도착했을 때 나소르의 모피 코트는 온통 진흙투성이가 되어 있었다. 하지만 저 군대도 쌍안경을 가지고서 열심히 주변을 경계하고 있을 테니 조심해야 한다. 그렇지 않다면 지금까지 살아남았을 리 없다.

저들의 주둔지는 이곳에서 일 킬로미터 이상 떨어져 있었으며 해변에서는 멀지 않았다. 그들의 주변에는 참호와 진지가 구축되어 있었다. 조직화. 저들은 아주 잘 조직화되어 있다. 그리고 아주 많은 사람이 모닥불 주변에 모여 앉아 있었다. 그들은 숨으려고 애쓰지 않았다. 음식도 충분해 보였다. 여자는 일곱 명이다.

"잡일은 여자들이 하는 것 같소. 파란 옷을 입은 토끼처럼 생긴 자가 뭔가 역할이 있는 것 같고. 그리고 대부분 백인이지만 유색인종도 열 명쯤 있는 것 같소. 그리고 하사가 한 명 있는데."

"하사라."

나소르는 그의 말을 곱씹었다.

"사람들이 하사의 지시를 잘 따르나?"

게이가 말했다.

"하사가 손짓을 하면 사람들이 뛰어서 오고 있소."

"장교는?"

"못 봤소. 내가 보기에는 하사가 지휘관 같소."

재키가 말했다.

"저들이면 딱 맞소. 나소르, 저놈들이라면 정말 딱 맞다니까."

나소르는 아무 말도 하지 않았다. 재키가 흥분한 목소리로 말을 이었다.

"내가 어젯밤에 이야기했던 것 있잖소. 굳이 흑인이 아니더라도, 힘을 가진 자들과 합류하는 것 말이오. 그리고 저들에게는 힘이 있소, 나소르."

"저렇게 규모가 큰 놈들은 아냐."

재키가 말했다.

"저들도 병력 보충을 원할 수도 있지."

게이가 코웃음을 쳤다.

"미쳤소? 저 빌어먹을 군대에 합류하자고?"

"조용해."

나소르가 쌍안경으로 그들의 주둔지를 들여다봤다. 그들의 움직임은 질서정연했다. 그들에게는 보초와 전초부대가 있었다. 모닥불 위에는 큰 물통이 걸려 있는데, 모든 사람들은 더러운 장비를 뜨거운 물로 씻고 있었다. 쓰레기는 주둔지 바깥의 구멍에 파묻었다. 저 무리는 마치 군대 같았지만 완전히 군대와 똑같지는 않았다. 어딘지 이상한 점이 있었다.

재키가 말했다.

"나소르, 저들은 우리가 원하는 것을 가지고 있소. 힘. 그들은 원하는 것을 뭐든지 할 수 있는 충분한 총이 있소. 우리가 합류한다면 우리는 어디든 원하는 곳에 정착할 수 있소. 저렇게 많은 사람과 함께라면 이 빌어먹을 계곡 전체를 접수할 수도 있소. 계속 사람을 끌어 모으면 이 빌어먹을 나라 전체를 접수할지도 모른다니까."

게이가 말했다.

"너 약 빨았냐?"

"조용하라고."

나소르는 다시 강하게 말했다. 그들은 모두 나소르의 말을 순종했다. 그들의 침묵이 나소르를 만족시켰다. 이것이 힘이다.

문제는 저 군대에 합류하고도 나소르가 지금의 힘을 유지할 방법을 찾는 것이다.

"저들은 차는 있나?"

"오토바이가 한 대 있소. 커다란 혼다 오토바이 같은데, 두 사람을 태우고 북쪽으로 갔소. 타고 있는 사람은 하나는 백인이고 하나는 혼혈이었소."

"제복을 입었나?"

게이가 말했다.

"흰둥이는 제복을 입었소."

게이는 어떤 상황인지를 정확히 몰랐고 나소르가 질문을 하는 이유를 몰랐기 때문에 자신 없이 대답했다.

"그들에게는 차가 없다. 우리는 트럭이 있어. 그리고 차가 있는 곳도 알고 있지."

나소르가 중얼거렸다. 길 아래쪽 농가에는 농부 십여 명이 총을 들고 지키는 트럭 세 대가 있다. 나소르의 힘으로는 그 차를 빼앗지 못했지만, 이 정도 조직의 힘이라면 충분하다.

나소르는 하사의 모습이 시야에 들어오는 순간, 게이의 입을 다물게 했다. 혼혈에 덩치가 크다. 흑인은 아니고 약간 갈색 피부인데 턱수염이 있다. 턱수염? 군대에서 턱수염? 하사는 갈매기 계급장을 달고 있었고 허리에 큰 권총을 찼다. 그는 사람들에게 손짓을 했고 그가 가리킨 사람은 나무를 가져오거나 불을 피우거나 솥을 닦는 등 일을 했다. 그는 고함을 지르지도 않았고 손짓을 요란하게 하지도 않았다. 힘이다. 저 사내는 힘을 가지고 있고, 어떻게 힘을 써야 하는지도 안다. 나소르는 그의 움직임을 자세히 지켜봤다. 그러다가 고개를 들고 씩 웃었다.

"저 놈, 후커다."

게이가 물었다.

"뭐요?"

재키가 씩 웃었다. 나소르는 안도의 한숨을 길게 내쉬었다.

"저 친구, 후커야. 내가 잘 아는 녀석이라고. 협상을 해볼 수 있겠군."

준비가 필요했다. 나소르는 후커와 동등하게 한 무리의 지휘자로서 이야기를 나눠야 했다. 그들은 힘을 가진 두 사람의 남자여야 한다. 후커가 나소르의 어려운 상황을 눈치 채서는 안 된다. 나소르는 재키를 언덕에 남겨두고 다시 막사로 돌아왔다. 고함을 지르고 요란하게 손짓을 해야 할 시간이 왔다. 이 병신 같은 자식들이 뭔가를 해줘야 한다.

낮이 되자 그의 무리에도 질서가 잡혔다. 겉모습이 그럴 듯했고, 실제보다 훨씬 사람이 많아 보였다. 그는 동생 해롤드와 재키를 데리고 군대 조직의 주둔지로 향했다.

해안선이 가까워지자 해롤드가 말했다.

"나 지금 쫄았소."

"후커한테 쫄아?"

"그 자식한테 좆나게 맞았던 적이 있소. 중학생 때였던가."

나소르가 말했다.

"그래, 하지만 벌써 옛날 일이지. 좋아. 그들도 우리를 봤어. 해롤드. 네가 들어가. 총은 내려놔. 걸어가. 손 들고. 그리고 후커 하사에게 가서, 내가 이야기를 하고 싶다고 해. 알지? 그에게 공손하게 대해. 깍듯하게 하라고."

해롤드가 말했다.

"좆나게 깍듯하게 할 테니까 걱정 마시오."

그는 허리를 쫙 펴고 손을 번쩍 들어 빈손을 보이며 앞으로 걸었다. 휘파람을 불려고 애쓰면서.

나소르는 후커 쪽에서 사람들이 움직이는 것을 알아차렸다. 후커가 보낸 사람들이 해롤드의 측면으로 나오는 중이었다. 나소르는 돌아서서, 존재하지 않는 수행원들에게 고함을 질렀다.

"가만히 있어, 이 개자식들아! 나는 평화롭게 대화를 하러 온 거라고, 알아먹었어? 먼저 총 쏘는 놈은 껍데기를 벗겨버린다. 분명히 말했다."

이런, 너무 많이 말했다. 마치 똘마니들이 내 말을 듣지 않을까봐 걱정하는 것 같다. 하지만 군대 쪽의 녀석들도 내 말을 들었다. 그들이 움직임을 멈췄다. 해롤드는 그들의 주둔지에 깊숙이 들어갔고, 아직 양편의 아무도 총을 쏘지 않았다.

해롤드가 말을 전하고 있겠지. 나소르는 각오를 다졌다. 이제 후커와 이야기를 나눌 것이고, 해내고 말 것이다. 후커와 만날 것이다. 이제 괜찮다. 괜찮을 거다. 해머가 충돌한 후 처음으로 나소르는 희망과 자부심을 느꼈다.

❧

육중한 두 대의 농업용 트럭이 샌호아킨의 새로운 바다에 생긴 꼬불꼬불한 길을 따라 진흙 밭을 건너며 달렸다. 그들은 아직 반쯤 물에 잠긴 슈퍼마켓에 도착해서 차를 세웠다. 무장한 남자들이 차에서 내려 각자 적절한 위치를 잡았다.

"자, 가자."

칼 화이트가 말했다. 그는 지금 디크의 기관총을 들고 있었다. 칼은 물에 잠긴 건물을 향해 앞장섰다. 더러운 물이 허리 높이에서 찰랑거렸다. 다른 사람들도 칼의 뒤를 따랐다.

릭은 기침을 했다. 그는 입으로 숨을 쉬려고 애를 썼다. 시체의 냄새는 압도적이다. 그는 표트르와 조니와 아무 이야기라도 나누고 싶었지만 그들은 모두 대열 반대쪽 끝에 있었다. 이곳에 온 것은 두 번째였지만 우주비행사 중 누구도 이 냄새에 익숙해지지 않았다.

케빈 머레이가 말했다.

"내가 지시를 내리는 사람이었다면, 물이 빠지기까지 한 주일을 더 기다리도록 했겠소."

케빈은 팔이 길고 근육질에 땅딸막한 사내였다. 그는 사료 가게의 점원이었는데 운이 좋게도 농부의 여동생과 결혼을 했다.

칼이 안에서 말했다.

"한 주를 기다리면 망할 놈의 군대 놈들이 여기를 다 뒤질 거요. 자, 잠깐만 기다리시오."

칼은 유일하게 작동하는 수동 손전등과 디크의 기관총을 들고 먼저 안으로 들어갔다.

릭에게는 이 모든 것이 역겨웠다. 그들의 주변에는 죽은 것이 너무 많다. 그것뿐 아니다. 지난 밤 디크를 찾아온 난민이 밥 한 끼가 아깝지 않은 중요한 정보를 제공했다. 계곡 남쪽을 휘젓고 다니던 흑인 갱단 무리가 식인 군대와 손을 잡았다는 것이다. 그러면 이제 그들은 다시 디크의 영역을 공격할 것이다.

가엾은 개자식들. 릭은 속으로 동정했다. 이제 세상은 끝장났다. 흑인들은 신분도 없고, 갈 곳도 없고, 오라는 사람도 없다. 당연히 그들도 식인에 동참할 것이다. 그러면 이제 이곳의 생존자들이 릭에게도 의심어린 눈길을 보낼 것이다.

"깨끗해. 안으로 들어오시오."

칼은 안에서 고함을 질렀다. 열두 명의 사내, 즉 아홉 명의 생존자와 세 명의 우주비행사가 안으로 들어갔다. 운전사가 트럭을 회전시켜 헤드라이트로 부서진 건물 내부를 비춰줬다.

릭은 아무것도 하고 싶지 않았다. 더러운 물에는 시체가 둥둥 떠다녔다. 그는 몇 번 심하게 구역질을 하다가 옷으로 얼굴을 가렸다. 칼이 가솔린 몇 방울을 옷 위에 뿌려줬다. 가솔린의 들큼하고 역한 냄새가 차라리 훨씬 나았다.

케빈은 깡통이 쌓인 선반으로 가서 옥수수 깡통 하나를 집어 들었다. 이미 부식되어 있었다. 그가 말했다.

"벌써 맛이 갔소. 젠장."

다른 농부가 말했다.

"손전등 하나만 있으면 참 좋겠는데."

손전등이 있다면 도움은 되겠지, 하지만 어둠 속에서 하는 편이 차라리 낫다. 릭은 선반에서 뭔가를 발견했다. 유리병 안에 든 피클이었다. 그는 다른 사람을 불렀다. 그들은 힘을 합쳐 피클을 꺼냈다.

케빈이 다른 병을 하나 건네며 물었다.

"이건 뭐요, 릭?"

"버섯이군요."

케빈이 어깨를 으쓱했다.

"아무것도 없는 것보다는 낫지. 고맙소. 아, 안경이 정말 필요해. 내가 왜 총을 안 드는지 아시오? 왜냐하면 앞을 제대로 볼 수가 없기 때문이오."

릭은 안경에 대해 생각해봤지만 유리알을 연마하는 방법 따위는 전혀 몰랐다. 릭은 복도를 따라 걸으면서 다른 사람이 발견한 물건을 운반하거나 새로운 물건이 있는지를 찾고 떠다니는 시체를 계속 옆으로 밀쳐냈다. 시체를 밀쳐내는 일도 이제는 기계적으로 반복할 수 있었지만, 그럼에도 불구하고 다른 이야깃거리가 필요했다.

"통조림은 오래 가지 못하죠?"

릭은 부식된 통조림을 보며 말했다.

"정어리 통조림은 오래 가더군요. 왜 그런지는 신이나 아시겠지. 내가 보기에 여기는 벌써 누가 다녀갔소. 지난번 상점만큼 물건이 많지 않잖소. 여기에 있던 물건 대부분을 벌써 챙긴 것 같잖소."

케빈은 곁에서 둥둥 떠다니는 시체를 쳐다보다가 말했다.

"어쩌면 여기 갇혔던 사람들이 다 먹었을지도 모르고."

릭은 대답하지 않았다. 그의 발끝에 반질반질한 유리가 걸렸다. 그들은 모두 길 건너편 신발가게에서 건진 슬리퍼를 신고 일했다. 깨진 유리에 다칠까봐 맨발로 일할 수는 없지만, 좋은 부츠를 물속에서 망가뜨릴 필요도 없다. 그는 발가락으로 유리병의 부드러운 곡선을 훑었다.

릭은 숨을 들이쉰 다음 잠수했다. 바닥까지 내려가 보니 여러 가지 모양의 병이 잔뜩 있었다. 생수일 확률이 오십 퍼센트쯤 되겠지. 트럭 공간을 차지할 가치가 전혀 없지는 않은 물건이다. 아무튼 그는 하나를 들어 올려봤다.

"오, 신이시여! 사과 주스다! 이봐, 여기 좀 도와줘!"

표트르, 조니, 그리고 다른 농부들이 복도를 따라 뛰어왔다.

모두들 개처럼 지치고, 더럽고, 흠뻑 젖어서 마치 좀비 같았다. 그래도 일부는 미소 지을 힘이 남아 있었다. 총을 들지 않은 이는 릭과 케빈뿐이었기 때문에, 그들이 물에 손을 넣어 병을 꺼냈다.

책임자인 칼이 두 개의 병을 천천히 들어 올려 확인했다.

"잘했소, 릭. 정말 잘했소."

칼은 그렇게 말한 뒤 미소를 지으면서 천천히 복도 쪽으로 돌아갔다. 릭이 뒤를 따랐다.

누군가가 커다랗게 고함을 질렀다. 보초를 서던 숀의 목소리였다. 릭은 병을 빈 선반에 올려놓고 얼른 달려나가려고 했다. 하지만 그러고 보니 릭에게는 총도 없었다.

숀이 다시 고함을 질렀다.

"위험한 일은 아니오. 위험한 일은 아닙니다. 하지만 당신들도 와서 이걸 좀 보시오."

병을 가지러 돌아갈까? 제기랄, 나중에 가지러 가지. 그는 물에 떠다니는 뭔가를 보지도 않고 한 쪽으로 밀었다. 하지만 느낌만으로도 정체를 충분히 알 수 있었다. 체구가 작은 남자 아니면 체구가 큰 여자의 시체였다. 릭은 빛이 있는 쪽으로 걸어갔다.

야외 주차장에는 거의 사오십 대의 차가 빗속에 버려져 있었다. 뜨거운 비가 너무 빠르게 쏟아지면서 쇼핑센터의 손님들이 미처 이동하기도 전에 차의 엔진이 물에 잠겼을 것이다. 그래서 차도 갇히고, 사람도 갇혔을 것이다. 지금도 차들은 물에 푹 잠겨 있었다.

숀은 슈퍼마켓 지붕 위에 자리를 잡고 있었다. 그는 가까이 있는 물건을 잘 보지 못했다. 그는 심한 원시遠視였고, 안경도 없었다. 케빈과 같은 상황이었다. 숀은 폭스바겐 버스의 곁에서 둥둥 떠다니는 것을 바라보며 고함을 질렀다.

"저게 대체 뭔지 누가 좀 말해주시오! 분명 암소는 아니라고!"

사람들은 그 이상한 사체 곁에 반원형으로 모였다. 그들의 발치에서 물살이 부드럽게 서쪽으로 흐르고 있었다. 버스에 걸려 있는 이상한 사체는 바로 이 물살에 실려 흘러왔을 것이다.

그것은 인간보다 작았고 몸통은 온통 썩어 있었다. 크게 구부러진 다리는 거의 몸체에서 떨어져 나가기 직전이었다. 저게 뭐지? 그것에는 팔도 달려 있었다.

순간 릭은 황당하게도 이것이 외계인 아닐까, 또는 다른 우주에서 온 관광객들이 마련해준 특별한 쇼 프로그램이 아닐까 하는 어이없는 생각을 했다. 저 작은 팔, 길게 튀어나온 입, 와인 병 같은 몸뚱이……

릭이 말했다.

"젠장, 저건 캥거루요."

칼이 씹어 뱉듯 말했다.

"저런 캥거루는 본 적이 없소."

"저건 캥거루라니까요."

"하지만……."

릭이 말을 가로챘다.

"신문에서 죽은 지 두 주가 지난 짐승 사진을 본 적 있소? 내가 본 신문에는 그런 것 없었는데. 저건 죽은 캥거루요. 우스꽝스럽게 생긴 이유는 죽은 지 두 주가 지났기 때문이오."

제이콥이 그 사체에 가까이 다가가서 쳐다봤다.

"주머니가 없소. 캥거루는 주머니가 있는데."

바람의 방향이 바뀌어 사체가 다시 흔들렸다. 둘러싸고 있던 사람들이 하나 둘 비켜섰다.

"수놈인가 보지."

그러자 디크가 말했다.

"불알도 안 달렸는데. 캥거루도 생식기가 튀어나와 있나? 아, 젠장…… 이게 뭐 하는 짓거리지? 그런데 이게 어디서 왔을까. 가장 가까운 동물원이 어디에 있소?"

조니가 말했다.

"그리피스 파크 동물원이겠군요. 지진 때문에 사육장 몇 개가 부서졌나 봅니다. 저 불쌍한 짐승은 이렇게 북쪽까지 떠밀려오느라 고통이 많았을 거요. 익사했을지 굶어죽었을지 모르지만. 여러분, 자세히 보시오. 이제 다시는 캥거루를 보지 못할……."

릭은 귀를 막고 싶었다. 그는 사람들에게서 한 발 물러서서 사람들의 표정을 살폈다. 그는 비명을 지르고 싶었다.

그들은 모두 어제 새벽에 도착해서 이틀 내내 일을 했고, 지금은 해질녘이 됐다. 그 시간 동안 이 장소에서 일어났던 일에 대해 아무도 말을 하지 않았다. 물론 여기에 무슨 일이 났는지는 아주 명백했다. 수십 명의 손님들은 첫 번째 충돌 후 폭우가 쏟아지는 바람에 차가 물에 잠겨서 여기에 갇혔을 것이고, 슈퍼마켓에서 비가 그치고 구조대가 오기를 기다렸지만 그 사이에도 물이 계속

차올랐을 것이다. 그리고 마침내 자동문이 작동을 멈췄을 것이다. 건물 뒷문을 통해 빠져나간 사람도 있었겠지만 그들 역시 익사했을 것이다.

슈퍼마켓의 선반 중 상당수는 비어 있었고 물 위에 옥수수 속대나 빈 병, 오렌지 껍질, 반쯤 먹다 남은 빵 등이 둥둥 떠다녔다. 이들은 굶어죽은 것은 아니었다. 그러나…… 아무튼 그들은 죽었다. 슈퍼마켓 여기저기에 시체가 둥둥 떠다녔고 침수된 주차장도 마찬가지였다. 수십 명이다. 대부분 여자였지만, 남자와 아이도 있었다.

릭이 조그맣게 말했다.

"당신들……."

릭은 충격을 받았고 화가 났다. 그는 고개를 숙이고 목소리를 가다듬은 다음 소리를 질렀다.

"당신들 모두 미쳤소? 시체를 보고 싶소? 그렇다면 주변을 보시오! 보라고요! 여기 있잖소! 저기도! 저기도 있소!"

릭는 더러워진 꽃무늬 옷의 시체, 디크의 바로 옆에 떠 있는 아이의 시체, 폭스바겐 버스의 앞 유리창 너머에 있는 시체를 차례로 가리켰다.

"죽은 사람이 없는 곳을 찾을 수 없는 상황에서, 죽은 캥거루 따위에 자칼처럼 모여드는 이유가 뭐요?"

케빈이 주먹이 하얗게 변하도록 꽉 쥐었다.

"당신, 닥쳐! 닥치라고!"

하지만 케빈은 이내 시선을 피했고, 다른 사람들도 마찬가지였다.

제이콥이 떨리는 목소리로 말했다.

"이미 시체에는 익숙해졌소. 우리는 이미 시체에 익숙해졌다고. 익숙해져야만 하니까! 제기랄!"

물살의 방향이 변했다. 캥거루인지 정확히 알 수 없는 그 사체는 버스 주변을 따라 움직이더니 멀리 어디론가 흘러갔다.

지프 웨고니어는 비포장도로용 타이어가 장착된 사륜구동 차량으로 원래는 밝은 오렌지색 차체에 흰색 가로줄이 그려져 있다. 하지만 지금 이 지프 웨고니어는 갈색과 녹색의 위장 무늬가 칠해져 있다. 앞좌석에는 군복 차림의 사내 두 명이 무릎 사이에 소총을 끼고 앉아 있었다. 그리고 뒷좌석에는 나소르와 후커 하사가 앉아 있었다.

차가 진흙 벌판과 황폐해진 아몬드 숲을 지나가는 동안 그들은 아무 대화도 나누지 않았다. 차가 주둔지에 도착하자 보초들이 경례를 붙였다. 차가 멈추자 앞좌석의 운전사와 경호원이 뛰어나와서 뒷좌석의 문을 열어줬다. 나소르는 운전사에게 가볍게 고개를 끄떡여 감사 인사를 했다. 후커는 누가 문을 열어줬다는 것을 알아차리지도 못한 것 같았다.

나소르와 후커는 주둔지 깊숙한 곳의 전용 텐트로 향했다. 스포츠 물품 상점에서 가져온 새 텐트로, 지지대는 알루미늄이고 녹색의 차광막이 있었으며 물이 새지 않았다. 실내에는 숯불 화로가 켜져 있어서 따뜻하고 건조했으며, 화로 위에는 주전자가 끓고 있었다. 두 사람이 각각 의자에 앉자 안에서 기다리던 백인 여자가 그들에게 뜨거운 차를 따라줬다. 후커가 가볍게 고개를 끄덕이자 여자는 밖으로 나갔고 경호원들도 소리가 들리지 않을 만큼 멀리 이동했다.

후커가 환하게 웃으며 말했다.

"어이, 땅콩, 정말 멋진 인생 아닌가?"

그 별명을 듣자마자 나소르의 얼굴에서 웃음이 사라졌다.

"맹세컨대 다시는 그 별명으로 부르지 마!"

후커가 다시 웃었다.

"좋아. 여기는 아무도 우리를 엿듣지 않아."

나소르는 어깨를 으쓱하면서 말했다.

"그래. 하지만 네가 대화를 까먹을 수는 있겠지."

나소르는 8학년 때 이후로는 '땅콩'이라는 별명으로 불린 적이 없었다. 수업시간에 조지 워싱턴 카버가 면화로 황폐해진 남부 토양을 땅콩 재배로 되살렸다고 배웠는데, 당시의 나소르는 조지 워싱턴 카버 데이비스라는 이름을 사용하고 있었으므로 자연스럽게 땅콩이라는 별명을 얻었다. 하지만 그가 비누에 면도날을 꽂아 휘두른 이후로는 누구도 그런 별명을 부르지 못했다.

후커가 대답했다.

"걱정 말라고. 안 까먹을 테니."

그는 차를 마시면서 따뜻함을 즐겼다.

"좋아."

정찰대가 발견해서 보고한 것은 대부분 그들이 예상했던 일들이었지만, 딱 한 가지, 하이시에라에서 눈이 내리는 것을 봤다는 이야기가 있었다. 8월에 눈이라니! 해머의 날 이전에도 시에라의 고지대에서 이따금 여름에 눈이 내렸다는 이야기는 들었다. 하지만…… 나소르는 공포에 떨었다.

뜨거운 차와 따뜻한 공기, 사치스러울 정도로 뽀송뽀송한 실내. 하지만 두 사람은 불편하게 앉아 있었다. 이야기를 나눌 것이 너무 많았지만 이야기를 먼저 시작하고 싶지는 않았다.

두 사람 모두 이제 곧 선택을 해야 한다는 사실을 잘 알고 있었다. 그들의 주둔지는 옛 베이커스필드의 폐허와 너무 인접했다. 그 도시의 폐허에는 아직 많은 사람이 살고 있는데, 그들이 언제 하나로 뭉쳐 나소르와 후커를 끝장내려고 덤벼들지 모른다. 아직은 그들이 뭉치지 않았다. 그들은 여전히 서로를 불신하고 증오하며 후커와 나소르가 남긴 슈퍼마켓의 포장 음식을 두고 싸움을 벌였다.

결론은 간단했다. 나소르와 후커의 조직을 합치면 베이커스필드에서 한 판 시원하게 싸울 만큼의 총탄과 병력은 있다. 만약 그들이 이긴다면 이제 많은 것을 얻어 새로운 시간을 보낼 수 있다. 만약 진다면, 끝장이다. 이미 주변에서 얻을 수 있는 것은 모두 뒤졌다. 이제는 이동해야 한다. 하지만 어디로?

후커가 중얼거렸다.

"망할 놈의 비."

나소르가 차를 홀짝이며 끄덕였다. 만약 비가 멈춰준다면, 베이커스필드에 마른 땅이 드러난다면 더 이상 문제될 것이 없어진다. 센 바람이 부는 어느 좋은 날, 아니, 사실 언제나 센 바람이 부니까, 아무 날이나 하루를 잡아서 저 망할 놈의 도시 전체를 태워버리면 된다. 한꺼번에 백 군데쯤에 불을 놓으면 끝이다. 불의 태풍. 그 바람이 대지를 휩쓸어 아무것도 남기지 않을 것이다. 그러면 더 이상 베이커스필드는 위협이 되지 않을 것이다.

지금은 비가 잦아들고 있다. 어제는 한 시간가량 햇빛이 났다. 오늘은 아직 오전이지만 거의 해가 날 것 같았고 지금은 안개비가 오는 정도에 불과했다.

후커가 말했다.

"이제 음식은 육 일치 남았다. 그 뒤에는 굶주리기 시작할 거다. 많이 굶주리면 새로운 먹을 것을 찾게 될 거야, 그러면……."

후커는 말을 마치지 않았다. 그럴 필요가 없었다. 나소르는 어깨를 으쓱했다. 후커 하사가 말했다.

"다시 너희도 함께 해야 한다."

"나도 알아."

나소르는 다시 한 번 어깨를 으쓱하고 기억을 더듬었다. 후커가 쏴 죽인 농부, 스튜의 냄새. 모든 사람이 농부의 한 부분이 담긴 그릇을 받았고, 후커는 그들 모두가 먹는 모습을 지켜봤다. 나소르의 형제들도 이 무서운 의식을 함께 치렀다. 나소르는 먹지 않겠다고 버티던 형제 하나를 쏠 수밖에 없었다. 그리고 벼르고 벼르던 마베도 쐈다. 성스러운 잔치 덕택에 말썽을 부리는 계집을 쏴버릴 수 있었다. 그녀도 먹지 않으려고 했으니까 말이다.

후커가 말했다.

"당신들은 여태껏 한 번도 안 먹었다는 게 더 신기해."

나소르는 아무 말도 하지 않았다. 표정도 바꾸지 않았다. 사실 나소르의 일행은 사람을 먹는 것은 생각조차 해보지 않았다. 나소르는 그 사실에 은밀한 자부심을 느꼈다. 그의 형제들은 식인종이 아니었다. 물론 지금은 그들도 식인종이다. 후커의 그룹에 합류하기 위한 방법은 그것뿐이었다.

"하기는 너희는 쇠고기 육포가 있었으니까."

후커는 끝내 나소르를 가만히 놔두지 않는다. 지금뿐 아니라 언제라도 마찬가지지만 말이다.

"정말 제대로 배고파본 적이 없는 거잖아. 운이 좋은 거지."

"운이 좋다고? 운이 좋다고?"

나소르의 분노가 폭발했고 후커가 주춤했다. 나소르가 고함을 질렀다.

"운 따위는 내 똥구멍에 처박아라! 그 승합차에는 먹고 마실 물건이 일 톤은 실려 있었어. 하지만 그 개자식 때문에 고작 육포 일 킬로그램밖에 못 건진 거야!"

나소르는 천막 바깥, 모닥불 곁에서 보초를 서고 있는 호리호리한 흑인을 가리켰다.

"한니발, 저 새끼 때문에!"

후커가 인상을 찌푸렸다.

"그런데 왜 저놈을 여태 살려둔 건가? 그놈 때문에 식량을 얼마나 잃은 건가?"

나소르가 지나갔던 분노와 고통을 기억하며 거칠게 말했다.

"음식뿐 아냐. 술은 얼마나 많았는데. 심지어 나는 그 냄새도 기억해. 그 냄새만 기억하면 미칠 것 같다고. 게이의 등에 화상 자국 봤나? 난 게이가 죽을 줄 알았어. 그날 다른 사람도 모두 화상을 입었다니까."

"씨발, 대체 뭔 소리를 지껄이는 건가?"

"그래, 넌 모르지."

나소르는 뒤에 놓여 있는 신발 보관함에서 병 하나를 꺼냈다. 드럭스토어에서 건져낸 싸구려 위스키다. 캘리포니아의 드럭스토어는 뭐든지 다 판다는 것이 감사할 뿐이다. 나소르가 말했다.

"해머가 떨어지기 전에 내가 부하들을 불러 모았지. 이런 상황이 될 거라고는 상상도 안 하던 때였어."

나소르는 문장을 끝맺지 못했다.

"예전 시절. 흰둥이 새끼들이……."

후커가 몸을 앞으로 기울이더니 나소르의 얼굴을 후려쳤다. 아주 강하게. 나소르의 손이 반사적으로 권총집으로 향했다가, 곧 멈췄다. 그리고 말했다.

"고맙네."

후커가 끄떡였다.

"계속 이야기해봐."

"백인들, 벨에어에 사는 부자 백인들은 절반은 어디론가 튀었어. 집을 놔두고. 집을 텅 비워놓고. 우리는 트럭을 타고 그 집들을 훑었지……."

나소르는 그 순간을 기억하면서 미소를 지었다. 그리고 고양이처럼 크게 눈을 떴다.

"그리고 우리는 정말 부자가 됐어. 당신에게 준 그 시계나, 이 반지나. 텔레비전. 오디오. 페르시아 양탄자도 있었다고. 진짜 페르시아 제품이었지. 암시장에 가면 장물애비들이 큰 거 스무 장을 기꺼이 지불하는 물건 말이야. 정말 모든 물건을 다 가졌어. 후커. 나는 부자였다고."

후커가 고개를 끄떡였다. 젠장, 나소르는 자신이 괜한 이야기를 꺼냈다는 것을 깨달았다. 후커는 군인이었으므로 어쩌면 폭도를 제압하라는 명령을 받고 벨에어로 출동하는 중이었는지도 모른다. 이런 미친 세상.

나소르가 말했다.

"그리고 마약도 찾았다고. 코카인, 마리화나. 모두가 최고 품질이었어. 나는 부하 녀석들이 그 자리에서 마약을 빨지 못하도록, 물건을 모두 빼앗아야 했지."

후커가 위스키를 마셨다.

"그래서. 전부 다 먹었나?"

"씨발, 이야기 끊지 말라고. 하나도 못했어. 그때는 맛도 안 봤어, 후커, 내가 그 자리에서 마약을 하면 모조리 죽여버리겠다고 했지. 당시에는 바깥에 온통 경찰이 순찰 중이었다고."

"그래."

"그리고 일이 벌어진 거지. 빌어먹을 해머 말이야. 우리는 밖으로 나와서 소방도로에 등산로를 타고 어떻게든 빠져나와서 그 레이프바인에 갔어. 거기서 트럭으로 갈아탔지. 그 뒤로도 고속도로는 피하고 거의 등산로를 타고 산꼭대기까지 올랐어. 그러다가 돌아보니까, 끝내주더군. 씨발, 산탄총과 소총으로 무장한 네 대의 오토바이 사이로 파란색 승합차가 따라오는데, 이건 마치 영화 속에서 역마차를 호위하는 기마경찰 같았다니까."

후커가 대답했다.

"그랬군."

그는 위스키를 더 따랐다. 몇 분 후에는 현실을 이야기해야겠지만 지금은 보송보송한 곳에서 술 한 잔을 하는 것이 최고다. 어디로 가야 할지 고민 따위는 천천히 해도 된다.

나소르가 말했다.

"그 차를 털려고 완벽하게 준비했어. 승합차보다 충분히 앞장선 곳에서 전기톱으로 나무를 쓰러뜨려서 좁은 길을 만들었어. 그래서 승합차를 유인한 다음에, 씨발! 당신도 봤어야 했어! 그들의 오토바이가 불과 이 미터도 안 되는 곳까지 왔을 때 우리가 나무 뒤에서 튀어나가 총을 갈겼어. 총알을 어마어마하게 쏴 제겼다고. 오토바이 탄 놈들은 단숨에 끝장났고, 오토바이는 멀쩡하게 건졌어. 승합차를 탄 놈들은 그대로 항복했지. 그 예쁜 파란 승합차에 흠집 하나 내지 않았다고. 그러면 벨에어에서 발견했던 코카인을 전부 다 빨았냐고? 아니, 하나도 못했어. 한니발, 그 새끼가 짱박았던 약을 혼자서 빨았는데, 평소에 빨던 제품이 아니라 정말 순도 높은 물건인 걸 모르고 한꺼번에 두세 줄씩 빤 거야. 승합차 안에 있던 놈들이 손을 들고 나오려는 순간 한니발 개새끼가 갑자기 자기가 최후의 마우마우* 단원이 되기로 작정했는지 화염병을 들고 고함을 지르면서 승합차에 뛰어든 거야! 제기랄, 화염병이 승합차 속에 정확하게 들어갔지."

후커가 그 장면을 상상하며 고개를 저었다.

"오, 제기랄. 승합차에 좋은 물건 많았나?"

"좋았냐고? 후커. 뭐가 있었는지 말해줘도 믿지 못할 물건들이야. 그 씨발 놈을 아주 그냥…… 그냥……."

나소르는 웃으려고 했지만 제대로 웃지도 못했다.

"승합차에 타고 있던 놈들은 몸에 불이 붙어서 비명을 지르면서 뛰쳐나왔어. 몇 놈은 총도 들고. 옷에 불이 붙은 와중에 우리한테 총을 쏘더군. 우리도 마주 쐈지. 그리고 싸움이 끝났을 때는 승합차는 완전히 활활 타오르고 있었어. 가까이 갈 수도 없을 정도로 말이지. 트럭 안에서 뭔가가 폭발하기 시작했어. 오, 젠장, 후커, 그 냄새만 생각하면 나는 아주 미칠 것 같아. 지금 우리는 먹을 것이 없어서 죽어가고 있는데, 거기에서는 고기 익는 냄새가 나는 거야. 그뿐인가? 스카치, 브랜디, 평생 먹어볼 생각도 못했던 달콤한 향기가 나는 술들이었어, 초콜릿향, 건포도향, 사과향……. 젠장, 후커, 그 승합차에는 음식과 술이 가득했었다고! 음식! 고기! 트럭에 타고 있는 사람이 익는 냄새가 아냐! 쇠고기 냄새였어!"

---

* 백인에 대항하는 흑인 무력 조직.

나소르가 말을 멈추고 후커를 쳐다봤다. 후커는 특별히 할 말이 없는 것 같았다.

"뭔가가 폭발하면서 안에서 튀어나오더라고. 집어봤더니 알루미늄 호일에 둘둘 말린 육포 몇 킬로그램이었지. 가솔린도 안 묻었고 다행히 불에 타지도 않았어. 게이는 트럭 안으로 달려가서 술병 두 개를 들고 뛰어나왔지만, 그러면서 끔찍한 화상을 입었어. 통증을 잊게 하려고 한 병을 먹여야 했고, 그놈이 제대로 통증이 시작돼서 비명을 질러댈 때는 우리가 나머지 한 병을 먹여야 했다고. 제기랄. 오토바이에 타고 있던 자식들 중에 두 놈이 살아남았어. 그놈들이 트럭에 뭐가 실려 있었는지를 말해줬지. 뭐든지 다 있더군. 총, 음식, 모든 종류의 술, 유럽 제품 말이야. 그것들이 지금 세상이면 얼마만 한 가치를 가졌을지 상상할 수 있겠나? 지금의 유럽은 달나라만큼 먼 곳이라고! 육포도 일 톤쯤 있었고, 맛은 끔찍하지만 허기를 채워줄 수 있는 고기나 기름 덩이도 있었어. 그리고 수프, 감자, 냉동 건조시킨 등산용 음식들. 제기랄, 그 자식들은 뭔가를 준비하고 있던 사람들을 봐뒀다가 해머가 충돌할 때 약탈한 거야."

후커가 말했다.

"당신보다 똑똑했군."

나소르가 어깨를 으쓱했다.

"그럴지도. 나는 혜성이 진짜로 충돌할 거라고는 생각 안 했거든. 당신은?"

"나도 안 했어."

만약 충돌할 줄 알았더라면 그때 트럭에서 내리지도 않았을 테고, 그러면 훨씬 더 많은 무기를 가지고 있었을 텐데. 제기랄.

나소르가 말을 이었다.

"……그리고 가솔린도 잔뜩 있었지. 엄청난 도움이 됐을 텐데. 그렇지? 냄새가 났어. 모든 것이 타오르는 냄새 말이야. 음식이 불타고, 가솔린이 폭발하고, 옷이 타오르고. 그걸 준비했던 놈은 빙하기를 대비해야 한다고 생각했던 것 같아. 그놈들 생각이 맞을지도 모르지. 만약 빙하기가 온다면 한니발은 홀딱 벗고서 빙하기를 지내야 될 거야. 내가 그놈의 옷을 빼앗아 입을 테니까 말이야."

후커가 물었다.

"오토바이는 어떻게 했나?"

그는 굳이 탑승자들이 어떻게 됐는지 따위는 묻지 않았다.

"다 불탔지. 씨발, 트럭이 계속 폭발하는 거야. 안에 들어 있던 가솔린이 계속 터졌지. 씨발, 후커, 그 불이 얼마나 좆나게 뜨겁던지 나무들이 다 타버렸어! 폭우가 쏟아졌잖아. 뜨거운 물이 마개 빠진 목욕통처럼 쏟아지는데도 나무가 타더라니까! 간신히 우리 총만 건졌어."

"그건 다행이군. 다른 물건들은 정말 안됐네."

"그래."

그들은 안전했다. 그들의 구성원 모두는 보송보송하고 따뜻한 장소에 있었고, 먹을거리도 좀 있었다. 나소르와 후커는 이곳을 떠나 이동하는 문제는 생각하고 싶지 않았다. 이전에도 한 번 미뤘고, 오늘도 미룰 것이다. 하지만 끝없이 계속 미룰 수는 없다.

그때 누군가가 그들을 불렀다.

"나소르! 후커 하사님!"

그것은 재키였다. 다른 사람들도 뭔가 소리를 질러댔다. 나소르와 후커가 천막 밖으로 뛰어나왔다.

"무슨 일인가?"

누군가가 외쳤다.

"사 번 초소의 보초병에게 가보십시오!"

후커가 병사들에게 손을 휘둘렀다.

"가자!"

그의 주변에 있던 병사들이 후커와 나소르를 이끌고 소란스러운 장소를 향해 달려갔다.

"두려워마라, 형제들이여!"

안개비가 부슬거리는 와중에 누군가가 큰 소리로 말했다.

"내가 너희에게 평안과 축복을 주겠노라."

후커 하사가 말했다.

"이런, 제기랄."

후커는 안개비 속을 뚫어지게 쳐다봤다. 흐린 형체가 곧 뚜렷한 모습을 갖췄다. 길고 흰 머리칼과 턱수염을 기른 노인이었다. 그는 비옷을 입고 있었는데 마치 유령이 휘감고 있는 가운 같았다. 그 노인의 뒤편의 어둠에는 여러 사람의 그림자가 있었다.

후커가 소리를 질렀다.

"멈춰라! 그렇지 않으면 쏘겠다!"

"평화가 함께하리라, 형제들이여."

노인이 말했다. 그는 자신을 따르는 사람들을 향해 돌아서서 말했다.

"두려워하지 마라. 여기에 멈추라. 내가 이 신의 사자들과 이야기를 나누겠노라."

후커가 말했다.

"미친놈이군. 미친놈이 많아."

그는 예전부터 이런 자들을 많이 봤다. 그는 기관총을 장전했다. 저런 얼간이들을 가까이 오게 할 이유가 없다. 하지만 이 노인은 후커의 총을 전혀 두려워하지 않았다. 노인은 꾸준히 걸어왔다. 그리고 그 눈에는 두려움이 전혀 담겨 있지 않았다. 그가 말했다.

"나를 두려워하지 마라."

후커가 말했다.

"뭘 원하는 건가?"

"너와 이야기를 나누려 한다. 너에게 만물의 주인이신 주님의 음성을 전할 것이다."

"이런 씨발."

후커의 손가락이 방아쇠에 팽팽하게 걸렸지만, 이제 노인은 너무 가까이 다가왔다. 후커의 부하 중 두 명이 표적 곁에 있었기 때문에 그런 위험을 무릅쓰고 싶지 않았다. 노인이 큰 위협이 될 것 같지도 않았다. 어쩌면 뭔가 흥미로운 일이 생길 것 같기도 했다. 저 노인을 만난다고 무슨 손해가 생길까? 후커가 외쳤다.

"나머지 놈들은 거기서 기다려라. 질링스! 조를 짜서 저놈들을 수색해!"

질링스가 말했다.

"알겠소!"

흰 머리의 사내는 모닥불이 자신의 소유인 것처럼 자연스럽게 걸어왔다. 노인은 솥 안을 들여다봤고 모닥불 주위의 다른 사람도 둘러봤다. 그리고 말했다.

"기뻐하라. 너의 죄를 사하노라."

후커가 말했다.

"자, 네가 뭘 원하는지 분명히 말해. 천사니 주님이니 개수작 부리지 말라고!"

노인이 말했다.

"너희는 천사다. 너희는 모두 학살로부터 살아남았다. 신의 해머가 사악한 세상을 내리쳤지만 너희는 구원받았다. 왜 그런지 알고 싶지 않은가?"

나소르가 물었다.

"너는 누구냐?"

노인이 대답했다.

"나는 헨리 아미티지다. 목사이며 예언자다. 그래, 알고 있다. 과거의 내가 신의 예언자처럼 보이지는 않았을 것이다. 하지만 나는 그때나 지금이나 똑같이 예언자다."

흰 수염과 흰 머리칼, 비옷을 휘날리며 눈빛을 번뜩이는 아미티지는 진짜 예언자처럼 보였다. 아미티지가 말했다.

"너희들이 누군지 알고 있노라, 형제들아. 너희가 무엇을 했는지도 알고 있고, 스스로의 죄를 받아들이기 어려운 것도 알고 있노라. 너희는 죄를 범했다. 너희는 금지된 음식을 먹었다. 하지만 만물의 주님께서 너희 죄를 사하노라. 왜냐하면 주께서는 당신의 뜻을 이루기 위해 너희를 예비했기 때문이다. 너희는 주님의 천사가 될 것이며, 무엇도 금지되지 아니 할 것이다!"

후커가 말했다.

"너는 미쳤어."

아미티지가 웃었다. 그가 갑자기 평범한 말투로 바뀌었다.

"내가? 내가 미쳤다고? 그렇다면 재미로 들어보시오. 미친 사람이 당신들을 해치지는 못할 테니까 말이오. 내가 재미있는 이야기를 해주겠소."

나소르의 곁으로 재키가 다가왔다.

"저 사람, 끝내주는데! 우리 형제와 자매들이 그의 이야기를 경청하고 있소. 그리고 우리도 듣고 있고 말이오."

나소르는 어깨를 으쓱했다. 저 노인의 목소리에는 압도적인 힘이 담겨 있었고, 설교와 평범한 대화를 아주 훌륭하게 넘나들었다. 그는 미쳤다고 느껴질 정도로 설교를 하다가, 갑자기 아주 멀쩡한 말투로 말을 이어갔다.

재키가 물었다.

"신이 우리에게 예비한 임무가 뭐요?"

아미티지가 말했다.

"주님은 사악한 세상을 멸하고자 해머를 내리쳤노라. 주님은 우리에게 대지를 주고 알곡을 주었으나, 우리는 그곳을 부패로 가득 채웠다. 인류는 나라를 경계 짓고 나라는 인간을 부자와 가난한 자, 흑인과 백인으로 경계 짓고 서로 구역을 나눠가졌다. '만일 이 땅의 물건을 가졌으되 곤경에 처한 형제와 물건을 나누지 아니한다면, 생명이 없는 것이니라.' 세상 모든 것은 주께서 주신 것인데, 그것을 가진 이들은 주님이 누구신지 모르더라. 그들은 벽돌 위에 벽돌을 쌓아 호화로운 집과 궁궐을 짓고, 대지에 공장의 매연과 오수를 뿜어, 마침내 주께서 악취를 맡게 되었노라."

누군가가 말했다.

"아멘."

"그리고 주께서 해머로써 사악한 것들을 벌하셨다. 해머로써 내리치시매 사악한 자들이 모두 죽었노라."

나소르가 말했다.

"우리는 죽지 않았다고."

그러자 아미티지가 말했다.

"왜냐하면 너희들은 사악한 자가 아니기 때문이다. 그렇지만 우리 모두는 사악하다. 우리 모두가! 우리 주 여호와께서 우리를 들어 올리시고 심판하시고 다시 우리를 쓰겠노라 하셨다. 우리가 왜 살아남았나? 왜 당신께서 우리를 예비하셨나?"

나소르는 조용해졌다. 웃으려고 했지만 웃을 수 없었다. 이 미친 늙은이! 개새끼! 병신! 그러나…….

아미티지가 말했다.

"주께서 당신의 역사를 위해 우리를 예비하셨도다. 당신이 예비하신 일을 마쳐야 하기 때문에. 나는 처음에 이해하지 못했소. 나는 오만하게도 내가 모든 것을 안다고 생각했고, 해머가 내려오던 아침이 심판의 날이라고 생각했소. 하지만 그것은 내가 예상했던 것과 달랐소. 성서에 가로되 심판의 때는 누구도 알지 못하리라 하셨다! 나는 우리는 이미 심판을 받았노라고, 해머가 부딪히고서 이제 하느님의 사자가 이 땅에 내려오고 주께서 영광 속에 강림하시리라 생각했소. 헛되게도! 오만하게도! 그러나 이제 진실을 알게 됐소. 주님은 나를 예비하셨고, 주님은 당신들을 예비하셨소. 당신의 의지를 실행하기 위해서, 당신의 뜻하신 바를 이루기 위해서. 그리고 그것이 모두 끝났을 때 영광 속에 강림하실 것이오! 나를 따르라! 천사가 되어 주님의 의지를 이행하라! 인간의 교만은 끝이 없도다. 형제들이여, 심지어는 지금도 주님이 파괴하신 사악한 것을 되돌리려는 자들이 있노라. 그 자들은 다시 악취를 풍기는 공장을 세우고, 또다시 바빌론을 지으려 할 것이다. 그러나 그것은 결코 지어지지 아니 할 것이니라. 왜냐하면 주께서 거느리신 천사들 때문이다. 너희는 주님의 무리가 되어라! 나를 따르라!"

나소르는 후커의 컵에 위스키를 따르며 말했다.

"저 자의 개소리 중 한 마디라도 믿나?"

아미티지는 여전히 텐트 밖에서 설교를 하고 있었다.

후커가 말했다.

"목청 하나는 확실히 훌륭하군. 두 시간은 지났는데 아직 조금도 작아지지 않았어."

나소르가 재차 물었다.

"믿냐고?"

후커가 어깨를 으쓱했다.

"내가 만약 신앙심이 있는 인간이라면 저 설교에 넘어갔을지도 모르겠어. 물론 내게는 신앙심 따위는 없지. 하지만 저 자는 성경을 확실하게 꿰고 있어."

나소르가 위스키를 홀짝였다.

"그래."

주님의 천사라니! 자신은 천사 따위가 아니다. 너무도 분명하다. 그러나 저 늙은 개자식은 계속 기억의 끄트머리를 자극했다. 나소르의 어린 시절, 그가 들렀던 교회와 설교와 경구들 말이다. 나소르는 불편했다. 어째서 그것들이 아직도 머릿속에 살아 있는 거지? 그는 천막에 몸을 기대며 재키를 불렀다.

재키가 안으로 들어와서 자리에 앉았다.

"왜 불렀소?"

재키는 멀쩡했다. 재키는 요즘 치크나 그의 부인과 문제를 일으키지 않는다. 백인 여자 하나를 얻었는데 그 여자가 재키를 아주 좋아하는 것 같았다. 덕택에 재키는 다시 아주 예리한 사람으로 돌아왔다.

나소르가 물었다.

"저 예수쟁이를 어떻게 생각하나?"

재키가 두 손을 흔들었다.

"당신 생각보다 훨씬 호소력이 있소."

후커가 물었다.

"어째서 그렇지?"

재키가 답했다.

"글쎄, 그의 설교가 어떤 의미에서는 사실을 지적하고 있소. 도시, 부자, 그들이 우리를 취급하던 방식, 그런 것들을 이야기하고 있소. 예전에 우리끼리 하던 말과 같은 이야기를 하고 있소. 그리고, 젠장, 해머는 모든 것들을 끝장냈잖소. 혁명이 일어났는데 우리는 지금 뭘 하고 있는 거요? 그냥 멍하게 앉아서, 아무것도 하지 않고 있잖소."

나소르가 말했다.

"시끄러, 재키! 너는 지금 저 빌어먹을 흰둥이……."

그는 후커가 반응하기 전에 얼른 입에서 나오려던 단어를 씹어 삼켰다.

"저 백인 목사에게 동의한다는 뜻인가?"

재키가 말했다.

"나 혼자 동의하는 것은 아닐 거요. 제리 오웬을 기억하시오?"

나소르가 인상을 썼다.

"그래."

"제리 오웬도 목사의 뒤를 따라온 사람들 가운데 한 명이오."

후커 하사가 화를 내듯 말했다.

"심바이어니즈 해방군*의 살쾡이를 말하는 건가?"

재키가 말했다.

"심바이어니즈 해방군은 아니오. 다른 조직이었죠."

나소르가 말했다.

"신혈맹 해방군이었지."

후커가 말했다.

"그래, 맞아. 스스로 장군이라고 불렀지."

후커는 코웃음을 쳤다. 그는 가짜 군대 계급을 붙이는 자들은 좋아하지 않았다. 자신은 지금 스스로의 계급을 하사라고 했는데, 자신은 진짜 군대에서 진짜 하사였다.

나소르가 물었다.

"대체 어디 있었던 거지? FBI를 포함해서 미국의 모든 경찰이 그를 찾아다녔잖아."

재키가 어깨를 으쓱했다.

"이 근처에 숨어 있었다더군요. 포터빌 인근 계곡의 히피 커뮤니티에 섞여서 숨어 있었나 보던데."

후커가 물었다.

"그리고 지금은 저 목사를 따라 다닌다고? 그가 저 목사의 말을 믿는다는 건가?"

재키가 어깨를 으쓱했다.

---

* 1970년대 좌익 과격파.

"자기 말로는 믿는다고 했소. 물론 그놈이 예전부터 환경주의자 행세를 하기는 했지. 그냥 좋은 집단을 찾았다고 생각했을 수도 있소. 아미티지 목사를 따르는 사람이 어마어마하니까 말이오. 그리고 목사 본인은 백인이지만, 인종은 문제가 되지 않는다고 설교하고 있소. 목사를 따르는 사람들도 마찬가지요. 자, 후커 하사, 생각해보시오. 나는 아미티지가 신의 예언자인지 미친 부엉이인지는 모르겠지만, 분명한 것은 우리가 저만큼 거대한 조직을 접수할 기회는 많이 없을 거라는 사실이오."

"아미티지는……."

재키가 말했다.

"그는 당신이 천사장이라고 말했소. 아미티지는 당신의 죄가 사해졌고 우리 모두의 죄가 사해졌으니 이제 주님의 사역을 해야 한다고 했소. 대천사인 당신과 함께 말이오."

후커 하사가 그들을 바라봤다. 저 사람들은 목사가 질러대는 주문 비슷한 소리를 믿고 있는 것일까? 목사 스스로는 자기가 설교하는 내용을 믿고 있을까. 후커는 단 한순간도 미신을 믿어본 적이 없지만, 호라 대위가 종종 군목의 말을 심각하게 받아들이던 것을 잘 알고 있었다. 후커가 존경하던 다른 장교 중에도 그런 사람들이 제법 있었다. 그리고…… 제기랄. 나는 내가 어디로 가야 할지 모르겠다. 우리가 뭘 해야 하는지도 모르겠어. 세상 만물에 모두 이유가 있다면, 우리가 살아남게 된 이유는 뭐지?

후커는 죽여서 잡아먹은 사람들을 생각했고, 그 행동에도 이유가 있어야 한다고 생각했다. 거기에는 이유가 있어야 한다. 아미티지는 거기에 이유가 있다고 말했고, 그러므로 식인도 괜찮다고 했다. 생존을 위해 했던 모든 짓이 설명 가능하다니. 그건 매혹적이다. 그 모든 것에 이유가 있다니!

후커가 물었다.

"그가 나를 대천사라고 했나?"

재키가 대답했다.

"네, 그렇소, 하사님. 그의 말을 듣지 못했습니까?"

"안 들었지."

후커가 일어섰다.

"하지만 이제 가서 좀 들어볼 생각이야."

여섯 번째 주: 고등 법원

우리 시대의 사람들을 가장 심각하게 분노하게 만드는 문구는 바로 이것이다. '공정한 사회적 질서 수립은 불가능하다.'

– 베르트랑 드 주브날, 『군주』

앨빈 하디는 마지막 점검을 마쳤다. 책이 잔뜩 꽂힌 도서관이자 상원의원의 법정이기도 한 공간의 준비가 끝났다. 앨빈은 상원의원을 부르기 위해 나갔다.

젤리슨은 복도에 있었다. 젤리슨은 그다지 상태가 좋아 보이지 않았다. 과로 때문에 지쳐 보였다. 물론 앨빈도 과로하고 있다. 지금은 모든 사람이 지나칠 정도로 많이 일하고 있다. 하지만 상원의원은 워싱턴에서 업무가 폭주할 때에도 지금처럼 상태가 나빠 보인 적은 없었다.

앨빈이 말했다.

"상원의원님, 준비가 끝났습니다."

젤리슨이 끄떡였다.

"좋아. 시작하지."

앨빈이 밖으로 나갔다. 비는 내리지 않고 밝은 햇빛이 비췄다. 이제 하루 두 시간 정도는 햇빛이 들었다. 공기는 선선했다. 하이시에라의 꼭대기에는 이미 눈이 쌓였다. 8월에 눈이 쌓였다니. 어젯밤에 폭풍이 불더니 이제 해발 천팔백 미터 부근까지 눈에 덮였다. 눈은 사정없이 실버밸리를 향해 접근하고 있다.

하지만 이제는 준비가 됐지. 저택 정문 앞에 십여 채의 온실을 지었다. 나무로 골격을 짜고 공구 상점에서 찾은 비닐을 단단히 덮은 다음, 바람에 비닐이 날아가지 않도록 나일론 실을 촘촘하게 묶었다. 이 온실은 한 계절 이상 버티지는 못하겠지만, 바로 그 한 계절만 버티면 그 이후는 어떻게든 될 것이다.

저택 인근에서는 사람들이 일벌처럼 부지런히 움직였다. 남자들은 거름을 잔뜩 실은 외바퀴 수레를 끌고 와서 온실에 파묻었다. 그 거름이 썩으면서 내는 열기가 겨울 내내 온실의 온도를 유지해줄 것이다. 아니 유지해줬으면 좋겠다. 사람들이 온실에서 잠을 자면서 체온을 더해줄 수도 있을 것이다. 체온, 썩어가는 거름, 그리고 다른 모든 것들이 식물이 자라는 데 필요한 열기를 전해줄 것이다. 8월 한낮의 햇빛 아래에서 어리석은 일을 하고 있다는 생각이 들 때도 있지만 산에서 불어오는 바람은 이미 차가웠다.

그들의 노력 중 상당 부분은 헛수고로 돌아갈 것이다. 이 계곡 사람들은 허리케인과 토네이도를 대비하는 것에 익숙하지 않기 때문에, 계곡 사람들이 갖은 노력을 다 하더라도 온실의 일부는 잃게 될 것이다.

앨빈은 중얼거렸다.

"그래도 할 수 있는 것은 모두 했어."

물론 아직 할 일은 얼마든지 더 있다. 더 늦기 전에 처리해야 할 일도 많다. 그러나 아무튼 이 정도면 살아남기는 할 것이다. 앨빈이 혼잣말을 이었다.

"그래. 살아남을 수 있다는 건 좋은 이야기야. 지금은 나쁜 이 야기를 할 시간이지."

다 해진 옷을 걸친 사람들이 근처에 모여 있었다. 청원하려는 사람들이었다. 그들은 간신히 요새 안에 들어와서 운 좋게 앨빈 이나 모린, 샤를로트와 이야기를 나눈 덕택에 상원의원과 면담 일정을 잡은 사람들이다. 그들은 이곳에서 계속 머무르게 해달 라는 부탁을 할 것이다. 청원을 하려는 사람들과 약간 떨어진 곳 에는 다른 한 그룹, 죄수들이 있었다. 무장한 농부들이 죄수들을 감시하고 있었다. 오늘은 죄수가 두 명뿐이었다.

앨빈은 내부로 들어와서 사람들에게 손을 흔들었다. 그들은 상원의원의 책상과 충분히 거리를 두고 배치한 의자에 앉아 있었 다. 그들은 무기 지참도 금지되어 있었다. 무기가 허락되는 것은 앨빈과 그가 신뢰하는 몇 명의 경비근무자뿐이었다. 앨빈은 상원 의원을 만나러 오는 사람을 모두 수색하고 싶었고 예전에 실제로 그렇게 해본 적도 있다. 너무 번거로워서 지금은 신뢰할 수 있는 사람 두 명에게 책꽂이의 숨겨진 구멍 뒤편에서 저격준비를 마치 고 대기하도록 하고 있다. 믿을 수 있는 사람 두 명이라, 양질의 노동력을 낭비하는 것일까? 하지만 그들이 누구를 보호하는지를 생각한다면, 남들이 어떻게 생각하든 그들은 중요한 일을 하고 있는 것이다. 정신이 똑바로 박힌 사람이라면 누구든 상원의원의 보호를 최우선으로 생각할 것이다.

사람들이 모두 착석하자 앨빈이 말했다.

"시작하겠습니다."

오늘은 조지 크리스토퍼가 직접 왔다. 크리스토퍼 일가를 위해서 늘 별도 좌석 하나를 마련해뒀고, 그들 일가는 누구든 한 사람 꼭 참석했다. 다른 사람들은 상원의원이 입장할 때 자리에서 일어서지만 조지 크리스토퍼만은 예외다. 그는 상원의원과 함께 입장한다. 상원의원과 동등하다는 것은 아니지만, 상원의원이 들어올 때 일어서야 하는 사람들과는 격이 다르다. 그의 굵은 목이 타는 듯 붉었다.

앨빈은 조지에게는 따로 말을 건네지 않았다. 이제 의식의 진행 절차는 서로 어느 정도 잘 약속되고 정비되었다.

앨빈이 먼저 들어오자 상원의원과 조지가 그 뒤를 따라 안으로 들어왔다. 모두가 일어섰다. 앨빈은 아무 말도 할 필요가 없었는데 그것은 그나마 기쁜 일이었다. 앨빈은 매사가 정확하고 부드럽게 돌아가는 것을 좋아했다. 앨빈 본인이 아무것도 하지 않아도 될 만큼 매끄럽게 말이다.

앨빈은 자기 책상으로 향했다. 서류가 흩어져 있었다. 앨빈의 서기 전용석 건너편에는 빈 자리 하나가 있었다. 읍장을 위한 자리였지만 그는 이제 참석하지 않았다. 이 웃기는 연극에 지쳤나 보지. 앨빈은 읍장을 비난할 수 없었다. 처음에는 재판을 마을회관 건물에서 열었다. 읍장과 파출소장에게 자치단체장으로서의 권위의 후광을 빌려줄 수 있는 장소 말이다. 하지만 상원의원은 굳이 그렇게 하지 않았다.

젤리슨이 말했다.

"시작하시게."

첫 부분은 쉬웠다. 먼저 포상이다. 스트레치 탈리프슨의 아이들이 새로운 쥐덫을 개발했고, 조그마한 약탈자 삼십여 마리와 다람쥐 십여 마리를 잡았다. 가장 많은 쥐를 잡은 아이들에게 매주 포상이 주어졌다. 이 세상에 남아 있는 마지막 사탕의 일부 말이다.

앨빈은 다음 서류를 펼치고 얼굴을 찡그렸다. 이번 건은 험난하다. 앨빈이 말했다.

"피터 보나. 은닉죄를 저질렀습니다."

보나가 일어섰다. 그는 대략 삼십 대 초반이었고 힘없는 금색 턱수염이 있었다. 그리고 눈빛은 흐리멍덩했다. 굶주려서 그렇겠지.

젤리슨이 말했다.

"은닉죄라. 뭘 은닉했나?"

"여러 가지입니다, 상원의원님. 이백 킬로그램의 닭 사료와 스무 자루의 옥수수 종자, 배터리, 소총 탄창 두 개…… 미처 발견하지 못한 것도 꽤 많을 것 같습니다."

상원의원의 얼굴이 흐려졌다. 상원의원이 보나에게 물었다.

"정말 그렇게 했소?"

보나는 대답하지 않았다. 젤리슨이 앨빈에게 물었다.

"그랬나?"

"예, 했습니다."

젤리슨이 보나를 정면으로 바라보면서 말했다.

"재판에서 참작해야 할 부분이 있소?"

"젠장, 당신들은 내 집을 뒤질 권리가 없소. 영장도 없다고요!"

젤리슨이 웃었다.

보나가 말했다.

"대체 어떻게 발견한 거요? 나로서는 도저히 납득할 수 없소."

앨빈도 그럴 것이라고 생각했다. 하지만 앨빈은 다른 사람과 대화를 할 일이 아주 많았다. 누군가와 대화를 나누다가 다른 사람에 대한 이야기로 화제를 돌리면 힘들이지 않고 많은 정보를 얻을 수 있었다. 그들 모두가 앨빈의 취재원이다.

젤리슨이 말했다.

"당신의 걱정은 그것뿐이오? 어떻게 알아냈는지?"

보나가 말했다.

"내가 보관한 것은 내 사료요. 모두 내 소유물이란 말이오. 나와 내 마누라가 찾아냈고, 내가 운반했소. 내 트럭으로 말이오. 어째서 당신들에게 이 물건을 가질 권리가 있다는 거요? 내 땅에 보관하는 내 물건인데."

젤리슨이 물었다.

"닭을 키우시오?"

"그렇소."

"몇 마리나?"

보나는 대답을 하지 않았고, 젤리슨은 실내의 다른 사람을 쳐다보며 물었다.

"몇 마리냐?"

육십 살쯤 먹어 보이지만 실제로는 사십 세를 갓 넘긴 여자가 말했다.

"아마 대여섯 마리쯤 될 거예요, 상원의원님. 암탉 네댓 마리와 수탉 한 마리요."

젤리슨이 말했다.

"그 닭을 키우는 데 이백 킬로그램 사료가 필요하지는 않지."

젤리슨의 말은 사리에 맞았다.

보나가 주장했다.

"내 사료로 먹이든 말든."

"그리고 옥수수 종자. 사람들은 모두 내년에 곡식을 심을 씨앗을 확보하려고 굶주림을 참고 있소. 그런데 당신은 스무 자루의 종자를 숨겼소. 그건 살인죄요, 살인죄."

"이보시오."

"당신도 규칙을 잘 알겠지? 뭔가를 찾아내면 신고하는 것이 규칙이오. 그리고 신고한 물건을 전부 가져가지도 않소. 진취적인 기업가 정신을 억누르면 안 되니까. 당신은 신고를 해야 했소. 그래야 모두가 살아날 계획을 세울 수 있소."

"그리고 당신은 절반을 가져가겠지. 더 가져갈 수도 있고."

"물론이오. 더 이야기할 필요가 없군."

젤리슨이 말했다.

"자, 이 분을 변호할 분 있소?"

침묵이 흘렀다.

"앨빈, 자네는?"

앨빈은 어깨를 으쓱했다.

"그에게는 부인과 아이들 둘이 있습니다. 열한 살, 열세 살이지요."

젤리슨이 말했다.

"복잡해지는군. 자, 그 가족을 위해 변호할 분 있습니까?"

젤리슨의 목소리에 날이 서 있었다.

"이것 보시오, 그러지 마시오. 제기랄, 나 혼자 한 일이란 말이오. 마누라는 상관이 없다고!"

젤리슨이 대답했다.

"그걸 챙긴 줄은 알고 있었을 거요."

"하지만 아이들은……."

"그래. 아이들."

앨빈이 말했다.

"보나는 이번이 두 번째 위반입니다, 상원의원님. 지난번에는 가솔린을 은닉했습니다."

"내 땅에서 내 가솔린을 가진다는데……."

젤리슨이 말했다.

"말이 많군. 너무 말이 많소. 은닉죄를 저질렀고, 지난번에 너무 쉽게 넘어가준 거지. 내 말을 사람들이 진지하게 받아들이게 하기 위한 방법은 한 가지밖에 없소! 조지, 특별히 할 말 있소?"

크리스토퍼가 말했다.

"없소."

젤리슨이 말했다.

"추방이오. 오늘 정오까지. 들고 나갈 수 있는 물건은 앨빈이 결정하도록. 피터 보나, 당신은 추방이오."

보나가 소리를 질렀다.

"주여, 당신은 나를 내 땅에서 쫓아낼 권리가 없어! 나를 건드리지 말라고! 나는 당신을 건드리지 않을 테니! 당신 도움 따위는 필요 없어!"

조지가 소리를 질렀다.

"개소리하지 마. 당신은 벌써 우리 도움을 받았어! 음식, 온실, 심지어 네가 물건을 은닉한다는 사실도 모르고, 우리가 공동 소유한 가솔린까지 지급했어. 우리가 준 가솔린으로 트럭을 몰고 가서 이런저런 물건을 주워온 거지!"

여자 하나가 말했다.

"발리 목사님이 아이들을 돌봐주면 될 것 같아요. 보나의 부인은 추방시키지 않는다면, 발리 목사님이 그녀도 돌봐줄 수 있을 거예요."

보나가 외쳤다.

"내 마누라는 나와 함께 갈 거요! 아이들도 모두! 당신들에게는 내게서 아이들을 떼어놓을 권리는 없다고!"

젤리슨은 한숨을 내쉬었다. 보나는 동정 섞인 도박을 하고 있다. 설마 부인과 어린아이까지 한꺼번에 쫓아내지는 않겠지, 아이들을 떼놓지는 못하겠지…….

과연 떼놓지 못할까? 그리고 곪게 될 종기를 요새 내부에 남겨둘 것인가? 보나의 아이들을 남겨두면 이곳에 사는 모든 사람을 증오하면서 자랄 것이다. 그리고 가족으로서의 책임도 중요하다. 젤리슨이 말했다.

"원하는 대로 하시오. 앨빈, 가족을 그와 함께 내보내도록."

보나가 소리를 질렀다.

"오, 주여, 자비를 베풀어 주시오! 제발! 제발!"

젤리슨은 지친 목소리로 말했다.

"확실히 조치하게, 앨빈. 그리고 그를 추방한 농토에는 누구를 정착시킬지도 결정하도록."

앨빈은 대답했다.

"알겠습니다."

상원의원은 사람을 추방시키기 싫어한다. 하지만 그가 내릴 수 있는 결정은 추방뿐이다. 다른 결정을 내릴 방법이 없다. 여기서는 사람을 감금할 수도 없고, 감금한 사람에게 음식을 줄 수도 없다.

보나가 외쳤다.

"이 썩어빠진 개새끼들아! 저주받을 놈들아! 모두 지옥에서 만나자!"

앨빈이 지시했다.

"저 사람을 끌어내시오."

총을 든 사람 두 명이 보나를 밀쳤다. 보나는 밀려 나가면서 계속 저주를 뱉었다. 그들 일행이 복도로 나갔을 때 총소리가 들린 것 같았다. 저주와 욕설이 그 순간 멈췄다. 앨빈이 말했다.

"판결대로 집행하겠습니다, 상원의원님."

"고맙네. 다음 건은?"

"다든 부인의 아들이 도착했습니다. 로스앤젤레스에서요. 그는 여기에 머물고 싶어 합니다."

젤리슨은 조지가 입을 굳게 다무는 것을 의식하며 의자 등받이에서 등을 떼고 꼿꼿하게 앉았다. 이제 젤리슨은 지치고 좌절했다. 하지만 다음 가을이 올 때까지 포기할 수는 없었다. 다음 가을이 오면 쉴 수 있을 것이다. 수확을 아주 많이 할 수 있을 테니까. 아주 많이 해야만 한다. 오, 제발, 주여. 젤리슨은 마음속으로 간절히 기도했다.

다행히 이번 사안은 간단하다. 노부인을 돌볼 사람이 아무도 없는데 혈육이 도착한 것이다. 그러므로 그녀의 아들은 정착이 허락될 것이며 조지도 반대하지 못할 것이다. 합의된 규칙에 포함된 항목이기 때문이다.

하지만 이번 겨울에 그에게 충분히 음식을 줄 수 있을까? 상원의원은 노부인을 쳐다봤다. 아들에게 무슨 일이라도 생긴다면 이 노부인은 봄이 될 때까지 살아남지 못할 것이다. 그리고 젤리슨은 노부인이 죽기 직전까지 음식을 먹어야 한다는 사실이 저주스러웠다.

아홉 번째 주: 조직 속의 인간

반드시 지적해야 하는 사실 한 가지. 기술적으로 진보되고 복잡도 높은 사회에서 억압과 불의와 삶의 추악함을 개탄했다고 해도, 그나마 그 시절이 나았다는 사실을 인정해야 할 것이다. 그리고 전화나 전기, 자동차, 우편, 전보 등 진보된 사회의 기반 기능 없이 사는 것은 한 주일 정도는 훌륭한 경험이겠지만 삶의 영속적 방식이 되어야 한다면 결코 유쾌하지 않을 것이다.

— 로베르토 바카, 『다가오는 암흑시대』

하비는 평생 요즘처럼 열심히 일해본 적이 없었다. 벌판에 굴러다니는 바위를 모두 치우고 돌벽을 쌓아야 했는데, 바위는 한 사람이 들고 나를 수 있는 크기도 있지만, 두 사람 이상, 때로는 십여 명이 달라붙어야 할 만큼 거대한 것도 있었다. 그런 것은 망치로 쪼개야 했다. 바위와 돌은 운반해서 성벽을 쌓았다.

뉴잉글랜드와 남유럽에서 봤던 격자무늬의 낮은 돌담은 아름답고 매혹적이었다. 하지만 이제 하비는 그 돌벽에 얼마나 많은 인간의 노동이 투입되었는지를 실감했다. 그리고 지금 그들이 돌벽을 쌓는 이유는 장식이나 경계선 구축이 아니었다. 소나 돼지를 들판에 키우기 위해서도 아니다. 돌을 치워야 하는데, 완전히 들판 바깥으로 치우는 것은 너무 소모적이기 때문이었다.

들판은 현재 목초지로 이용되고 있으나 앞으로는 농작물을 경작할 것이다. 어떤 작물이든. 보리, 양파, 배수로에서 자라는 야생 곡식, 그 무엇이라도 좋다. 씨앗은 많지 않다. 그리고 파종 전에는 끔찍하게 망설여야 한다. 미래를 위해 파종할 것인가, 그냥 지금 먹어버릴 것인가?

마크가 투덜거렸다.

"빌어먹을, 이건 감옥 같잖아."

하비는 망치를 휘둘렀다. 망치는 정을 내리쳤고, 바위가 깔끔하게 쪼개졌다. 바위가 쪼개지는 느낌이 좋았다. 배 속의 꾸르륵거림을 잠시 잊을 정도였다. 하지만 이 일은 중노동이고 먹는 것도 충분하지 않다. 얼마나 오래 이 일을 계속할 수 있을까? 요즘 모두들 반강제적으로 강력한 체중감량요법을 실시하고 있다. 긴 시간의 중노동과 적당한 영양소. 모든 다이어트 서적이 지적하는 내용인데, 하비의 위장은 좋아하지 않는 것 같았다.

마크가 말했다.

"큰 것 하나를 쪼개서 작은 것 여럿을 만든다. 그건 나 같은 다큐멘터리 조연출 일을 하던 사람에게는 너무 지독한 일이에요."

마크는 방금 하비가 쪼갠 바윗돌의 한쪽 끝을 들었고 하비는 반대편 끝을 들었다. 그들은 손발이 꽤 잘 맞았다. 두 사람은 바위를 돌벽을 쌓는 현장으로 운반했다. 하비가 돌벽의 한 지점을 가리켰다. 그가 선택한 지점에 바위가 꼭 들어맞았다. 두 사람은 다음 바윗돌을 향해 걸어갔다.

그들은 잠시 허리를 펴고 섰다. 하비는 들판에서 돌을 쪼개고 나르는 사람들 십여 명을 쳐다봤다. 수백 년 전에나 볼 수 있었던 풍경이었다. 하비가 말했다.

"존 아담스 이야기가 생각나는군."

"뭔데요?"

마크가 이야기 좀 해달라는 듯 대꾸했다. 이야기를 나누면 일하기가 수월하기 때문일 것이다.

"미합중국의 두 번째 대통령 말이야."

하비는 바위의 작은 틈새에 끌을 꽂으며 말했다.

"그는 하버드 대학에 진학했어. 그의 아버지는 등록금 마련을 위해 '스토니 에이커'라고 부르던 들판을 팔아치웠지. 아마 그 들판의 돌을 치우는 것보다 자식을 변호사로 키우는 편이 낫다고 생각했던 것 같아."

마크가 말했다.

"똑똑했군."

하비가 망치질을 할 수 있도록 마크가 끌을 꽉 움켜쥐었다.

"이젠 하버드의 잔해도 별로 남지 않았을 거예요."

"안 남았겠지."

하버드는 사라졌다. 그리고 매사추세츠 주의 브레인트리 지역도 사라졌고, 미합중국도 사라졌고, 영국도 대부분 사라졌다. 이제 아이들이 역사를 배우게 될까? 당연히 그래야 하지. 언젠가는 이 상황을 극복할 것이고, 지도자로서 왕을 선출할지 대통령을 선출할지를 고민하는 시점이 올 것이다. 제대로 된 지도자를 뽑아야 새로운 해머가 충돌하기 전에 이 빌어먹을 행성에서 탈출할 수 있을 것이다. 언젠가 우리도 역사를 가질 것이다. 그때 우리의 역사 속의 영국은, 예전 영국인들이 배우던 역사 속의 아틀란티스와 비슷할 것이다.

마크가 말했다.

"저것 좀 보세요."

하비가 고개를 돌렸다. 앨리스 콕스가 큰 수말을 타고 돌벽을 뛰어넘어 달려오고 있었다. 그녀는 말의 일부가 된 것 같았다. 마치 켄타우로스처럼. 하비는 처음 목장에 왔던 시절을 떠올렸다. 거대한 달팽이 머리처럼 삐죽하게 튀어나온 절벽 끝에 서고, 밤에는 은하제국에 대해 이야기하던 시절.

그것은 아주 오래전, 다른 세상에서 있었던 일이다. 하지만 지금도 그리 나쁘지는 않았다. 그들은 들판을 깨끗이 치우고 경계선을 철저히 지키고 있었다. 이곳에는 강간이나 살인사건도 없다. 음식만 충분하다면 이곳의 삶도 만족스러울 것이다. 바위를 부수고 벽을 쌓는 것은 힘들지만 정직한 일이었다. 쓸데없는 주제로 끝없이 알력 싸움하는 회의 따위는 없었다. 사회 갈등, 교통 체증, 범죄 소식으로 가득 찬 신문 같은 것은 없었다. 이 새롭고 단순한 세상에는 나름대로 장점도 있었다.

앨리스 콕스가 그들에게 뚜벅뚜벅 걸어왔다.

"하비 아저씨, 상원의원님이 저택에서 잠시 보자고 했어요."

"그래."

하비는 끌을 다른 사람들이 쓸 수 있도록 벽에 기대놓고 일어섰다. 그는 눈을 가늘게 뜨고 해를 쳐다본 다음, 해가 거의 남지 않은 것을 보고 마크에게 말했다.

"마크, 자네는 돌아가도 되겠군. 오후에는 집에 가서 좀 쉬게."

마크가 신나게 손을 흔들었다.

"좋아요."

언덕 위의 작은 집에서 하비, 팀, 마크, 조안나, 웨고너 가족 등이 함께 살고 있었다. 너무 비좁아서 다른 방을 만들려고 공사하는 중이지만, 아무튼 쉴 수 있는 곳이고 먹을 것도 충분했다. 그 집은 생존과 직결되는 곳이었다.

하비는 상원의원의 석조 저택을 향해 발걸음을 옮겼다. 그 저택도 보수 중이다. 별채 중 하나는 이미 무기고로 개조했다. 소총, 탄창, 홍수 전에 주 방위군의 훈련소에서 쓰던 포탄 없는 대포 두 문, 탄창에 총탄을 채우는 도구. 그리고 포터빌의 총기 상점에서 인양한 각종 연장도 있었다. 나사 깎는 다이스는 녹이 슬었지만 아직 쓸 만했고, 화약과 뇌관은 녹슬기 직전의 깡통에 밀봉된 채로 발견됐다.

다른 별채에는 상원의원의 사위인 잭 터너가 무전기와 라디오를 끼고 앉아 있었다. 현재 무전기는 바리케이드에 있는 사람들과의 교신에만 사용됐고, 라디오는 아무 전파도 수신하지 못했다. 하지만 언제 교신이 들어올지 모른다는 희망을 버리지 못했다. 한편으로는 잭 터너에게도 뭔가 할 일이 필요했다. 그는 잘하는 일이 거의 없었지만 모스부호는 알고 있었으니까, 전신기 정도는 똑바로 관리할 것이라고 생각했다. 상원의원이 잭에게 딱 한 번 목장일의 감독을 맡긴 적이 있었는데, 끔찍한 실패로 끝났다. 일꾼들이 상원의원에게 몰려가서 감독을 다른 사람으로 바꿔

달라고 요구했던 것이다.

잭은 하비가 지나가자 손을 흔들었다.

"안녕하시오, 하비."

"안녕하시오, 잭. 새 소식 좀 있소?"

"새 대통령이 생겼소. 콜로라도스프링스의 핵터 쇼리요. 그가 계엄령을 선포했어요."

잭 터너는 그 말이 우습다고 생각하는 듯했다. 사실 하비도 마찬가지였다. 하비가 말했다.

"다들 계엄령을 선포하는군."

"리트맨은 계엄령을 내리지 않았잖소."

"그랬지. 임시 황제 찰스 애버리 리트맨 폐하는 정말 멋있는 분이오. 그의 대국민 담화는 대부분이 '몬티 파이선의 플라잉 서커스*'를 인용하잖소. 다른 대통령들은 너무 진지해요."

"쇼리 쪽 사람들은 진지하기가 심각할 정도요. 잡음이 조금 있지만 전문을 거의 정확히 수신했는데 말이오."

"자리 잘 지키시오, 잭."

하비는 인사를 건네고 헤어졌다. 이제 대통령은 네 명이 되었다. 살짝 맛이 간 듯한 아마추어 무선 라디오 운영자인 리트맨을 포함해서 말이다. 하지만 콜로라도스프링스라면…… 해발 고도가 천육백 미터가 넘는 덴버 인근이다. 그곳의 정부는 진짜 정부일 수 있다.

---

* 영국 텔레비전 코미디.

거실에는 사람이 가득 모였다. 평범한 회의를 하는 분위기가 아니다. 상원의원은 난로가에 놓인 마치 왕좌를 연상시키는, 실제로 그런 효과를 위해 연출한 커다란 가죽 의자에 앉아 있었다. 의자 왼쪽에는 모린이, 오른쪽에는 앨빈이 앉아 있었다. 좌우에 공주와 참모장을 앉혀둔 셈이다. 그리고 세이츠와 하트먼이 있고, 과거 젤리슨의 목장 관리인이었고 지금은 목장 내 농업 대부분을 총괄하는 스티브 콕스가 있었다. 그리고 실버밸리의 거주민을 대표하는 사람들이 예닐곱 명 더 있었다. 물론 조지 크리스토퍼도 있었다. 그의 투표권은 한 표에 불과하지만 모린을 제외한 다른 모두의 투표권을 합친 만큼이나 영향력이 있었다.

하비가 모린을 향해 미소를 짓자 그녀는 무표정하고 형식적인 미소를 지어보였다. 하비는 잽싸게 시선을 다른 쪽으로 돌렸다. 제기랄! 그녀는 두 얼굴을 가졌다. 물론 하비도 마찬가지다.

최근 절벽 근처의 오두막에서 야간 보초를 설 때 모린이 몇 번 더 찾아왔었다. 그리고 다른 때, 다른 장소에서도 몇 차례 은밀하게 그녀를 만났다. 그 모든 만남은 언제나 아주 은밀했다.

만남의 순서는 언제나 똑같았다. 그들은 항상 미래에 대해 이야기를 나눴지만, 본인들의 미래에 대한 이야기는 하지 않았다. 그녀는 그들의 미래에 대한 이야기는 하고 싶지 않아 했다. 대신 그들은 다시는 만나지 못할 것처럼 애잔하고 세심한 섹스를 했다. 섹스는 했지만 미래를 약속하지는 않았다. 모린은 하비에게서 힘을 얻는 것 같았다. 사실 하비 또한 마찬가지였다. 하지만 그들의 만남은 결코 공개적이지 않았다. 마치 모린에게는 질투심 많은, 총을 든, 눈에 보이지 않는 남편이 있는 것 같았다. 공개적인 장소에서 모린은 하비에게 아는 척도 잘하지 않았다.

하지만 공개적인 장소에서는 그녀는 조지 크리스토퍼도 똑같이 대했다. 하비를 대하는 것보다는 조금 더 친절했지만 여전히 차가웠다. 조지는 그녀의 보이지 않는 남편이 아니었다. 아니, 조지가 맞을까? 그들끼리 따로 만날 때는 완전히 달라질까? 하비로서는 알 수 없는 일이다.

오랜 습관대로 하비는 머릿속의 잡념을 의식 아래로 밀어 넣었다. 잡념에 빠질 시간이 없었다. 하비는 하고 싶은 것이 있었고, 여기 모인 사람들은 거부권을 가진 사람들이었다. 이런 상황 자체는 예전부터 아주 익숙했다.

"들어오시오, 하비."

상원의원은 따뜻한 미소를 보였다. 그 미소 덕택에 선거에서 계속 당선됐겠지.

"이제 이야기를 시작할 수 있겠소. 모두들 와주셔서 감사합니다. 자, 현황을 공유할 것들이 있어서 자리를 마련했소."

조지가 물었다.

"지금 굳이 이런 모임을 가져야 하는 특별한 이유가 있나요?"

젤리슨의 표정은 조금도 흔들리지 않았다.

"그렇소, 조지. 몇 가지 이유가 있소. 우선 디크 윌슨이 방문하겠다는 무전을 보냈소. 몇 명을 데리고 오겠다고 하더군요."

세이츠가 말했다.

"외부 소식도 있습니까?"

젤리슨이 대답했다.

"몇 가지 있소. 앨빈, 우선 자네가 진척현황을 공유해주겠나?"

앨빈은 서류 가방에서 종이 몇 장을 꺼내 읽기 시작했다. 몇 제곱미터의 바위를 치웠으며, 그래서 얼마나 되는 겨울 밀을 경작할 수 있게 되었는지, 가축이 몇 마리인지, 무기와 장비가 얼마나 있는지에 대한 이야기였다. 모두가 지루한 표정을 지을 때쯤 앨빈의 이야기가 끝났다. 그가 말을 맺었다.

"결론적으로, 우리는 이번 겨울을 날 수 있을 것입니다. 약간의 행운만 있다면 말이오."

그 말에는 사람들이 관심을 보였다.

앨빈이 말했다.

"이제 겨울이 가까워졌습니다. 봄이 되기 전까지는 아주 굶주리겠지만, 여전히 상황은 긍정적입니다. 심지어 의료용품도 준비되었습니다. 충분하지는 않겠지만 말이죠. 발드마 선생이 치료소를 운영하고 있습니다."

앨빈은 잠시 말을 멈췄다.

"이제 나쁜 소식을 이야기할 차례군요. 하비 랜들이 사람들과 함께 댐과 발전소를 다녀왔습니다. 홍수 피해가 너무 커서 복구가 어렵다고 하는군요. 여러 가지 물품이 필요한데, 우리가 지금 보유하지 못한 물건이 아주 많이 필요합니다. 문명 재건까지는 시간이 꽤 걸릴 것 같군요."

하트먼이 말했다.

"젠장, 우리는 이미 문명화되어 있소. 범죄가 없고, 먹을 것은 곧 충분해질 테고, 의사와 병원이 있고, 하수도 시설도 갖췄소. 뭐가 더 필요합니까?"

하비가 말했다.

"전기가 있다면 좋겠죠."

하트먼이 말했다.

"물론이오. 하지만 없어도 살 수 있죠. 젠장. 그러니까 봄까지는 살 수 있단 말이오."

하비는 속으로 웃었다. 그가 요새에 도착할 때까지의 여정은 끔찍했다. 완전히 끝나버린 세상을 고통스럽게 가로질러야 하지 않았던가. 그런데…… 제기랄! 지금 나는 살아 있는 것만으로는 충분하지 않다고 말하고 있다! 하마터면 실버밸리에 들어오지 못하고 쫓겨날 뻔했던 주제에 말이다.

발리 목사가 말했다. 밝은 내용이었으나 표정은 어두웠다.

"봄까지 살 수 있으니, 나로서는 좀 더 긍정적인 태도를 가지겠소. 찬송가를 부르면서 말이오. 물론 그 대가는 비싸겠지요. 하트먼 서장님, 당신 말이 하나도 틀리지 않을 수도 있습니다."

상원의원이 가볍게 헛기침을 해서 주위를 환기시켰다. 방 안이 조용해졌다.

젤리슨이 말했다.

"다른 소식도 몇 가지 있소. 본인이 미합중국의 대통령임을 주장하는 새로운 사람이 나타났습니다. 헥터 쇼리입니다."

조지가 말했다.

"도대체 헥터 쇼리라는 자는 또 누구죠?"

"과거 하원 의장이었소. 최근에 새로 선출된 사람입니다. 하원에서 공정 선거를 했는지는 모르겠지만. 여태 대통령이라고 주장한 사람 중 가장 제대로 된 사람 같소. 그리고 콜로라도스프링스의 주 정부는 여전히 그 지역에서 정상적으로 운영 중인 것 같습니다."

조지가 말했다.

"그런 말은 나도 할 수 있겠어요."

상원의원이 웃었다.

"아니오, 조지, 당신은 말할 수 없소. 내가 할 말이지."

조지가 공격적으로 대꾸했다.

"아무려면 어때요? 그들은 우리를 도와줄 수 없고, 우리를 처벌할 수도 없어요. 만약 여기 오고 싶다면, 그곳과 이곳 사이에 있는 수많은 다른 미합중국 정부와 싸워가며 길을 개척해야겠지. 아마 도착하지도 못할 겁니다. 그들이 하는 말에 우리가 왜 신경을 씁니까?"

앨빈이 말했다.

"콜로라도스프링스에는 아마 미국에서 가장 많은 군사 시설이 잔존해 있을 것입니다. 공군사관학교, 샤이엔 산의 대공방위사령부 본부, 엔트 공군 기지, 그리고 최소한 연대급 이상의 산악 부대까지."

조지가 주장했다.

"하지만 그래도 여기까지 오지는 못할 거요. 좋소, 왔다고 칩시다. 미합중국이 부활한다는데 내가 반대할 이유는 없소. 하지만 그 대가가 뭐요? 그들이 우리에게 세금을 내라고 할까요?"

젤리슨이 끄떡였다.

"좋은 질문이오."

그는 조지를 쳐다보며 말했다.

"무슨 일이든, 다음 봄이 온 이후에 생각할 문제요. 그때가 되면 우리는 평야로 나갈 수도 있고, 아니면 이미 죽어 있을 수도 있습니다. 앨빈은 우리가 죽지 않을 것이라고 이야기했소."

사람들이 동의를 표하며 고개를 끄떡였다.

젤리슨이 말했다.

"자, 다음 이야기로 넘어갑시다. 하비가 회의석상에서 제안할 것이 있소. 내년 봄 이후에 필요한 장비 확보를 위해 다시 한 번 원정수색을 나가자는 제안입니다. 그가 말할 장비들은 내년 봄까지는 필요 없는 장비들이오."

하비는 젤리슨이 들고 있는 종이를 봤다. 그와 브래드 웨고너와 팀 햄너가 함께 준비한 목록이었다.

하비가 말했다.

"하지만 녹이 스는 장비들이죠. 트랜지스터, 부품, 전기 모터, 전기 작업용 도구…… 그것들 중 상당수는 아직은 물속에 잠겨 있더라도 사용할 수 있을 겁니다. 하지만 내년 봄에는 녹이 슬어서 사용하지 못하겠죠."

조지가 말했다.

"지난번 마지막으로 수색을 나갔을 때 네 명의 좋은 친구를 잃었소. 바깥세상은 아주 위험합니다."

하비가 답변했다.

"그건 우리가 사람을 적게 데려갔기 때문이오. 대규모로 나가면 누구도 감히 공격하지 못할 겁니다."

하비는 자제심을 잃지 않은 것이 자랑스러웠다. 목소리로는 누구도 하비가 계곡 바깥으로 나가기 두려워하는 줄 모를 것이다. 하비는 곁눈으로 모린을 바라봤다. 그녀는 그를 바라보고 있지 않았지만, 그녀만은 알겠지.

앨빈이 말했다.

"그러면 우리는 엄청난 가솔린을 사용하게 될 겁니다. 또 우리의 다른 모든 일정이 뒤로 밀리게 될 거요. 어쩌면 외부인들과 전투를 해야 할 수도 있습니다."

그러자 조지가 말했다.

"글쎄, 만약 많은 사람이 함께 나간다면 그렇게까지 나쁘진 않겠지. 트럭 한두 대만 나가는 건 절대 안 되오. 하비의 말이 옳소. 만약 간다면 아주 많은 사람이 함께 나가야 합니다. 열 대의 트럭에 오십 명이나 백 명의 사람을 싣고서 말이오."

발리 목사가 말했다.

"그 문제는 깊이 생각해봐야 될 것 같다오."

그의 목소리는 생각에 잠긴 듯했고 슬펐다.

조지는 결심을 내린 듯했다.

"그렇소, 목사님, 나도 목사님만큼이나 평화를 원합니다. 하지만 평화를 얻는 방법은 도무지 모르겠어요. 디크의 이웃들을 잊지 마십시오. 잡아먹혔다는 사람들 말입니다."

발리 목사가 어깨를 으쓱했다.

"잊지 않았소."

잠시 침묵이 흘렀다. 하비가 말했다.

"팀이 전화번호부와 지도를 이용해서 스쿠버다이빙 상점 위치를 확인했습니다. 아마 수중 삼 미터 정도에 있는 것 같은데, 거기에서 스쿠버 장비를 꺼낸 다음……."

스티브 콕스가 물었다.

"산소통은 어떻게 채울 생각이오?"

하비가 대답했다.

"압축기를 만들면 됩니다. 그다지 복잡한 구조가 아니거든요."

헨더슨이 말했다.

"구조는 복잡하지 않을지 모르겠지만, 전기 없이 제작하려면 쉽지는 않겠군."

그는 예전에 시내에서 주유소를 운영하다가 지금은 레이 크리스토퍼를 도와서 대장간을 만들 준비를 하고 있었다.

하비가 말했다.

"우리에게 필요한 물건을 구체적으로 예를 들면 선반, 드릴, 프레스, 그리고 각종 수리 공구들이오. 위치는 모두 파악해뒀습니다. 지도상에서요. 머지않아 모두 필요하게 될 물건들입니다."

헨더슨이 꿈꾸듯 말했다.

"그런 좋은 도구들이 있다면 정말 유용할 텐데."

하비가 말을 이었다.

"고압전선, 베어링, 자동차용 예비 부품들, 전기줄……."

헨더슨이 말했다.

"그만합시다. 내가 졌소. 우리 함께 수색을 갑시다."

젤리슨이 물었다.

"앨빈, 오십 명이 일주일간 나가도 문제없나?"

앨빈은 기쁜 표정이 아니었다.

"아일린?"

아일린이 옆방에 있다가 앨빈의 호출을 받고 들어왔다.

"그 인력으로 얻는 것과 잃을 것을 비교해줘요."

"네."

그녀는 하비에게 햇빛에 그을린 듯한 미소를 짧게 보낸 후 돌아섰다.

아일린 핸콕 햄너, 그녀의 예상은 틀렸다. 해머 충돌 이후의 세상에서도 회계전문가는 꼭 필요한 존재였다. 앨빈은 종종 그녀가 실버밸리의 요새에서 가장 가치 있는 사람 중 하나라고 말했다. 노무자, 농부, 소총수, 심지어 기계공과 엔지니어도 드물지 않았다. 하지만 그 모든 노동력을 수치적으로 계산하고 조정할 수 있는 사람은, 같은 무게의 금덩이만큼 가치가 있었다. 아니면 같은 무게의 후추만큼이라고 표현해야 할 것이다.

앨빈은 하비의 원정수색 제안이 마음에 들지 않았다. 불필요한 위험을 감수해야 하니까 말이다. 그리고 하비가 여전히 자신의 부인을 죽였던 푸른색 승합차를 쫓을지 모른다는 의심을 하고 있었다. 하비가 직접 그렇게 말하지는 않았지만.

하트먼이 말했다.

"자, 아일린이 숫자를 계산하는 동안 내가 한 마디만 하겠소. 오십 명의 사람들이 일주일간 자리를 비워도 우리의 안전에 문제가 없어야 합니다. 오십 명의 사람과 총은 우리 전력에서 아주 큰 부분이오. 그렇게 많은 사람이 한꺼번에 나갔을 때에도 외부의 공격으로부터 안전하다는 확신이 있어야 이 안건에 동의할 수 있습니다, 상원의원님."

세이츠가 말했다.

"나도 동의합니다. 출발하기 전에 산길 쪽으로 외부 정찰을 보내봐야 할 것 같소. 누구라도 산길 쪽으로 침입하면 안 되니까 말이오."

상원의원이 대답했다.

"조만간 우편배달부 해리가 계곡 바깥 지역까지 한 바퀴 돌고 올 거요. 그리고 디크와 그 동료들이 곧 방문할 겁니다. 그러면 최종 의사결정을 내리기 전에 바깥세상이 어떻게 돌아가고 있는지 들어볼 수 있겠지요. 조지, 이 문제에 대해 할 이야기 없소?"

조지가 고개를 저었다.

"괜찮습니다. 만약 바깥이 최악의 상황만 아니라면, 그러니까 예를 들어 거대한 군대가 우리를 덮치기 위해 벼르고 있는 상황만 아니라면, 우리는 그냥 출동해도 될 겁니다."

조지는 다시 침묵을 지키며 벽을 쳐다봤다. 하비는 조지가 무슨 생각을 하는지 짐작할 수 있었다. 아마 바깥세상에서 벌어지는 일을 알고 싶지 않을 것이다. 그도 다른 사람들도 마찬가지일 것이다. 실버밸리는 안전하고 조용했지만, 불과 몇 킬로미터 바깥에서 세상은 혼돈과 굶주림과 죽음뿐이다. 그 사실을 알면 원정수색은 더 힘들어질 뿐이었다.

아일린이 돌아와서 앨빈에게 서류를 내밀었다. 앨빈은 한동안 서류를 들여다보다가 말했다.

"결국 우리가 뭘 찾느냐에 달린 문제입니다. 현재는 더 많은 농경지를 개간해야 하는 시점입니다. 겨울에 키울 곡물 씨앗을 모두 파종할 땅이 더 있어야 하니까 말이오. 하지만 만약 수색 과정에서 온실 자재를 찾아낸다면, 농경지를 무리하게 많이 개간하지 않아도 되겠죠. 비료나 가축 사료를 찾아내면 더욱 좋을 겁니다. 그렇다면 다음 문제는 가솔린인데……."

결국 인력 및 가솔린 투입에 대비해서 무엇을 얻을지에 대한 비교였는데, 무엇을 얻게 될지는 추측할 수밖에 없었다.

젤리슨이 말했다.

"하비, 당신은 우리가 위험을 감수하고 모험을 하자고 제안했소. 잃을 것이 별로 없고 큰 보상이 따른다고 해도, 여전히 그건 위험한 일이오. 지금 시점에서 우리는 굳이 위험을 무릅쓰지 않아도 생존할 수 있소."

하비가 대답했다.

"네, 상황은 분명 그렇습니다. 하지만 분명 위험을 무릅쓸 가치가 있습니다. 보증하지는 못하겠지만 말이오."

하비는 잠시 말을 멈추고 장내를 돌아봤다. 이 사람들은 좋은 사람들이다. 심지어 조지 크리스토퍼 또한 정직한 사람이며, 토론장에서 같은 편이 되면 든든한 사람이다.

"나도 평생 이곳에만 있고 싶습니다. 그 심정을 여러분들은 정확히 이해 못할지도 모릅니다. 로스앤젤레스의 폐허에서 빠져나와 안전한 이 계곡에서 살게 된 것이 어떤 느낌인지 말입니다. 할 수만 있다면 결코 이 계곡을 떠나고 싶지 않습니다. 그러나 미래를 생각해야 합니다. 앨빈이 말했죠. 우리는 이 겨울을 헤쳐 나갈 것이라고. 분명 앨빈의 말대로 될 거요. 하지만 이번 겨울이 지나고 봄이 오고 다시 겨울이 오겠죠. 다음 해. 그 다음 해. 또 다음 해. 다가올 미래를 조금 더 편히 만들기 위해 지금 약간의 노력을 기울이는 것은 충분한 가치가 있는 일이 될 거요."

세이츠가 말했다.

"물론이오. 다만, 더 이상 '다음 해'가 없어지는 위험만 없다면 말이오. 얼마 전 의사인 루스 선생님이 '생존자 증후군'이라는 표현을 쓰더군요. 해머 충돌 후 살아남은 사람은 예전과 전혀 다른 삶을 살고 있다는 겁니다. 어떤 사람들은 더 이상 살아갈 이유가 없기 때문에 무슨 짓이든 하면서 막 살고 있기도 하지요. 하지만 우리 같은 평범한 사람들은 아주 겁이 많아져서 자기 그림자를 보고도 놀라서 펄쩍 뛰지요. 나도 그렇습니다. 솔직히 나는 어떤 위험도 감수하고 싶지 않소. 자, 그래도 하비의 말에는 시사점이 있소. 바깥세상에는 우리가 쓸 만한 물건이 아직 얼마든지 있습니다. 어쩌면 우리가 좀 건질 물건도 있을 겁니다. 예를 들어 하비가 비축했던 물건이 들어 있는……."

"파란 승합차!"

최소한 네 사람이 동시에 부르짖었다. 앨빈이 얼굴을 찌푸렸다. 앨빈이 보기에 사람들의 파란 승합차에 대한 상상은 점점 가지를 쳐나가고 있다. 하비가 더 이상 말을 하지 않음에도 불구하고 말이다. 후추, 향신료, 육포, 페미컨, 수프, 통조림 햄, 커피, 술, 배나무에 앉은 자고새 한 마리. 꿈꿀 수 있는 모든 물건이 톤 단위로 쌓여 있기를 바라는 건가? 기계 공구라고? 허허! 이 멍청한 탐험을 가자고 말하는 오십 명의 사람들의 머릿속에 뭐가 들어 있을지는 뻔하다. 오십 대의 파란 승합차다.

젤리슨 상원의원이 회의를 마쳤다.

"디크가 바깥 사정을 이야기해주기 전까지는 아무 결정도 내리지 못하겠군요. 우선 그를 기다립시다."

앨빈이 말했다.

"저는 콕스 부인에게 손님 대접할 음료가 얼마나 있는지 확인해보겠습니다. 하비, 나를 잠시만 도와주겠소?"

"물론이오."

하비가 앨빈을 따라 밖으로 나섰다.

앨빈이 그를 기다리다가 말했다.

"사실 음료야 콕스 부인이 잘 관리하고 있을 거요. 당신과 잠시 이야기를 나누고 싶어 핑계를 댔소. 잠시 서재로 가실까요?"

앨빈이 앞장섰다.

이건 뭐지? 앨빈은 원정 수색에 대해서는 큰 관심이 없을 것이다. 그런데 무슨 이야기를 나누자는 거지? 하비가 의아해하는 가운데 앨빈이 그를 큰 방으로 밀어 넣고 문을 닫았다.

앨빈은 깨끗하게 정리된 것을 좋아한다.

하비는 몇 년 전 어떤 군 장성을 인터뷰했다가, 그의 책상을 보고 충격을 받았던 적이 있다. 그 장성은 책상을 완벽히 좌우 대칭으로 구성했다. 정확히 가운데에 메모지가 놓여 있고, 양쪽에 똑같은 '처리 전', '처리 후' 상자가 놓여 있었다. 가운데에 잉크함이 놓여 있었고, 잉크 양쪽으로 펜이 한 자루씩 놓여 있었다. 장군이 손에 쥐고 있던 연필 한 자루를 제외하면 모든 것이 좌우 대칭이었다. 그리고 그 연필은 넥타이핀과 수직이 되도록 들고 있었고, 카메라로 정확히 책상 가운데를 촬영하도록 요구했다.

앨빈이 말했다.

"앉으시지요."

이 상원의원의 조수는, 상원의원 전용 대형 책상의 서랍을 열고 버번 병 하나를 꺼내 들었다.

"마시겠소?"

"고맙소."

하비는 두려움과 걱정이 밀려왔다. 앨빈은 상원의원과 거의 마찬가지의 권력을 가지고 있었다. 그는 상원의원의 지시를 실행하는 사람이었다. 그리고 깔끔한 것을 좋아하는 사람이기도 했다. 방송국 근무 시절, 길거리 인터뷰 필름을 잘라버리면서 시장 조사를 하려면 행동심리학적 통계 조사를 실시하라고 지시했던 임원을 떠오르게 하는 사람이었다. 세상 사람들이 단지 평등할 뿐 아니라 완전히 동질적이라면 훨씬 업무가 수월해질 거라고 믿는 부류 말이다.

마크의 일 때문에 불렀을까? 만약 그렇다면 하비가 마크를 변호할 수 있을까? 마크는 이미 스스로를 실버밸리의 요새 바깥으로 내던진 상태나 다름없었다. 앨빈은 마크가 요새에다 '젤리슨 상원의원의 교역소 겸 임시 정부'라고 표지판을 만든 것도 좋아하지 않았다. 그 표지판은 조지 크리스토퍼도 싫어했다. 그리고 페인트를 낭비한 것도 싫어했다.

어쩌면 마크 때문이 아닐 수도 있다. 만약 앨빈의 복안을 하비가 망가뜨리고 있다고 판단했다면…… 앨빈의 질서에 대한 광적인 집착이 없다면 요새는 살아남지 못한다. 모든 사람들은 언제든 쫓겨날 수 있으며 누구도 그 사실을 잊어서는 않는다. 하비는 딱딱한 의자에서 불편하게 몸을 옮겨 앉았다.

앨빈은 책상 뒤편 큰 의자 대신 하비의 대각선 자리에 비스듬히 앉았다. 앨빈은 상원의원 이외의 어떤 사람도 그 자리에 앉지 않기를 원한다. 앨빈은 서류가 잔뜩 쌓인 책상을 손으로 가리켰다. 샌호아킨 바다의 해안선을 그린 지도 한 장, 인력 배치 계획, 그들이 식별할 수 있는 주요 위치, 필요한 물건들의 목록, 작물 파종 계획, 세부 업무 공정, 갑작스럽게 적대적으로 변한 세상에서 사람들의 생존을 위해 필요한 일이 기입된 서류들이었다. 앨빈이 물었다.

"이런 일들이 충분히 가치가 있다고 생각하시오?"

하비가 대답했다.

"물론이오. 그렇게 조직을 갖추고 질서를 잡아가는 덕택에 우리 모두가 살아 있죠."

앨빈이 대답했다.

"그렇게 생각해주니 고맙소."

그가 잔을 들어 올렸다.

"누구를 위해 건배할까요?"

하비가 책상 뒤의 빈 의자를 가리키며 말했다.

"실버밸리의 군주를 위하여."

앨빈이 고개를 끄떡였다.

"나도 그에게 바치겠습니다. 건배."

"건배."

앨빈이 말했다.

"알다시피 그는 군주요. 대법원, 지방법원, 치안까지 모두 담당하는 군주 말입니다."

하비의 배 속에서 뭉쳐 있던 공포가 다시 자라났다.

앨빈이 말했다.

"하비, 만약 그가 내일 죽는다면 우리는 어떻게 될까요?"

그의 질문은 하비를 깜짝 놀라게 했다.

"오, 주여. 그런 상황은 생각도 하고 싶지 않군요. 하지만 그럴 가능성은……."

앨빈이 말했다.

"가능성은 높소. 비밀 하나 말해드리겠소. 당연한 일이지만 내가 한 이야기가 새어나가면, 특히 상원의원님 귀에 들어가면 서로 불쾌해질 겁니다."

"그런 이야기를 왜 내게 하는 거요? 그리고 상원의원께 문제라도 있는 겁니까?"

앨빈이 대답했다.

"심장질환이오. 베데스다 병원의 의사들이 그에게 안정을 취하라고 했죠. 그래서 이번 임기를 마친 후 상원에서도 은퇴할 예정이었습니다. 임기를 마칠 때까지 사실 수 있다면 말이오."

"그렇게 안 좋은 거요?"

"많이 안 좋소. 앞으로 이 년을 더 사실 수도 있고, 한 시간 후에 돌아가실 수도 있소. 전자의 가능성이 더 높지만 두 가지 가능성 모두 존재합니다."

"주여…… 그런데 내게 이 이야기를 해주는 이유는 뭐죠?"

앨빈은 바로 대답하지 않았다.

"당신도 우리 생존의 열쇠는 조직화에 있다고 말했죠. 상원의원이 없다면 그 모든 것이 무너집니다. 만약 그가 내일 죽는다면 누가 지도자의 자리를 차지할지 생각할 수 있습니까?"

"글쎄요."

앨빈이 물었다.

"콜로라도 정부의 힘을 빌릴 수 있을까요?"

하비가 웃었다.

"거기에 뭔가 있다는 이야기는 들었지만, 콜로라도에서 우리 생존을 책임지지는 못할 거요. 하지만 누가 지위를 계승할지는 분명하죠."

"누구죠?"

"바로 당신이오."

앨빈이 고개를 저었다.

"그건 아니오. 이유는 두 가지요. 첫째, 나는 이 지역 사람이 아닙니다. 사람들은 나에 대해 몰라요. 사람들이 내 지시를 받는 이유는 내가 상원의원의 지시를 대신하기 때문입니다. 좋아요. 시간이 흐르면 그 문제는 해결될 수도 있겠죠. 하지만 더 중요한 이유가 하나 있소. 내가 적당한 사람이 아니라는 것이오."

"당신은 잘 맞는 사람 같은데……."

"아니. 원래 나는 정계에 진출할 생각이었고, 상원의원님이 은퇴하면 그 자리를 이어받기로 되어 있었습니다. 아마 훌륭한 상원의원이 될 수 있었겠죠. 하지만 훌륭한 대통령은 되지 못합니다. 하비, 몇 주 전 나는 보나의 집으로 가서 그의 부인과 두 아이를 확실하게 쫓아냈소. 그들은 울부짖고, 소리 지르고, 차라리 죽이라고 하더군요. 그들 말이 맞소. 하지만 나는 조금도 물러서지 않았소. 정말 잘한 일일까요? 나도 잘 모르겠소. 분명한 것은 상원의원의 지시를 받았고, 그의 지시는 항상 옳다는 것이오."

"그렇게 생각하는 건 이상한데……."

앨빈이 말했다.

"성격적 결함입니다. 내가 가톨릭계 고아원에서 어떤 어린 시절을 보냈는지 이야기해줄 수도 있겠지만, 관심도 없을 내 인생 전체를 이야기할 생각은 없소. 요점만 말하면, 나는 기댈 수 있는 사람, 최종 권한을 가진 다른 누군가가 있어야 좋은 성과를 냅니다. 상원의원도 그걸 알고 있죠. 그가 나를 후계자로 지정할 가능성은 전혀 없습니다."

"그러면 당신은 어떻게 할 생각이오? 상원의원이……."

"상원의원님이 누구를 지정하든, 그의 참모장이 될 겁니다. 만일 그가 아무도 지정하지 않는다면 내가 생각하는 적임자의 참모장이 될 겁니다. 당신이 알다시피 실버밸리는 상원의원의 평생의 과업이오. 그는 우리 모두를 구했소. 그가 없었다면 이곳은 바깥세상과 다를 바 없었을 겁니다."

하비가 고개를 끄떡였다.

"당신 말이 맞는 것 같군요."

그리고 나는 이곳이 좋소. 여기는 안전하기 때문에, 나는 안전하게 살고 싶기 때문에. 하지만 그 말은 하지 않았다.

"그 이야기가 나와 무슨 상관이 있는 겁니까?"

앨빈이 말했다.

"당신도 상황을 모르지는 않을 겁니다."

하비가 이를 꼭 깨물었다.

앨빈이 말했다.

"만약 상원의원이 내일이라도 돌아가신다면…… 그의 자리를 이어받을 인물은 조지 크리스토퍼입니다. 혹시 궁금할지 모르겠으니 먼저 말하자면, 나는 그의 참모장이 되고 싶지 않지만 그 일을 할 거요. 왜냐하면 조지 이외에는 누구도 이 계곡을 책임질 수 없기 때문이오. 사람들은 조지 크리스토퍼가 상원의원의 후계자라고 생각하게 될 겁니다. 그리고 장례식이 끝난 지 하루도 지나지 않아서 결혼식을 치르게 되겠죠."

"모린은 조지 크리스토퍼와 결혼하지 않을 겁니다!"

"아니, 모린은 그와 결혼할 거요. 만약 결혼 여부에 의해 상원의원이 건설하려던 모든 것의 성공과 실패가 엇갈린다고 하면, 그녀는 결혼할 거요."

"당신 말대로라면, 누구든 모린과 결혼하는 사람이 요새를 책임질 거라는?"

앨빈이 슬프게 고개를 저었다.

"아니, 아무나 그렇게 될 수는 없소. 예를 들면 당신은 불가능합니다. 이 지역 사람이 아니기 때문에 누구도 당신의 지시를 따르지 않을 거요. 물론 당신이 상원의원의 후계자라면 말을 듣는 사람이 없지는 않겠지만, 그렇게 많지도 않을 거요. 여기서 그렇게 오래 생활하지 않았으니까요."

앨빈은 잠시 말을 쉬었다.

"그리고 내 경우도 마찬가지일 겁니다."

하비가 자신보다 한참 젊은 앨빈의 눈을 쳐다보면서 천천히 말했다.

"앨빈, 당신도 그녀를 사랑하고 있군요."

앨빈은 어깨를 으쓱했다.

"그녀를 죽이고 싶지 않다는 생각쯤은 합니다. 내가 모린과 결혼한다면 그건 그녀를 죽이는 일이오. 이 계곡을 분열시키는 모든 행위는 결국 모든 사람을 죽이는 일이지요. 이 계곡을 차지하고 싶어 하는 집단이 쉽게 우리를 밀어낼 수 있게 될 거요. 하비, 바깥에는 적들이 있소. 당신 생각보다 훨씬 지독한 적들입니다."

"회의에서 이야기되지 않은 뭔가를 알고 있는 거요?"

앨빈이 말했다.

"디크가 오면 듣게 될 거요."

그는 병을 들고 두 잔의 버번 위스키를 더 따랐다.

"모린을 가까이 하지 마시오, 하비. 모린이 외로운 것도 알고 있고, 또 당신이 모린을 어떻게 생각하는지도 잘 압니다. 하지만, 모린에게서 멀리 떨어지시오. 당신은 자칫하면 그녀를 죽이고, 그녀의 아버지가 건설한 모든 것을 무너뜨릴 거요."

"이런, 젠장, 나는……."

"내게 소리 지르고 화내도 아무 소용없습니다."

앨빈의 목소리는 차분하고 단호했다.

"내 말이 맞다는 것은 알고 있을 거요. 그녀는 누구든 새로운 군주와 결혼해야 합니다. 그녀가 새로운 군주와 결혼하지 않는다면 사위인 잭 터너가 자기 권리를 주장할 것이고, 결국 내가 그를 죽여야 합니다. 새로운 군주가 없다면 자신들도 권력의 일부를 나눠가져야 한다고 나서는 무리가 생기겠죠. 권력이 평화롭게 이전되는 유일한 방법은 상원의원에 대한 추억에 호소하는 것뿐이오. 다른 누구도 할 수 없으며 오직 모린만 가능한 일입니다. 하지만 모린이 직접 다른 사람 모두를 지휘할 수는 없소. 모린과 조지, 두 사람을 합치면 가능합니다."

마침내 앨빈의 차가운 평정심이 가볍게 흔들렸다. 앨빈이 손을 가볍게 떨며 말을 이었다.

"당신이 그녀 마음을 조금이라도 편하게 해준다고 생각합니까? 모린은 자기 상황을 잘 알고 있소. 그녀가 비밀스럽게 당신을 만나지만 결코 결혼하려고 하지 않는 이유가 뭐겠소?"

앨빈이 일어섰다.

"너무 오래 나와 있었습니다. 이제 사람들에게 돌아가야죠."

하비는 잔을 비웠지만 일어서지는 않았다.

앨빈이 말했다.

"최대한 조심스럽게 이야기했습니다. 상원의원님은 당신을 높게 평가하고 있소. 그는 당신이 해낸 일과, 하고 싶어 하는 일을 모두 좋아합니다. 만약 상원의원님이 좀 더 자유로운 선택을 할 수 있는 상황이라면…… 그만두죠. 어차피 상원의원님은 자유롭게 선택할 수 없는 상황이니까. 이미 이야기했다시피."

앨빈은 하비의 대답을 듣지 않고 밖으로 먼저 나갔다.

하비는 멍하게 앉아서 빈 잔을 봤다. 마침내 그는 벌떡 일어나 잔을 카펫에 내던졌다.

"제기랄! 이런 제기랄!"

회의가 잠시 중단된 동안 모린은 밖으로 나갔다. 바깥에는 물안개가 있었다. 거의 알아차리기도 힘들 정도로 옅은 물안개였다. 수 킬로미터 바깥까지 보일 정도로 시야가 탁 트였고, 그녀는 하이시에라 고산지대에 쌓인 눈을 바라봤다. 남쪽의 해발 천오백 미터를 넘지 않는 카우 마운틴에도 눈이 쌓였다. 이제 조만간 실버밸리에도 눈이 올 것이다.

모린은 찬바람에 가볍게 부르르 떨었지만 옷을 가지러 들어가지는 않았다. 안으로 들어가면 다시 하비를 봐야 하기 때문이다. 누구도 보고 싶지 않고 누구와도 이야기를 나누고 싶지 않았다.

하지만 곁으로 커다란 수말을 탄 어린 앨리스 콕스가 다가오자 가볍게 미소를 지어주었다.

그 순간, 모린은 누군가가 뒤에서 다가오는 기척을 느꼈다. 소리를 듣지는 못했지만 느낌이 그랬다. 대체 누가 다가오고 있을까. 그녀는 천천히 몸을 돌렸다. 발리 목사였다.

목사가 말했다.

"춥소. 겉옷을 입지 그래."

"괜찮아요."

모린은 다시 몸을 돌려 하이시에라 고지대를 쳐다봤다. 하비의 아들이 저 산 어딘가에 있을 것이다. 그 보이스카우트들은 나름대로 산 위에서 잘 지내고 있다는 것 같았다. 모린은 다시 몸을 돌렸다.

"사람들은 목사님은 믿을 수 있다고 하더군요."

"그랬으면 좋겠소."

그녀가 대꾸하지 않자 목사가 덧붙였다.

"사람들의 어려운 일을 들어주는 것이 내 직업이지요."

"기도 사업을 하시는 줄 알았는데요."

모린은 차갑게 비꼬았다. 왜 그에게 상처 주고 싶은 것일까?

"기도를 하지요. 하지만 사업은 아니라오."

"네, 그렇죠."

실제로 목사의 말이 맞다. 발리 목사는 올바른 사람이다. 그는 자기 소유의 가축이 많기 때문에 낙농품의 몫을 더 주장할 수 있지만 그러지 않는다. 실버밸리의 사람들이 그에게 기부하는 식량도 조용히 누군가에게 나눠준다. 조지는 그가 외부인들에게 음식을 주는 것 같다고 하면서도 싫은 소리는 한 마디도 하지 못했다. 조지는 목사를 두려워했다. 원시 사회에서 성직자와 마법사는 두려움의 대상이었지…….

모린은 툭 내던지듯 말했다.

"지금이 진짜 심판의 때였으면 좋겠어요."

"왜지요?"

"그렇다면 이 모든 일에 의미가 생기니까요. 지금 우리의 삶은 아무 의미가 없어요. 이 모든 것이 주의 뜻이고 측량할 수 없는 이치라고 말하지만 말아줘요."

"그 말을 듣고 싶지 않다면 그렇게 이야기하지는 않겠소. 하지만 진심이오?"

"예. 주님의 뜻이라고 생각해보려고도 했지만 도무지 말이 안 돼요. 이런 일을 저지른 신을 믿을 수가 없어요! 이 상황은 목적도 없고 이유도 없어요."

그녀는 산 위에 쌓인 눈을 보며 말했다.

"이제 여기도 조만간 겨울이 오겠죠. 우리는 그 겨울을 헤치고 살아남을 거예요. 최소한 우리 중 일부는 말이죠. 그렇지만 또 겨울이 올 거예요. 겨울은 계속 오겠죠. 대체 이게 뭐죠?"

그녀는 목사를 똑바로 바라보지 못했다. 목사의 눈은 콜리 강아지 같았고 그의 눈에는 걱정과 동정심이 가득했다. 솔직히 모린이 가장 원하는 것이 바로 걱정과 동정이었다. 하지만 지금은 도저히 참을 수 없다. 그녀는 몸을 돌렸다.

목사가 뒤를 따랐다.

"모린."

그녀는 목사의 말을 무시하고 앞으로 걸어갔고, 목사는 그녀의 뒤를 급히 뒤따랐다.

"잠시만."

그녀가 돌아서서 목사를 바라봤다.

"뭐죠? 무슨 말을 하실려고요? 저라고 무슨 말씀을 드릴 수 있겠어요? 이 모든 건 현실이에요."

목사가 말했다.

"우리 대부분은 살기를 원하오."

"그래요. 대체 왜 그럴까요?"

"이유는 당신도 알고 있소. 그리고 당신도 살고 싶어 한다오."

"이런 식으로는 아니에요."

"그렇게까지 나쁜 상황은 아니오."

"목사님은 몰라요. 나는 뭔가를 찾을 수 있다고 생각했어요. 나는 삶이 자기가 맡은 역할에 의해 결정된다고 생각해요. 나는 정말로 아무 역할이 없어요. 나는 철저하게 쓸모가 없는 사람이에요."

"그건 사실이 아니오."

"사실이에요. 이전 세상에서부터 사실이었어요. 이전에도 나는 살았던 것이 아니라 단순히 존재했던 것뿐이었어요. 가끔 다른 사람의 인생의 일부가 되어 행복을 느끼기도 했지만, 특별히 좋았다고 말할 수도 없어요. 그냥 흘러가는 대로 살았을 뿐이었죠. 하지만 딱히 나쁘지도 않았죠. 그때는 말이에요. 하지만 해머 충돌 이후에는 그런 삶도 불가능해졌어요. 해머가 모든 것을 가져갔어요."

발리가 말했다.

"하지만 당신은 이곳에서 꼭 필요한 사람이오. 많은 사람들이 당신에게 의지하고 있어요."

모린이 웃었다.

"왜 필요하죠? 앨빈과 아일린은 숫자를 관리하고, 아버지는 의사결정을 해요. 그런데 나, 모린은?"

그녀는 다시 한 번 웃었다.

"모린은 사람들을 불행하게 만들어요. 모린은 심한 우울증 환자이고, 흑사병처럼 우울증을 전염시켜요. 모린은 사랑하는 사람을 몰래 만나러 다니지만, 남들 앞에서는 그 불쌍한 병신새끼에게 말도 걸지 못해요. 혹시라도 그 병신새끼가 누군가에게 죽임을 당할까봐 말이에요. 하지만 모린은 섹스를 그만둘 만큼의 용기도 없어요. 이보다 더 쓸모없을 수 있나요?"

목사는 모린의 천박한 말에도 아무 반응이 없었고, 그녀는 자신의 저급한 행동이 부끄러워졌다. 저급했다. 왜 그랬을까. 이유 따위는 아무래도 상관없다.

발리가 물었다.

"그래도 누군가를 사랑하는 마음은 진실이지 않소? 사랑하는 사람, 그 사람과는 삶을 공유하고 싶소?"

모린의 웃음이 더 씁쓸해졌다.

"못 알아들으시겠어요? 나도 모른다고요. 진실을 알고 싶지도 않아요. 사랑에 빠지고 싶지만 사랑할 수도 없어요. 모든 것이 사라질까봐 두렵다고요. 나는 진실을 알아서도 안 돼요. 왜냐하면 내 역할은 공주님이 되는 것이니까요. 어쩌면 조지와 결혼하는 역할을 해야 할지도 몰라요."

이번에는 발리도 반응이 있었다. 그는 놀란 것 같았다.

"사랑하는 사람이 조지 크리스토퍼였소?"

"오, 주여, 아니에요! 내 연인을 죽일까봐 두려운 사람이 바로 그예요."

"그러지는 않을 것 같구려. 조지는 좋은 사람이오."

"그랬으면 좋겠어요. 정말 그랬으면 좋겠어요. 그러면 나도 내가 아직도 누군가를 사랑할 수 있는지 확인할 수 있겠죠. 설마 해머가 내게 사랑하는 마음까지 빼앗아 갔을까요? 죄송해요. 이 따위 이야기를 하는 건 아니었어요. 해주실 수 있는 일도 없는데……."

"하지만 들어줄 수는 있다오. 그리고 나는 삶의 목적이 뭔지 안다는 사실을 이야기해줄 수도 있다오. 이 광활한 우주는 결코 이유 없이 생겨난 것이 아니오. 의도를 가지고 만들어졌지요."

"해머는 우연히 충돌했나요?"

"그렇지 않소."

"그렇다면 왜죠?"

발리는 고개를 저었다.

"그건 나도 모르오. 어쩌면 워싱턴 사교계에서 유명하던 한 숙녀에게, 삶의 목적을 성찰하도록 충격을 주기 위해서였을 수도 있소. 적어도 당신에게는 말이오."

"그건 말도 안 돼요. 목사님도 믿지 않잖아요."

"나는 해머의 충돌에 목적이 있었다는 것을 믿소. 하지만 사람마다 그 목적은 다르겠지요."

"안으로 들어가요. 너무 추워요."

그녀는 몸을 돌려, 빠른 걸음으로 목사를 지나쳐 저택 안으로 들어갔다. 오늘 밤에는 하비를 만나야지. 그리고 그에게 이야기를 해야지. 모든 것을. 이제 더는 참을 수 없어.

여행의 끝

암흑시대에는 대부분의 사람들은 고난을 겪을 것이며, 원초적 욕구를 충족하기 위해 삶의 대부분의 시간에 노동을 해야 할 것이다. 하지만 몇몇 특권층은 자신의 손으로 땅을 경작하거나 주택을 짓는 일에 참여하지 않고, 자신의 특권을 유지하기 위해서 오늘날 우리가 알고 있는 것보다 훨씬 더 음침하고 폭력적인 정책과 음모를 꾸밀 것이다.

― 로베르토 바카, 『다가오는 암흑시대』

띵!

주방용 타이머가 울리자 팀은 책을 내려놓고 쌍안경을 집었다. 초소에는 두 개의 쌍안경이 있다. 지금 그가 들고 있는 고배율의 주간용 쌍안경과, 배율은 높지 않지만 어둠 속에서도 쓸 수 있는 야간용 쌍안경이었다. 그 쌍안경은 천문 관측 용도로도 완벽했지만, 요즘 하늘에는 언제나 구름이 가득했기 때문에 별을 볼 수 있는 날이 거의 없었다.

오두막은 빠르게 증축됐다. 절연 처리도 끝났고 골격도 보강했다. 이제 심지어 난방도 된다. 내부에 침대와 의자, 테이블, 몇 개의 나무 책꽂이가 있고 문 옆에는 총 걸이가 있었다.

팀은 보초를 서기 위해 윈체스터 소총을 어깨에 걸며 나왔다. 순간적으로 우스운 생각이 들었다. 팀 햄너, 그는 한량이며 아마

추어 천문학자다. 이제 그가 완전무장을 마치고 사악한 무리를 해치우기 위한 모험을 떠난다!

팀은 바위에 올라섰다. 바위 옆에 자라는 나무 한 그루 덕택에 상대방에게 자신의 모습이 노출되지 않을 것이다. 그는 바위 꼭대기에 올라서서 나무를 껴안고 아래쪽을 조심스럽게 살펴봤다.

'트러블 패스'는 어떤 지도에도 표시되지 않은 지명이다. 실버밸리 주변 산등성이 아래로 저지대가 이어지는 산길에 하비가 붙인 이름이었다. 만약 누군가가 도보로 이 지역을 침입한다면 가장 택하기 쉬운 경로이므로 집중 감시를 해야 했다. 주방용 타이머를 매 십오 분마다 울리도록 설정해두고 최소 십오 분에 한 번은 여기를 확인하고 있었다. 걷든 말을 타든 이 길을 십오 분 이내에 완주하지는 못할 것이다.

팀이 트러블 패스를 훑어봤다. 사람은 아무도 없었다. 요즘에는 누가 침범하는 일이 거의 없다. 처음 몇 주 동안에는 많은 사람들이 접근했고, 팀은 그들을 발견할 때마다 알람을 울렸다. 그러면 목장의 사내들이 말을 타고 달려 나가 침입자를 쫓아냈다. 그랬던 등산로가 요즘은 언제나 잠잠했다. 하지만 감시를 게을리 할 수는 없었다.

팀은 두 마리의 사슴과 한 마리의 코요테, 다섯 마리의 토끼와 많은 수의 새를 봤다. 사냥꾼들이 적절히 움직여준다면 모두 고기가 될 텐데. 길에 다른 것은 없었다. 팀은 쌍안경으로 산과 하늘이 만나는 지점과 황폐한 벌판을 빠르게 훑었다. 이 일은 혜성 관측과 크게 다르지 않다. 풍경의 형상을 기억하다가 차이가 있는지 탐색하면 된다. 팀은 이제 이 지역의 바위 대부분을 기억하게 되었다. 그중에는 이스터 섬의 동상을 떠오르게 하는 것도 있고, 캐딜락 승용차를 닮은 것도 있었다. 있지 말아야 할 것은 보이지 않았다.

팀은 돌아서서 계곡 아래쪽을 바라보면서 미소를 지었다. 나는 운이 좋다. 계곡 아래에서 바위를 깨는 것보다는 산꼭대기에서 보초를 서는 편이 훨씬 낫지.

"샌퀜틴 교도소의 보초들도 비슷한 생각을 했겠지."

팀은 큰 소리로 말했다. 그는 요즈음 혼잣말을 하는 습관이 생겼다.

실버밸리는 요즘 괜찮은 것 같다. 안전하고, 온실이 있고, 여러 가축과 닭을 키운다. 먹을 것은 점점 풍부해질 것이다. 팀이 말했다.

"나는 정말 운이 좋은 놈이야."

종종 팀은 자신이 분에 넘치게 운이 좋다는 생각을 한다. 그에게는 아일린이 있고 친구들이 있다. 안전하게 잘 곳이 있고, 먹을 것이 넉넉하며, 할 일이 있었다. 비록 요새 외부에 댐을 짓겠다는 계획은 성공하지 못했지만, 그의 잘못은 아니다. 그리고 팀과 브래드 웨고너는 새로운 발전 방법을 고안해냈다. 외부에서 전깃줄과 베어링, 그리고 몇 가지 도구만 구해온다면 충분히 발전이 가능할 것이다.

책도 필요하다. 팀은 자신에게 필요한 책의 목록을 작성했다. 거의 기억도 나지 않던 옛날, 하고 싶은 것이 있을 때면 남들에게 말하고 돈을 주면 해결되던 시절에는, 책을 구하는 것도 정말 쉬웠다. 그리고 그 생각으로부터 잡념이 이어지면 뜨거운 타월과 사우나, 깨끗한 옷, 수영장, 언제든 마실 수 있던 탱커레이 진과 아이리시 커피 따위가 생각났다. 그러나 그 시절은 이제 잘 기억나지 않는다. 그 모든 것은 아일린을 만나기 이전의 것들이다. 아일린은 그 모든 것만큼의 가치가 있다. 다시 말해 세계의 종말과도 바꿀 만큼 가치가 있다.

다만 바깥세상을 떠올리면 슬퍼졌다. 죽어 있던 아기, 버뱅크 병원에서 일하던 경찰과 간호사…… 곤경에 처한 사람들을 지나칠 수밖에 없었던 기억 때문에 괴로웠고, 자신은 왜 살아남았는지 궁금했다. 그는 살아남기만 한 것이 아니다. 안정된 삶을 찾았고 과거보다 훨씬 더 행복했다.

그의 시야에 움직임이 포착됐다. 사람이 가득한 트럭 한 대가 길 위를 달리고 있었다. 팀은 하마터면 초소의 무전기를 들고 비상을 외칠 뻔했다. 하이시에라 고지대에 번개가 조금 치지만 대체로 맑은 날씨였으므로 무전기는 잘 작동하겠지만 정말 필요한 상황이 아니라면 무전기를 써서는 안 된다. 배터리 충전에 귀한 가솔린을 써야 하고, 이 높은 언덕까지 힘들게 배터리를 운반해야 한다.

팀은 흥분이 가라앉기를 기다렸다. 트럭은 아직 한참 멀리 있었다. 팀은 쌍안경을 들어 올렸다. 그 차는 분명 디크 윌슨의 트럭일 것이다. 아무튼 그는 주의 깊게 쳐다봤다. 트럭 한 대에는 어마어마한 병력이 탈 수 있다. 조금만 부주의했다가는 많은 생명을 잃을 수 있다. 그리고 나처럼 용기 없는 말더듬이 보초는 마을에서 쫓겨날 것이다.

디크의 트럭은 맞지만 평소보다 사람이 많이 탔다. 트럭 짐칸에 사람들이 가득 서 있었다. 만약 공격해오는 차량이라면 사람을 저렇게 꾸역꾸역 태우지는 않았을 것이다.

그런데 여자도 한 명 있다. 여자를 포함해서 근처의 네 사람. 어째서 눈이 가는 거지? 한 명은 여자, 한 명은 흑인, 다른 두 명은 백인이다. 하지만 그 네 사람끼리 뭉쳐 있다. 마치…… 마치 주변 인간들과 거리라도 두는 것처럼 말이다. 아니, 그들은 인간과 같은 종이 아닌 느낌이었다. 팀은 바위에 팔꿈치를 기대고 어딘지 친숙한 네 사람의 얼굴을 쌍안경으로 계속 들여다봤다.

트럭은 이제 제법 가까이 왔다. 팀은 초소로 달려갔다. 그러다 갑자기 그 네 사람이 누구인지 기억났다. 그는 무전기를 켰다.

"예?"

"디크가 오고 있소. 삼 분이면 도착하겠소."

팀은 다시 말을 이었다.

"그리고 우주비행사 네 사람이 있습니다. 믿지 못하겠지만, 해머랩에 탑승했던 우주비행사 네 사람입니다. 그들은 마치 인간이 아니라 신 같아요. 세상의 종말을 겪지 못한 사람들 말이오!"

⚜

얼굴. 수십 개의 얼굴, 모두 백인이고, 그들은 모두 트럭의 탑승자들을 바라보고 있다. 그들이 한꺼번에 떠들었기 때문에 릭은 대화의 일부만 간신히 알아들었다.

"러시아인."

"우주비행사들이야, 진짜로."

릭이 트럭에서 내리자 사람들은 조금 망설이다가 이내 마구 몰려들었다. 실버밸리의 남자와 여자들. 그들은 굶주리지 않았고, 디크의 마을에 있는 사람들과 달리 뭔가에 홀린 듯한 눈빛이 아니었다. 지옥의 전부를 겪지 못하고 작은 일부만 본 것이 틀림없다.

그들은 대부분 중년이었고, 복장은 중노동을 하고 세탁은 자주 하지 못한 흔적이 역력했다. 남자들의 옷이 두드러지게 더 지저분했다. 디크의 농장에서는 여자는 남자와 비슷한 옷을 입었고 비슷한 일을 했다. 이것은 큰 차이점이다. 실버밸리의 목장에서는 여자를 남자와 다르게 대접한다. 해머 충돌 이전과 똑같은 상황은 아니지만 아무튼 그들은 다른 일을 한다. 만약 릭이 디크의 농장에서 몇 주를 보내지 않고 바로 이곳에 왔다면 실버밸리와 과거 세상의 차이점만 두드러져 보였을 것이다. 하지만 디크의 마을을 겪은 그에게 실버밸리는 마치 해머 충돌 전의 세상 같았다.

더 이상 릭은 생각에 빠져 있을 수 없었다. 네 사람의 우주비행사가 공식으로 사람들에게 소개되었고, 그들은 곧 저택으로 안내를 받았다. 릭은 젤리슨 상원의원의 얼굴을 알았다. 하지만 만약 몰랐더라도 누가 가장 높은 사람인지를 쉽게 알아볼 수 있었을 것이다. 모두가 상원의원에게 공간을 내주고 그의 발언을 기다렸기 때문이었다.

상원의원이 미소를 짓자 모든 사람이 환영받는 기분이었다. 심지어 이 만남을 두려워하던 표트르와 레오닐라까지도 말이다.

사람들이 계속 몰려왔다. 들판이나 도로에서 일하던 사람들도 찾아왔다. 소문이 빠르게 퍼진 것이 틀림없었다. 릭은 조니가 있는 곳을 찾아서 그를 쳐다봤다. 하지만 조니는 릭의 시선을 눈치채지 못했다. 다른 사람들의 시선도 알아차리지 못하고 있는 것 같았다. 조니는 키가 크고 날씬하고 머리카락이 붉은, 플란넬 셔츠와 작업복 바지를 입은 여자 앞에 넋을 잃고 서 있었다. 조니와 여자는 두 손을 꼭 잡고 서로의 눈에 깊이 빠져 있었다.

조니의 말소리가 들렸다.

"당신이 죽었을 거라고 생각했어. 그래서 디크에게도 물어보지 않았지. 물어보기 두려워서…… 당신이 살아 있어서 기뻐."

그녀도 말했다.

"나도 당신이 살아 있어서 기뻐요."

이상하다. 그들은 마치 상대방의 장례식에 참석한 듯한 표정을 짓고 있었다. 그러나 릭이 보기에, 아니 다른 누가 보기에도 분명한 것이 있었다. 두 사람은 과거에 연인이었다.

그리고 이곳의 남자들은 그 상황을 전혀 반가워하는 표정이 아니었다. 문제가 생길지도 모르겠군. 하지만 릭은 잡념에 빠져 있을 시간이 없었다. 군중이 모여 한꺼번에 떠들기 시작했다.

조니와 여자를 빤히 쳐다보던 거구의 남자가 릭에게 질문을 던졌다.

"우리가 지금 소련과 전쟁 중이오?"

릭이 대답했다.

"아니오. 러시아의 생존자와 미국의 생존자는 동맹 상태요. 전쟁 대상은 중국이오. 하지만 그런 건 잊어도 좋소. 전쟁은 이미 오래전에 끝났을 테니까 말이오. 해머와 충돌하고, 소련의 미사일에 얻어맞고, 우리 미사일도 제법 얻어맞고, 그랬으니 중국은 더 이상 누군가와 싸울 힘이 남지 않았을 겁니다."

"동맹이라고?"

덩치 큰 남자는 조금 당황한 것 같았다.

"좋소."

릭이 그 남자에게 미소 지었다.

"그리고 말이오, 지금 러시아에 간다면 빙하밖에 없을 겁니다. 중국에 간다면 아마 러시아 사람들을 찾을 수 있겠죠. 그 러시아 사람들은 우리와 동맹을 맺었다는 사실도 기억할 거요. 이제 됐나요?"

덩치 큰 사내는 한 번 쏘아보더니, 마치 떠밀린 듯 어딘가로 걸어갔다.

릭은 원래 능숙하게 훈련된 대로, 군중들에게 명료하고 시각적인 단어를 사용해서 조곤조곤하게 이야기를 했다. 사람들은 아주 많은 질문을 했다. 우주에 대한 질문이 많았다. 무중력에 익숙해지기까지 얼마나 걸렸나? 무중력 상태에서 어떻게 움직이나? 먹는 것은? 마시는 것은? 릭은 대부분의 사람들이 텔레비전으로 자신의 장난스러운 무중력 발레 시범을 본 것을 알고 새삼 놀랐다. 태양빛을 육안으로 보면 눈이 타버리지 않나? 하루 종일 선글라스를 끼고 있나? 혜성이나 우주먼지와 충돌해서 발생한 흠집은 어떻게 해결하나?

릭은 사람들의 이름을 기억했다. 어린 여자아이는 앨리스 콕스이고, 쟁반에 뜨거운 커피, 모조품이 아닌 진짜 커피를 들고 온 것은 그녀의 어머니였다. 공격적인 태도를 보이는 우락부락한 사내 두 명은 모두 성이 크리스토퍼였다. 러시아와의 전쟁에 대해 궁금해했던 덩치 큰 사내도 역시 성이 크리스토퍼였는데, 그는 상원의원, 디크, 조니와 함께 안으로 들어가 버렸다.

콕스 부인이 안주인 역할을 맡았다. 스스로를 '읍장'이라고 소개하는 사람도 있었고, 사람들이 '파출소장'이라고 부르는 사람도 있었다. 하지만 릭으로서는 미묘하게 이해되지 않는 부분이 있었다. 아무 직함이 없는 크리스토퍼 일가의 지위가 조금 더 높아 보였기 때문이다. 크리스토퍼 일가는 모두 덩치가 크고, 무장을 하고 있었다. 그리고 모든 사람들은 이미 디크 무리들의 반쯤 굶주린 듯한 모습에 익숙해져 있는 것 같았다.

콕스 부인이 안으로 들어갔다가 나오더니 말했다.

"상원의원님께서 낮에는 좀 더 일을 하고, 어두워져서 일을 못하는 시간에 우주비행사들과 대화를 나누자고 말씀하셨어요. 일요일에 파티를 해도 될 거라고 하셨죠."

사람들이 고개를 끄떡이며 웅성이더니 서로 인사를 나누고 사라졌다. 콕스 부인은 우주비행사들을 안으로 데리고 들어가 거실에서 커피를 더 내놓았다. 훌륭한 접대다. 릭은 자신이 우주에서 착륙한 이후 처음으로 완벽하게 긴장을 풀고 있다는 사실을 깨달았다. 디크의 마을에도 커피는 있었지만 넉넉하지도 않았고 기껏해야 불침번의 각성제로 급히 섭취하는 정도였다. 거실에서 편히 앉아 좋은 도자기 컵에 커피를 마시는 것은 상상할 수 없었다.

콕스 부인이 말했다.

"미안해요, 이야기를 나눌 여유가 있는 사람이 아무도 없네요. 모두들 할 일이 있거든요. 모두들 나중에 밤에 돌아오면 입이 닳도록 지껄여대겠죠."

표트르가 말했다.

"그건 괜찮습니다. 환영해주셔서 감사합니다."

표트르와 레오닐라는 릭의 건너편 소파에 함께 앉았다.

"바쁜 일 있으면 일을 보시지요."

콕스 부인이 말했다.

"네, 나는 저녁 식사를 만들어야 한다오. 필요한 것이 있으면 언제든 불러요."

그녀는 자리에서 일어서기 전에 커피포트를 가리켰다.

"식기 전에 들어요. 한동안 더 드릴 수 있을지 어떨지 모르거든요."

레오닐라가 말했다.

"고맙습니다. 정말 친절히 대해주셔서……."

"그보다 더한 친절도 받을 자격이 있지요."

콕스 부인이 대답한 후 사라졌다.

표트르가 말했다.

"그래서. 여기는 정부나 다름없군. 그런데 조니 베이커 준장은 어디로 간 거요?"

릭이 어깨를 으쓱했다.

"디크와 상원의원, 그리고 몇 사람이 함께 가더군요. 회의를 하러 갔나 보죠."

표트르가 말했다.

"우리는 초청받지 못한 회의군. 사실 나와 레오닐라가 초청받지 못한 것은 이해하겠소. 그런데 왜 당신도 초청받지 못한 거요?"

릭이 대답했다.

"나도 생각해봤는데…… 그들은 전부 재빠르게 사라졌어요. 디크가 무슨 이야기를 하고 싶어 하는지는 알 만하죠? 그동안 누군가 한 사람은 바깥에서 대중들을 상대해야 하니까, 그걸 내게 맡긴 것 아니겠소?"

표트르가 말했다.

"당신 말이 맞으면 좋겠소."

레오닐라는 동의하는 뜻으로 고개를 끄떡였다.

"착륙 이후로 안전하다고 느껴본 건 처음 같네요. 사람들이 우리를 좋아하는 것 같아요. 릭, 당신이 흑인이라고 신경 쓰는 것은 아니겠죠?"

릭이 말했다.

"보통 그렇다면 내가 눈치를 채지요. 별로 신경 쓰지 않는 것 같소. 하지만 뭔가 이상한 느낌은 있어요. 알아차렸습니까? 전쟁이 났다고 말했는데도 모두가 우주에 대한 질문만 하더군요. 지구의 다른 지역 상황에 대해 궁금해하는 사람은 아무도, 아무도 없었습니다."

표트르가 말했다.

"맞아요. 하지만 조만간 지구의 상황을 이야기해줘야 됩니다."

레오닐라가 말했다.

"말하지 않고 넘어갈 수 있다면 좋겠지만…… 맞아요, 이야기해줘야만 해요."

그들은 침묵했다. 릭은 일어나서 모두에게 마지막 커피를 따랐다. 부엌에서 뭔가 달그락대는 소리가 났다. 바깥에서 모든 사람들이 바위를 나르거나 밭을 갈았다. 고된 노동이다. 그리고 레오닐라를 포함한 그들 모두가 할 일이 많다는 것은 분명했다. 그렇게 되기를 희망했다. 그는 자신의 역할이 있기를 자기도 모르게 기도하고 있었다. 뭔가 중요한 역할, 자신을 쓸모 있는 사람으로 만들어줄 역할, 휴스턴과 가족과 지진해일을 모두 잊게 해줄 역할…….

하지만 지금 현재도 나쁘지는 않다. 그들은 영웅으로서 환영을 받고 있으며 레오닐라와 표트르도 마찬가지다. 무장한 시민들에게 안전하게 보호받고 있다.

릭은 집 뒤편 어딘가에서 낮게 웅성거리는 음성을 들었다. 아마 상원의원과 그의 참모들과 조니와 디크가 회의하는 소리일 것이다. 무슨 논의를 할까? 아마 우리의 삶에 대한 것이겠지. 상원의원의 딸도 거기에 있을까? 그 날씬한 여자는 주변을 전혀 살피지 않고 조니와 코가 닿을 정도로 얼굴을 대고 시선을 교환했다. 그것은 상원의원의 의사결정에 어떤 영향을 미칠까?

상원의원이 그 상황을 괜찮게 생각할 수도 있다는 생각이 릭의 머리를 스쳤다. 조니는 공군의 장성이었다. 만약 콜로라도스프링스가 그들이 주장하는 만큼의 전투력을 실제로 가졌다면, 조니의 신분이 큰 도움이 될 것이다.

표트르가 말했다.

"여기 사람이 얼마나 있나요?"

그의 질문을 받고서 릭은 몽상에서 깨어났다. 표트르가 말을 이었다.

"내 생각에 몇백 명은 될 것 같소. 그리고 무기도 많을 거요. 그 정도면 충분하다고 생각합니까?"

릭은 어깨를 으쓱했다. 릭은 몇 주, 아니면 몇 달 뒤 먼 미래를 생각하던 중이었고 지금 상원의원의 요새에 온 이유는 잊어버린 상태였다.

"아마 그렇겠죠."

릭은 그렇게 말했다.

그리고 잠시 후에야 릭은 표트르나 레오닐라의 말에 담긴 긴장을 이해했다. 릭은 어딘가에 문명화된 남녀가 어울려 질서를 유지하면서 살고 있다는 무의식적인 확신을 가지고 있었고, 상원의원의 실버밸리가 그런 장소라고 생각했던 것이다. 하지만 그런 곳은 없을지도 모른다. 어디에도 말이다.

릭은 가볍게 어깨를 으쓱했지만 미소를 잃지는 않았다. 그리고 세 사람은 기대와 희망 속에 조용히 앉아 있었다.

✤

디크가 말했다.

"그들은 스스로 '신혈맹군'이라고 부릅니다."

그는 주변을 둘러봤다. 하비 랜들, 앨빈 하디, 조니 베이커, 조지 크리스토퍼가 방 한쪽 끝에 앉아 있고, 젤리슨 상원의원이 의장석에 앉아 있었다. 상원의원의 눈빛은 멍했다. 디크는 한 잔의 술을 들이마셨고, 위스키가 마법의 힘을 부여할 때까지 잠시 기다렸다가 조금 차분해진 목소리로 말했다.

"그들은 스스로 캘리포니아의 합법적 정부라고 주장합니다."

앨빈이 물었다.

"합법적인 정부? 어떤 근거를 댑니까?"

"그들의 선언서에 부지사의 서명이 있습니다. 그는 자신이 '캘리포니아 지사 집무대행'이라고 하고 있소."

앨빈이 인상을 찌푸렸다.

"제임스 웨이드 몬트로스 말입니까?"

디크가 말했다.

"그 이름이 맞습니다. 위스키 좀 더 마실 수 있겠소?"

앨빈이 상원의원을 쳐다봤고, 상원의원이 고개를 끄떡이자 디크의 잔을 채워줬다. 앨빈이 흥미롭다는 듯 말했다.

"몬트로스, 그 '성격파탄자'가 살아남았군."

앨빈은 다른 사람을 쳐다보며 재빠르게 말을 덧붙였다.

"업계 농담이지요. 정치 바닥에서는 대개 사람들에게 별명을 붙입니다. '루저.' '인내심의 황제'. 그런 식으로 말이죠. 그리고 몬트로스에게는 '성격파탄자'라는 별명이 붙었소."

디크가 말했다.

"성격파탄이든 아니든 그는 자신의 정부에 합류하라면서 내게 일주일의 기한을 줬소. 기한이 지나면 신혈맹군의 무력으로 우리를 휩쓸겠다고 하면서 말이오."

그 농부는 입고 있던 군용 점퍼 안주머니에서 서류 한 장을 꺼냈다. 단정한 필기체 손글씨를 등사한 인쇄물이었다. 디크는 서류를 앨빈에게 건넸고, 앨빈은 서류를 슬쩍 살핀 후 젤리슨 상원의원에게 건넸다.

앨빈이 말했다.

"몬트로스의 서명이 맞습니다. 확실합니다."

상원의원이 고개를 끄떡였다. 그는 서류를 읽은 후 대화에 참여하고 있는 모든 사람들을 바라보며 말했다.

"이 서명은 진짜라고 봐도 좋겠소. 몬트로스 부지사는 자신이 계엄령을 선포했으며 캘리포니아 내에서 절대 권력을 행사하겠다는 것이 요지요."

조지 크리스토퍼가 으르렁거리듯 말했다.

"우리도 지배하겠다, 이거요?"

젤리슨이 대답했다.

"절대 권력이니까 우리도 포함되지. 이 선언문에는 콜로라도

스프링스의 발표도 언급했군요. 혹시 아는 것 있습니까, 조니 베이커 준장?"

조니가 고개를 끄떡였다. 조니는 하비의 곁에 앉아 있었으나 회의석의 다른 사람들과는 다른 세계에 있는 것 같았다. 아주 오래전의 영웅이 돌아왔어. 당분간은 신이나 다름없지. 하지만 얼마나 오랫동안 신의 자리를 지킬까? 아무튼 하비는 조니와 모린이 함께 서 있던 모습이 싫었다.

조니가 말했다.

"콜로라도스프링스에서 송출한 방송은 나도 들었소. 위조된 방송이 아닌 것은 확실했고, 하원의장이…….

앨빈이 말했다.

"노망난 멍청이…….

조니가 말을 이었다.

"……대통령 권한 대행을 자처하더군요. 그의 참모장은 공군 중장인 폭스라고 하더군요. 내 생각이 맞는다면 아마 바이런 폭스일거요. 국방대학 교수 중 하나인데, 괜찮은 사람이오."

조지 크리스토퍼는 묵묵히 열기를 뿜다가 마침내 입을 벌렸다. 그의 목소리는 낮았고 분노가 잔뜩 담겨 있었다.

"몬트로스, 그 개자식. 몇 년 전에 이곳의 일용직 노동자의 노조를 결성하려고 했던 적이 있지. 바로 내가 운영하는 목장에서 말이오! 나는 그 자식을 내 땅에서 쫓아내지도 못했소. 주 정부 경찰을 오십 명이나 몰고 왔었으니까."

상원의원이 말했다.

"몬트로스는 법적으로 매우 강력한 권한을 가지고 있소. 캘리포니아 행정공무원 중 거의 최고위직이니까. 주지사가 죽었을 가능성이 크니, 생존자 중에는 그가 최고위직에 틀림없습니다."

조니가 말했다.

"그렇다면 새크라멘토의 주 정부가 끝장났다는 겁니까?"

앨빈이 끄떡였다.

"우리가 아는 바로는 새크라멘토 전체가 수몰됐습니다. 해리가 몇 주 전 북쪽과 서쪽을 모두 다녀왔는데, 새크라멘토에 가려다가 포기한 사람들을 만났다고 하더군요. 그들 말로는 새크라멘토 전체가 샌호아킨처럼 물속에 잠겼다더군요."

조니가 말했다.

"제길. 그렇다면 원자력발전소도 사라졌겠군요."

앨빈이 말했다.

"아쉽게도 그렇습니다."

조지 크리스토퍼가 말했다.

"디크, 설마 그 빌어먹을 몬트로스의 부하가 되지는 않겠죠?"

디크가 말했다.

"그래서 도움을 청하러 온 거요. 그들은 우리를 힘으로 누를 수 있소. 그들의 군대는 거대합니다."

앨빈이 물었다.

"얼마나 거대하죠?"

"아주 거대합니다."

젤리슨 상원의원이 말했다.

"궁금한 것이 하나 있는데, 당신과 전투를 벌였다는 그 식인종 무리가 몬트로스가 이끄는 군대의 일부라는 것이 확실합니까?"

"이미 말했잖습니까."

"화내지 마십시오."

상원의원의 마법 같은 화술이 다시 빛을 발했다.

"내가 너무 놀랐기 때문입니다. 몬트로스는 성격파탄자라고 불리지만 진짜 미친 사람은 아닙니다. 멍청하지도 않지요. 그는 약자를 대변하는 사람이고……."

조지가 거칠게 항의하려고 했다. 젤리슨이 부드럽게 말을 이었다.

"본인의 주장이 그렇다는 거요. 그가 식인종과 가깝게 지낸다는 생각은 하기 힘들어요."

앨빈이 말했다.

"어쩌면 현재 포로 신분일 수도 있습니다."

젤리슨이 끄떡였다.

"내가 그 이야기를 하고 싶었다네. 그런 상황이라면 그에게는 법적인 권한이 전혀 없지."

디크가 물었다.

"법이라니, 젠장, 나는 어떻게 하면 되겠습니까? 나는 그들과 대항할 수 없소. 당신들이 나를 도와주겠습니까? 나는 결코 그들에게 항복하고 싶지 않소."

조지가 말했다.

"당신을 비난하려는 것이 아니오."

디크가 말했다.

"단지 식인만 문제가 아닙니다. 그들도 만약 음식이 충분하다면 식인은 멈출지도 모릅니다. 하지만 그들의 전문을 전달한 사람들이 왔을 때 보니……."

앨빈이 물었다.

"몇 명이나 찾아왔습니까?"

"우리 마을 근처에 야영을 하는 자들은 이백 명 가까이 되고, 그중 십여 명이 찾아왔더군요. 모두가 무장을 했습니다. 조니도 함께 봤죠. 거기에는 주 정부 경찰의 경위도 함께 있었습니다."

조지가 말했다.

"거짓말이겠지! 주 정부 경찰이 식인종들과 함께 있었다는 말이오?"

"글쎄요. 아무튼 그는 경위 계급장을 달고 있었소. 그리고 로스앤젤레스의 경관 출신이었다고 하는 흑인도 있었소. 찾아온 사람 십여 명은 대부분 멀쩡했지만 그들 중 두 사람은…… 오, 제기랄, 그들은 이상했습니다!"

디크는 조니를 쳐다봤고, 조니는 동의하는 뜻으로 고개를 끄덕였다.

디크가 말을 이었다.

"아주 이상했소. 마약에 취한 사람 같았습니다. 동공이 풀리고, 사람을 똑바로 쳐다보지 않았소. 주님의 천사 어쩌고 하면서 떠들더군요. 우리에게 문서를 전할 때는 '천사께서 이 말씀을 전하도록 하셨다'라고 했소."

하비가 물었다.

"다른 사람들은 그들의 행동에 어떻게 반응했소?"

"별 반응이 없었소. 그들끼리는 천사 어쩌고 하는 이야기를 일상적으로 하는 것 같았습니다. 내가 대체 그게 무슨 뜻이냐고 물었지만 못 들은 것같이 돌아서서 가버렸습니다. '너에게 말씀을 전했다'라고 한 마디 하고는 말이오."

앨빈이 물었다.

"마을 주변에 이백 명이 주둔했다고 했죠? 얼마나 가까이 있습니까?"

디크가 물었다.

"멀지 않은 곳에 있소. 도로를 따라 남쪽이지요. 그건 왜 묻는 거요?"

앨빈이 대답했다.

"해리가 그쪽 길을 따라 이동하지요. 정확한 일정이 있는 것은 아니지만 지금쯤이면 복귀할 때가 된 것 같습니다."

디크가 말했다.

"그가 우리 마을을 지나지는 않았는데……."

젤리슨이 물었다.

"디크, 그 조직이 해리에게 무슨 짓을 저지를 만한 자들이오?"

디크가 어깨를 으쓱했다.

"상원의원님, 나는 그들이 어떤 사람들인지는 잘 모르오. 눈에 보이는 것보다 훨씬 많은 병력을 보유했다는 그들의 주장은 사실인 것 같지만 말이오. 이제 바깥세상에는 더 이상 돌아다니는 사람이 아무도 없소. 난민도 없소. 당신들과 신혈맹군 이외에는 아무도 없는 것 같소."

앨빈이 말했다.

"천사들이라. 말이 되는 것 같지 않은데……."

하비가 보기에도 말이 안 된다. 말이 안 되기 때문에 앨빈은 신경에 거슬려 하는 것 같았다. 하비가 말했다.

"나도 몬트로스를 몇 번 취재 때문에 만났었습니다. 미친 사람 같지는 않았소. 환경운동에 관한 주제가 나오면 매우 흥분했죠. 스프레이 캔이 오존층을 망가뜨린다든지 하는 유의 이야기였습니다. 어쩌면 해머 충돌 후 환경 문제에 극단적으로 몰입했는지도 모르겠습니다."

디크가 말했다.

"그가 맛이 갔을 수도 있고, 포로 상태일 수도 있소. 그에게 무슨 일이든 일어났겠죠. 하지만 그건 아무래도 좋습니다. 마을 아래에 이백 명이 있고 어딘가에 오백 명이 더 있소. 내가 대체 뭘 해야 하는 겁니까?"

상원의원이 말했다.

"아니, 꼭 뭔가를 해야 하는 건 아닙니다."

그는 잠시 말을 멈추고 생각에 잠겼다. 누구도 상원의원의 말에 끼어들지 않았다. 상원의원이 다시 입을 열었다.

"자, 아직 약속한 기한은 6일이 남았습니다, 디크. 내가 제안을 하나 하겠소. 당신 쪽 여자와 아이들과 부상자를 여기로 데려와도 좋소. 대신 당신들은 우리를 위해 침수된 물건을 좀 구해다

주시오. 공구, 전자제품, 연장, 그런 것들입니다. 가장 먼저 필요한 물건은 다이빙 도구들이겠죠."

"상원의원님, 그 물건을 구하면 신혈맹군과의 전투를 준비할 시간이 생긴다는 거요?"

젤리슨이 한숨을 내쉬었다.

"물론 그렇지 않소. 몬트로스 주지사, 또는 그를 조종하는 그 누군가는 당신이 구해온 도구를 누군가와 나눠쓰려고 할 리가 없습니다. 미국 대륙 전체를 손에 넣으려는 야망을 가진 것 같으니까 말이오."

조지가 말했다.

"우리의 실버밸리까지 포함해서 말이오."

젤리슨이 말했다.

"네, 맞소. 자, 현재까지 우리가 발견한 정부는 두 개입니다. 콜로라도스프링스와 신혈맹군, 이렇게 두 개 말이오. 천사들이 별도의 정부일 수도 있고."

디크가 다시 물었다.

"그래서 내가 대체 어떻게 하면 됩니까?"

젤리슨이 대답했다.

"인내심을 가지십시오. 우리는 아직 충분한 정보를 가지지 않았으니까 자료를 더 수집해봅시다. 조니, 미국의 다른 지역에 대해 아는 것이 있습니까? 그리고 다른 대륙은 어떻습니까?"

조니는 고개를 끄떡이고 등을 기대며 생각을 정리했다.

"우리도 충분히 많이 교신하지 못했습니다. 해머 충돌 직후 휴

스턴 기지와 교신이 끊겼죠. 휴스턴은 전체가 수몰됐습니다. 릭
델란티 대령의 가족이 그때 죽었죠. 그리고 러시아 비행사들도
해머 충돌 즉시 가족을 잃었소."

조니는 사람들이 릭을 동정하는 표정을 짓자 안심했다. 이곳
사람들에게는 아직 그 정도 예민함이 남아 있다. 이곳 바깥의 세
상에서는 타인의 죽은 가족을 위해 눈물을 흘려줄 사람은 없었
다. 너무 많이 죽었기 때문이었다.

"해머 충돌 후 불과 한 시간도 지나기 전에 전쟁이 시작됐습니
다. 중국이 러시아를 공격했고, 러시아가 중국에게 반격했죠. 우
리 기지에서도 중국을 향해 몇 발을 날렸습니다."

앨빈이 말했다.

"오, 주여. 하비, 혹시 방사선 측정 장치를 가지고 있습니까?"

"없소."

모두가 긴장하는 듯했다. 하비가 말을 이었다.

"방사능 낙진이 생길 수도 있겠지. 하지만 대응할 방법이 과연
있을지 모르겠군요."

앨빈이 물었다.

"우리가 대응할 방법이 뭐가 있겠습니까?"

조니가 대답했다.

"제 생각에 이곳은 안전할 것 같습니다. 정말 엄청난 비가 내
렸잖습니까. 대부분의 낙진은 이미 다 쓸려 내려갔을 겁니다. 우
주에서 봤을 때는 구름 때문에 세계 전체가 마치 거대한 솜 덩어
리 같았소. 해머 충돌 이후 지상은 거의 보이지도 않았습니다."

젤리슨이 원래의 주제를 환기시켰다.

"다른 곳과 교신을 했던 적 있소?"

"네, 죄송합니다. 우리는 콜로라도스프링스와 잠시 대화를 나눴지만, 아주 짧은 시간이었습니다. 통신 부호만 간신히 교환했을 뿐입니다. 몬태나의 전략공군지휘소도 잠깐 교신했는데, 우리가 처음이자 마지막 교신이라고 했소. 미국 내 통신은 그게 전부였습니다."

조니는 잠시 후 말을 이었다.

"다른 대륙 중 남아프리카와 오스트레일리아는 비교적 괜찮은 상태일 겁니다. 라틴 아메리카는 잘 모르겠소. 우리 중 스페인어를 아는 사람이 없는데다가 교신이 지속되지도 않았으니까 말이오. 그들의 라디오 방송이 잠시 수신됐는데 우리 짐작으로는 베네수엘라에 쿠데타가 일어났다는 것 같았습니다. 그리고 다른 국가들도 모두 정치적 문제를 겪는 것 같았습니다."

젤리슨이 고개를 끄떡였다.

"놀랄 일도 아니오. 그들의 핵심 도시도 대부분은 해안에 있었으니까. 혹시 남반구의 해일이 어느 정도였는지에 대한 정보가 있소?"

조니가 말했다.

"정확하지는 않지만 거대했던 것은 분명합니다. 북아프리카를 덮쳤던 해일은 높이가 오백 미터였소. 구름이 세상을 완전히 가리기 전이라서 확인할 수가 있었죠. 오백 미터 높이의 물살이 모로코를 휩쓸었고, 유럽은 완전히 끝장났소. 라틴 아메리카의 화산이 일제히 폭발했지요. 구름을 뚫고 올라온 연기를 봐서는 환태평양 화산대가 모두 폭발한 것 같았습니다. 미대륙 동부의 네바다, 북부의 래슨 산, 후드 산, 어쩌면 레이니어 산까지. 캘리포니아 북부, 오리건, 워싱턴에 화산이 특히 많지요."

조니는 계속 말을 이었고, 사람들은 그제야 그들이 정말 완전히 고립된 상태라는 사실을 깨달았다. 캘리포니아 임페리얼밸리는 코르테즈 해에 충돌했던 유성이 만든 해일에 휩쓸렸고, 그 해일은 콜로라도 강의 계곡은 말할 것도 없고 로스앤젤레스 서부의 조슈아트리 국립공원, 팜스프링스 일대, 투엔티나인팜 지역까지 긁어놓았다.

"그리고 오대호 중 휴런 호수에도 충돌이 있었던 것 같습니다. 지구가 완전히 구름에 덮이기 직전에 휴런 호수의 가운데에 구멍이 뚫리고 나선형으로 구름이 회오리치는 것을 봤거든요."

앨빈이 물었다.

"미국에는, 콜로라도 산맥 외부에 살아남은 것이 있습니까?"

조니가 대답했다.

"확실히 모르겠습니다. 이 계속되는 비 때문에 중부는 완전히 물에 잠겼을 거라고 봅니다. 농작물도, 교통수단도 완전히 잠기고, 많은 사람들이 굶주렸겠죠."

앨빈이 대답했다.

"그리고…… 남아 있는 물건 때문에 서로 죽이고 있겠지요."

그는 다른 사람들을 쳐다봤고 사람들이 모두 고개를 끄떡였다. 실버밸리는 운이 좋았다. 아주 좋았다. 왜냐하면 그들에게는 상원의원이 있고 질서가 있기 때문이다. 거의 빈사 상태의 세상에서 조화롭게 돌아가는 외롭고 안전한 섬이다.

왜 하필 우리일까? 하비는 궁금했다.

하비는 조니의 이야기를 듣고 별로 놀라지 않았다. 하비도 어느 정도는 상황을 짐작하고 있었다. 무선 교신이 들어오지 않기 때문이었다. 물론 기상 문제로 전파 수신이 어려운 이유도 있겠지만 그래도 가끔은 방송을 수신할 수 있어야 정상이다. 거의 아무것도 수신할 수 없다는 것은 안정적인 전원으로 지속적인 방송을 하는 곳이 없다는 뜻이었다.

하지만 생존자가 얼마 남지 않았다는 사실을 정말로 알게 되자 느낌이 전혀 달랐다.

세상에 무슨 일이 일어나고 있을까? 라틴 아메리카에서는 일주일에 한 번씩 정변이 일어나고 있을 것이다. 세상 다른 곳도 마찬가지일 것이다. 해머 충돌이나 중-소 전쟁이 모든 것을 끝내지는 못했을 것이다. 이제 생존자들끼리 모든 것을 끝내기 위해 발악을 하고 있을 것이다.

앨빈이 침묵을 깼다.

"우리를 지원해줄 미군 기갑부대는 없겠군요."

디크가 쓰게 웃었다.

"군대는 식인종과 한편이 됐습니다. 우리 눈으로 봤다니까요."

조지가 말했다.

"우리는 싸워야 할 거요. 그 빌어먹을 몬트로스 자식과……."

앨빈이 말했다.

"조지, 그가 책임자라는 것은 아직 장담할 수 없소."

"누가 두목인지가 뭐가 중요합니까? 만약 두목이 몬트로스가 아니라 식인종이라면 그건 더 나쁜 거요. 조만간 싸울 수밖에 없 겠지. 그렇다면 디크 쪽 사람들이 아직 그들에게 흡수당하지 않 았을 때 싸우는 것이 낫습니다."

디크가 말했다.

"나도 동의합니다. 다만……."

"다만 뭐요?"

조지의 목소리에 의혹이 묻어 있었다.

디크가 팔을 벌렸다. 디크는 거구의 사내였는데, 지금은 옷이 두 사이즈는 커 보일 정도로 살이 빠졌다. 그리고 얼굴은 겁에 질 려 있다.

"우리를 이곳에 받아들여주시오. 그래야 힘을 보탤 수 있습니 다. 여기는 방어에 유리한 지형이지만 지금 우리가 살고 있는 마 을은 그렇지 않습니다. 자연적인 경계선이 없고 능선도 없어 우 리가 만드는 울타리가 전부요. 이곳이라면 적이 굶어 죽을 때까 지 버틸 수도 있습니다. 좀 더 빨리 굶주리게 만들기 위해 원정을 나가서 그들이 비축한 물건을 태우는 일을 우리에게 맡겨도 될 거요."

하비가 대답했다.

"그건 좀 너무한데요. 곡식과 음식을 태우지 않아도 수없이 많 은 사람들이 죽어가고 있잖습니까. 오, 주여! 이 세상 여기저기, 해머의 불길이 미치지 못한 곳마다 사람들이 스스로 불을 지르다니…… 꼭 해야만 하는 일인가요!"

앨빈이 말했다.

"디크, 우리에게는 겨울에 당신 식구 모두를 먹일 음식이 없습니다. 미안합니다만, 우리 상황이 실제 그렇습니다. 여유가 너무 없소."

젤리슨이 말했다.

"아직 확실한 정보는 아무것도 없소. 어쩌면 신혈맹군과 협상도 가능할 거요."

조지 크리스토퍼가 말했다.

"헛소리!"

하비가 말했다.

"그건 헛소리가 아니오. 나도 몬트로스를 알아요. 그는 미치광이가 아닙니다. 식인종도 아니고요. 당신 목장의 일꾼들에게 노조를 결성시켰는지는 모르겠지만 그렇다고 사악한 사람은 아닙……."

젤리슨이 아주 단호하게 말했다.

"그만! 됐습니다. 조지, 해리가 돌아오기를 기다려봅시다. 바깥 상황을 자세히 알아봐야 합니다. 디크가 아는 것은 모두 말해준 것 같으니까. 하비, 다른 바쁜 일이 있으면 이 회의에는 더 참여하지 않아도 됩니다."

젤리슨의 어조는 하비에게 회의에서 빠져달라는 것이었다.

"네, 저도 할 일이 좀 있습니다."

하비는 일어서서 문 쪽으로 나왔다. 조지 크리스토퍼가 하비의 뒤를 따라 나오는 소리가 들렸다. 조지가 말했다.

"정보가 다 모이면 지도를 펴놓고 이야기하죠. 나도 좀 할 일이 있소. 자, 만나서 반가웠습니다, 조니 베이커 준장님."

조지가 하비를 따라 나오면서 말했다.

"잠시만 이야기 좀 합시다."

하비는 하마터면 킥킥 웃을 뻔했다. 그는 걸음을 늦췄다. 일이 돌아가는 모습이 우습다. 상원의원은 하비가 감정적으로 말한 것을 싫어했고 그래서 그와 조지를 갈라놓으려고 했지만, 상원의원의 뜻대로 되지 않은 것이다. 이제 무슨 일이 진행될까?

조지가 말했다.

"그래서, 이제 뭘 하면 되는 거요?"

하비가 어깨를 으쓱했다.

"알고 있는 것이 없소. 하지만 시간은 좀 더 있으니 이제 디크와 함께 외부로 나가서, 겨울 동안 디크의 식솔을 먹여 살릴 비료나 온실 자재를 주워오는 것도 괜찮겠죠."

크리스토퍼가 말했다.

"내 말은 그게 아니오. 우리는 그 빌어먹을 식인종들과 싸워야 합니다. 그들이 더 강해지기 전에 빨리 해치워야 하니까. 총을 들 수 있는 사람은 당장 모두 나가서 끝장을 내야지, 겨울 내내 뒤통수를 걱정하면서 살고 싶지는 않소. 누군가에게 위협을 받는다면 대응할 방법은 한 가지뿐이오. 그 자를 때려눕히고, 다시는 나를 건드리지 못할 만큼 엄청나게 짓밟아버리는 것."

아니면 죽어라고 달아나는 것. 아니면 진지하게 대화를 나누는 것도 방법이지. 하비는 속으로 생각했지만 겉으로는 한 마디도 하지 않았다.

조지가 말했다.

"나는 당신과 모린 사이가 신경에 거슬렸소."

하비가 대답했다.

"나도 그녀를 원하니까 그럴 테지."

하비는 좁은 복도에서 조지의 얼굴을 마주봤다.

"나를 때려눕히고 엄청나게 짓밟고 싶소? 아주 재미있을 것 같은데 한 번 해보시오."

"아직은 아니오. 내 신경을 아주 많이 긁어놓는다면 아마 요새 바깥으로 쫓아내겠지. 지금은 우리 두 사람 모두에게 문제가 생겼소."

"그렇소. 나도 눈치 챘소. 그러면 당신은 그 사람을 요새 바깥으로 쫓아낼 거요?"

"멍청하게 굴지 마시오. 그는 영웅이오. 밖으로 나갑시다."

조지는 복도를 따라 바깥쪽으로 나갔다. 그들은 아무도 없는 어둠 속으로 걸어갔다.

조지가 말했다.

"이보시오, 하비, 당신은 나를 별로 안 좋아하지?"

"그렇소. 내 생각에는 서로 마찬가지일 것 같은데?"

크리스토퍼가 어깨를 으쓱했다.

"굳이 당신을 싫어하지는 않소. 당신이 내 뒤에서 총을 쏘거나 뒤통수를 칠 것 같지는 않거든."

"고맙군요."

"그리고 그렇게 하지 않을 거라면, 내가 하는 말을 잘 들어야 할 거요. 만약 모린이 조니와 결혼한다고 칩시다. 당신은 어떻게 할 거요?"

"많이 울겠지."

크리스토퍼가 으르렁거렸다.

"어이, 나는 지금 정중하게 말하려고 애쓰고 있다고!"

그러자 하비가 말했다.

"그럼 무슨 대답을 기대했소? 모린이 조니와 결혼한다면, 그건 그녀가 판단하는 겁니다. 그게 전부인데 무슨 할 말이 있소?"

"그러면 모린의 결혼을 가만히 내버려둘 거요? 몰래 기어들어가서 그녀와 바람을 피우지는 않을 거요?"

하비가 대꾸했다.

"내가 왜 그런 짓을 합니까?"

"당신은 내가 멍청한 촌놈이라고 생각하겠지? 사실 촌놈 맞소. 당신의 관점에서는 말이오. 나는 굳이 이곳에 살지 않아도 되던 시절에도 이곳에 살았소. 이곳에서 태어났고, 이곳에서 교회를 다녔고, 열심히 일을 했소. 시끄러운 파티를 다니지도 않고, 회사 비용으로 여러 도시를 돌아다니며 가는 도시마다 현지 여자를 만나지도 않았지."

하비가 웃었다.

"나도 그렇게 살지 않았소. 〈플레이보이〉 같은 잡지를 너무 많이 읽은 것 아니오?"

"뭐라고? 나는 촌놈이오, 하비. 하지만 아무튼 결혼한 남자는 가정에 충실해야 한다고 믿고 있소. 지금 나는 독신이오. 약혼은 한 번 했지만 결혼은 못했지. 그리고 얼마 후에 모린이 이혼했다는 것도 알게 됐소. 모린이 실버밸리로 돌아와서 시골 생활을 한다고 기대한 것도 아니고, 내가 워싱턴에서 생활할 수 있다고도 생각하지 않았소. 그러니까 특별히 그녀를 기다린 것은 아니지만, 아무튼 다른 여자를 만난 것도 아니오. 그런데 해머가 충돌한 거요. 이제 그녀는 무조건 여기서 살아야 하지. 아마 나와 함께 살 수도 있소. 우리는 이미 한 번 결혼한 사이나 다름없소. 너무 어렸기 때문에 결국 제대로 되지 않았지만……."

"지금 그 이야기를 하는 이유가 뭡니까?"

"왜냐하면 당신에게 분명히 할 이야기가 있기 때문이오. 하비, 내가 만약 누구하고든 결혼을 했다면, 나는 그 결혼에 충실할 것이고 내 부인에게 충실할 거요. 조니 베이커도 마찬가지일 거요. 하지만 당신은 절대 안 그럴 것 같단 말이오."

"대체 무슨 근거로……."

"나는 이 계곡에서 일어나는 일을 모두 알고 있소. 지금도 알고 있지만, 이 빌어먹을 혜성이 충돌하기 전에 일어난 일도 모두 알고 있소. 그러니 모린을 그냥 놔두시오. 당신은 그녀에게 필요한 사람이 아니오."

"왜 아니라고 하는 거요? 누가 당신을 윤리의 수호자로 임명해줬소?"

"내 마음이지. 그리고 당신은 그녀에게 충분한 사람이 아니오.

당신은 과거 시절에도 몰래 모린과 섹스를 했소. 나는 마음에 들지 않았지만 비난하지는 않았소. 하지만 그 당시에 당신은 결혼한 사람이었소, 하비. 대체 당신에게 모린의 의미가 뭐요? 점수표에 한 칸을 더 채워 넣을 여자인가? 나 지금 화가 나려고 하는데, 화를 내고 싶지는 않소. 하지만 당신, 모린을 건드리지 마시오. 다시 한 번 말하지만 그녀를 건드리지 마시오."

조지는 돌아서더니 하비가 대꾸하기 전에 어디로 사라졌다. 하비는 충격 속에 멍하니 서서, 저 덩치 큰 농부의 뒤를 쫓으려는 충동을 간신히 억눌렀다. 나는 지금 화가 나야 해! 저 개자식을 증오해야 해! 하지만 내심은 달랐다. 그는 달려가서 조지를 붙들고, 자신도 결혼에 대해 똑같이 생각하고 있으며, 예전에 모린을 만난 것이 그런 의미가 아니었음을 구구절절 설명하고 싶었다. 그리고 그때 모린과 자신의 사이에서는…… 사이에서는, 뭐? 뭐지……? 어쩌면 크리스토퍼의 말이 옳다. 하지만 로레타는 결코 모린을 만난 것을 알지 못했고, 그래서 아무 피해도 입지 않았고, 모린도…….

이 모든 것은 내가 무슨 짓을 했는지 너무도 잘 알기 때문에 늘어놓는 한 덩어리의 변명에 불과했다. 결국 하비는 말없이 거실로 들어갔다. 거실에는 우주비행사들이 있었다. 하비는 그들과 섞여 앉아 이야기를 나눴다.

망명자의 이야기

태양이 스러지고 별이 떨어질 때
그리고 야수들이 모여들 때
그리고 성스러운 두루마리가 펼쳐질 때
지옥불이 번쩍이고 천국의 불빛이 접근하면
모든 영혼이 자신의 공과를 알게 되리라.
그리고 밤이 와서 어둠이 내릴 때까지,
그리고 새벽이 와서 빛이 내릴 때까지,
당신은 어디로 가십니까?

– 꾸란

해리가 말했다.

"발을 담글 수 있는 더운 물이 있어요. 조리된 음식, 갈아입을 옷, 그리고, 당신의 능력을 필요로 하는 사람도 있어요. 그들은 당신을 꼭 받아줄 거예요."

포레스터가 헐떡였다.

"해내겠습니다…… 그 가방을…… 벗었더니 몸이 마치…… 깃털처럼 가벼워요. 그리고…… 거기에 혹시 양도 키웁니까?"

포레스터는 지난 며칠간 두려움 때문에 차마 자신의 발을 보지 못했다. 하지만 이제는 그럴 필요가 없을 것이다. 한편 보관하던 인슐린 문제로 말하자면, 점점 투여량을 늘려야 했다. 휴대한 인슐린이 변질되고 있는 것 같았다.

"그리고 혹시 냉장고도 있습니까?"

"냉장고는 없어요. 양은 있어요. 그 문제부터 확인해보죠. 이제 얼마 안 남았어요. 조금만 더 가면 도로에 초소가 있어요."

두 사람의 동행자, 휴고 벡은 포레스터의 배낭을 가볍게 걸치고 앞장서서 걷다가 갑자기 멈춰 뒤를 돌아봤다.

해리가 말했다.

"나와 함께 가고 있으니까 괜찮을 거예요."

휴고 벡은 고개를 끄떡였지만 포레스터와 해리가 그를 따라잡을 때까지 기다렸다. 그는 표지판의 내용에 겁을 먹고 있었다.

도로차단소의 약 오십 미터 전방에 표지판이 세워져 있었다.

위험!

당신은 무장 지역으로 진입하고 있다.

더 이상 접근을 금지한다.

이곳에 용무가 있다면 초소 앞까지 천천히 걸어와 정지하라.

우리는 경고 없이 발포한다.

두 손에 든 물건이 없는 것을 우리에게 보이라.

그 아래에는 스페인어로 같은 내용이 적혀 있었고, 그 뒤에는 전 지구적으로 똑같이 '들어오지 마시오'를 의미하는 해골 마크 하나가 그려져 있었다. 포레스터가 말했다.

"조금 우스운 환영표지판이군요."

임무 교대다. 마크는 다른 사람들이 바위를 깨느라 땀 흘리는 동안 보초를 서는 것이 즐거웠다. 물론 보초 근무가 늘 즐겁지는 않았다. 전에는 자전거를 타고 샌호아킨을 간신히 가로질러온 가족이 있었다. 식인종에 대한 소문이 퍼지던 중이었다. 그 가족을 쫓아내는 것은 결코 즐거운 일이 아니었다. 마크는 그들에게 북쪽으로 이어지는 길을 가리켰다. 그쪽으로 가면 물고기로 생계를 이어가는 어민 부락이 있었다.

네 사람이다. 실버밸리의 요새는 앞으로 네 사람을 더 받아들일 수 있다. 하지만 어떤 네 사람을 택해야 하지? 왜 더는 안 되지? 특별한 이유 없이는 누구도 받아들여서는 안 된다는 의사결정 자체는 분명히 옳다. 하지만 힘들게 찾아온 사람의 눈을 들여다보면서 돌아가라고 말하는 것은 결코 쉬운 일이 아니다.

마크는 바깥에서 보이지 않도록 통나무를 쌓아 만든 방벽 뒤에 앉아서 빗질을 했다. 그의 파트너는 마크를 불안하게 쳐다보고 있었다. 지난번에 파트너의 반응이 느렸던 바람에 정문 근무자 하나가 죽임을 당한 적이 있었다.

길에서 사람 세 명이 다가오고 있었다. 마크는 그중 한 사람이 회색 우체국 제복을 입은 것을 알아보고 밖으로 나갔다. 마크는 해리에게 즐겁게 손을 흔들었지만, 세 사람 모두 바리케이드까지 걸어오는 것을 보고 얼굴에서 웃음이 사라졌다. 그는 눈으로 휴고 백을 쳐다보면서 입으로만 말했다.

"즐거운 재활용의 날이오, 해리."

해리가 조금 공격적으로 말했다.

"내가 데려온 사람들이에요. 당신도 규칙을 알고 있죠? 이 사람은 내 여행기간 동안 호위를 해준 사람이에요. 그리고 이분은 댄 포레스터 박사예요."

마크가 말했다.

"안녕하시오, 박사님. 빌어먹을 핫 퍼지 선데이도 잘 있죠?"

포레스터가 간신히 미소 짓는 시늉을 했다.

해리가 말했다.

"그는 책을 가지고 있어요. 아주 많이 가지고 있다고요. 지금은 한 권밖에 없지만…… 보여주세요, 박사님."

비가 가볍게 뿌리고 있었기 때문에 포레스터는 테이프 봉인을 뜯지 않았다. 마크는 네 겹의 포장 비닐 속 글자를 읽어봤다.

"사물의 원리, 기술 대백과사전, 2권."

포레스터가 말했다.

"1권은 안전한 장소에 있소. 문명을 재건할 수 있는 다른 사천 권의 책과 함께 말이오."

마크가 어깨를 으쓱했다. 그 책이 있든 없든 댄 포레스터 박사가 실버밸리에서 거부당할 리는 없다고 예상했다. 하지만 포레스터 박사가 어떤 선물을 준비했는지도 궁금했다.

"무슨 책들이죠?"

포레스터가 말했다.

"브리태니커 백과사전 전질, 사물의 배합법, 그 책에는 비누 제조나 보리로 맥주를 양조하는 방법 같은 내용이 있소. 양봉업 실무 지침. 수의사 실무 참고서. 기초 무기화학 실험 및 유기화학 교사용 지침서……. 현대식 장비뿐 아니라 1930년대 장비를 활용하는 교본도 포함되어 있지요. 아마추어 무선사 핸드북, 농업용 달력, 고무 제조법, 프레지어 피터의 손수 집 짓는 법, 포틀랜드 시멘트 제조법 관련서적 두 권, 총기 제작 교본, 야전 보병용 무기 정비서, 차량과 트럭용 정비 매뉴얼. 휠러의 주택 수리 교본, 수경 재배에 관한 책 세 권 등 ."

마크가 깜짝 놀랐다.

"우와! 들어오시오, 왕자님! 잘 오셨소! 해리, 윗분들이 당신이 도착하지 않아 걱정하고 있었소. 휴고 벡, 당신은 손을 울타리 위로 올리고 다리를 벌려. 무기 가진 것 있소?"

휴고가 말했다.

"내가 총에서 총알 빼는 것을 보지 않았소? 그건 허리의 탄띠에 넣었소. 그리고 부엌칼이 있소. 음식을 먹을 때 사용합니다."

마크가 말했다.

"그것들 모두 가방에 넣으시오. 아마 여기서 뭘 먹을 일은 없을 거요. 나가는 길 앞에서 도로 만납시다."

"헛소리 마시오!"

마크가 어깨를 한 번 으쓱하더니 말했다.

"당신 트럭은 어떻게 됐소, 해리?"

"뺏겼어요."

마크는 믿을 수 없다는 표정을 지었다.

"빼앗겼다고요? 당신이 어디서 왔는지 이야기했는데도? 젠장, 이건 전쟁이군. 지금 대규모 원정 수색대를 보낼지 말지를 고민하던 중인데, 무조건 수색대가 나가서 확실히 해치워야겠군."

"아마 그렇겠죠."

해리는 마크가 생각한 것만큼 웃지 않았다.

포레스터가 기침을 몇 번 하고는 말했다.

"마크, 샤프 박사가 혹시 여기에 무사히 도착했습니까? 그와 함께 다른 사람 이십여 명이 있었는데요."

"그가 여기로 왔소?"

"네, 젤리슨 상원의원의 목장으로 가겠다고 했습니다."

"보지 못했소."

마크는 살짝 당황했다. 해리는 당황한 표정을, 포레스터는 슬픈 표정을 지었다. 하지만 마크나 해리에게 이런 일은 흔하다. 누군가는 결코 어디에도 도착하지 못하며, 그 와중에 생존자들끼리 죽은 자에 대해 요란을 떠는 것은 우습다.

해리는 불편한 침묵을 깨뜨렸다.

"상원의원님께 전할 말이 있어요. 그리고 포레스터 박사님은 지금 잘 걷지 못해요. 탈 것 있나요?"

마크가 잠시 생각했다.

"무전 요청을 하는 편이 낫겠군. 잠시 기다리시오, 해리. 내 대신 잠시만 도로를 지켜주시오. 금방 올 테니."

마크는 두 손을 크게 벌리고 허리 높이에서 팔을 크게 흔들었다. 마치 평소에 허리와 어깨 스트레칭을 하는 것처럼 보이게 했지만 사실 그것은 수신호였다. 휴고 벡에게 알아차리지 못하게 하기 위해서 일부러 동작을 크게 한 것이다. 신호를 마친 마크는 수풀 속으로 뛰어 들어갔다.

포레스터는 마크의 모습을 흥미롭게 쳐다봤다. 포레스터는 이미 키플링의 책을 읽었기 때문에 수신호의 의미를 안다. 휴고 벡도 키플링의 책을 읽었을까?

해가 구름 아래로 내려가고 있었다. 구름의 장막 틈에서 황금빛과 보랏빛이 새어나왔다. 해머 충돌 이후에 일출과 석양은 언제나 엄청난 경관이었다. 앞으로도 오랫동안 이렇게 경치가 훌륭할 것이다. 1814년에 이탈리아의 탐보라 화산이 폭발했을 때 하늘로 솟아올라간 먼지는 그 후 2년간 석양을 찬란하게 했다지. 단지 화산 하나가 폭발했을 뿐인데도 말이다.

포레스터를 태운 트럭의 운전사는 말수가 없었다. 해리와 휴고는 짐칸에 자리를 잡았다. 도로에는 다른 차가 없었다. 포레스터는 자신에게 특혜가 주어진 것을 고맙게 생각했다. 아니, 해리에게 베풀어진 특혜인가? 어쩌면 두 사람 모두를 위한 것인지도 모르겠다. 둘 중 한 사람이었다면 가솔린을 소비할 가치가 없었을지도 모른다. 비가 가볍게 흩뿌렸다. 트럭의 히터에서 포레스터의 발과 다리에 기분 좋은 열기가 뿜어져나왔다.

이 도로를 달리면서 가장 먼저 포레스터의 관심을 끈 것이 있다. 시체가 없다는 것이다. 어디에도 시체가 보이지 않는다. 집은 집처럼 생겼고, 집마다 누군가가 살고 있다. 어떤 집에는 모래주머니 방벽이 쌓여 있지만 대부분 별도의 방어 수단이 없었다. 이상하다. 철망도 치지 않은 유리창이 달린 집에 살면서 안전을 걱정하지 않다니. 너무 신기하다.

그리고 포레스터는 양떼를 두 번 봤고, 말과 소도 봤다. 집단 활동의 흔적은 여기저기서 보였다. 새로 힘을 합쳐서 개간한 밭이 있고, 트랙터는 없지만 말을 끌고 쟁기질을 하는 사람들이 보였다. 어떤 밭에서는 사람들이 열심히 바위를 깨서 돌벽을 쌓고 있었다. 남자들은 대개 허리에 무기를 매달고 있었지만 무장하지 않은 사람도 있다. 이제 차가 진입로를 통해 저택에 도착할 시간이면 해가 질 것이다. 그러면 이제 남은 하루 내내 안전할 것이다. 내일 새벽까지 목숨이 확실히 남아 있을 것이다. 그건 아주 이상한 기분이었다.

현관에서 몇 사람이 기다리고 있었다. 그들은 포레스터에게 손짓을 해서 안으로 안내했다. 조지 크리스토퍼가 해리에게 손짓을 했다.

"안에서 당신을 보자고 하던데."

"금방 갈게요."

해리가 대답했다. 그는 휴고가 트럭에서 내리는 것을 도와주고, 그 다음에 포레스터의 가방을 번쩍 들었다. 조지가 소총을 들어 휴고를 겨냥했다.

해리가 말했다.

"내가 데려왔어요. 그 이야기도 마크가 전보에 써 보내지 않았나요?"

"포레스터 박사님에 대한 이야기만 있었지. 이 쓸데없는 놈은 아냐. 휴고, 당신은 우리가 밖으로 쫓아냈지. 내 손으로 직접. 그리고 다시는 돌아오지 말라고 했어. 기억 안 나나? 나는 확실히 기억나는데?"

해리가 다시 말했다.

"내가 데려왔다니까요."

"해리, 자네 미쳤나? 이 쓰레기 같은 놈은 아무런 쓸모가 없는 도둑⋯⋯."

"조지, 내가 수집한 정보 중에 크리스토퍼 일가에서 꼭 알아야 할 내용이 있다면, 의심할 바 없이 상원의원님이 당신에게도 이야기를 해줄 거예요."

조지가 말했다.

"압박해도 소용없어."

하지만 그의 총구가 슬쩍 움직였다. 지금은 그 총구는 누구도 가리키지 않았다.

"왜 그를 데려온 거지?"

"당신이 원한다면 휴고를 다시 쫓아내는 건 어렵지 않잖아요. 하지만 내 생각에는 그의 이야기를 먼저 들어봐야 해요."

조지는 그의 말을 듣고 잠시 생각하더니, 어깨를 으쓱했다.

"사람들이 안에서 기다리고 있어. 일단 들어가지."

휴고는 자신의 심판관들 앞에 섰다.

"나는 정보를 가지고 왔소."

해리가 보기에 휴고는 지나칠 만큼 겸손하고 점잖게 말했다.

심판관은 몇 사람 없었다. 상원의원은 자리에 없고, 디크 윌슨, 앨빈 하디, 조지 크리스토퍼, 그리고 다른 몇 사람이 있었다. 그 나머지 몇 사람, 우주비행사들 때문에 해리는 깜짝 놀랐다. 그들은 마치 신 같았다. 해리는 〈타임〉지 표지를 장식하던 조니의 얼굴을 알아봤고, 나머지 사람들이 누군지 짐작하는 것도 어렵지 않았다. 말수가 없지만 예쁘게 생긴 여자는 아마 소련의 여자 비행사일 것이다. 해리는 그녀와 이야기를 나누고 싶어 안달이 났지만, 먼저 해야 할 이야기들은 따로 있었다.

앨빈이 말했다.

"지금 당신이 뭘 하고 있는지 잘 아는 거요, 해리?"

그는 해리가 정신이 나갔다고 확신하듯, 아주 신중하고 진지하게 질문했다.

"정보 수집은 당신 임무요, 해리. 휴고의 임무가 아니라."

해리가 말했다.

"나도 알아요. 하지만 일단 좀 들어보시죠? 믿기 어려운 이야기거든요."

조지가 말했다.

"어디 한 번 들어보지."

해리가 물었다.

"좀 앉아도 될까요?"

앨빈이 의자를 가리키며 손짓을 하자, 해리가 자리에 앉았다. 그는 휴고가 좀 더 허리를 펴고 꼿꼿하게 세우면 좋겠다고 생각했다. 휴고 때문에 해리도 푸대접을 받고 있다. 도자기잔에 담긴 커피도 없다. 위스키도 없다. 해리는 이런 대접을 받아본 적이 없었다.

힘의 균형은 요새에서는 삶과 죽음을 의미한다. 사람들은 게임 속에서 균형감각을 잘 유지해야 한다. 그렇지 않으면 게임 바깥으로 나가야 한다. 해리는 지역 내의 정치적 알력에 말려들지 않고 자신의 역할만 다하면서 게임에서 한 발짝 떨어져 있으려고 노력했다. 하지만 이번에는 게임을 치러야 한다. 혹시 자신이 조지를 심하게 자극했나? 이제 조지가 그에게 모욕을 줄 것인가? 해머 충돌 이후에 이상하게도 해리의 남성적 본능이 더 강해지고 있었다.

조지가 말했다.

"저 자와 제리 오웬을 쫓아낸 것은 내 지시였소. 그리고 저 자들은 심지어 샤이어에서도 쫓겨난 자들이오. 저 좀벌레 녀석은 내 물건을 훔쳐서 먹고 살려고 했고, 제리 오웬은 우리 목장의 일꾼들에게 공산주의를 가르치려고 했소. 저 자식들이 실버밸리로 돌아오려면 내 시체를 밟고 와야 할 거요."

거실 뒤편에서 누군가가 키득거렸다. 레오닐라 아니면 표트르일 것 같았지만 사람들은 누구도 관심을 기울이지 않았다. 이 상황은 조금도 우습지 않았다. 해리는 자신이 너무 나선 것은 아닌지 걱정스러웠다. 해리가 말했다.

"휴고에 대해 이야기하는 동안 포레스터 박사님이 죽어가고 있어요. 그에게 먼저 뭔가 해줄 수 없나요? 아니면 휴고를 심판하는 것이 먼저인가요?"

앨빈은 조지와 휴고에게서 시선을 떼지 않고 말했다.

"아일린. 포레스터 박사님을 부엌으로 데려가서 돌봐주세요."

"알겠습니다."

복도에 서 있던 아일린이 들어와서 포레스터를 데리고 나갔다. 그 우주물리학자는 탈진으로 기절하기 직전의 상태로 뻣뻣하게 그녀의 뒤를 따랐다.

휴고는 두꺼운 입술을 축였다.

"식사 한 끼만 줘도 만족하겠소."

휴고는 진땀을 흘렸다.

"제, 젠장, 눅눅한 소다크래커만 줘도 좋소. 당신들이 정보를 들을 생각이 있기는 한 건가요."

그 말을 듣자 사람들이 이상하다는 듯 휴고를 쳐다봤다. 앨빈이 말했다.

"우리 모두는 이야기를 들을 생각이 있소. 그런데 당신은 정보를 가지고 있는 거요, 아니오? 나는 아직 상원의원님을 모셔오지 않았습니다."

휴고가 마침내 말했다.

"말하겠소. 나는 그 무리의 일원이었소. 신혈맹군 말이오."

디크가 욕설을 내뱉었다.

"이런 개자식!"

앨빈이 바짝 긴장했다.

"얼마나 오래? 그곳에서 뭘 알아냈소?"

조지가 물었다.

"아니면, 머물지 않고 기회를 만나자마자 무조건 바로 도망부터 쳤나?"

휴고가 말했다.

"진저리나도록 오래 있었소."

해리가 고개를 끄떡였다. 그것은 진실이었다.

앨빈이 말했다.

"이야기를 시작해보시오."

앨빈이 부엌에 대고 말했다.

"앨리스, 물 한 컵만 가져다주겠니?"

이제 사람들의 관심을 얻었군. 자, 휴고, 이제부터는, 제기랄, 남자답게 이야기해보라고! 해리는 속으로 외쳤다.

휴고가 말했다.

"그들은 천 명도 넘소."

디크가 움찔했다.

"여자는 대략 10퍼센트나 그보다 조금 많은 정도요. 하지만 그건 별 의미는 없소. 여자도 대부분 무장을 하고 있으니까 말이오. 대장이 누구인지는 나도 잘 모르겠소. 내가 얼핏 본 바로는 몇 사람으로 위원회가 구성된 것 같소. 그게 누구든, 그들은 체계적으로 조직되어 있습니다. 하지만 주여, 그 두목들이야말로 진짜 미친놈들이오! 두목 중 하나가 미치광이 목사라고요!"

디크가 끼어들었다.

"목사가 있다고? 그러면 식인은 안 하는 건가?"

휴고가 마른 침을 삼키고 고개를 저었다.

"아니오. 주님의 천사들은 식인을 포기하지 않았습니다."

앨빈이 벌떡 일어섰다.

"아무래도 상원의원께서 함께 들으시는 편이 낫겠군."

앨리스 콕스가 물 한 컵을 들고 들어와서 누구에게 줄지 몰라 주변을 두리번거렸다.

조지가 말했다.

"물은 그냥 테이블에 내려둬. 휴고, 넌 잠깐 기다렸다가 이야기를 해."

휴고가 말했다.

"내가 샤이어를 떠난 이유를 이야기했죠? 거기는 내 땅이오. 내 땅이라고요. 젠장! 그런데 막상 해머 충돌 후에는 놈들은 땅에 대한 소유권을 주장하더군요. 우리 모두 평등하다고 외치면서 말이오. 내가 처음 정했던 규칙이기는 하죠. 쳇. 한 놈 한 놈 모두가 땅에 대한 권리가 나와 동등하다고 부르짖고 나서더군요. 기회를 잡았다 이거죠."

누구도 대답하지 않았다.

"내가 원하는 것은 일을 하는 것과 잠을 잘 장소가 전부요."

휴고가 말했다. 거실에 있는 사람들은 그다지 좋은 표정이 아니었다. 조지는 자기가 부리는 사람도 다루지 못하는 것을 경멸하는 표정이었고, 디크는 들어도 두렵고 듣지 않아도 두렵다는 표정이었다. 아일린은 문 앞에 있고 우주비행사 여인은 그 옆에 앉아 있는데, 두 사람 모두 휴고의 말을 들었겠지만 반응이 없었다. 마치 휴고를 돌려보내야 할지 말지를 고민하는 듯했다.

세이츠가 갑자기 벌떡 일어나더니 의자를 내밀었다. 휴고는 의자에 털썩 주저앉으면서 말했다.

"고맙습니다."

세이츠는 말없이 휴고에게 물컵을 건넨 다음 다시 자리로 돌아가서 앉았다. 레오닐라가 표트르에게 작게 러시아어로 말했다. 거실이 조용했기 때문에 그녀의 목소리가 제법 크게 들렸다. 모두가 레오닐라를 쳐다보자 그녀는 자신이 했던 말을 번역했다.

"소련의 당 간부 회의 같아요. 당 간부 회의에 가본 적은 없지만 제가 상상했던 분위기가 딱 이런 것이거든요. 실례했습니다."

조지가 가볍게 인상을 찌푸렸다. 그들은 잠시 더 기다렸다. 앨빈이 젤리슨 상원의원을 데리고 들어왔다. 젤리슨은 문 앞에 서서 말했다.

"앨리스, 말을 타고 가서 하비 랜들과 팀 햄너를 데려오지 않겠니? 그들이 탈 말도 끌고 가는 편이 좋겠구나."

젤리슨 상원의원은 실내화에 헐렁한 바지, 흰 셔츠와 실내용 가운 차림이고, 회백색의 머리칼은 빗질을 하다 만 듯했다. 그는 방으로 들어와 사람들에게 가볍게 인사를 한 다음 해리에게 말을 걸었다.

"잘 다녀왔나? 한참 자네 걱정을 하던 중이지. 앨빈, 왜 해리에게 차 한 잔도 가져다주지 않았지?"

앨빈이 대답했다.

"제가 확인하겠습니다."

"그래, 고맙네."

젤리슨은 전용의 큰 의자에 앉았다.

"기다리게 해서 미안하오. 사람들이 내게 오후에 낮잠을 자라고들 해서 말이오. 자, 휴고, 누가 당신에게 뭔가를 보장한 것이 있소?"

"해리뿐입니다."

의자에 앉은 덕택에 휴고의 평정심이 조금 돌아왔다.

"그냥 살아서 여기를 나가게 해주면 됩니다. 그게 다요."

"좋소. 이야기를 시작하시오."

휴고가 끄떡였다.

"기억합니까? 당신이 나와 제리 오웬을 쫓아냈죠. 제리는 엄청나게 화를 냈소. 그는…… 음…… 그러니까, 조지 크리스토퍼의 사람들에게 심어놓은 혁명의 씨앗에 대해서……."

조지 크리스토퍼가 환하게 웃었다.

"우리 친구들이 그 개자식을 죽기 전까지 밟아놨지."

"맞소. 그래서 제리는 빨리 움직일 수가 없소. 그렇다고 나 혼자 다니기도 싫었소. 바깥은 으스스하거든요. 아무 경고도 없이 우리에게 총을 갈긴 놈도 있었소. 그냥 대놓고 쏘더라고요! 우리는 죽도록 달아났소. 계속 남쪽으로만 갔어요. 도로를 따라가다 보니까 그렇게 된 거요. 제리와 나는 모두 시에라 산을 오를 상태가 아니었으니까. 우리는 하루 종일, 그리고 밤에도 계속 걷기만 했소. 얼마나 멀리 갔는지도 몰랐소. 손에 든 것은 오래된 유니온 주유소 지도뿐이었는데 지진 때문에 모든 것이 바뀌어서 지도가 소용없었소. 제리는 도로 양편에서 곡식을 발견했죠. 얼핏 보면 잡초 같았는데 다 먹을 수 있는 풀이라고 하더군요. 그래서 다음 날 간신히 불을 피워서 조리를 했죠. 맛있었습니다."

크리스토퍼가 으르렁거렸다.

"당신이 끼니마다 뭘 처먹었는지는 관심 없어."

"미안해요. 하지만 다음 부분이 중요하니까. 제리가 비밀 이야기를 해줬소. 그가 FBI의 수배 대상인 것은 아셨소? 그는 신혈맹 해방군의 장군이었거든요."

휴고는 사람들이 그의 말을 알아듣기를 잠시 기다렸다.

앨빈이 흥미로운 듯 말했다.

"'신혈맹'이라. 딱 들어맞는군."

휴고가 말했다.

"내 생각도 그렇소. 아무튼 그는 샤이어를 은신처로 삼았던 것이지만, 해머 충돌 전에 나는 거기까지는 몰랐소. 그가 입을 다물고 있었기 때문이오. 아무튼 그때 우리는 디크 윌슨의 영역에 있었다고 생각했고, 나는 제리와 헤어질 생각이었소. 걸음이 느려지는 것은 걱정되지 않았지만 제리가 또 인민혁명을 떠들면 디크의 마을에서 나를 받아줄 리가 없잖소. 만약 그곳에서 불빛이 보이는 창문이 조금만 더 있었다면 나는 어디론가 숨어버렸을 테고 제리는 결코 나를 찾지 못했을 거요. 하지만 불빛은 그리 많지 않았소. 트럭을 한 번 마주쳤지만 세워주지 않더군요. 바리케이드를 친 농가 가까이 다가갔더니 주인이 개를 풀어놓는 바람에 도망쳤소. 결국 남쪽으로 더 가는 수밖에 없었소. 점점 더 배가 고파졌는데, 셋째 날인가 넷째 날에 그들의 무리를 만난 거요.

그들은 지저분하게 덥수룩한 상태였소. 사람들 하나하나가 모두 마지막 기회까지 놓친 것처럼 처참했지만 그래도 사람이 오십 명쯤은 됐고, 굶주리는 것 같지도 않았소. 나는 달아나려고 했지만 제리는 곧바로 그들의 일원이 됐소. 그는 나도 함께 가자고 했지만 나는 그들과 한 편이 되기가 꺼려졌소. 해리가 예전에 이야기하던 식인종에 대한 생각도 나기는 했지만 그렇게까지 위험해 보이는 사람들은 아니었소. 단지 가능성이 없어 보일 뿐이었소."

디크가 물었다.

"군복을 입지 않았소? 총도 없고?"

휴고가 말했다.

"무기를 가졌는지 알 만큼 가까이 가지 않았소. 하지만 군복을 입은 사람이 없었다는 건 확실했소."

"그렇다면 그들이 신혈맹군은 아니었다는……."

해리가 말을 끊었다.

"마저 들어봐요. 아직 이야기 안 끝났잖아요."

아일린이 선반 하나를 들고 들어왔다.

"해리, 차 드세요."

그녀는 우편배달부 옆에 컵을 내려놓고 차 한 잔을 따랐다.

"그리고 상원의원님 차는 여기 있습니다."

휴고는 해리의 찻잔을 쳐다보다가 자기 몫의 맹물로 목을 축였다.

"제리는 그들의 조직에 합류했고 그래서 나와는 헤어졌소. 난 디크의 조직에 합류하려고 했소. 하지만 어쩌다 보니 어느 노파와 손녀가 사는 집에 들어가게 됐소. 아몬드 숲 한가운데 있는 작은 집에 살고 있었는데 심지어 총도 가지지 않았소. 큰 도로에서 한참 떨어져 있었고 해머 충돌 이후 바깥으로 나가지 않은 덕택에 아무 공격도 당하지 않은 거죠. 손녀는 열일곱 살이었는데 건강이 좋지 않았어요. 열이 아주 심했거든요. 물 때문인 것 같았어요. 내가 그녀를 간호했죠. 얻어먹는 만큼의 역할은 했어요."

세이츠가 물었다.

"그들은 뭘 먹고 살았소?"

"주로 아몬드를 먹었소. 그리고 노인이 쌓아뒀던 통조림이 있었고, 감자 두 자루가 있었죠."

조지 크리스토퍼가 말했다.

"그들은 어떻게 됐지?"

휴고가 어깨를 으쓱했다.

"이야기하려던 참이오. 그곳에 나는 삼 주간 머물렀습니다. 셰릴은 내가 물을 끓여 마시게 한 뒤로 몸이 나아졌어요. 훨씬 건강해졌고, 그리고……."

휴고는 말을 멈추고, 감정을 가라앉히려는 듯한 모습을 보였다. 그의 눈에 눈물이 고였다.

"나는 그녀를 정말로 좋아하게 됐죠."

휴고는 다시 말을 멈췄다. 사람들은 그의 말이 이어지기를 기다렸다.

"셰릴의 할머니 때문에 우리는 어디로도 갈 수 없었소. 노부인은 우리끼리 이곳을 떠나 어디론가 숨으라고 몇 번이나 이야기했지만, 그렇게 할 수는 없었죠. 그리고 결국 다른 사람들에게 들켰소. 처음에는 지프 한 대가 지나갔는데, 차에 험악해 보이는 사람들이 타고 있었소. 불안해져서 숲을 향해 도망쳤는데 채 일 킬로미터도 가기 전에 트럭 한 대가 우리를 쫓기 시작하더군요. 잠시 후 우리는 총을 든 사람 십여 명에게 붙들렸소. 그들은 한 마디도 하지 않고 그냥 우리를 트럭에 태워서 끌고 갔소. 그들 중 몇몇은 집에 들어가서 노부인을 찾아냈을 겁니다. 그리고 어떻게 했겠소? 그런 좋은 장소를 가만히 내버려둘 리도 없고, 그녀를 죽인 것도 뻔해요. 짐작일 뿐이기는 하지만……. 트럭에 탄 채 한참 끌려가서 어두워질 무렵 어딘지 모를 곳에 도착했소. 여기저기 모닥불 서너 개나 피워진 장소였소. 우리를 어떻게 할 생각이냐고 물어봤지만 욕설밖에 듣지 못했고, 결국 몇 대 얻어맞고는 더 묻지도 못했소. 그들은 우리를 다른 사람 이십 명이 있는 막사에 밀어 넣었소. 그 막사는 총을 든 사람들이 지키고 있었죠. 그리고 함께 수용된 사람 중 몇 명은 심하게 다친 상태였소. 총상, 자상, 골절……."

휴고는 몸을 부르르 떨었다.

"저항하지 않기를 잘한 것이었죠. 그날 밤이 지나면서 부상자 몇 명이 죽었소. 우리 주변에는 가시철망이 있었고, 기관총을 가진 사람 세 명이 서 있고 소총을 든 사람이 여기저기에서 돌아다녔소."

디크가 물었다.

"군복은?"

"몇 명 있었소. 기관총을 든 사내 중에도 한 명이 군복 차림이었는데 상병 계급장을 달고 있는 흑인이었소."

휴고는 기운이 빠져 간신히 말을 하는 것 같았다. 단어들이 힘겹게 천천히 입 밖으로 흘러나왔다.

앨빈이 상원의원을 바라보자 상원의원이 가볍게 고개를 끄떡였다. 앨빈은 다시 아일린에게 가볍게 눈짓을 했고, 아일린은 빠르게 걸어 나갔다.

휴고가 말했다.

"셰릴과 나는 다른 포로들과 이야기를 나눴소. 그들은 전투에 져서 끌려왔다고 했소. 원래 농부였는데 이웃끼리 진지를 만들었던 것 같더군요. 디크처럼 말이오."

디크가 물었다.

"그건 어디였지?"

휴고가 말했다.

"나도 모르오. 중요하지도 않소. 이제 그들은 더 이상 존재하지 않으니까."

아일린이 위스키를 절반쯤 채운 물컵을 들고 돌아와서 휴고에게 내밀었다. 그는 한 모금을 마시더니 눈이 둥그렇게 되어서 다시 한 모금에 절반 가까이를 마셨다.

"오! 고맙습니다. 정말 고맙습니다!"

위스키 덕택에 그의 목소리에 기운이 돌아왔다. 그러나 휴고의 얼굴에 떠오른 공포는 사라지지 않았다.

"그때 목사가 왔소. 그는 철망 너머에서 연설을 하기 시작했는데, 정말 두려웠기 때문에 그의 연설은 정확히 기억나지 않소. 목사의 이름은 헨리 아미티지였고, 우리를 가둔 것이 주님의 천사라는 이야기를 했소. 설교는 끊이지가 않았는데, 그냥 평범하게 이야기할 때도 있고, 노래를 부르듯, '나의 신도들이여', '너희 주님의 백성들아, 듣고, 믿어라' 하면서 연설을 할 때도 있었소. 그리고 우리 모두가 구원을 받았다고 했소. 우리 모두가 세계의 종말에서 살아남은 것은 목적이 있기 때문이며, 그러므로 주님의 과업을 완성시켜야 한다고 했소. 신의 해머가 떨어지고 난 후에도 천사들에게는 성스러운 임무가 남아 있다던가……. 그리고 마지막 부분은 귀에 쏙쏙 들어왔소. 합류하지 않는다면 죽이겠다고, 그리고 만약 합류하고 싶다면 합류하지 않는 사람을 쏴서 죽여서……."

"잠깐."

조지의 목소리에는 흥미와 불신이 섞여 있었다.

"헨리 아미티지라면 종교 방송에서 설교하던 목사 아닌가. 나도 한때 즐겨 들었는데. 그는 좋은 사람이야. 지금 그분이 미쳤다는 건가?"

휴고는 조지의 눈을 마주 보지는 못했지만 대답은 확고했다.

"조지, 그가 워낙 먼 곳에 있었기 때문에 그를 직접 보지는 못했소. 하지만, 당신도 잘 알 거요. 해머 충돌 후에 얼마나 많은 사람이 미쳐버렸는지. 아미티지 목사의 경우에는 다른 모든 사람들보다 더 많이 미친다고 해도 이상할 이유가 없잖소."

"그의 설교는 항상 통쾌했어. 언제나 옳은 이야기를 했지. 좋

아. 계속 이야기해. 그가 왜 미쳤고, 왜 당신에게 그런 이야기를 했지?"

"왜라니? 내가 하는 말은 모두 그의 연설의 일부였다고요! 그리고 그는 신의 해머가 세계를 끝낼 것을 미리 알고 있었기 때문에 최선을 다해 세계에 경고를 보냈다고 했소. 라디오, 텔레비전, 신문……."

조지가 말했다.

"그건 맞는 말이지."

"그리고 마지막 날에 그는 오십 명의 친구를 데리고, 그러니까 신도뿐 아니라 친구와 가족도 데리고 높은 산에 올라 세상을 내려다봤다고 했소. 그들은 총 세 번의 충돌을 봤고, 뜨거운 진흙이 쏟아지고 비가 퍼붓고 그 빗물이 노아의 홍수처럼 넘쳐오를 때까지, 오직 천사의 강림을 기다렸다고 했소. 그의 이야기를 들었지만 우리 중 누구도 웃지 않았소. 그 시점에는 설교를 듣는 것이 포로들뿐이 아니었소. 많은 수의…… 자칭 '주님의 천사들', 그들이 목사를 동그랗게 둘러싸고 그의 말을 들었소. 여기저기서 '아멘'이라는 소리가 터져 나왔고, 우리를 향해 총을 흔들어댔소. 우리는 누구도 감히 웃지 못했소. 아미티지는 자신이 데려온 신도와 친구들을 위한 천사의 강림을 기다렸지만 천사는 오지 않았고, 결국 안전한 곳을 찾아 산을 내려갔소. 샌호아킨 바다의 해변을 따라 걷는 동안 모든 곳에 시체가 있었고, 아미티지의 친구들은 희망을 잃고 죽어갔소. 아미티지도 좌절을 했고, 식인이 자행된 장소를 지나칠 때는 엄청난 공포를 맞닥뜨렸소. 그들의 일행 중 일부는 병에 걸렸고 반쯤 침수됐던 학교 근처에서 총에 맞아서……."

상원의원이 말했다.

"빨리 넘어가시오."

"네, 상원의원님. 저도 노력하고 있습니다. 그래서 오랜 시간의 방황 동안 아미티지는 대체 천사들이 어디 있을지 고민했고, 방황의 와중에 마침내 천사들을 찾아냈다고 말했소. 아, 그리고 나는 제리 오웬도 다시 만났소."

"제리?"

"네. 제리가 합류했던 그 그룹이 바로 아미티지 목사의 그룹이었던 거요. 제리는 자기가 죽어가던 아미티지를 살려냈다고 하던데, 그게 사실인지는 모르겠소. 제리가 그들에게 합류한 직후에 아미티지가 식인종에게 합류한 것만은 사실이오. 이제 그들은 스스로가 천사들의 지휘를 받는 '신혈맹군'이라고 부르고 있소."

조지가 가소롭다는 듯 물었다.

"그래서, 제리 오웬이 신혈맹군의 장군인가?"

"아니오. 그의 역할은 나도 모르오. 지휘관의 일원인 것 같지만 그렇게 중요한 역할 같지는 않소. 한 가지, 꼭 이야기할 것이 있소. 정말 꼭 이야기를 해야만 하는 거이오."

그는 위스키 잔을 들어서 바라보며 말했다.

"아미티지가 식인종들에게, 또 우리에게 했던 이야기였소."

휴고는 위스키를 마저 마시면서 생각을 조금 정리했다. 해리는 속으로, 휴고가 꽤 잘하고 있군, 하고 생각했다. 적어도 해리를 실망시키지는 않았다.

휴고가 말했다.

"해머의 충돌로 모든 것이 끝난 것이 아니라는 거요. 신의 의도는 인류의 종말이 아니라 문명의 파괴에 있었다는 거요. 그래야 인류가 신의 뜻대로 살 수 있으니까 말이오. 산업 문명 때문에 인간은 점점 신의 뜻에서 멀어졌지만 이후로는 이마에 흐르는 땀의 대가로 빵을 먹을 것이며, 더 이상 하늘과 대지와 바다를 산업 쓰레기로 더럽히지 않는다는 거요. 우리 중 일부가 살아남은 이유는 주님이 해머로써 뜻하셨던 바를 마무리 짓기 위해서라는 거요. 그것이 바로 주님의 천사들이오. 천사들이 하는 일은 언제나 옳다고 했소. 살인과 식인은 꼭 필요할 때는 해도 되는 것이며, 영혼에 오점을 남기지 않는다고 했소. 그러니 우리 포로들도 천사의 일원이 되라고 했소. 수백 명의 사람들이 허공에 기관총과 소총과 큰 식칼, 도살장에서 쓰는 칼 따위를 흔들어 댔소. 어느 여자애는 포크를 들고 흔들어댔소. 주방에서 쓰는 끝이 두 갈래로 뾰족한 고기용 포크 말이오. 상황이 분명해지더군요. 하지만 아미티지는 정말 설득력이 있습니다. 조지, 그의 설교를 들어봤으니 아시겠죠? 그의 설교는 정말 설득력이 있소."

조지는 침묵을 지켰다.

"그리고 사람들 모두가 할렐루야, 아멘을 외쳤소. 그 자리에 제리도 있었소. 도끼 한 자루를 휘두르면서 다른 사람들과 함께 고함을 지르더군요. 제리도 목사의 설교에 넘어간 겁니다. 눈빛을 보니까 알겠더군요. 그는 이전까지 나를 본 적이 없는 것처럼 쳐다봤소. 내 집에서 그를 몇 달이나 살게 해준 것도 기억나지 않는 듯."

상원의원은 왕좌처럼 생긴 의자에서 위를 쳐다봤다. 그는 눈을 반쯤 감고 이야기를 듣다가 마침내 입을 열었다.

"잠시만, 휴고. 당신이 샤이어를 처음 건설했을 때 꿈꾸던 것과 같은 것 아니오? 자연에 돌아가는 삶. 모든 것을 자연에서 얻고, 자급자족하고, 권력을 만들지 않고, 공해도 만들지 않는다. 당신의 꿈과 아미티지가 원하는 것이 같아 보이는데."

그 말에 휴고가 흠칫 놀랐다.

"아니, 아닙니다, 상원의원님. 절대 그건 아닙니다. 해머가 충돌하기 전에도 그렇게 생각하지 않았고, 해머가 충돌한 후에는…… 나는 우리가 얼마나 현대적인 기계들에 의존하고 있었는지 몰랐을 뿐입니다. 샤이어에는 전자레인지가 두 대 있었는데, 빌어먹을 물레방아를 아무리 돌려도 전자레인지 한 대를 돌릴 만큼의 전기도 충전되지 않더군요. 그나마 해머가 충돌하면서 허리케인 때문에 물레방아는 다 부서졌소! 농약 없이 유기비료만으로 텃밭을 꾸려봤지만 농작물 대부분은 사람이 아니라 벌레가 먹더군요! 나는 농약을 치고 싶었지만 차마 실행에 옮기지는 못했고 그래서 날마다 누군가가 밭에 쭈그리고 앉아 상추 잎에서 벌레를 떼야 했소. 그리고 우리에게는 트럭이 있었고, 경운기가 있었고, 전동 예초기가 있었소. 스테레오 오디오, 음반, 스트로보, 전자기타, 식기세척기, 세탁기, 의류건조기…… 빨래를 바깥에 넌 것은 가스가 모자랄 때뿐이었소. 그리고 가끔 손빨래도 했지만 대개는 귀찮아하면서 기계를 이용했지요. 그리고 아스피린이 있었고 주사기와 바늘과 재봉틀과 커다란 주물 스토브와……."

젤리슨이 말했다.

"당신이 아미티지와 의견이 다르다는 것을 잘 알았소. 계속 이야기를 하시오."

"네, 나는 그 자리에서는 제리에게 말을 걸지 않았소. 그는 아무튼 직급이 높아 보였는데, 생각해보니 그가 합류해서 손도끼를 지급받았다면 나라고 안 될 것 없겠더군요. 셰릴과 나는 조금 의견을 나눴소. 물론 귓속말이지요. 아미티지의 설교를 방해했다가는 결코 용서받지 못할 것 같았거든요. 셰릴과 나는 합류를 결정했소. 다른 방법이 없잖소? 그 자리에 있던 사람은 모두 합류하겠다고 했소. 그중 두 명이 조금 후 달아나려고 하다가 결국……."

휴고의 목이 잠긴 것 같았다. 하지만 방 안에는 그를 동정하는 사람이 없었다. 그는 다시 말을 이었다.

"먼저 합류하지 않는 사람을 죽이라고 하면서 칼을 주는데 다행히 합류하지 않은 사람이 아무도 없었소. 하지만 총상을 입고 간밤에 죽었던 포로들이 있으니까…… 우리는…… 그들을 끓였소. 토끼처럼 조그맣게 생긴 남자가 우리에게, 시체 중 둘은 건강해 보이지 않으니 먹어서는 안 된다고 했소. 건강한 것만 끓이라고! 나중에 이유를 물어봤더니……."

휴고가 눈을 깜빡였다.

"그건 넘어갑시다. 아무튼 큰 솥이 두 개 있었고, 우리는 식칼로 고기를 토막 내야 했소. 셰릴은 계속 토하려고 했고, 나는 그녀를 달래야 했죠. 토끼처럼 생긴 의사는 우리가 자른 고기를 솥에 넣기 전에 하나하나 검사했소. 어느 여자 하나는 부엌칼을 들고 죽은 사람의 하반신을 멍하게 쳐다보다가 갑자기 구토를 하더니 보초를 향해 달려들었소. 보초들이 총을 쏴서 그녀를 죽였고, 토끼 같은 의사가 그녀의 시체를 살펴봤소. 그리고 우리는 그녀도 토막 냈소. 그리고 그 시간 내내…… 수프를…… 끓이는 내내, 아미티지는 설교를 했소. 잠시도 멈추지 않고 몇 시간 동안 계속 열변을 토했소. 천사들은 아미티지가 고령에도 불구하고 지치지 않고 설교를 하는 것 자체가 기적의 증표라고 했소. 그는 끊임없이 외쳤소. 주님의 천사들에게 금지된 것은 아무것도 없으며, 우리의 모든 죄는 사해졌다고. 그리고 마침내 음식을 먹을 시간이 됐소. 우리는 먹었습니다. 남자 하나가 썰기는 했어도 도저히 먹지는 못하겠다고 했고, 그들은 우리에게 그 남자의 목을 자르라고 했소."

휴고는 가쁜 숨을 토했고, 방 안은 조용해졌다.

상원의원이 물었다.

"그리고, 당신도 먹었소?"

"먹었습니다."

조지가 거의 친절할 정도의 목소리로 말했다.

"그러고도 여기 머물 수 있다고 생각했나?"

해리는 여자들의 얼굴을 바라봤다. 아일린은 평온한 표정이었지만 한 번도 휴고와 눈을 마주치지 않았다. 반면 소련의 여자 우주비행사는 원초적 공포를 드러내며 그를 바라보고 있었다. 해리는 여동생이 목욕탕에서 어마어마하게 큰 거미를 바라보던 표정을 떠올렸다. 레오닐라의 눈은 커다랗게 벌어졌고, 간신히 의자에 등을 기대고 앉아 있는 것 같았다. 꼼짝도 하지 못하고 말이다. 자, 보라! 자본주의의 인민들이 압박받는 환경에서 어떤 행동 경향을 보이는지를…… 살인과, 식인과……. 해리는 사람들이 아무도 자기를 보지 않도록 해달라고 빌었다. 해리 이외에는 웃는 사람은 아무도 없었다. 테이블 아래라도 기어들어가서 숨어서 쿡쿡거리고 싶었다.

휴고가 말했다.

"그건 아니오. 여기서 받아주지 않겠지요. 어디에서도 받아주지 않을 겁니다. 그리고 바로 그것이 그들의 힘의 원천입니다. 일단 한 번 사람고기를 먹은 사람을 누가 받아주겠소? 사람고기를 먹어도 죄가 아니라고 말해주는 목사와 함께 머물 수밖에 없소. 너는 주님의 천사다! 너는 무엇을 해도 괜찮다. 하지만 도망가면 안 된다. 그건 변절이다."

그의 목소리가 조금 작아지더니 마침내 냉정해졌다.

"그것이 바로 그들의 힘이고, 그건 정말 위력적이오. 셰릴은 절대 나와 함께 달아나려고 하지 않았소. 오히려 그녀가 나를 설득하려고 했소. 정말입니다. 정말 그랬다니까요. 그래서 나는 그녀를 죽였소. 내가 도망 나올 수 있는 유일한 방법이었기 때문에, 그녀를 죽였소. 정말로 바라지 않던 일이었지만 다른 방법은 아무것도 없었소."

앨빈이 물었다.

"그들과 얼마나 오래 지냈습니까?"

"삼 주 정도였소. 그 사이에 또 한 번의 전투를 치렀고 더 많은 포로를 잡았소. 그리고 지난번과 같은 일이 진행됐습니다. 유일하게 다른 점이라면 내가 철망 안에 갇힌 대신에 철망 바깥에서 총을 들고 할렐루야를 외쳤다는 정도겠지요. 우리는 다시 북쪽으로 디크의 영역을 향해 이동했소. 그러다가 해리가 포로가 되었는데, 도저히 말을 걸 용기가 없었소. 그들이 해리를 풀어줬을 때……."

젤리슨 상원의원이 말했다.

"그들이 자네를 잡았다가 놓아줬나?"

해리가 대답했다.

"네, 상원의원님. 하지만 트럭을 뺏어갔어요. 그리고 주님의 천사들이 상원의원님께 전할 말이 있다고 하더군요. 그들에게 붙들렸을 때 나는 상원의원님의 보호를 받는 우편배달부라고 했고 의원님이 쓴 편지도 보여줬거든요. 그들이 웃더니, 제리 오웬이……."

조지가 말했다.

"또 제리인가? 그 개자식을 진작 죽여버릴 것을……."

해리가 말했다.

"아니, 아니에요. 그랬으면 안 됐습니다. 만약 그가 없었다면 살아서 돌아오지 못했을 거예요."

앨빈이 말했다.

"그래서, 제리는 지도자 가운데 한 명입니까?"

해리가 어깨를 으쓱했다.

"사람들이 제리를 존중하기는 하지만, 그가 명령을 내리는 것 같지는 않았어요. 아무튼 제리가 나를 가리키면서 상원의원님에게 말을 전하기에 가장 좋은 방법이라고 말해준 덕택에 풀려난 거예요. 도로를 따라 몇 킬로미터 정도 걸었을 때에 휴고가 내 뒤를 따라잡았지요. 그리고 휴고가 그곳의 이야기를 해줬고, 그래서 그들이 내게 전해준 편지를 읽기 전에 직접 그의 이야기를 듣는 편이 좋겠다고 생각했던 거죠."

젤리슨이 말했다.

"수고했네. 조지, 휴고의 추방 문제는 당신에게 맡기겠소."

조지는 방금 들었던 이야기에 큰 충격을 받은 것 같았다. 그가 말했다.

"24시간을 주지. 그에게 하룻밤을 재워주고, 세 끼 분량의 음식을 주도록 합시다."

앨빈이 말했다.

"잠깐, 추방 결정을 내리기 전에 그들이 보낸 편지를 먼저 보는 것이 좋겠습니다. 그리고 추가로 필요한 정보도 아주 많습니다. 휴고, 그들의 전력은 얼마나 됩니까? 천 명이라고 했던가? 정확합니까?"

"제리가 후커 하사에게 들었다는 숫자인데, 대충 맞을 것 같소. 하지만 지금도 사람은 늘고 있어요. 그들은 최근 베이커스필드를 접수했지요. 아직 질서가 없는 상태였던 도시를 그들이 완전히 접수했고, 도시에 남은 것을 샅샅이 뒤지고 있소. 무기를 찾아내고, 새 사람들을 그들의 일원으로 받아들이는 중이오.”

“그렇다면 천 명도 넘는다는 거요?”

“그럴 거요. 하지만 전원이 무장을 한 것은 아닐 거고, 아직 사람이 다 모이지 않았을 수도 있지요. 조만간 모이기는 하겠지만……”

앨빈이 말했다.

“그렇다면 조만간 그들이 다시…… 의식을 치르면 전력이 두 배가 될 수 있다는 거군. 위험해. 후커 하사라고 했소? 그는 누구입니까?”

휴고가 어깨를 으쓱했다.

“그들의 최고 지휘자 중 하나요. 덩치가 크고 혼혈입니다. 군인인지는 모르겠지만 군복을 입고 있소. 그들 중에는 계급이 높은 사람도 있지만, 모두 후커 하사의 지휘를 받습니다. 후커 하사는 자주 보이지도 않소. 전용 텐트를 가지고 있고 이동할 때면 보디가드를 잔뜩 태운 차로 이동하죠. 그리고 아미티지는 그에게 깍듯하게 존대를 하죠. 물론 아미티지는 다른 사람들에게도 존대를 하기는 하지만.”

“유색인종이라.”

조지는 자기도 모르게 휴고의 이야기를 듣고 있던 릭을 돌아봤다가, 황급히 시선을 돌렸다.

휴고가 말했다.

“흑인 리더도 몇 명 있소. 후커의 주변에 있지요. 후커에게는 흑인이든 라틴계든 인종에 대한 이야기를 하면 절대 안 돼요. 만약 흑인이 '흰둥이'라고 말하거나, 백인이 '검둥이'라고 말하면, 처음에는 몇 대 얻어맞고 끝나겠지만, 진정으로 반성하는 의지가 없다고 생각되면……."

릭이 말했다.

"나는 신경 쓰지 마십시오. 나는 내가 원했던 평등을 충분히 얻었으니까."

하비와 팀이 접이식 의자를 하나씩 가지고 저택의 거실로 들어왔다. 아일린이 팀에게 다가가서 급히 속삭이자 팀의 얼굴에 공포가 떠올랐다. 사람들은 누구도 팀의 얼굴빛에 대해 말하지 않았다. 앨리스 콕스가 환한 등불을 들고 들어왔는데, 그 활기찬 노란 불빛이 이 상황과 어울리지 않는 것 같았다.

앨리스가 말했다.

"여기다 등불을 놔둘까요, 상원의원님?"

"그러렴, 앨리스. 휴고, 그들의 무기고를 봤소?"

"네, 상원의원님. 총은 엄청나게 많습니다. 기관총, 대포, 박격포……."

앨빈이 말했다.

"구체적인 정보가 필요합니다. 우리 모두에게 꼭 필요한 정보입니다. 휴고가 가진 정보를 모두 얻으려면 하루로는 부족합니다. 조지, 추방 문제는 다시 한 번 제고해주겠습니까?"

조지는 병에 걸릴 듯한 표정이었다.

"그를 이곳에 머물게 하는 것은 싫소."

앨빈이 어깨를 으쓱했다.

"부지사는? 휴고, 몬트로스 부지사에 대해 알고 있소?"

"그가 거기 있다는 것 말고는 아무것도 모르오. 후커 하사처럼 어디를 가든 엄청난 수의 보디가드를 데리고 다닌다고 합니다. 부지사는 우리와 이야기를 나눈 적이 없지만, 그의 이름으로 뭔가가 발표되는 일은 종종 있었소."

앨빈이 말했다.

"그러면 그들 전체의 최고 지휘자는 누구입니까?"

"나도 모르겠소. 내가 보기에는 공동 지휘인 것 같지만, 내가 그들과 이야기를 해본 적은 없소. 내 직속상관은 캐시라는 흑인 여자였는데, 덩치가 크고, 잔인하고, '신앙심'이 깊었죠! 아무튼 자주 보이는 것은 아미티지와 후커 하사였소. 몬트로스 부지사는 글쎄요. 아, 한 명 더 있소. 도시에서 온 흑인으로 앨림 나소르라는……."

하비가 말했다.

"나소르? 나도 그를 압니다. 한 번 인터뷰를 했던 적이 있소. 타고난 카리스마를 가진 자요. 와츠 지역에서 아주 강력한 영향력을 가졌소."

아일린은 팀의 곁을 떠나 하비의 곁에 한쪽 무릎을 꿇고 앉아서 귓속말을 했다. 해리는 과연 텔레비전 리포터도 이 이야기의 전말을 듣고 충격을 받을지 궁금해서 그를 가만히 살폈다. 그렇다, 충격을 받는다. 똥줄이 빠지도록 겁을 먹는다! 물론 하비만 겁을 먹은 것은 아니었다. 디크는 아까보다 훨씬 불편해 보였다.

해리가 바깥에 나갈 때마다 디크의 영토가 조금씩 줄어드는 것도 이미 봐왔다. 그리고 이제 신혈맹군이 디크의 주둔지를 침범하고 있었다.

조지는 구역질을 할 듯했다. 마침내 그가 말했다.

"내가 저놈 얼굴을 볼 때마다 속이 뒤집어지는군요. 이보시오, 상원의원님. 위스키가 얼마나 남았습니까? 내 싸구려 술 0.5리터당 센 술로 한 잔씩, 지금 교환합시다."

젤리슨이 말했다.

"교환할 필요 없소. 아일린, 새 병 하나 가져다주겠나? 우리 모두에게 술이 필요한 것 같군. 그리고 확인할 것이 또 있었지. 해리, 편지를 가지고 왔다고 했나?"

"네, 상원의원님."

"모두가 술을 마시는 동안 내가 잠시 읽어보는 편이 좋겠네."

해리는 자리에서 일어나서 상원의원의 의자 곁으로 갔다. 그는 안주머니에서 봉투를 꺼내서 건넸다. 상원의원은 편지를 조심스럽게 열고 몇 장의 종이를 꺼냈다. 손글씨를 잘 쓰는 사람이 두꺼운 촉이 달린 펜으로 직접 쓴 것이었다. 해리는 편지 내용이 아주 궁금했지만 그냥 자리로 돌아와서 앉았다.

아일린이 올드페드칼 위스키 한 병을 가져와서, 모두의 앞에 한 잔씩을 따랐다. 누구도 거절하지 않았다. 그녀가 휴고의 잔을 채우자 그는 꿀꺽꿀꺽 마셨다. 만약 술을 충분히 구할 수만 있다면 휴고는 남은 평생을 취한 상태로 살게 되겠지. 해리는 속으로 생각했다.

조지가 물었다.

"그들은 굶주리고 있나? 아니면 그냥 조금 배고픈 정도인가?"

휴고가 말했다.

"배가 고프지도 않소. 그들의 의사인 토끼 같은 사내 말로는, 비타민 정제도 충분히 가지고 있다더군요. 내 경우를 생각해봐도 꽤 잘 먹었던 같소."

그는 사람들의 표정이 굳어지는 것을 보고 급히 부르짖었다.

"아니! 사람고기를 먹은 건 두 번뿐이오! 그리고 그건 종교의 식이오! 대부분 슈퍼마켓에 있던 물건을 먹은 거요! 짐승 고기도 몇 번 먹었고요. 그들은 사실 식인이 꼭 필요한 상황이 아니오. 새로운 사람들이 합류했을 때, 종교 의식으로서 사람을 먹을 뿐이오."

하비가 그를 쳐다보며 말했다.

"빌어먹을, 정말 쓸모 있는 종교의식이군. 그들은 휴고의 영혼에 할례를 했소. 누구라도 알아볼 수 있는 표식이 새겨졌지. 그런 느낌 아니오, 휴고? 다른 사람들의 눈에 보이지 않는다고 하더라도, 당신 스스로는 할례의 흉터가 오래도록 남아 있겠지."

휴고가 고개를 끄떡였다.

"그들 중에는 사람고기의 맛을 좋아하는 자들도 있었소."

휴고가 작게 말했지만 그의 말을 모두가 알아들었다.

디크가 두려움에 가득 찬 목소리로 말했다.

"이제 내가 바로 다음 차례요. 앞으로 나흘 후에 그들이 올 겁니다."

젤리슨이 편지에서 눈을 떼며 말했다.

"어쩌면 우리가 그들을 좀 묶어둘 수 있을 것 같소. 이 편지 내용이 재미있군요. 지사 권한 대행 몬트로스의 이름으로 날인된 권한 선언서이며, 내가 수신인인데, 내가 지휘하는 조직을 합병하는 문제에 대해 토론하자는 초청이 들어 있소. 표현은 공손하지만 내용은 위압적이오. 자신의 정부의 권위를 인정하지 않은 여러 단체가 반역 혐의로 불행한 결과를 맞았다는군요."

젤리슨은 어깨를 으쓱했다.

"하지만 식인이라든지 주의 천사 같은 것에 대한 언급은 없소."

휴고가 절망적으로 말했다.

"설마…… 제 이야기를 믿지 못하겠다는 뜻은 아니죠, 상원의원님?"

젤리슨이 말했다.

"당신 말은 믿소. 우리 모두가 말이오."

그는 방 주위를 둘러봤다. 사람들이 고개를 끄떡여 상원의원의 말에 동의했다.

"덧붙이자면 이 편지는 우리에게 이 주의 시간을 주겠다고 했소. 그리고 이 편지는 실버밸리뿐 아니라 디크의 영역도 언급하고 있소. 디크의 방어를 약화시키려는 거짓말일 수도 있지만, 그들이 공격을 연기할 이유가 있다는 의미로도 해석할 수 있소."

휴고가 말했다.

"그들이 아직은 상원의원님과 싸우려고 하지 않을 것 같소. 최근에…… 또 다른 장소를 발견했기 때문에, 그곳부터 가려고 할 것 같아요."

앨빈이 물었다.

"거기가 어디요?"

휴고는 정보를 대가로 협상을 시도하려는 듯 망설이다가 마침내 결심한 듯 말했다.

"샌호아킨 원자력발전소 건설현장이오. 그 공장이 아직 가동되고 있다는 사실을 최근에 발견하고서 미칠 듯 화가 난 것 같더군요."

조니 베이커가 처음으로 입을 열었다.

"샌호아킨에 원자력발전소가 있다는 이야기는 처음 듣는데……."

하비가 말했다.

"아직 정식 작동하지 않습니다. 해머 충돌 직전에 시범운영은 시작했지만 환경보호론자들 때문에 대중에게 공개하지 않았죠."

러시아 비행사들이 흥분한 듯 떠들어댔고, 조니와 릭도 잠시 그들과 이야기를 나눴다. 잠시 후 조니가 말했다.

"우리는 작동 중인 발전소를 찾고 있었습니다. 새크라멘토에는 발전소가 있을 줄 알았는데 없어서 실망했었습니다. 샌호아킨의 발전소는 어디에 있습니까? 그건 꼭 지켜내야 합니다."

조지 크리스토퍼의 얼굴빛이 흐려졌다.

"지킨다고? 우리 목숨은 지킬 수 있겠소? 젠장, 목숨도 지키기 힘든 상황인데! 대체 그 식인종들은 어떻게 그렇게 빠르게 성장하는 거지?"

하비가 말했다.

"마호메트를 떠올려 보시오."

"뭐요?"

"마호메트는 불과 다섯 명의 추종자와 함께 시작했소. 불과 넉 달 만에 그들은 아라비아를 지배하게 됐죠. 이 년이 지난 후 세계의 절반을 손에 쥐었소. 신혈맹은 그런 속도로 성장하고 있는 겁니다."

세이츠가 고개를 저었다.

"상원의원님, 나는 잘 모르겠습니다. 우리가 그들을 맞서 싸울 수 있을까요? 아니면 조금이라도 일찍 하이시에라 고산지대로 도망쳐야 할까요?"

긴 침묵이 이어졌다.

마법사

무슨 기술이든 충분히 발전하면 그것은 마법과 구분되지 않는다.

– 아서 C. 클라크

포레스터 박사는 나무가 타고 있는 부엌 스토브 앞에 앉아서 깜빡 잠이 들었다. 발은 깨끗이 닦아낸 후 붕대를 감았고 인슐린도 투여했다. 아직 인슐린이 완전히 변질되지 않았기를 희망하면서, 혹시라도 약효가 사라졌을까봐 두려워하면서.

깨어 있는 것이 너무 힘들었다. 모린 젤리슨과 콕스 부인이 곁에서 부산을 떨며 마른 옷을 가져다주고 뜨거운 차를 따라줬다. 편안하고 안전하게 앉아 있는 것은 참 즐거운 일이었다. 그는 거실의 대화를 들으며, 논점을 놓치지 않으려고 애를 썼지만 자꾸 잠이 들었다가 화들짝 깨기를 반복했다.

포레스터는 우주의 규칙을 찾기 위해 평생을 바쳤지만 그것이 자기 스스로의 삶에 영향을 줄 것이라고는 생각해보지 못했다. 그래서 해머가 충돌한 이후 작고 환한 분노의 핵이 마음속 어딘가에서 타오르기 시작했다. 하지만 그는 화를 내지 않았다. 분노가 치밀더라도, 화를 내는 것이 당뇨 환자의 건강에 얼마나 나쁜가부터 생각했다. 우주의 법칙은 결코 당뇨병 환자에게 친절하지 않다는 것은 오래전부터 인지하고 있었다. 살아남기 위해서는 체계적인 노력이 필요했다. 하루하루 지나도 그는 여전히 살아 있었다. 죽을 것처럼 지쳤고, 식인종을 피해야 했고, 날마다 점점 배가 고파졌고, 인슐린은 조금씩 변질됐고, 그의 발 상태는 최악이었지만, 그래도 그는 계속 움직여야 했다. 염증에서 발생한 미열은 결코 가라앉지 않았다.

그러나 지금은 마음속 분노의 핵이 잠잠해졌다. 육체적 안락함과 사람들의 도움 덕택에 그는 자신의 상태를 자각했다. 그의 발은 부러진 나뭇가지나 마찬가지였다. 그가 졸음과 싸운 이유는 옆방에서 들려오는 대화 소리 때문이었다. 식인. 신혈맹군. 상원의원이 받은 최후통첩. 일천 명의 적. 그들이 베이커스필드를 접수했으니, 조만간 사람 수가 두 배로 불 것이다……

포레스터는 깊이 한숨을 내쉬었다. 그는 모린에게 말했다.

"전쟁이 다가오겠군요. 혹시 근처에 페인트 상점 있습니까?"

모린은 가볍게 인상을 찌푸리며 그를 봤다. 모린은 포레스터보다 훨씬 적은 일을 겪고도 미쳐버린 사람을 많이 봐왔다.

"페인트 상점이요?"

"네."

"있을 거예요. 포터빌 인근에 '스탠다드 브랜드' 페인트가 있었어요. 하지만 물에 잠겼을 거예요."

포레스터는 생각을 정리하려고 애썼다.

"아마 밀봉 포장되어 있었을 테니 괜찮을 거요. 비료 상점은 가까이 있습니까? 아니면 비축해둔 비료라든지…… 예를 들어, 암모니아라든가……."

모린이 말했다.

"네, 사용하던 게 있어요. 곡식에 주기에도 부족한 양이에요."

포레스터가 다시 한숨을 내쉬었다.

"곡식까지 돌아가지 않을 것 같소. 나중에는 어떻게 될지 몰라도…… 수영장은 있습니까? 수영장 관련 용품을 파는 상점은요?"

"네, 그런 상점도 있었죠. 지금은 물속에 있겠지만."

"얼마나 깊은 물이오?"

모린은 포레스터를 자세히 바라봤다. 포레스터의 상태는 끔찍했지만 눈빛은 완전히 정상이었다. 그는 자기가 무슨 말을 하는지 정확히 알고 있었다.

"나도 몰라요. 앨빈의 지도에는 표시가 되어 있겠지만요. 중요한가요?"

"그럴 거요."

포레스터는 갑자기 말을 멈췄다. 옆 거실의 대화를 듣기 위해서였다. 거실에서 그들은 원자력발전소 건설현장에 대한 이야기를 나누고 있었다. 포레스터가 손으로 의자를 짚고 일어났다.

"거실로 가야겠는데 도와줄 수 있겠습니까?"

그는 미안한 듯한 목소리였지만, 그럼에도 불구하고 거절할 수 없는 분위기가 있었다.

"아, 그리고 한 가지만 더 물어볼 것이 있소. 주유소가 있습니까? 솔벤트 몇 드럼이 필요할 겁니다."

모린은 혼란스러운 얼굴로 포레스터가 거실로 가는 것을 도와 줬다.

"잘은 모르겠어요. 이곳에 주유소는 있지만 아주 삭아요. 포터 빌에 좀 더 큰 주유소가 있었죠. 하지만 댐 바로 아래에 있었으니 까 침수됐을 거예요. 왜 그러죠? 그것들을 모아서 뭘 만들 수 있 나요?"

포레스터는 모린의 팔에 매달리다시피 의지해서 거실에 도착 했다. 조니가 이야기를 멈추고 포레스터를 바라봤다. 다른 사람 들도 마찬가지였다.

"끼어들어서 미안합니다."

포레스터가 말했다. 포레스터는 절망적인 표정으로 의자를 찾 아 두리번거렸다.

가까이 있던 세이츠가 소파에서 일어나 자리를 양보했다. 포 레스터가 자리에 앉는 동안, 세이츠는 서재로 가서 접이식 의자 를 가지고 왔다. 포레스터는 사람들을 둘러보며 눈을 깜빡였다.

"미안합니다."

그는 다시 한 번 말했다.

"혹시 샌호아킨 원자력발전소에 대해 이야기하던 중입니까?"

앨빈이 말했다.

"네. 그곳의 위치가 샌호아킨 인근 어딘가에 있었을 텐데, 아 마 지금은 물속에 가라앉았을 겁니다. 계곡의 정확히 가운데에 있었으니까 침수를 피했을 수가 없죠."

포레스터가 말했다.

"발전소는 버튼윌로우 고원에 있었습니다. 지도에서 찾아봤더니 주변 지역보다 십이 미터쯤 높은 곳이오. 하지만 침수 피해가 없지는 않았을 것 같군요. 식인 군대 때문에 샌호아킨 바다 인근으로 가서 확인하지는 못했습니다만."

앨빈은 신중한 표정을 지었다. 아일린이 급히 지도를 가지고 와서 상원의원의 앞에 펼쳐놓았다. 상원의원과 앨빈이 지도를 들여다봤다. 모린은 거실을 가로질러 조니 베이커의 곁에 앉았다. 두 사람은 무의식적으로 서로의 손을 찾아 꽉 쥐었다.

앨빈이 말했다.

"이 지역은 대략 십오 미터 정도 침수된 것으로 표시하고 있습니다. 휴고, 당신은 그 발전소가 작동 중이라고 확신합니까?"

"천사들이 그렇게 믿고 있소. 이미 말했지만, 그래서 그 자들이 흥분해 있소."

크리스토퍼가 말했다.

"왜 흥분했지?"

휴고가 대답했다.

"성스러운 전쟁이니까요. 주님의 천사들의 존재 이유는 인간의 금지된 성취인 산업사회의 잔재를 파괴하는 거요. 그들이 화력발전의 잔해를 파괴하는 현장을 봤던 적이 있소. 결코 총이나 다이너마이트를 사용하지 않고, 도끼와 몽둥이와 맨손으로 몰려들지요. 침수돼서 이미 부서진 발전소였는데 그들이 덤벼들고 난 후에는 원래 뭐가 있었는지도 알아볼 수 없었소. 아미티지 목사는 내내 그들의 곁에서 주님의 명을 따르라고 부르짖었죠! 아미티지는 매일 밤마다 같은 설교를 합니다. 인간의 산물을 파괴하라. 사흘 전에, 아마 사흘 전이 맞을 거요."

휴고는 손가락을 꼽아보더니 말을 이었다.

"네, 사흘 전에 원자력발전소가 아직 작동한다는 소식을 들었소. 그날 아미티지는 거의 피를 토하듯 설교했소! 사탄의 본거지를 부숴라! 원자력이라니! 사탄의 집결체다! 심지어는 제리 오웬까지 흥분했소. 제리는 종종 문명의 잔재 중 몇 가지는 보존해야 한다고 했었소. 지구에 손상을 주지 않는 수력발전 같은 것은 남겨두자고. 심지어 다시 건설하자는 말도 했소. 하지만 제리는 해머 충돌 전부터 원자력발전소를 증오했소."

앨빈이 물었다.

"그들은 첨단 기술은 무조건 파괴하는 거요?"

휴고가 고개를 저었다.

"아니오. 후커 하사와 그의 부하들은 쓸 만한 물건은 뭐든지 챙기려고 합니다. 특히 군사적으로 가치 있는 물건들 중심으로 말이오. 하지만 원자력발전소는 필요하지 않다는 것에 모두가 동의했지요. 제리는 자신이 발전소를 부수는 방법을 안다면서 열심히 설명했소."

포레스터가 몸을 앞으로 숙이고 신중하게 말했다.

"그렇게 둬서는 안 됩니다."

그는 지금 자신이 어디 있는지도 잊었고, 북쪽으로 걷던 기나긴 여정도 잊었으며, 심지어 해머 충돌 사실 자체도 잊었다. 그는 한 가지 생각밖에 없었다.

"발전소를 지켜야 합니다. 전기만 있다면 문명을 재건할 수 있어요."

릭이 말했다.

"그의 말이 맞습니다. 그건 중요하니⋯⋯."

상원의원이 말했다.

"우리가 살아남는 것 또한 중요하죠. 신혈맹에는 사람이 천명, 아니 그걸 훨씬 넘을 수도 있다는 소식을 들었소. 우리는 전투할 사람 오백 명을 모을 수는 있겠지만 대부분은 무장을 하지 못합니다. 훈련된 사람도 거의 없소. 이 계곡을 지키는 것도 벅차요."

모린이 말했다.

"아버지. 포레스터 박사님에게 좋은 생각이 있는 것 같아요. 박사님, 수영장 물품이나 솔벤트에 대해 물어본 이유가 뭐죠? 무슨 생각이 있죠?"

포레스터가 다시 한숨을 내쉬었다.

"말하지 않는 편이 낫겠습니다. 생각은 있습니다만⋯⋯ 아무도 좋아하시지 않을 겁니다."

앨빈이 말했다.

"주님의 이름을 걸고, 우리를 도울 수 있는 것이 있다면 뭐든 말해주십시오! 그게 뭡니까?"

포레스터가 말했다.

"음⋯⋯ 여러분도 아마⋯⋯ 생각을 해보셨을 것 같지만⋯⋯."

크리스토퍼가 조급증을 내려고 했다.

"이런 제기랄."

젤리슨 상원의원이 손을 들어 말을 막았다.

"포레스터 박사님, 저를 믿어주십시오. 당신의 생각이 무엇이든 잠자코 듣겠습니다. 자, 무슨 생각을 하고 계십니까?"

포레스터가 어깨를 으쓱하며 말했다.

"겨자가스, 테르밋 폭탄, 네이팜탄입니다. 어쩌면 신경가스도 만들 수 있겠지만 그건 확실하진 않습니다."

긴 침묵이 흘렀다. 이어서 젤리슨 상원의원이 숨을 내쉬며 아주 낮게, 그러나 다른 사람들이 모두 들리게 말했다.

"똥물에 빠진 것 같군……."

원정대

세계는 오늘 끝이 날 것이고,
인류는 시야에서 사라지겠지만,
그러나 종종 그리울 거예요.
우리가 남겨두고 온 것들이……

– 유럽의 서정시, 11세기

아일린이 가방에 옷가지를 챙겨 넣는 동안 팀은 저녁을 먹었다. 시에라 산에서 찬바람이 불어 내려왔다. 그 바람에 실린 진눈깨비가 통나무집을 향해 밀려왔지만 통나무집에는 빈틈이 없었다. 조그만 등불에서 따뜻한 불빛이 퍼졌고 스토브 덕택에 부엌은 따뜻하고 보송보송했다. 팀은 그 순간을 즐겼다. 스토브의 열려진 구멍을 통해 작고 푸른 불꽃이 넘실거렸다. 그가 말했다.

"호랑이굴로 찾아들어가는 건 정말 말썽을 자초하는 일이지."

아일린이 그를 돌아봤다.

"뭐라고요?"

"고든 딕슨의 SF소설 도입부에 나오는 표현이야. 진짜 있는 속담인지 작가가 만든 말인지 모르겠지만. 정확한 문구는 이렇지. '호랑이굴을 찾아가는 것은 말썽을 자초하는 일이지만 책 속으로 모험을 떠나는 것은 정말 쉽다. 아무리 강력한 왕국의 적군들이라 해도 독자에게는 한 손가락으로 넘길 수 있는 순간의 즐거움에 불과한 것이다.'"

아일린이 물었다.

"그가 진짜 말한 대로 할 수 있을까요?"

"포레스터 박사 말이야? 그는 진짜 마법사지. 포레스터가 자기 입으로 네이팜탄과 겨자가스를 만든다고 했을 때는 진짜 만들 수 있는 거야."

팀이 한숨을 내쉬었다.

"물론 그걸 만들지 않는다면 더 좋겠지. 난 어렸을 때부터 독가스를 싫어했어. 물론 독가스든 총알이든 죽는 건 똑같지만……."

그는 가방에서 기름걸레를 꺼내 자신의 총을 닦기 시작했다.

아일린이 물었다.

"꼭 가야 하나요?"

팀이 대답했다.

"이제 그 이야기는 그만하기로 했잖아."

"그만하기로 했든 말든 상관없어요. 당신이 가지 않으면 좋겠어요."

"나도 좋아서 가는 건 아냐. 하지만 대안이 없잖아. 포레스터 박사는 우리가 발전소에 지원인력을 보내야만 요새를 지킬 무시무시한 무기를 만들어주겠다고 했으니까."

팀은 존경어린 목소리로 말했다.

"상원의원과 조지 크리스토퍼를 동시에 협박할 수 있는 사람은 지구상에 포레스터 박사밖에 없을걸? 그는 소심하고, 눈을 심하게 깜빡이고, 말끝마다 사과를 하는 사람이지만, 약속을 받아내기 전까지는 무기에 대해서는 한 마디도 더 꺼내지 않았잖아."

아일린이 말했다.

"하지만 왜 하필 당신이죠?"

그녀는 새로 짠 양말 한 짝을 가방에 넣었다. 그 양말은 개털을 꼬아서 짠 것이다.

"나는 할 수 있는 것이 없잖아. 당신이 더 잘 알지. 당신은 앨빈을 도와서 관리 업무를 하지. 나는 농사도 짓지 못하고 브래드처럼 기계를 다룰 수도 없고, 말을 못 타니까 조지의 폴 리비어* 부대의 일원이 될 수도 없어. 그러니까 자살특공대에라도 참여해야지."

"오, 주여, 그런 식으로 말하지 마요."

그녀는 짐을 내려놓고 곁으로 다가왔다.

팀은 아일린의 배를 어루만졌다.

"걱정 마, 수영을 해야 하는 상황이라면 돌아올 테니까. 아니면 물 위에서 자동차를 몰고, 그 유명한 플라잉 더치맨 쇼를 한번 더 하면 되지. 아무튼 우리 아들, 아니면 딸을 보러 올 거야. 쌍둥이일지도 모르고. 벌써 당신은 물음표를 뒤집어놓은 것처럼 배가 불룩한걸?"

젠장, 나도 모르게 재잘거리고 있군. 두려움이 이런 식으로 표

---

* 미국 독립전쟁 시 공을 세운 기마병.

시될 줄이야.

"팀……."

"더 힘들게 하지 말자, 아일린."

"그래요. 자, 짐은 다 쌌어요."

팀은 시계를 보고 말했다.

"출발 한 시간 전이군."

팀은 자리에서 일어났다.

"가야지."

"팀……."

"응?"

아일린은 하려던 말을 참는 듯하더니 말을 이었다.

"사보이 호텔에 예약해뒀어요?"

"거긴 예약이 꽉 찼더라고. 좀 더 가까운 곳을 찾아봐야겠어."

"그래요."

모인 사람은 십여 명이었다. 원정대장은 조니 베이커 준장이며, 디크 쪽에서 세 명이 참여했고, 조지 크리스토퍼의 처남인 잭 로스도 있었다. 또 다른 자원자 중에 마크와 휴고가 있었다. 팀으로서는 특별히 놀랄 일도 아니었다. 다른 일꾼도 몇 명 있었는데, 그중 한 사람만 모르는 얼굴이었다. 그는 중년이고 몸에 맞지 않는 아주 헐렁한 옷을 걸치고 있었다. 팀은 그에게 먼저 인사를 건넸다. 사내가 말했다.

"나는 제이슨 질커디요. 당신 얼굴은 텔레비전 프로그램에서 봤소. 반갑습니다."

"제이슨 질커디…… 많이 들은 이름인데, 어디서 들었을까요?"

제이슨이 미소를 지었다.

"아마 내가 쓴 책에서 봤을지도 모르겠소. 하지만 여기서 들었을 가능성이 더 크겠지. 해리와 나는 모두 도나 아담스와 결혼했고, 그 문제로 그녀 어머니가 어마어마하게 난리를 피웠으니까."

"오."

팀은 제이슨의 시선을 좇았다. 거기에는 해리와, 열아홉 살쯤 된 금발의 날씬한 여자가 있었다.

팀은 짐을 트럭에 싣고 소총을 어깨에 걸쳤다. 그리고 말했다.

"언제 출발하는 거죠?"

제이슨이 말했다.

"뭔가를 기다리는 것 같은데 그게 뭔지는 나도 모르겠소. 여기서 있을 이유는 없을 것 같군. 나중에 봅시다."

제이슨은 해리와 도나를 향해 걸어갔다. 도나는 해리가 곁에 있었지만 제이슨과 깊숙하게 포옹했다.

모든 것을 깔끔하게 정돈하기 좋아하는 앨빈이라면 이 상황을 뭐라고 생각할까? 제이슨과 해리는 서로를 어떻게 불러야 하나? 의형제? 동서? 해리가 바깥으로 한 번 나가면 여러 주는 돌아오지 않으니, 일정을 맞추는 것이 불가능하지는 않다. 그리고 해리가 나가 있는 동안 누군가는 치킨 목장에서 일을 해야 한다. 팀은 모린과 함께 이야기를 나누는 아일린에게 가서 말했다.

"내 혜성이 새로운 결혼문화도 창출한 것 같아."

그는 해리와 제이슨과 도나가 함께 있는 쪽을 바라봤다.

아일린이 팀의 손을 꼭 쥐었다. 팀이 말했다.

"안녕하세요, 모린. 조니 베이커 장군은 어디 계신가요?"

"금방 나올 거예요."

아일린, 모린, 도나, 그들은 모두 어딘지 비슷해 보였다. 팀은 웃고 싶은 충동을 느꼈지만 웃지는 않았다. 그 여자들의 모습은 존 웨인의 영화에서 기병들이 나설 때 환송하는 여자들의 모습과 똑같았다. 이 여자들이 영화를 흉내 내고 있을까, 아니면 존 웨인과 존 포드가 진실을 잘 포착한 것일까.

소형 트럭이 올라오더니 목장 일꾼 두 사람이 내렸다. 운전석에서 하트먼이 나오더니 말했다.

"그건 조심해서 내리라고."

그는 주변을 둘러보더니 팀과 모린에게 다가왔다.

"조니 베이커 준장은 어디 있소?"

"안에 있어요."

"좋소. 여러 사람에게 두루 이야기해도 나쁠 것 없지. 팀, 당신이 쓸 무전 장비를 가져왔소."

그는 목장 일꾼들이 트럭에서 옮기고 있는 상자를 가리켰다.

"자동차 배터리로 작동시킬 거요. 그리고 저쪽 상자에는 지향성 안테나가 있소. 저 안테나를 가능한 높은 곳에 우리 지역을 향해 설치하시오. 발전소에서는 나침반 북쪽과 약 20도 각도를 유지하면 될 거요. 비상 상황에만, 정말로 비상 상황에만 사용하시오. 매 정시의 오 분 전부터 오 분 후 사이에 13번 채널에서 대기하고 있을 겁니다. 그리고 신혈맹도 이 교신을 들을 수 있다는 것을 명심하시오. 알겠죠?"

"잘 알았소."

팀은 그가 해준 말을 다시 한 번 반복해서 확인을 받았다.

조니가 집 밖으로 나왔다. 그는 손에는 소총을 들고 허리에 권총을 차고 있었다. 모린이 그에게 다가가서 꼭 끌어안았다.

오늘 밤 사람들의 얼굴은 모두 우울했다. 오늘 밤에 초연한 얼굴을 보이려고 애쓸 필요는 없겠군. 하지만 마크는 예외다. 그는 무례할 정도로 즐거워 보였다. 실제로도 즐거워하고 있었다. 팀은 마크가 해리에게 아주 순진무구하게 말하는 것을 들었다.

"이번 전투의 이름을 뭐라고 붙일까? '해리의 잃어버린 트럭 전쟁' 어떻소?"

마크는 그들이 왜 싸우는지를 모르고 있었고 신경 쓰지도 않았다.

휴고는 다른 사람들보다 훨씬 더 우울해 보였다. 만약 그 천사들의 손에 잡힌다면 변절자로서 끔찍한 일을 당하겠지. 하지만 사실 그는 지금도 끔찍한 일을 당하고 있다. 누구도 그의 곁에는 가까이 가려고 하지 않는 것이다. 가엾은 자식.

잭 로스가 말했다.

"우리가 지금 대체 뭘 기다리는 거요?"

그는 매형인 조지 크리스토퍼처럼 덩치가 크고 다혈질이었다.

그의 왼손에는 손가락이 두 개뿐이었고 팔꿈치까지 날카로운 흉터가 이어져 있었다. 수확기계와 싸운 결과였다. 얼굴에는 아주 가늘고 눈에 잘 띄지 않는 금색 콧수염이 있었다.

조니가 말했다.

"정찰대의 복귀를 기다리고 있소. 그리 오래 걸리지는 않을 겁니다."

"그래요. 그러죠."

릭 델란티가 기분이 나쁜 듯한 표정을 지으면서 다가왔다.

"조니, 나도 함께 가고 싶소."

"안 돼."

"이런, 제길."

조니가 말했다.

"이미 말했잖아."

그는 릭을 한쪽으로 밀고 자기들끼리 대화를 했다. 팀은 그들의 대화를 듣기 위해 귀를 기울였다. 조니가 말했다.

"우리 우주비행사 모두가 한꺼번에 위험해지면 안 돼. 러시아 비행사만 남겨두고 갈 수도 없고, 러시아 비행사를 데려갈 수도 없어. 금번 임무는 러시아 비행사가 아무 역할을 할 수도 없어. 우리 임무의 절반은 외교사절단인데 러시아인들이 그걸 할 수 있을 리 없잖나."

"그러니 그들을 여기 남겨두고 나를 데려가면 되잖습니까."

"그러면 누가 그들을 챙겨주나, 릭? 그들은 우리 친구야. 우리가 약속했지. '우리 조국으로 간다면, 현지인 가이드가 안내할 겁니다.' 자네도 꽤 많은 농부들이 러시아인에 대해 어떻게 반응하는지 봤지? 이 지역에서 러시아인들은 큰 인기가 없어."

"흑인도 인기 없기는 마찬가지요."

"하지만 자네는 인기가 있어. 자넨 우주 영웅이라고! 릭, 러시아인들과의 약속을 지켜야 해. 우리는 그들의 캡슐을 타고 여기 왔다고!"

"좋아요. 그러면 준장님이 남으십시오. 내가 발전소로 가겠습니다."

"자, 그러면 우리가 지금 가는 곳이 어디인지도 생각해보게. 그리고 먼 거리에서 흑인이 다가오는 것을 봤을 때 그 사람들이 무슨 생각을 할지 말해봐. 자네는 외교 사절 역할을 할 수 없어. 그러니 닥치고 가만히 있게, 릭 델란티 대령."

릭은 잠시 입을 다물었다가 마침내 말했다.

"알겠습니다, 준장님. 이와 관련해서는 헌병대로 공식 절차를 밟아 이의서를 제출하겠습니다. 그런데 헌병대 주소를 잘 모르겠군요."

조니는 릭의 어깨를 두드린 후 다시 사람들에게 돌아오다가 팀에게 향했다. 팀이 엿들은 것을 아는지 모르는지, 그는 무심하게 팀에게 말했다.

"안에서 당신을 찾습니다."

팀이 눈을 깜빡였다.

"알겠습니다."

팀은 저택으로 걸어갔다. 그는 여전히 아일린의 손을 꽉 잡고 있었다. 아일린은 임신으로 인해 몸이 붓기 시작했기 때문에 비틀거리면서 팀의 팔을 꼭 껴안다시피 했다.

젤리슨, 앨빈, 그리고 포레스터가 거실에 있었다. 포레스터가 지퍼 백에 서류를 넣어 팀에게 건넸다.

"내가 필요한 것들을 기록했습니다. 조니 베이커 준장도 한 부 가지고 있지만……."

팀이 대답했다.

"예, 알겠소."

앨빈이 말했다.

"만약 기회가 된다면 서쪽 해안을 정찰해주십시오. 그쪽 상황이 궁금하니까 말이오. 그리고 당신에게 필요한 물건을 찾아낼지도 모르고……."

팀은 손에 쥔 종이를 들여다봤다. 지퍼 백 안에 들어 있는 포레스터의 목록은 특급 비밀이다.

'산화철, 페인트 상점에 있음. 붉은 안료라는 상품명일 경우가 많음. 폐차장의 붉게 녹슨 쇠를 긁어내서 곱게 갈아도 됨. 알루미늄 가루, 페인트 상점에 있음. 안료 코너 확인할 것. 석고…….'

목록은 길었고, 대부분 쓸모가 없어 보이는 물건이었다. 하지만 팀은 알고 있었다. 다른 어딘가에는 이 평범한 물건들을 치명적인 무기로 탈바꿈시키는 수단이 적혀 있을 것이다. 그는 포레스터를 바라보며 말했다.

"당신이 나를 싫어하는 상상만 해도 정말 무섭소."

포레스터가 당황한 표정을 지었다.

"나는 그냥 읽었던 것을 기억할 뿐입니다. 책을 많이 읽은 것 말고는……."

앨빈이 팀에게 물었다.

"혹시 스쿠버 다이빙을 해본 적 있소?"

이상한 질문이다.

"네."

앨빈이 대답했다.

"역시 그렇군. 당신과 하비 말고도 비슷한 아이디어를 낸 사람이 있었소. 포터빌 인근의 물고기를 잡아 생계를 유지하는 사람들이 스쿠버 다이빙 장비 몇 개를 구해서 우리에게 팔려고 하더군요. 배 한 척과 함께."

앨빈은 어두운 표정으로 포레스터를 바라봤다.

"이 탐험에는 엄청난 비용이 들어갑니다. 얼마나 비싼지 말해 줘도 믿지 않을 겁니다. 우리는 아주 귀한 물건을 주고 그 배를 구입했고, 충분하지 않은 가솔린을 써야 합니다. 그리고 당신에게 주어진 자루 속의 물건…… 그 모든 물건, 고급 비료와……."

포레스터가 말했다.

"미안합니다."

앨빈이 대답했다.

"아닙니다. 팀, 그 계곡에는 마을이 있소. 계곡의 물속에 말이오. 만약 시간이 있다면 인양작업을 해주십시오. 당신과 조니 두 사람 모두 스쿠버 다이빙 경험이 있지만, 수영복 크기가 작아서 조니에게는 그 옷이 맞지 않을 것 같습니다. 결국 당신이 다이빙을 해야 한다는 이야기죠. 포레스터 박사가 준 서류봉투에는 우리에게 필요한 다른 물건 목록도 들어 있소. 물론 우선순위는 포레스터 박사의 물건이 먼저입니다."

젤리슨 상원의원이 말했다.

"그리고 정보도 많이 얻어주시오."

그는 지친 목소리였고, 얼굴빛은 거의 회색에 가까웠다. 그건 아마도 석유램프의 창백한 노란빛 때문일 것이다. 젤리슨이 말을 이었다.

"샌호아킨 바다 건너편의 사람들과 짧게 무전 교신을 했었는데, 그쪽에 석유 야적장이 남아 있다고 하더군. 많은 석유가 비축된…… 무전 상으로 그들은 친절한 사람들이었지만, 진짜 그런지는 알 수 없소. 아무튼 찾을 수 있는 만큼 찾아봐주시오. 발전소의 사람들도 뭔가 정보가 있을지 모르겠습니다. 동맹 조건으로 활용할 수도 있겠지. 협상 권한은 조니에게 부여했소. 팀, 당신은 협상 권한은 없지만, 이곳 상황은 조니보다 자세히 알고 있소. 그러니 그에게 조언을 해주시오."

팀은 잠시 생각에 잠겼다.

"모두들 발전소 사람들이 친구가 될 것이라고 생각하는군요. 만일 그들이 그렇지 않다면요? 제가 소유했던 관측소의 경우를 생각해보면…… 아무튼, 발전소 사람들이 친구가 아니라면요?"

젤리슨이 말했다.

"그 부분은 조니에게 지침을 줬소. 식인종에 대한 경고를 해준 후, 그들을 그대로 둬야겠지."

앨빈이 말했다.

"그리고 바다에서 물건들을 인양해야죠. 이 많은 인력과 가솔린으로 아무것도 얻지 못하면 안 됩니다."

목장 일꾼 하나가 문 안으로 고개를 들이밀었다.

"정찰대가 돌아왔습니다. 상황은 괜찮다고 합니다. 배도 준비됐습니다."

앨빈이 고개를 끄떡였다.

"좋습니다. 팀, 이제 나가서 작별인사를 하죠. 상원의원님, 저는 이 일들의 실제 비용을 정밀하게 계산하겠습니다."

그는 찜찜한 표정으로 말한 후 밖으로 나갔다.

포레스터의 검은 수염 아래로 얄팍한 그의 입술이 굳게 다물어져 있었다. 포레스터는 과거에는 자신의 분노를 전혀 표출하지 않았다. 요즘에는 화가 날 때면 말을 시작하기 전에 조금 더듬는 것으로 분노를 표시했다.

"바…… 발전소를 포기하는 결정은 결코 바람직하지 않을 겁니다."

팀이 말했다.

"우리가 발전소를 지키겠소. 박사님이 요새를 지켜주십시오."

그는 돌아서서 차가운 야외로 나갔다. 새벽까지는 네 시간이 남았다.

모린은 트럭이 사라지는 것을 보며 눈을 깜빡여 눈물을 지웠다. 불빛은 찬바람 속에서 고속도로의 남쪽으로 깜빡이면서 내려가다가 곧 사라져버렸다.

이 상황은 가장 합리적으로 결정된 것이다. 이번 탐험의 지휘자로서 가장 알맞은 사람은 누가 보기에도 조니 베이커 준장이다. 모든 사람들은 조니의 얼굴을 안다. 요새 안에서 그런 일을할 수 있는 것은 조니뿐이다. 조지 크리스토퍼라면 말을 타고 계곡의 동부까지 돌아다니고 언덕을 누비면서 식인종의 공격에 대비해 힘을 합칠 사람을 규합할 수 있다. 하지만 샌호아킨 바다 건너 저쪽의 사람들은 아무도 조지 크리스토퍼를 모른다. 반면 조니는 누구든지 안다. 조니는 영웅이다.

모린은 안으로 들어가고 싶지 않았다. 안에는 지금 앨빈과 하비가 포레스터 박사와 함께 지도상에서 화학제품 및 기타 여러 가지 자재의 위치를 지도에 표시하면서 작업 계획을 세울 것이다. 그녀의 아버지가 있을지도 모른다. 일단 지금 하비를 보고 싶지 않았고, 또 아버지도 만나고 싶지 않았다.

모린은 큰 소리로 말했다.

"나는 승부의 우승자에게 주어질 상품이라고! 빌어먹을 어린이 동화 속의 공주……."

왜 동화 속에서는 누구도 공주를 대변해주지 않는가? 그녀는 아버지가 정리한 이 균형 잡힌 상황에 대해 비난하고 싶었다. 하지만 비난할 수가 없다. 모든 것이 너무 딱딱 맞아떨어졌고, 누가 봐도 이것이 가장 적절한 방식이다.

요새는 더 많은 동맹을 필요로 했다. 식인 군대와의 싸움에 참여할 수도 있는 사람들이 고지대 여기저기에 살고 있었고 그들을 찾아가려면 말을 타야 했다. 그들 대부분이 다 이 지역의 토착민이기 때문에, 그들을 만나기 위해 스무 명의 이 지역 토착민을 말에 태워 보내기로 한 것도 옳았고, 그들의 지휘자로 이 지역의 농부이자 말 타는 솜씨가 뛰어난 조지 크리스토퍼를 지정한 것도 옳았다.

그리고 포레스터의 부드러운 강요 때문에 발전소는 반드시 지켜야 한다. 그러나 주변에 갑자기 생겨난 바다 때문에 외부와 단절된 그 발전소의 사람들은 친구와 적을 구별할 방법이 없다. 미국에 살고 있는 성인이라면 누구든 얼굴을 아는 사람이 조니 베이커이므로, 당연히 조니를 보내는 것이 옳았다. 게다가 조니는 공군 소속이기도 하다.

한편 하비는 포레스터를 도와서 요새 방어용 무기를 제작하기로 했다. 그는 해머 충돌 이전부터 포레스터 박사와 알고 지내는 사이이기도 했다.

자, 그래서 세 명의 기사들은 말을 타고 각각 세 방향으로 떠났다. 임무에 성공하고 목숨을 지켜 돌아오는 기사는 왕국의 절반 및 공주를 상속받을 것이다. 세 사람의 기사가 모두 돌아올 수도 있다. 그럴 경우라고 해도 과연 공주에게 선택권이 있을까?

하비가 뒤에서 말을 걸었다.

"안녕."

모린은 돌아서지 않았다.

"조니는 너무 눈에 띄는 사람이에요."

"그렇소."

하비는 속으로, 원자력발전소를 싫어하는 천사의 무리들이 우주에 다녀온 사람은 어떻게 생각할지 궁금했다. 제리 오웬이라면 여느 사람 이상으로 조니의 얼굴을 쉽게 알아보겠지. 하비는 말했다.

"눈에 띄기 때문에 조니가 거기에 가게 된 거죠."

모린은 대답하지 않았고 고개를 돌리지도 않았다. 하비는 다시 건물 안으로 돌아갔다.

❖

스무 명의 남자를 위한 네 척의 배가 준비됐다. 두 척은 호수에서 사용하는 유리섬유로 만든 작은 유람용 모터보트로, 배 바깥에 모터가 부착돼 있었다. 육 미터 길이의 소형 어선도 한 척 있었는데, 마찬가지로 선외 모터 형이었다. 그리고 다른 한 척은 '신디−루'라는 이름의 쾌속정이었다. 이 배는 폭탄이나 다름없었다. 길이는 똑같은 육 미터지만 조그만 조종석에 고작 두 사람이 앉을 수 있을 뿐이었다. 배의 나머지 부분에는 어마어마한 크기의 내장형 엔진이 붙어 있었다.

신디−루의 반짝이는 금속성 오렌지빛 페인트는 거의 벗겨져 있었다. 배 위에 손전등을 비춰도 반사광이 번쩍이지 않았다. 신디−루는 원래 단거리 경주 전용 보트지만 지금은 짐을 잔뜩 실은 다른 배를 로프로 연결해 끌고 가느라 그다지 빠르지 않았다.

어민 부락의 지휘자인 호리 잭슨이 말했다.

"이 배를 찾은 것은 정말 행운이었소. 이 배를 이용하면……."

"이 배는 정말 멋있소! 원래의 용도 따위 누가 신경 쓴답니까."

호리가 큭큭거렸다.

"확실히 멋지죠? 상원의원님은 짐을 실을 수 있는 배를 원했지만, 내가 원한 것은 빠른 배였죠. 혹시라도 도망쳐야 하는 상황이 온다면 꼭 필요할 테니 말이오."

조니가 말했다.

"우리는 도망치려고 거기에 가는 것이 아니오."

호리가 조금 더 크게 웃었다. 그에게는 이빨이 하나 없었다.

"준장, 나와 우리 쪽 사람들 몇 명이 함께 가는 이유가 뭔지 아시오? 상원의원님이 보낸 사람이 우리 어민 부락 사람들의 가족을 겨울 동안 실버밸리에서 지내게 해주겠다고 약속했기 때문이오. 최후의 우주비행사께서 뭘 하러 가시는지는 잘 몰라요."

조니가 대답했다.

"당신에게는 아무 상관없소? 지구상의 마지막 원자력발전소요. 보호할 가치가 있다는 생각 안 드시오?"

호리가 고개를 저었다.

"나는 이제까지 많은 것을 봐왔소. 지금은 하루 앞도 내다보기 힘든 상황이오. 지금 확실한 것이라면 당신이 한동안 내게 음식을 줄 거라는 거요. 하지만 기억을 더듬어보자면……."

그가 눈썹을 조금 찡그렸다.

"원자력발전소 이야기를 예전 시절에 본 것도 같군요. 날이면 날마다 신문에 기사가 났던 것 같소. 어떻게 감히 우리 지역에 원자력발전소를 건설하느냐, 만약 발전소가 붕괴되면 무슨 일이 일어나느냐…… 다 기억은 나지 않지만 대개 그런 식이었소. 원자력발전소를 구하는 일이 신나지는 않는구먼."

제이슨 질커디가 말했다.

"무슨 일인들 흥이 나겠습니까. 재앙 후유증이죠."

호리가 차갑게 말했다.

"배나 타시오."

그와 휴고, 마크, 제이슨은 호리가 운전하는 차양이 달린 갑판이 있는 배에 올랐다. 조니는 신디−루의 지휘석에 탔다.

호리가 말했다.

"우주비행사 입장에서는 그렇게 빠르지 않다고 느낄 수도 있소. 하지만 자칫하면 흠뻑 젖을 거요."

조니가 웃었다.

"사랑에 빠진 남자에게 물벼락쯤이야."

그는 신디−루에 시동을 걸었다. 뼛속까지 울릴 듯한, 머릿속이 멍해질 듯한 진동음이 울렸다.

조그만 배들이 조심스럽게 해변에서 벗어나 내해를 향해 이동을 시작했다. 키 큰 나무, 떠다니는 잔해, 불쑥불쑥 튀어나온 전봇대 때문에 물 위를 이동하는 것은 조심스러웠다. 호리는 느린 속도로 선두에서 나아갔다. 기둥 꼭대기를 보고서 물에 잠긴 건물이 무엇인지를 알아내더니, 내해의 섬과 장애물 사이를 헤치고 정확한 지점에서 배를 회전시켰다.

밤이지만 완전히 깜깜하지는 않았다. 언제나처럼 두꺼운 구름이 장막을 이뤘고, 달이 있어야 할 자리에는 희끄무레한 광채만 반짝였다.

마크는 물속에서 딱딱하게 굳은 옥수수빵이 들어 있는 봉지를 발견하고 건져 올려 사람들에게 봉지를 돌렸다. 그 봉지 안에는 모두가 이동 기간 내내 먹고도 남을 만큼의 옥수수빵이 들어 있었다. 휴고가 호리에게 하나를 쥐어주기 전까지는 말이다.

호리가 빵 한 조각을 깨물더니, 빵 전체를 한 입에 쑤셔 넣고는 말했다.

"마른 생선이 내 발치에 있으니 이걸 모두 나눠 가지시오. 먹고 싶으면 전부 다 먹어도 좋소. 대신 내게 이 빵을 주시오. 최대한 많이 말이오."

마크가 깜짝 놀랐다.

"이 옥수수빵이 어디가 그렇게 대단하다고?"

호리가 입을 닦았다.

"이건 생선이 아니잖소, 그것만 해도 대단한 거요!"

호리가 말을 이었다.

"그러니까 우리도 굶주리지는 않소. 지난 몇 달간 굶주렸던 적도 있는데, 언젠가부터 갑자기 물고기가 엄청나게 늘어났으니까. 하지만 종류는 단 두 가지뿐이었소. 메기와 금붕어 말이오. 조리하는 방법이 문제인데 우리는……."

마크가 말했다.

"잠깐! 방금 혹시 금붕어라고 했소?"

"금붕어처럼 생겼소. 하지만 훨씬 크지. 지금 당신이 먹는 바로 그 물고기요. 내 친구 말로는 금붕어는 끝없이 크게 자랄 수 있다고 하던데. 그리고 메기는 언제나 냇가에 자라고 있었지. 그만 주절거릴까요? 자, 옥수수빵 봉지 좀 내게 주시오."

호리는 다시 봉지를 건네받았다. 팀은 생선을 즐겁게 먹었다. 꽤 오래 생선을 맛보지 못했는데, 이 건조 생선은 맛이 나쁘지 않았다. 그런데 갑자기 왜 그렇게 많은 메기와 금붕어가 나타났을까? 그리고 그 물고기들은 대체 뭘 먹고 살까? 물에 있는 온갖 죽은 것들이겠지. 팀은 갑자기 생선 맛이 끔찍하게 느껴졌다.

마크가 말했다.

"하필 금붕어일까요?"

제이슨이 말했다.

"간단하잖소? 담수해가 생겨 수위가 높아지다가 금붕어 어항이 있는 거실을 덮친 거요. 급류가 한순간에 기존 세상의 틀을 깨부숴버렸고, 그래서 양순하던 가정용 애완동물이 어항을 탈출해 넓은 세상을 만났겠지. 그리고 외치는 거요. '마침내 자유다'."

제이슨은 금붕어 살코기를 한 입 베어 물면서 덧붙였다.

"물론 자유에는 대가가 따르지만."

호리는 생각에 잠겨서 말없이 옥수수빵을 먹었다. 마크는 주머니를 뒤져 조그만 담배꽁초 한 조각을 꺼내더니 꽁초를 입안에까 넣고 한참을 우물우물 씹었다.

"럭키 스트라이크 한 갑을 준다면 살인도 저지르겠소."

그러자 제이슨이 말했다.

"아마 기회가 있을 거요."

마크가 어둠 속에서 웃었다.

"그러기를 빌겠소. 사실 내가 이번 임무에 지원한 이유가 바로 그거요."

팀이 물었다.

"농담 아니오?"

"농담이오. 하지만 두드리다보면 바위는 깨지겠죠."

제이슨은 한 번 웃더니 말했다.

"그러면 어디 한 번 봅시다. 럭키 스트라이크를 위해서 살인도 저지르겠다면, 타레이톤 한 갑을 위해서는 불구가 되도 좋겠군."

마크가 쾌활하게 대답했다.

"바로 그거요."

"칼튼 한 갑에는 어떤 모욕도 참을 수 있고."

휴고가 말하자 모두가 웃었지만, 웃음은 곧 가라앉았다. 사람들은 아직 휴고의 농담에 웃을 만큼 마음을 열지 않았다.

마크가 말했다.

"자, 이제 내가 왜 여기 있는지 아시겠죠. 그런데 당신은 왜 여기를 온 거요, 팀?"

팀이 머리를 흔들었다.

"이게 옳다고 생각했거든요. 아니, 그 말은 잊으시오. 나는 지금도 누군가에게 빚을 지고 있다는 느낌이 있어서 말이오."

운전하면서 그냥 지나쳐 와야 했던 사람들. 해일이 다가오고 있는데도 무너진 병원에서 부상자를 파내던 경찰들.

"그리고 아일린이 임신을 했소."

그가 더는 말하지 않자, 호리가 고개를 돌리지 않고 말했다.

"그래서요?"

"그래서 이제 나도 아이의 아빠가 될 거요. 무슨 말인지 모르겠소?"

휴고가 물어보는 사람도 없는데 자기 이야기를 했다.

"나는 요새에 있는 사람들이 내 얼굴조차 보기 싫어하니까 여기에 왔소."

팀이 말했다.

"당신이 여기 온 것은 다행이오. 항복하고 싶어 하는 사람이 있다면, 그들에게 항복하면 어떤 꼴을 당하는지를 말해줄 수 있으니까."

휴고가 그 말을 곰곰이 되뇌더니 말했다.

"그들에게 내가 여기 있다고 말해주지는 않을 거죠?"

그들 사이에 시선이 오갔다.

"꼭 그럴 필요는 없겠지."

팀이 재빠르게 말하고 이어서 제이슨을 쳐다봤다.

"당신 경우를 잘 이해 못하겠소. 당신은 해리의 친구 아니오? 굳이 자원하지 않았어도 될 텐데."

제이슨이 큭큭 웃었다.

"나는 순수하게 자원한 거요. 그럴 수밖에 없었소. 혹시 여기에 내가 쓴 책 읽어본 사람 있소?"

그는 대답할 틈을 주지 않고 말을 이었다.

"문명의 신비와 과학의 혜택에 대한 예찬들을 써왔소. 그러니

이 정신 나간 임무에 당연히 지원해야 하지 않겠소?"

제이슨은 어두운 밤의 풍경과 검은 물을 바라보더니 말했다.

"하지만 여기보다 더 가고 싶은 장소는 따로 있소."

팀이 말했다.

"물론 그렇겠죠. 내 경우는 런던에 있는 사보이 호텔에 꼭 가고 싶소. 아일린과 함께."

마크가 말했다.

"휴고, 당신은 샤이어에 가고 싶겠군."

휴고가 단호하게 말했다.

"아니. 나는 문명을 원해요."

아무도 그의 말을 가로막지 않았고, 휴고는 기꺼이 이야기를 이어갔다.

"화끈하게 멋진 차를 타고 과속으로 질주해서 티켓을 끊으려는 경찰들을 놀려주고 싶소. 〈바람과 함께 사라지다〉를 광고 없는 채널로 보고 싶고, 몽 그르니에에서 아주 예쁜 여자와 함께 저녁 식사를 하고 싶소. '생태계 보호' 같은 말이 무슨 뜻인지도 모르지만, 『카마수트라』를 함께 읽자면 좋아할 여자 말이오."

마크가 농담을 던졌다.

"글자 공부 시켜주려고 그러는 거요?"

제이슨이 물었다.

"몽 그르니에를 아시오?"

"물론이오. 그 인근에 살았으니까. 당신도 가봤소?"

제이슨이 대답했다.

"버섯 샐러드가 훌륭하죠."

팀이 말했다.

"부야베스*도 끝내주죠. 차가운 모젤 와인을 곁들여 먹으면."

그들은 이제 앞으로는 절대 먹을 수 없는 것들에 대해 이야기를 나눴다.

휴고가 말했다.

"그리고 다시 한 번 그때로 돌아가고 싶소. 다시 한 번 샤이어를 시작하고, 사람들이 모였을 때 이렇게 말하는 거요. '이 따위 공동체는 절대 성공하지 못할 거야.'"

제이슨이 말했다.

"그런 불확실한 일은 절대 예측이 불가능할 것 같은데."

휴고는 제이슨이 비꼬는 것을 알아듣고는 말을 멈췄다.

제이슨이 말을 이었다.

"아무튼 기적의 물건이 여기도 하나 있지."

그는 배의 바닥에 놓여 있는 커다란 가방을 발로 찼다.

"이 물건들은 제대로 작동할까?"

마크가 말했다.

"포레스터 박사님이 그럴 거라고 했죠. 특히 지금처럼 발로 뻥뻥 잘 차주기만 하면 말이오. 하지만 연료가 그렇게 충분하지는 않소. 앨빈이 그렇게 후하지는 않으니까."

호리는 운전대를 쥔 채 뒤를 돌아봤다.

---

* 프랑스식 해산물 수프.

"오 주여, 그는 정말 후하지 않지. 나도 동의한다니까!"

회색 하늘에서 흩뿌리던 비가 조금 줄었고 하늘은 조금 밝아졌다. 일억 오천만 킬로미터 동쪽에는 역사상 가장 큰 재앙에 아랑곳없이 태양이 원래의 궤도를 따라 움직이고 있을 것이다. 배는 폐허가 점점이 떠다니는 끝없는 바다 위를 이동했다. 호리는 속도를 높였지만 여전히 그렇게 빠르지 않았다. 사람과 짐승의 시체는 이제 모두 사라졌고 통나무, 집의 잔해, 타이어, 그리고 문명이 방출한 이런저런 폐기물이 물 위를 떠다녔다. 물 위에서 내려다보는 나무는 정사각형으로 부푼 덤불처럼 보였다. 나무는 기껏 한두 그루뿐이었고, 물속 깊이 있었기 때문에 배의 바닥을 찢을 걱정은 없었다.

휴고는 배 뒤편에 대고 말했다.

"이보시오, 마크. 실바신 담배 한 갑을 준다면 뭘 하겠소?"

"일단 내게 관심 꺼주면 그때 말하겠소."

호리는 나침반에 의지해 흐린 새벽의 바다를 가로질렀다. 눈에 보이는 곳에 사람은 아무도 없었다. 오직 이 작은 함대뿐이다. 조그만 주제에 거대한 엔진을 달고 있는 신디-루는, 자신에게 부여된 막대한 중량 때문에 좌절하고 신음하듯 거친 엔진소리를 냈다. 호리는 엔진소리보다 더 크게 고함을 질렀다.

"배에 고기를 가득 잡아서 돌아오겠소. 발전소 사람들 전부를 먹이고도 남을 만큼 말이오. 대신 나한테 저 옥수수빵을 주시요. 마른 물고기를 담았던 상자에 가득 채워서 말이오. 그렇게 큰 상자도 아니니까."

팀은 빗속을 들여다봤다. 뭐가 있는 걸까? 처음에는 바다 위의 섬과 함께 위로 돌출된 직사각형이 보였다. 그것까지는 그리 이상해 보이지 않았다. 하지만 배가 점점 가까이 다가서서 보니 그 그림자의 일부는 원통형이고 매우 거대했다. 그리고 사람 형상이 움직이는 것도 보였다. 그들도 신디-루의 굉음을 들은 것이 틀림없다.

⚜

나소르는 지휘소로 들어갔다. 지휘소 천막 안에는 후커 하사와 제리 오웬이 있었다. 후커는 책상 위에 펼친 지도 위에서 종이로 만든 병력 모형을 배치시키고 있었다. 천막 바깥쪽에서는 웅장한 목소리가 나소르의 귀를 두드렸다.

"그들의 자부심은 지나간 시대의 흑마법사의 자부심이며, 모든 자연에 작별을 고하는 사악한 자부심이었습니다. 그러나 우리의 자부심은 주님을 믿는 자부심입니다. 우리는 마법사의 병기가 아니라 주님의 뜻하신 바를 무기 삼아……."

후커가 구역질나는 표정으로 쳐다봤다.

"미친 새끼들."

나소르가 어깨를 으쓱했다. 그들에게는 아미티지가 필요했다. 그리고 아미티지의 뒤에서는 냉소적으로 이야기했지만 사실 모두가 조금씩은 목사의 설교를 믿었다.

후커가 말했다.

"그래, 나도 그 망할 발전소를 파괴하는 것을 반대할 이유는 없어. 한번 가보자고. 가서 보면 되잖아. 하지만 그건……."

"물론이오! 그런 물건을 운영하는 데에는 어마어마한 산업이 동반될 거라고요!"

제리 오웬은 자신이 후커의 말을 끊었다는 사실을 전혀 인식하지 못하고 떠들어댔다.

"발전소를 가졌다면 그다음에는 전기를 사용하게 될 거요. 편리하기 때문에, 그리고 필요하기 때문에. 그러면 이제 돌이킬 수가 없습니다. 원자력발전소 운영에 필요한 다른 모든 산업화가 시작될 것이고, 다시 산업사회로 복귀하는 겁니다. 그러면 자유와 우정은 끝장나고 임금 노예의 시대가 시작되는……."

"씨발, 당신 말을 믿는다고 했잖아! 알았으니까 연설은 그만하라고!"

제리가 물었다.

"그럼 문제가 뭡니까?"

"발전소는 언제나 그 자리에 있을 거야. 발전소가 어디로 달아나지는 않잖나. 맞나? 문제는 때가 언제냐는 것이지. 우리에게는 정착할 곳이 필요해. 그 망할 놈의 상원의원처럼 우리에게도 숨어서 수비할 수 있는 장소가 필요하다고. 젠장, 우리에게는 그게 없어."

"처음 사람으로 스튜를 끓였을 때 그 생각은 포기한 것이 아닙니까?"

"내가 그걸 모른다고 생각하나?"

후커는 흥분하지 않았지만 목소리에는 날을 세웠다.

"그래, 우리는 롤러코스터를 타고 있어. 멈출 수도 없어. 계속 성장하는 방법뿐이지. 이 나라 전체를 삼킬 때까지 커질 수밖에. 어쩌면 더 커져야 할 수도 있어. 하지만 지금 멈출 수는 없어."

후커는 지도를 가리켰다.

"그리고 상원의원이 있는 계곡이 바로 여기야. 이 계곡을 빼앗기 전에는 더 북쪽으로는 갈 수 없어. 젠장, 상원의원 쪽 사람들이 마음만 먹으면 우리 뒤통수를 칠 수 있는 상황에서는 디크 윌슨인지 뭔지 하는 놈의 화이트리버조차 차지할 수 없어. 베트남에서 배운 것이 하나 있지. 적이 도망가서 재정비할 공간, 소위 피난처를 남겨주면 절대 안 돼. 그리고 상원의원 쪽 놈들이 뭘 하고 있는지는 당신도 알잖아?"

후커는 손가락으로 샌호아킨 내해의 동쪽 언덕을 따라 선을 그렸다.

"상원의원은 지금 말을 탄 사람 오십 명을 이쪽으로 보내서 사람을 모으고 있어. 우리의 바로 옆구리에서 말이야. 그 산에 사람이 몇이나 살고 있는지는 모르겠지만, 정말 많이 모인다면 우리가 위험해질 수도 있어. 그러니 놈들에게 기회를 주면 안 돼. 상원의원을 쳐야 해. 지금 당장. 그들이 더 이상 전열을 갖추기 전에."

제리 오웬이 말했다.

"알겠습니다."

그는 금색 턱수염을 쓸며 말했다.

"그런데 예언자께서는 우리에게 발전소로 가라고 하시는데……"

후커가 말했다.

"그렇지. 전체 병력을 몰고 남쪽으로 갔다고 치자. 그게 우리에게 어떤 의미가 있나? 만약 내가 그 미친 목사에게 상원의원의 기지부터 끝장낸 다음 발전소로 가자면 뭐라고 할까?"

제리가 잠시 생각했다.

"굳이 올 필요 없을 거요. 아시다시피 그 발전소에는 사람이 오륙십 명이 넘지 않을 거요. 전투원도 아니죠. 여자와 아이들이 있을 가능성이 크고 군인은 거의 없을 겁니다. 위치상 섬이나 다름없으니 음식도 충분하지 않고 총탄도 거의 없겠죠. 실질적인 방어 능력이 거의 없다고 봅니다."

나소르가 말했다.

"그러니까 손쉽게 해치울 수 있다 이거지?"

후커가 말했다.

"얼마나 쉽게?"

제리가 어깨를 으쓱했다.

"나한테 이백 명만 주시오. 그리고 대포 몇 대와 박격포 몇 개만 있으면 됩니다. 박격포로 터빈을 부수면 펌프를 작동시킬 전기 생산이 중지되고, 그러면 원자로 전체가 붕괴될 겁니다. 원자로 가동이 멈추는 거죠."

나소르가 물었다.

"폭발이 일어나는 건가?"

상상만으로도 흥분되고 두려웠다.

"거대한 버섯구름이 생기면서? 낙진은? 우리는 최대한 빨리 여기서 벗어나야 하는 것 아닌가?"

제리가 우습다는 표정을 지었다.

"그건 아니오. 섬광이나 버섯구름 같은 건 생기지 않습니다. 유감스럽지만 말이오."

"전혀 유감스럽지 않아. 당신, 거기서 원자폭탄 몇 개 만들어 주겠나?"

"못 만듭니다."

"만들 줄 모른다고?"

후커가 낙담했다. 마치 다 만들 수 있을 것처럼 말하더니.

이번에는 제리의 기분이 상했다.

"누구도 못 만들어요. 원자력발전용 핵연료로 원자폭탄을 만들 수는 없소. 재료 자체가 다르니까 말이오. 핵연료는 발전 용도로만 쓸 수 있소. 폭발하지는 않는다고요. 젠장, 어쩌면 원자로 붕괴가 일어나지 않을 수도 있소. 안전장치를 이중 삼중으로 만들어놨다면 말이오."

나소르가 말했다.

"당신들은 원자력발전소는 절대로 안전할 수가 없다고 떠들었 잖나?"

"물론 그건 안전하지 않소. 하지만 비교 대상에 따라 다르죠."

제리는 북쪽을 가리켰다. 더러운 바다 위에 입체파 화가들의 그림처럼 섬이 하나 떠올라 있었다. 베이커스필드를 수몰시킨 파괴된 댐이었다.

"저곳은 수력발전소였소. 저건 안전하던가요? 원자력발전소 주변에 가기 싫어 하던 사람들이 댐 인근에 살고 있었죠."

후커가 말했다.

"그런데 왜 원자력발전소를 그렇게 싫어하나? 어쩌면…… 발전소는 그냥 놔두고 지켜야 되는 것 아닌가?"

제리가 말했다.

"젠장, 절대 아니란 말이오!"

나소르가 후커를 한 번 노려봤다. 제리 자식, 또 연설을 시작하겠구먼.

제리가 말했다.

"원자력발전소는 필요 이상의 진보요. 모르시겠소? 사람들이 모든 문제를 기술로 해결해야겠다는 생각을 하게 만들어요. 더 많이, 더 빨리 말이오. 일단 전력을 가지면 더 많은 전력이 필요하게 될 거요. 그러면 땅을 파서 한 해에 백억 톤의 석탄을 캐내게 되고, 공해가 발생하고 도시는 거대해져서 중심부터 썩어가겠죠. 게토. 슬럼가. 그런 것들 기억나지 않소? 원자력은 우리가 자연의 균형을 깨뜨리는 빌미를 제공해요. 결국 다시는 균형 잡힌 세상으로 돌아오지 못하겠죠. 해머는 우리에게 자연 친화적으로 살아갈 수 있는 기회를 줬……."

후커가 말했다.

"젠장, 알았어, 알았다고! 당신에게 병력 이백 명, 박격포 두

대를 줄 테니 가서 발전소를 부숴. 그리고 당신이 간다는 것을 예언자에게도 확실하게 알려주라고. 그러면 내가 군대를 정비하는 동안 입을 좀 닥쳐줄지도 모르니까."

후커는 지도를 바라보며 말했다.

"당신은 가서 놀다가 와, 제리. 우리는 진짜 군대와 싸워야 하니까."

후커는 제리와 함께 갈 지원자를 받아야겠다고 생각했다. 그러면 미친놈들은 모두 제리를 따라가겠지. 그리고 한동안 나를 좀 가만히 놔두겠지. 후커는 미소를 지었다.

⚜

아돌프가 팀 햄너를 데려간 방은 아주 복잡하고도 아름다웠다. 엄청난 양의 전선이 천장에 설치된 선로를 따라 여기저기로 가로질렀고 불빛이 번쩍거렸다. 불빛! 전기 불빛 말이다!

조작 패널에는 깨끗한 녹색 에나멜이 칠해져 있고, 다이얼과 전구와 스위치가 배열되어 있었다. 그리고 실내의 공기는 운영실 특유의 공조장치에 의해 정화된 느낌이 있었다. 팀이 물었다.

"이 방이 뭐 하는 곳입니까? 주 제어실이오?"

아돌프가 웃었다. 그에게는 재앙 후유증을 겪는 사람 특유의 신경증적 반응이 없이 쾌활했으며, 이곳의 기계 관리에 아주 능숙했다. 그는 다른 남자들처럼 수염을 기르지 않기 때문인지 피부가 아기 같고 나이보다 훨씬 어려 보였다.

"아뇨, 여기는 그냥 전선 분기실입니다. 하지만 여러분의 숙소로 내드릴 곳이 여기뿐이군요. 어어…… 아무 버튼이나 누르지 않는 게 좋을 거요."

그가 장난스러운 미소를 지었다.

팀이 웃었다.

"절대 안 그러겠소."

팀은 즐거운 눈으로 소화기며 깜빡거리는 상태표시등이며 거대한 케이블을 지켜봤다. 실내의 모든 것은 불빛이 비쳐 가볍게 반짝이고 있었으며 전원이 부드럽게 웅웅댔다.

아돌프가 말했다.

"가방은 여기 벗어두세요. 다른 사람도 종종 여기서 잘 겁니다. 그리고 길목에 있지 않도록 조심하시오. 당번 근무자들이 여기서 작업을 해야 하는데, 상황에 따라서는 아주 급할 때도 종종 있으니까 말이오."

그가 진지한 표정으로 말했다.

"그리고 이 전선 중 초고압이 흐르는 곳도 있소. 그런 전선 근처에도 가까이 가면 안 됩니다."

팀이 말했다.

"물론이오, 아돌프. 그런데 이곳에서 당신 역할은 뭐요?"

아돌프는 원자력 엔지니어라기에는 어려 보였지만, 체구나 외모를 봐서는 건설 노동자 같지도 않았다.

아돌프가 말했다.

"전력 분야의 견습공이죠. 바꿔 말하면, 시키는 일은 뭐든지

다 하는 사람입니다. 짐을 잘 내려놨나요? 가시죠. 당신에게 주변을 안내하고 무전기 설치를 도와주라는 지시를 받았으니까."

"그럽시다. 그런데 뭐든지 다 한다는 게 구체적으로 무슨 뜻입니까?"

아돌프가 어깨를 으쓱했다.

"제어실에서 커피를 마시고 카드를 하면서 대기하다가, 운영팀장이 무슨 작업이 필요하다고 지시를 하면 그 지시대로 일을 하는 거죠. 말 그대로 무슨 작업이든 합니다. 계기판 판독, 불이 나면 불 끄기, 스위치 내리기, 밸브 열기, 전선 복구…… 뭐든지 다 말입니다."

"그러면 원자력 엔지니어를 위한 로봇이군요."

"원자력 엔지니어?"

"운영팀장 말입니다."

"운영팀장은 원자력 엔지니어가 아니오. 내가 하는 것과 같은 일을 하면서 경력을 개발한 거죠. 언젠가 나도 운영팀장이 될 거요. 운영할 발전소가 있을지는 모르겠지만, 젠장. 운영팀장 중 호비 라삼의 경우는 시에라 고산지대에서 설상화를 신고 돌아다니면서 눈이 얼마나 쌓였는지를 점검하는 일로 경력을 시작했소. 그랬지만 지금은 운영팀장이 됐잖소."

그들은 평지로 나갔다. 발전소 주변에는 흙으로 쌓은 대형 제방이 서 있었다. 샌호아킨 원자력발전소를 안전하게 지켜준 바로 그 제방이었다. 지금은 보강 작업이 진행 중이었다. 몇몇은 흙을 보강했고 또 다른 몇몇은 그 위에 콘크리트를 붓고 있었다. 다른 사람들은 지게차로 뭔지 모를 일을 하고 있었다. 아주 시끄럽게 여러 가지 작업이 동시에 진행되고 있었지만, 일을 하는 사람들끼리 질서 있게 업무가 분배되어 있는 것 같았다.

제방 하나를 사이에 두고 바깥에는 구 미터가 넘는 물이 넘실거리고 있다. 그 사실을 알면서도 여기에 있는 것이 팀으로서는 못내 불안했다. 샌호아킨 원자력발전소 현장은 수면보다 아래로 가라앉아 있는 섬이었다. 불도저로 쌓은 흙벽 테두리를 통과해서 물이 계속 침투했으며, 그 물은 펌프로 내보내졌다. 만약이라도 제방이 무너지거나 펌프의 전원이 하루만 끊긴다면 그들 모두 익사할 것이다. 네덜란드 사람들도 이런 식으로 삶을 유지했었지. 하지만 네덜란드에서는 그들이 두려워하던 일이 실제로 일어났을 것이다. 네덜란드는 해머 충돌 후 찾아온 해일에서 살아남지 못했을 것이다.

아돌프가 말했다.

"내 생각에 그 무전기를 설치하기 가장 좋은 장소는 냉각탑 위일 것 같소. 하지만 냉각탑은 발전소 본체 건물과 떨어져 있죠."

그는 계단을 따라 제방 꼭대기로 올라가서 손가락으로 가리켰다. 제방 바깥, 물에서 약 삼십 미터 정도 건너편에 아랫부분이 물에 잠긴 냉각탑들이 불쑥 서 있었다. 탑의 꼭대기에서는 짙은 흰색 연기가 하늘을 향해 솟아오르고 있었다.

"저 탑 덕택에 이곳은 찾기가 정말 쉽겠군요."

"그렇죠."

"그런데요. 원자력발전소는 공해를 배출하지 않는다고 들었는데……."

아돌프가 웃었다.

"공해는 없소. 굴뚝에서 나오는 것은 수증기입니다. 물이 증발하는 거죠. 연기가 아니오. 아무것도 불태우지 않는데 연기가 나올 리 없죠."

제방에서 냉각탑까지는 널빤지 다리로 연결되어 있었다. 그는 가장 가까운 냉각탑으로 건너갔다.

"보트를 타지 않고 건너는 방법은 이것뿐이오. 무전기를 설치하기 가장 좋은 곳은 저기일 겁니다."

"내가 보기도 그렇소. 하지만 저 널빤지 위로 이 기계를 운반할 수는 없겠는데……."

"할 수 있다니까. 준비됐나요? 한 번 가봅시다."

팀은 땀을 뻘뻘 흘리면서 냉각탑 옆의 지그재그로 설치한 사다리를 따라 올라갔다. 그는 다시 한 번 샌호아킨 원자력발전소의 업무 체계에 감명을 받았다. 아돌프는 현장에서 사람 몇 명을 데려오더니 무전기와 자동차 배터리와 안테나를 모두 챙겨서 널빤지 다리를 딱 한 번 건너는 것으로 모든 물건을 운반했다. 그리고 모두가 원래 하던 일을 하러 돌아갔다. 질문도, 논쟁도, 항의도 없었다. 예전에 신문에서 샌호아킨 원자력발전소 노동조합이 초과근로수당, 건설현장의 생활 여건 등에 대해 강력히 항의하고 파업했다는 기사를 읽었던 것을 기억했다. 그때의 노사 갈등은 발전소 폐쇄를 위해 최선을 다했던 환경운동가들만큼이나 발전소 준공을 연기시켰을 텐데. 해머 충돌은 사람들의 결혼하는 방식뿐 아니라 일하는 방식도 바꾼 모양이다.

냉각탑은 이십 미터 높이에 지름도 수십 미터였는데, 수면 위 높이는 대략 구 미터쯤 됐다. 냉각탑 아래쪽에는 댐이 둘러쳐져 있으나 질질 새고 있었고, 흘러들어온 물은 펌프로 배출됐다. 아래쪽에서 위를 향해 강한 바람이 불었다. 탑의 갑판 바닥에는 수없이 많은 구멍이 뚫린 금속판이 놓여 있었다. 펌프가 물을 끌어올려 갑판에 쏟아 부으면 그 물이 갑판의 구멍으로 흘러내렸다가 곧 증발되어 굴뚝에서 수증기로 뿜어져 나오는 구조였다. 갑판 전체는 펌프 때문에 가볍게 진동하고 있었다.

팀은 샌호아킨 바다를 바라보면서 말했다.

"무전기 설치하기에 좋은 장소가 맞소. 하지만 너무 노출된 장소라는 느낌이 듭니다."

아돌프가 어깨를 으쓱했다.

"모래주머니를 좀 쌓아놓으면 될 거요. 차양을 쳐도 되고요. 그리고 여기서 발전소까지 전화선을 늘어뜨릴 수도 있소. 여기에 무전기를 놓을까요?"

"한번 해봅시다."

지향성 안테나를 세우고 수증기를 내뿜는 굴뚝에 안테나를 고정시키기까지 대략 한 시간이 걸렸다. 팀은 무전기의 전원을 자동차 배터리에 연결시키고 지향성 안테나를 조심스럽게 나침반 북쪽의 20도 각도로 조절했다. 그리고 시계를 봤다.

"앞으로 십오 분 정도 기다려야 저쪽에서 무선대기를 할 거요.

잠깐 쉬죠. 여기서 어떻게 살고 있는지 이야기 좀 해주시오. 이곳에서 발전소가 제대로 작동하는 것을 보고 우리 모두 깜짝 놀랐소."

아돌프가 난간에 몸을 기댔다.

"나 스스로도 가끔씩 놀라니까요."

"해머가 충돌했을 때 여기 있었소?"

"그렇습니다. 우리 중 누구도 혜성이 진짜 충돌한다고 믿지 않았소. 그리고 현장소장님 입장에서는 다른 날과 다름없는 평범한 작업일일 뿐이었죠. 그래서 결근자가 많다고 화를 냈어요. 그런데 실제로 충돌하는 바람에 상황이 더욱 나빠졌소. 지금 일할 사람이 부족한 이유가 그것이지요."

팀이 말했다.

"어떻게 여기서 살아남을 방법을 찾아낸 거요?"

아돌프가 말했다.

"소장님은 천재요. 우리가 상황을 깨닫는 순간, 그러니까 지진이 시작되기도 전에 소장님은 생존 준비에 착수했소. 비가 쏟아지기 전에 그는 굴삭기로 제방을 쌓도록 지시했고, 나와 다른 몇 사람에게는 인근 기차역에서 탱크트럭에 디젤, 가솔린, 다른 모든 유류를 가득 채워오라고 했소. 그리고 산사태가 난 곳에서 밀가루와 콩을 수송하다가 전복된 차가 있다는 말을 듣고 우리 모두를 보내서 그걸 가져오도록 시켰죠. 정말 다행이었습니다. 음식 종류가 많지는 않지만 굶주리지는 않으니까 말이오. 그런데 왜 웃는 거요?"

"물고기를 잡아먹고 사는 사람들에게 비슷한 이야기를 들었소."

"누군들 안 그렇겠소? 앞으로는 바나나를 절대 다시 먹을 수 없다는 사실을 믿을 수 있나요? 오렌지 주스는 그나마 좀 먹을 수 있을 거요. 우리는 지금 괴혈병을 걱정하고 있소."

"캘리포니아의 오렌지 나무는 전멸이오. 가끔씩 한대 작물인 귤을 찾아낼 수 있을지는 모르지."

팀은 샌호아킨 바다를 가로막고 있는 흙으로 된 제방을 들여다보다가 다시 물었다.

"아돌프, 계곡에 홍수가 나는 와중에 어떻게 저걸 쌓아올릴 수 있던 거요?"

"그건 사정이 있었소. 좀 어처구니없는 사정인데…… 처음에 발전소 부지로 검토된 곳은 와스코 지역 인근이었소. 배리 소장님은 발전소가 고지대에 있어야 냉각탑이 물을 원활히 배출할 수 있고 연못을 깊이 팔 필요도 없다고 주장했죠. 하지만 정부에서는 그렇게 하고 싶어 하지 않았소. 발전소 건물이 눈에 잘 띄기 때문이었죠."

"하지만, 그건 아름답잖아요! 마치 1930년대 '어메이징 스토리' 같은 잡지의 표지사진처럼 말이오. 이것이 바로 미래다!"

"소장님도 똑같은 말을 했소. 아무튼 정부는 발전소를 샌호아킨에서 조금 높은 지대를 찾아내서 짓도록 했지요."

물론 여기는 그다지 많이 높지 않다. 발전소는 주변 지대보다 기껏 칠팔 미터 높은 정도다. 아돌프가 말을 이었다.

"그리고 막상 공사가 끝나갈 무렵에는, 정부가 겁에 질려서 제방을 쌓도록 지시했소. 이유가 뭔지 아시오? 환경운동가들이 고속도로를 따라 달리다가 발전소를 보지 못하도록 숨기기 위해서였소."

아돌프가 이를 악물었다.

"그래서 제방을 쌓았더니, 이번에는 발전소를 파괴하고 싶어 안달난 개자식들이 덤벼들기 시작했소. 제방을 쌓느라 예산을 낭비했다는 거요! 아무튼 덕택에 해머 충돌 후에 제방 작업은 아주 쉬웠소. 이전에 쌓았던 제방에서 도로가 있던 틈새만 불도저로 메우면 됐으니까. 작업이 끝나자마자 정말 금방 물이 불기 시작하더군요."

"그랬을 거요. 나는 자동차로 저 바다를 건너왔으니까요."

"그건 어땠소?"

팀이 대답했다.

"주변에서 혹시 플라잉 더치맨에 대한 소문을 들은 적 없소?"

아돌프가 고개를 저었다.

"외부와는 거의 연락하지 못했소. 앨런 시장은 연락해봐야 별로 도움도 안 될 거라고 생각하고 있소."

"앨런 시장. 예전에 봤던 적이 있는 사람인데. 그는 어떻게 여기까지 온 거요?"

"물이 불어나기 직전에 도착했소. 로스앤젤레스에 해일이 밀어닥쳤을 때 시청에 있다가 정말 극적으로 여기까지 탈출했다더군요. 충돌 다음 날에 경찰 십여 명과 시청 직원들을 데리고 여기에 나타났는데, 아시다시피 해머가 충돌 전까지 이 발전소는 로스앤젤레스 시 정부 소유였고…….”

“그러면 이곳의 책임자는 앨런 시장이군.”

“아니오! 배리 소장님이 책임자요. 시장은 손님일 뿐이오. 당신과 마찬가지로 말이오. 시장이 발전소에 대해 아는 것이 뭐가 있겠습니까.”

방금 아돌프가 본인 입으로 시장이 외부와 연락을 금지했다고 말했지만, 팀은 굳이 그 사실을 지적하지 않았다.

“아무튼 그렇게 세상의 종말을 피했군요. 지금도 발전소를 계속 작동시키는 중인데, 앞으로는 전기로 뭘 할 생각이오?”

아돌프가 어깨를 으쓱했다.

“그건 배리 소장님의 결정에 달려 있죠. 그리고 발전소 작동은 절대 단순한 일이 아니오. 모든 것이 완벽하게 정상으로 작동해야 되니까 말이오. 우리는 일천 메가와트의 전기를 송출할 수 있다고요.”

“그건 대단한 양인 것 같은데…….”

아돌프가 웃었다.

“대형 전등 천만 개를 켤 수 있죠.”

“아주 많군요. 얼마나 오래 가동시킬 수 있는 거요?”

“최대 용량으로 작동하면 일 년 정도겠지만 그렇게 하고 있지는 않소. 앞으로도 그렇게 할 일은 없을 거요. 발전소 가동에 필요한 전기가 십 메가와트입니다. 냉각펌프, 제어장치, 조명 등 이런 것들을 유지하기 위해서 말이오. 십 메가와트는 최대 용량의 일 퍼센트이니까, 백 년 동안은 계속 발전할 수 있지요. 하지만 그게 전부는 아니오. 2호기가 있으니까."

팀은 발전소를 돌아봤다. 거대한 콘크리트 돔이 두 개 있었다. 저곳에 원자로가 들어 있을 것이다. 각각의 콘크리트 돔에는 터빈과 제어장치 등이 들어 있는 일련의 직사각형의 부속건물이 있었다.

아돌프가 말했다.

"2호기는 아직 작동하지 않소. 물이 빠지면 우리가 첫 번째로 해야 할 일이 바로 2호기 가동입니다. 그러면 우리는 이십 메가와트의 전력을 생산해서 누구에게든 제공할 수 있게 되는 거요. 향후 오십 년 동안 말이오."

"오십 년이라."

팀은 지난 오십 년간 미국의 변화를 생각했다. 미국은 지난 오십 년간 마차에서 자동차 문명으로 전환됐다. 전자제품과 컴퓨터를 생산할 수 있게 되었고 만화책 속의 우주선을 실제로 달까지 보냈다. 그 정도의 시간이라면 광산을 짓고, 도시를 건설하고, 산업시설을 만들 수 있다. 그리고, 모르긴 해도 이 발전소 한 대면 1920년대 미국 전체에서 생산한 전력보다 더 많은 전력을 생산해줄 수 있을 것이다.

"그건 대단한 이야기요. 오, 주여. 여기 오기를 정말 잘한 것 같소. 포레스터 박사의 말이 맞았소. 이 발전소에 무슨 일이라도 생긴다면 결코 제대로 된 해법이 아닌 것이지!"

"네?"

아돌프가 무슨 소리냐는 표정을 지었다.

팀이 웃었다.

"아무것도 아니오. 이제 무전기를 작동시켜볼 시간이군요."

❦

회의실에 들어가자 옛 세상에서 칼바 비누회사의 이사회에 참석했던 기억이 떠올랐다. 모든 것이 똑같았다. 편안한 의자가 있는 긴 테이블, 테이블용 패드, 칠판, 분필과 지우개, 심지어 목재 지시봉까지. 팀은 조금 동요했다. 앨빈이라면 이 잘 만들어진 회의실, 지도나 차트를 걸 수 있는 패널, 서류 캐비닛 등에 얼마까지 지불할 수 있을까?

그리고 지금은 논쟁이 한창 진행 중이었다. 조니 베이커는 팀에게 가까이 오도록 손짓을 했다. 팀은 귓속말로 무전기는 잡음이 있지만 작동은 정상적이며 요새와의 통신도 성공했다는 소식을 전했다. 조니는 조그맣게 알았다고 응답한 뒤 다시 논쟁에 귀를 기울였다.

사람들은 모두 허수아비 같았다. 여러 가지 다양한 복장에 다양한 무장을 했고 그들의 얼굴은 유령처럼 창백했다. 흑인인 앨런 시장과 흑인 경찰들의 얼굴은 창백하지 않았지만 말이다. 사람들의 옷은 오래됐고 신발은 낡았다. 몇 달 전이었다면 사람들이 이 장소에 어울리지 않게 거칠다고 말했을 것이다. 하지만 지금 어색해 보이는 것은 이 회의실이었다. 사람들은 모두 정상이다. 너무 깔끔하다는 것만 제외하면 말이다.

팀은 몸을 꿈지럭거렸다. 그리고 매끈하게 면도한 볼을 톡톡 두드려봤다. 깨끗하다! 이곳에는 뜨거운 목욕물과 전기로 작동하는 면도기가 있었다. 실버밸리의 사람들이 도착한 후 세탁기와 빨래 건조기는 잠시도 작동을 멈추지 않았다. 팀의 셔츠와 반바지와 양말도 깨끗하고 보송보송했다.

팀은 꿈지럭대면서 대화에 귀를 기울였다. 아까부터 계속 같은 말이 반복되고 있었다.

"군대에게 쫓길 것이라고는 상상도 못했단 말이오!"

현장소장인 배리는 자신과 맞서는 노무자 대표보다 덩치가 작았지만 그가 책임자라는 것은 한눈에 알아볼 수 있었다. 배리는 카키색 현장 근무복과 사파리 반코트, 여러 개의 펜을 꽂을 수 있는 셔츠를 입었고 허리띠에는 소형 전자계산기가 매달려 있었다. 그는 단정하게 자른 콧수염과 빗질한 머리칼 때문에 성격이 까다로워 보였다. 배리가 말했다.

"특별한 것 있나? 과거 시절에도 우리는 인기가 없었어."

"물론 그렇소. 하지만 식인종 군대라니!"

노무자의 팀장인 라우머의 안전모 아래로 진땀이 흘러내렸다.

"배리, 우리는 여기서 나가야겠소."

"갈 곳은 없다네."

"바보 같은. 우린 바다 서쪽으로 갈 거요. 어디든 가겠소. 아무튼 여기 더 있을 수는 없으니까. 군대와 맞서 싸울 수는 없다고!"

배리가 말했다.

"싸워야만 해. 이 모든 것이 물속에 잠기는 것을 가만히 두고 볼 수 있겠나? 라우머, 자네는 누구보다 열심히 일했다네. 이제 동맹도 생겼으니……."

배리의 맞은편에 서 있던 라우머는 몸을 숙이며 말했다.

"동맹 따위. 기껏해야 열 명 아니오."

마치 그들 두 사람만 회의를 하는 것 같았다. 다른 사람은 누구도 그들의 대화에 끼어들지 않았다.

"모든 것이 제대로 작동해야 발전소가 정상 작동할 거요. 한 군데라도 문제가 있으면 안 되오. 맞소?"

"당연하지."

"그래서, 터빈, 스위치야드, 전선교환실이나 제어실…… 어디든 한 군데만 얻어맞으면 그걸로 발전소는 끝이오! 우리는 물 아래에 잠기게 될 것이고, 다시는 아무것도 제대로 작동하지 않을 거요!"

배리가 말했다.

"나도 알아. 그러니까 한 방도 허용해서는 안 되지."

"말이 됩니까, 배리. 나는 빠지겠소. 나와 함께 가겠다는 사람은 모두 데려갈 거요. 그리고 조니, 나중에 돌려줄 테니 당신들 배를 빌려주……."

조니가 말했다.

"안 됩니다."

조니는 배리의 왼쪽, 앨런 시장의 맞은편에 앉아 있었다.

"우리는 발전소의 철수를 지원하기 위해 배를 가져온 것이 아닙니다."

라우머는 반론을 제기할 것 같더니, 어깨를 한 번 으쓱하고 말았다.

"그러면 나는 이미 우리가 가지고 있던 배를 이용하겠소. 그중 한 척은 어쨌든 내 것이니까 내가 가지겠소. 우리는 떠나겠소."

라우머는 방에서 걸어 나갔다. 라우머가 지나쳐갈 때 팀이 말했다.

"앞으로 다시는 더운 물로 씻지 못할 겁니다."

라우머가 흠칫하더니 다시 걸어갔다.

조니가 물었다.

"저 사람을 잡지 않아도 됩니까?"

배리가 말했다.

"어떻게 잡겠소?"

조니도 포기했다. 총이라도 겨누면 라우머를 멈출 수 있겠지만 누구도 그렇게 하고 싶어 하지 않았다.

"그래서, 몇 사람이나 떠날까요?"

"나도 모르오. 건설 노무자 중 스무 명 아니면 서른 명 정도 떠나겠지. 그보다는 적을 수도 있고. 발전소 운영인력은 떠나지 않을 거요. 발전소를 지키기 위해 정말 열심히 일했으니 말이오."

"그러면 발전소는 여전히 작동시킬 수 있겠군요."

배리가 대답했다.

"그 정도는 할 겁니다."

조니는 시장에게 몸을 돌렸다.

"그쪽 분들은 어떻소? 특히 경찰들은요?"

벤틀리 앨런 시장이 대답했다.

"아무도 떠나지 않을 겁니다. 여기 도착하기 전에 너무 많은 일을 겪었으니까 말이오."

"아무도 가지 않는다니, 다행이군요."

조니가 말했다. 조니는 배리에게 말했다.

"물론 당신도 계속 남겠죠, 배리?"

배리는 조금 불편한 표정이었다. 그는 무덤덤하지도, 자랑스러워하지도 않았으며, 그의 표정에는 순수한 고뇌가 담겨 있었다. 배리가 말했다.

"나는 머물러야 합니다. 이미 결정은 내려졌소. 당신은 모르겠지. 빌어먹을 해머가 충돌했을 때, 나는 로스앤젤레스에 돌로레스를 찾으러 가거나, 또는 여기 머물며 발전소를 지키거나, 둘 중 하나를 선택해야 했고, 발전소를 지키는 쪽을 선택했소."

배리가 이를 악물더니 말했다.

"그러니 이제 뭘 하면 되겠소?"

조니가 말했다.

"당신에게 지시를 내릴 수는 없습니다."

배리가 어깨를 으쓱했다.

"내가 원한다면 당신이 지시해도 되는 거요."

배리가 앨런 시장을 바라보자, 앨런이 말했다.

"정부의 행정 계통으로 보더라도 젤리슨 상원의원은 캘리포니아 전체를 책임지는 사람입니다. 이 지역의 대통령이라고 불러도 무리가 없소. 최소한 다른 자칭 대통령들과 비교하면 말입니다."

조니가 물었다.

"당신도 들었습니까? 대통령이라고 주장하는 사람을 얼마나 봤지요?"

"다섯이었습니다. 콜로라도스프링스, 캐나다의 무스조, 몬타나, 와이오밍…… 아무튼 나는 상원의원을 선택하겠소. 무엇이든 지시를 내리십시오."

조니가 조심스럽게 말했다.

"내 말을 정확히 이해해주시기 바랍니다. 나는 지시를 내리지 말라는 지시를 받았습니다. 오직 제안만 할 수 있을 뿐이오."

배리는 불편하고 혼란스러운 표정이었다. 앨런 시장과 비서는 서로 속삭였고, 이어서 앨런이 말했다.

"보호의 의무를 지지 않겠다는 뜻입니까?"

조니가 대답했다.

"정확합니다. 자, 나는 당신들 편입니다. 우리는 이 발전소를 계속 작동하도록 해야 합니다. 그러나 나는 실버밸리를 지휘하는 사람이 아니며, 내 권한은 제약적입니다."

앨런 시장이 말했다.

"당신 계급이 충분히 높지 않습니까?"

"상원의원에게 지시를 내리라고요? 내가? 말도 안 되는 소립니다!"

"그냥 한 번 해본 이야기요. 좋습니다, 소장님. 중세의 봉건제도 또한 상호 협의로 체결하는 것이었죠. 젤리슨 상원의원을 왕이라고 생각한다면 상원의원은 권리를 줄임으로써 의무도 가볍게 하고 싶다는 것이겠지. 좋소. 그렇다면 당신의 제안은 뭐요, 조니 베이커 장군?"

"이미 몇 가지 제안을 드렸습니다. 특수 무기를 제조하는 방법 이라든지……."

배리가 고개를 끄떡였다.

"그 부분은 이미 작업이 시작됐습니다. 고민할 이유도 없지요. 아시다시피 우리는 이곳의 방어 방법을 계속 고민하고 있었소. 독가스는 미처 생각하지 못했지만 네이팜탄이나 대포는 알고는 있는데 충분히 만들지 못하는 상태였소. 지금은 그 부분에 충분히 인력을 투입했소. 다른 제안은?"

"보급품을 비축하십시오. 이곳은 물은 모자라지 않을 것이고 물을 끓일 전력도 가지고 있습니다만. 생선도 많이 말려두십시오. 적의 포위작전에 대비하십시오. 우리가 입수한 정보에 따르면 신혈맹은 캘리포니아 전체를 차지할 계획을 가지고 있고, 이 발전소를 파괴하는 것도 아주 진지하게 준비하고 있습니다."

앨런 시장이 말했다.

"그들의 지도자 중 나소르가 포함되어 있다면 가볍게 생각해 서는 안 됩니다. 그는 똑똑하고, 아주 단호합니다. 하지만 그가 왜 우리를 공격하려고 하는지는 모르겠군요. 그가 반산업적인 활동에 참여한 적은 전혀 없었소. 오히려 반대였소. 그는 어디든 발을 디디면 상대편에게 항복을 받을 때까지 몰아붙이는 자였지만 말이오."

조니가 말했다.

"헨리 아미티지 목사가 있습니다. 나소르와 후커 하사 두 사람만으로는 그 많은 군대를 결집시킬 수 없소. 목사라면 할 수 있소. 발전소를 파괴하고 싶은 것은 아미티지의 의지입니다."

앨런이 잠시 생각했다.

"로스앤젤레스는 원래 웃기는 종교로 유명했죠."

팀은 휴고를 부르게 되는 일은 없기를 바라면서, 휴고를 대변해서 말했다.

"만약 이슬람교가 웃기는 종교라고 생각한다면 계속 비웃어도 좋습니다, 앨런. 이슬람교 또한 이렇게 세력을 확장했죠. 이들의 논리는 아주 간단해서 누구나 이해할 수 있지요. 합류하거나, 잡아먹히거나."

배리가 말했다.

"만약 발전소가 사라진다면, 이제 다시는 새로운 발전소를 갖지 못할 거요. 그들은 미친 것이 틀림없소."

배리가 지목한 미쳤다고 한 것이 신혈맹일까, 상원의원일까? 누구도 묻지 않았다.

조니가 갑자기 일어섰다.

"좋소. 우리는 여기에 있소. 총도 가지고 있고, 포레스터 박사의 메모도 있습니다. 팀, 당신은 나가서 잠수복을 입으시오. 물속을 뒤지다보면 전투에 필요한 물건도 얻을 수 있겠죠. 우리에게 시간이 얼마나 남았을지 모르겠군."

경찰은 어깨에 무거운 모래주머니를 지고 경사진 사다리를 조심스럽게 올라갔다. 그는 머리카락이 모래 빛이고 턱이 네모졌으며 제복을 잘 갖춰 입었다. 마크는 다른 모래주머니를 들고 경찰의 뒤를 따라갔다. 그들은 냉각탑 꼭대기에 모래주머니로 방벽을 쌓았다. 이제 팀의 무전기를 거의 가릴 만큼 방벽이 높아졌다.

경찰이 돌아섰다. 그는 마크와 덩치가 비슷했고, 지금 화가 나 있었다.

"우리는 도시를 버리고 달아난 것이 아니란 말이오!"

마크는 한 발 물러서고 싶은 충동을 억누르며 대답했다.

"내 말은 그런 뜻이 아니라, 우리 대부분이……."

경찰이 말했다.

"우리는 근무 중이었소. 몇 사람이 근처 여기저기서 텔레비전을 보기는 했지. 시장님도 텔레비전을 보고 있었으니까. 하지만 나는 아니오. 내가 혜성 충돌을 알게 된 건, 어느 여자가 혜성이 충돌했다고 소리를 지르며 뛰어다녔기 때문이오. 나는 근무지에 있었는데 시장님이 갑자기 우리를 소집했소. 짐이 잔뜩 실린 대여섯 대의 스테이션왜건이 곧 출발했고, 경찰은 오토바이에 타고 그 차량을 호위하며 그리피스 파크 쪽으로 달렸지."

"당신은 결코 아무 생각도……."

경찰이 말했다.

"나는 무슨 일이 일어나고 있는지 전혀 몰랐소. 우리는 산 위로 올라갔고, 시장님은 우리에게 혜성의 충돌 때문에 급히 이동했지만 이제부터 상황을 정리하겠다고 이야기했소. 그런데, 오……."

"해일이 왔소?"

"오, 해일! 상황이고 뭐고 완전히 사라져버렸소. 우리 아래쪽에는 물과 거품뿐이었고, 건물 몇 개만 삐죽삐죽 서 있었지. 존 킴과 시장님이 서로 소리를 질렀는데 바로 곁에 서서도 천둥 번개와 해일 때문에 한 마디도 알아들을 수가 없었소. 그러더니 시장님이 우리 모두를 모아서 북쪽으로 출발했소."

경찰이 말을 멈췄다. 마크도 말을 하지 않았다. 그들은 라우머가 이끄는 건설 노무자들이 네 척의 배로 떠나는 모습을 바라보았다. 라우머가 보급품 일부를 내놓으라고 주장하면서 큰 싸움이 붙었는데, 총을 가진 사람들, 즉 마크와 경찰의 승리로 끝났다.

경찰이 잠시 후 말을 이었다.

"샌호아킨을 가로지르는 데 네 시간이 걸렸소. 정말 아슬아슬한 운전이었소. 사이렌을 켜고 달렸지만, 도로 위를 달린 시간보다 도로 바깥을 달린 시간이 더 길었소. 스테이션왜건 한 대는 중간에 버릴 수밖에 없었소. 이곳에 도착했을 때는 이미 수위가 타이어 높이를 넘어섰는데, 제방이 아주 단단해 보였소. 우리는 빗속에서 제방 위로 올라가서 차에 실려 있던 짐을 끌어올렸지. 그러자 배리 소장이 우리에게 제방 보강 작업을 지시했소. 우리는 마치 당나귀처럼 일했지. 다음날 아침에 보니 바깥은 완전히 바다가 되어 있었고, 그 뒤로 여섯 시간이나 더 지나서야 간신히 샤워를 할 수 있었소."

"샤워라."

경찰이 마크를 쳐다봤다.

마크가 말했다.

"당신은 아주 쉽게 말했소. 샤워라고 말이오. 뜨거운 샤워. 내가 얼마나 오랫동안…… 관둡시다. 내가 말하려고 했던 것은, 우리 모두는 아무튼 달아날 수밖에 없었다는 것뿐이오."

경찰의 코가 거의 마크의 코에 부딪힐 정도로 가까이 다가갔다. 그의 코는 좁고, 눈에 띄게 굽어 있는 매부리코였다.

"우리는 달아나지 않았소. 도시를 다시 재구성할 수 있는 장소로 이동한 거요. 젠장, 이젠 아무것도 남지 않았소. 시장님이 공식적으로 로스앤젤레스의 일부라고 선언한 이 발전소를 제외하면, 아무것도 남지 않았다고요. 하지만 우리가 여기에 있으니, 아무도 우리를 건드리지 못할 거요."

"좋소."

네 척의 배가 먼 거리에서 출렁거렸다. 남아 있는 건설 인부 몇몇이 제방 꼭대기로 올라가서 그들이 사라지는 모습을 바라봤다. 어쩌면 부러워하고 있을지도 모른다. 마크가 말했다.

"이제 저 사람들은 물고기를 잡아먹고 살게 되겠지."

경찰이 말했다.

"저 자들에게는 관심 없소. 자, 우리는 일이나 합시다."

호리가 엔진을 끄자 보트는 조금 더 전진하다가 멈췄다.

"내가 계산한 대로라면 여기가 바로 와스코의 중심가가 있던 자리요. 만약 여기가 아니라면, 내가 취할 수 있는 조치는 없소."

팀은 차가운 물을 보면서 몸을 부르르 떨었다. 잠수복은 몇몇

헐렁한 부분이 있지만 그럭저럭 잘 맞았다. 물속은 엄청나게 추울 것이다. 그는 먼저 호흡장치를 점검해서 정상 작동을 확인했다. 공기탱크는 가득 충전되어 있었다. 탱크를 충전하는 과정은 아주 인상적이었다. 샌호아킨 원자력발전소 기계공들은 공기탱크에 맞는 밸브가 없는 것을 보더니 뚝딱뚝딱 새로 밸브를 만들었다. 그것은 과거 세상을 떠오르게 했다. 필요한 물건이 주변에 없다면 누군가 다른 사람이 만들어주던 세상 말이다.

팀이 말했다.

"아까부터 생각하던 것이 있는데. 관상용으로 키우던 금붕어가 풀려났다면 피라냐도 풀려나지 않았을까요?"

제이슨 질커디가 웃으며 대답했다.

"피라냐들이 살기에는 너무 추웠을 겁니다."

"그래요. 좋아요, 그럼 한번 해봅시다."

팀이 뱃전으로 기어올라 잠시 균형을 잡고 앉았다가, 몸을 말고 등부터 입수했다.

물은 깜짝 놀랄 만큼 차가웠지만 걱정했던 만큼 견디기 힘들지는 않았다. 그는 배 위에 있는 사람들에게 손을 흔든 후, 시험적으로 잠수했다. 물은 잉크처럼 새카맸다. 손목에 달린 나침반과 수심계측기조차 잘 보이지 않았다. 수심계측기는 샌호아킨 원자력발전소 기계공들이 두세 시간만에 제작한 또 하나의 기적이었다. 팀은 방수처리 된 손전등을 켰다. 손전등의 빛은 우윳빛 흐린 물 사이로 기껏 삼 미터 정도를 비춰줄 뿐이었다.

팀은 태평양 카탈리나 섬의 에메랄드 만의 바다가 잠시 생각났다. 유리처럼 깨끗한 바다, 해초들의 정글 틈으로 수많은 물고기가 있던……

팀은 흰색 물의 장막을 향해 잠수해서 마침내 바닥에 닿았다. 수심은 십팔 미터였다. 호흡 장치에서 부글대는 거품 소리와 자신의 숨소리 이외에는 아무 소리도 들리지 않았다. 그의 앞에 등이 불룩 솟은 괴물이 나타났다. 다시 살펴보니 폭스바겐 승용차였다. 차의 내부는 일부러 보지 않았다.

그는 도로를 따라 걸어갔다. 임페리얼 승용차가 한 대가 더 나왔는데, 부서진 유리창으로 수십 마리의 물고기가 들락거렸다. 건물은 보이지 않고 자동차만 나왔다. 마침내 주유소가 나왔지만, 침수되기 전에 이미 화재가 났던 것 같다. 그는 계속 걸어갔다. 곧 산소가 떨어질 텐데……

마침내 문명 세계가 나타났다. 직사각형의 건물 그림자가 보였다. 시야가 너무 나빠서 어느 건물로 들어갈지 선택하기 어려웠다. 처음 들어간 건물은 문이 잠겨 있었다. 바닷물이 침입할까 봐 두려워서 잠갔을까? 팀은 조금 더 헤엄을 치다가 깨진 유리창을 발견했다. 건물 안은 무서울 정도로 어두웠지만 용기를 내서 안으로 들어갔다.

그는 넓어 보이는 공간으로 들어갔다. 공간의 한쪽에는 짙은 흰색의 연기가 뭉쳐 있었는데, 자세히 보니 책꽂이의 책이 곤죽이 되어 떠다니는 것이었다. 헤엄쳐서 앞으로 나가자 흰색 물안개가 그를 따라왔다. 조금 더 가자 계산대, 선반, 상품 진열대가 나타났고, 여기저기에 보물이 흩어져 있었다. 램프, 카메라, 라디오, 테이프 레코더, 텔레비전 수상기, 콧물감기약, 페인트 스프레이 깡통, 플라스틱 모형, 열대어 수조, 배터리, 비누, 수세미, 전구, 캔에 든 땅콩……

아주 많은 물건이 있었지만 대부분 손상된 것이었다. 그때 산소 공급이 갑자기 중단됐다. 그는 겁에 질려, 반사적으로 다이빙 파트너를 찾아 몸을 돌렸고, 그제야 파트너도 없이 다이빙을 했다는 사실을 깨달았다. 파트너는 필수라고 그렇게 교육을 받았음에도 불구하고 말이다. 하지만 그건 웃기는 이야기다. 파트너와 함께 잠수하려면 잠수복 세트가 한 벌 더 있어야 하잖아?

팀은 침착하게 마음을 가라앉히고 손을 등 뒤의 산소통으로 뻗어서 안정기 밸브를 예비용 산소로 옮겨놓았다. 이제 정말 짧은 시간밖에 체류할 수 없다. 그는 급히 물건들을 주머니에 주워 담고, 주머니를 허리띠에 옮겨 맸다. 그리고 상점 밖으로 나와서 수면으로 올라갔다. 원래 배가 있던 자리에서 꽤 멀리 떨어져 있었다. 그는 손을 흔들어서 보트를 불렀다. 사람들이 그를 배 위로 끌어올려주었다. 그는 완전히 탈진했다.

호리가 급히 물었다.

"음식 찾아낸 것 있소? 산소가 떨어지기 전에는 종종 그 잠수 장비로 음식을 찾아냈었소. 음식이 있는 장소는 내가 알고 있으니, 당신이 잠수를 해서 나눠 가집시다."

팀은 고개를 저었다. 막막하게 슬펐다.

"내가 간 곳은 그냥 잡화점이었소."

"다시 찾을 수 있겠소?"

"네, 그럴 것 같소. 지금 이 배의 바로 아래니까."

아마 다시 내려갈 수 있을 것이고, 훨씬 많이 인양할 수 있을 것이다. 하지만 그는 너무 지쳐서, 자신이 발견한 물건들에 전혀 들뜨지 않았다. 오직 처참한 상실감뿐이었다. 이 중에서 그의 상실감을 이해해줄 수 있는 사람은 제이슨 정도일 것이다.

그는 제이슨에게 말했다.

"예전에는 누구나 상점에 들어가서 물건을 살 수 있었죠. 면도기. 크리넥스. 계산기. 책. 누구든 살 수 있는 물건이었소. 앞으로는…… 글쎄, 아주 노력한다면 우리 중 몇몇은 그런 물건을 다시 가질지도 모르겠소."

호리가 다시 물었다.

"무슨 물건을 가져왔소?"

아돌프가 말했다.

"잡화점이라. 포레스터 박사의 목록에 있던 물건 중 찾은 것 있습니까? 솔벤트나 암모니아 같은 것들."

"아뇨."

팀이 자루를 들어올렸다. 자루 속에는 액체 비누 한 병과 미술 도구인 칼리스코프가 먼저 나왔다. 사람들이 그를 이상한 표정으로 쳐다봤지만, 제이슨은 팀의 어깨를 두드려주었다. 제이슨이 말했다.

"오늘 다이빙을 더 할 수 있는 상태는 아닌 것 같군요."

팀이 말했다.

"삼십 분만 쉴게요. 그리고 다시 들어가겠소."

호리는 자루를 더 뒤졌다. 낚싯줄과 낚싯바늘. 파이프 담배용 잎담배. 땅콩. 호리는 땅콩 깡통을 열어 주변에 돌렸다. 팀도 한 움큼을 쥐었다. 그 맛은 마치…… 지금 그들이 칵테일 파티장에 와 있는 것 같은 느낌이었다.

"다이빙을 하다보면 머리가 잠깐잠깐 이상해지기도 하죠."

팀은 그렇게 말했지만, 설명이 충분하지 않다는 사실을 즉시 깨달았다. 그가 잃어버린 세계 전체가 저 물 아래에 쓰레기로 변해 있는 것이다.

"여기, 한 모금 하시오."

제이슨이 팀에게 휴브레인 위스키사워 병을 건넸다. 병을 자루에 담은 기억조차 없는데. 한 모금을 마시는 순간 입 안 가득 추억이 밀려왔다. 팀은 술병을 물 위로 멀리 집어던졌다. 그들의 시선은 날아가는 술병을 좇았고, 그들은 동쪽 수평선 부근에서 불길한 작은 얼룩 몇 개를 발견했다. 그것은 신혈맹의 배였다.

"시동을 거시오, 호리. 빨리 시동을 거시오. 우리를 추격하기 전에."

팀은 엔진이 시동되는 동안 배 끄트머리에서 목을 길게 빼고 눈에 힘을 줬다. 작은 배가 여러 척, 짐을 잔뜩 실은 유난히 큰 배 한 척, 그리고 그 배 위에 실려 있는 것은…….

"저들이 대포도 가지고 있는 것 같소."

소모품

군대의 진정한 기능은 전투하는 것이다. 작은 예외를 제외하면 모든 군인의
운명은 고통받는 것, 필요하다면 죽는 것이다. 하지만 그 사실을 알려주지
않은 것을 잘못이라고 할 수는 없었다.

— T.R. 페렌바흐, 한국 전쟁

포레스터는 지쳤다. 그는 세이츠가 요양소에서 가져온 휠체어
에 앉아 잠과 싸웠다. 그는 지금 추위와의 전쟁도 치르는 중이었
다. 담요, 후드가 달린 바람막이 점퍼, 플란넬 셔츠, 두 벌의 스
웨터, 그중 한 벌은 세 사이즈 정도 컸고 앞뒤를 거꾸로 입었다.
22구경 소형 권총으로는 뚫지 못할 만큼 여러 겹의 옷을 입었다.

목장의 헛간은 난방이 되지 않았다. 바깥에서 바람은 시속 사
십 킬로미터의 속도로 울부짖었고, 때로는 그보다 두 배가 넘는
속도의 돌풍도 불었다. 그 바람은 엷은 진눈깨비를 날렸다. 가솔
린 등불은 바르르 떨면서도 빛을 내뿜었지만, 어두운 밤하늘의
달이 만든 그림자를 지우지는 못했다.

남자 세 명과 여자 두 명이 새로운 가루를 퍼 넣어 섞고 있었
다. 알루미늄 가루, 그리고 건조해서 변색된 붉은 시멘트 가루였
다. 다른 사람들이 잘 섞인 가루를 깡통이나 항아리에 퍼 담아 주

형틀로 모양을 잡았다.

모린 젤리슨이 안으로 들어왔다. 그녀는 고개를 흔들어 머리칼에 붙은 눈을 털어냈다. 그녀는 문에 서서 잠시 작업하는 모습을 지켜보다가 포레스터에게 다가갔다. 포레스터는 그녀의 접근을 알아차리지 못했다. 모린이 그의 어깨를 흔들었다.

"박사님."

포레스터가 게슴츠레한 눈으로 올려다봤다.

"예?"

"뭘 좀 드릴까요? 커피? 차?"

그는 모린의 말을 천천히 곱씹더니 대답했다.

"아니요. 난 커피나 차를 마시지 않습니다. 설탕이 든 것 좀 주겠어요? 콜라나 아니면 그냥 설탕물. 뜨거운 설탕물이 좋겠소."

"그거면 되겠어요?"

"네. 부탁해요."

사실 내게 필요한 것은, 신선한 인슐린이야. 그걸 만들 수 있는 사람은 나 말고는 없는 것 같다. 만약 시간이 조금만 허락된다면 직접 만들 텐데. 하지만 가장 급선무는…….

"급선무는 이 요새가 다시 문명의 혜택을 받도록 하는 거요."

"뭐라고요?"

그가 모린에게 말했다.

"나는 어쩌면 전쟁에 개입해야 한다는 것을 알고 있었던 것 같소. 나는 기반을 가진 사람을 찾고 있었는데, 그의 주변에는 아무것도 가지지 못한 사람이 널려 있을 수밖에 없으니까."

모린이 말했다.

"따뜻한 것을 좀 가져올게요."

그녀는 시멘트를 섞고 있던 하비에게 말했다.

"하비, 아버지가 좀 보자고 하세요."

하비가 대답했다.

"알았소. 브래드, 당신이 포레스터 박사님을 챙겨주시오. 반드시……."

브래드가 대답했다.

"알아요. 내 생각에 박사님은 일단 잠을 자야 할 것 같소."

"자면 안 되오."

포레스터가 대화를 듣지 못할 만큼 떨어져 있다고 생각했는데. 게다가 그는 남의 대화를 듣지 못하는 이불을 덮은 시체 같아 보였는데.

"이제 다른 제작 현장으로 이동해야겠소."

포레스터는 일어나려고 애를 썼다.

브래드가 외쳤다.

"젠장, 박사님은 그냥 의자에 앉아 있으시오. 휠체어를 밀어드릴 테니까!"

하비가 헛간을 나가서 모린의 뒤를 따랐다. 바람이 불자 하비는 모든 옷의 지퍼를 잠갔다. 두 사람은 아무 대화 없이 한참 걸었다. 기쁘게도 하비는 금세 모린을 따라잡았다.

"상원의원님이 무슨 이야기를 하시려는 거죠?"

그녀는 고개를 저었다.

하비가 물었다.

"당신…… 정말로 그를 사랑하고 있소?"

그녀가 돌아섰다. 그녀의 표정은…… 이상했다.

"나도 모르겠어요. 아버지는 내가 그러기를 원할 거예요. 당신과는 끝나는 거죠. 정략결혼이라니! 아버지가 원하는 것은 조니쯤 되는 사회적 위치예요. 어쩌면 아버지는 콜로라도스프링스 정부의 존재도 의식하고 있을 거예요."

"이상한 말이군요. 아무튼 좋소. 여러 가지로 더 편리하기도 하고 말이오."

"그럴까요, 아니면 그렇지 않을까요? 하비, 나는 당신을 만나기 훨씬 전부터 조니와 함께 잠을 잤어요, 물론 특별한 지시를 받은 것도 아니었고요."

"그래요?"

하비는 갑자기 미소를 지었다. 모린은 그 미소의 의미가 궁금하겠지만, 하비는 조지 크리스토퍼의 장광설에 대해 언급할 생각은 없었다. 절대.

"내게도 기회가 있소?"

"지금 묻지 말아요. 조니가 돌아올 때까지 기다려요. 모든 것이 끝날 때까지 말이에요."

끝난다고? 뭐가, 언제 끝나지? 하비는 더 이상 생각하는 것을 자제했다. 절망하는 것은 너무도 쉽다. 처음 해머가 충돌하고 로레타가 죽었을 때 상처 입은 자아를 둥그렇게 말고, 차의 뒷좌석에 시체처럼 앉아서 악몽 속을 지나왔던 것처럼 말이다. 이 겨울은 핌블윈터, 라그나로크 직전의 혹한일 것이고, 이 겨울을 나기 위한 전쟁만으로도 충분히 가혹하다. 과거에도 빙하는 여기까지 내려왔었다. 모든 바위와 모든 벽에 흔적이 남아 있다. 하비는 하늘을 향해 포효하고 싶었다. 이 정도면 충분한 것 아니오? 여기에 식인과, 화학무기와, 네이팜탄까지 꼭 덧붙여야 하는 거요?

하비가 말했다.

"아니라고는 하지 않았군. 그 말에 기대를 걸어보겠소."

모린은 대답하지 않는데, 그것 또한 하비에게 용기를 주는 행동이었다.

"당신이 어떤 기분일지는 잘 알 것 같소."

그녀가 씁쓸하게 말했다.

"정말로요? 나는 시합의 상품이에요. 나는 옛날이야기 속의 가련한 공주님들이 우습다고 생각했는데, 지금은 그런 것이 전혀 우습지 않아요."

그들은 집에 도착해서 안으로 들어갔다. 젤리슨 상원의원과 앨빈이 거실 책상 위에 지도를 펼쳐놓고 있었다. 그리고 아일린은 서류뭉치를 들고 곁에 서 있었다. 아마 앨빈이 만든 끝없는 목록의 일부일 것이다.

젤리슨이 말했다.

"추워 보이는군. 보온병에 따뜻한 것이 좀 들어 있소. 차마 차라고 부르지는 못하지만."

"감사합니다."

하비는 한 컵을 따랐다. 루트비어와 비슷한 냄새가 났다. 맛도 비슷했다. 아무튼 따뜻했기 때문에 몸이 더워졌다.

앨빈이 물었다.

"진척은 있습니까?"

"그럭저럭 진행되고 있습니다. 테르밋 폭탄을 제작 중인데 뇌관은 아직입니다. 다른 헛간에서는 포레스터 박사가 겨자가스라고 부르는 끔찍한 물체를 제조하고 있는데, 화학반응 시간이 얼마나 걸릴지는 그도 잘 모르겠다고 합니다. 정확한 타이밍을 놓치면 안 되기 때문에 의도적으로 천천히 진행한다고 했거든요."

젤리슨이 말했다.

"원래 생각보다 좀 더 빨리 필요하게 될 것 같소."

하비가 젤리슨을 쳐다봤다.

"무슨 말이죠, 상원의원님?"

젤리슨이 말했다.

"한 시간쯤 전에 디크에게 무전이 왔소. 내용을 알아들을 수는 없었지. 그래서 앨리스가 무전기를 들고 터틀마운틴 정상으로 올라갔소."

"앨리스요? 터틀마운틴이라고요?"

하비는 믿을 수 없다는 반응이었다.

앨빈이 말했다.

"우리와 디크, 양쪽을 함께 볼 수 있는 지점이오. 그리고 최근에는 무전의 노이즈가 많이 줄어들었으니 거기에서는 앨리스가 무전을 알아들을 수 있을 거요."

"하지만 앨리스라니. 열두 살짜리 여자아이 아닙니까."

앨빈은 어이없다는 표정으로 하비를 쳐다봤다.

"눈 내리는 밤에 말을 타고서 그녀보다 그 산을 잘 오를 수 있는 사람이 누가 있습니까?"

하비는 물론 자신이 할 수 있다고 말하려다가 말을 멈췄다. 앨리스와 그녀의 종마는 다른 말과 기수보다 확실히 낫다. 다만 어린 여자아이를 어둡고 눈 내리는 산 속에 보내는 것이 옳지 않다고 느껴질 뿐이다. 문명은 결국 앨리스 같은 여자아이를 보호하기 위해 존재하는 것 아닌가?

앨빈이 말을 이었다.

"한편으로는 긴급 대책도 세우고 있소. 만약을 대비해서 당신의 트래블−올에 짐을 싣고 있소."

하비가 물었다.

"대체 디크가 뭐라고 했다고 생각하는 겁니까?"

"알 수 없지."

젤리슨은 지쳐 보였다. 포레스터만큼이나 말이다. 그들의 얼굴빛은 똑같이 우중충한 회색이었고 목소리도 음울했다.

"신혈맹이 오늘 오후에 발전소 공격을 시도했다는 소식은 들었소?"

"아뇨."

하비는 안도의 한숨을 쉬었다. 발전소는 여기서 팔십 킬로미터 떨어져 있으므로, 신혈맹이 거기를 공격했다면 당분간 여기는 안전할 것이다. 조니가 신혈맹과 싸우게 되겠지. 처음에는 안도가, 잠시 이어서 죄의식이 밀려왔다. 하지만 하비는 어깨를 한 번 으쓱하는 것으로 죄의식을 털어버렸다. 이 현실에서 죄의식이야말로 전혀 불필요한 감정이다.

"무슨 일이 있었소?"

앨빈이 말했다.

"그들이 배를 타고 찾아왔소. 항복 요구를 했고, 앨런 시장이 그들에게 지옥에나 가버리라고 했다더군요."

"누구요? 잠깐! 앨런 시장요?"

앨빈은 말이 끊겨 기분 나쁘다는 듯한 표정이었다.

"벤틀리 앨런 시장이 샌호아킨 원자력발전소를 지휘하고 있소. 아니, 나도 자세히는 모릅니다. 중요한 것은, 발전소를 공격하러 온 신혈맹군은 고작 이백 명밖에 안 된다는 사실이오. 그들의 공격은 대단하지도 않았고 성공하지도 못했소. 공격을 재개하지도 않았다더군요."

하비는 보온병과 꿀, 설탕 등을 챙기는 모린을 쳐다봤다. 모린은 발전소의 전투를 이미 알았을 것이다. 거기서 누군가가 다친 것 같지는 않았다. 하비는 물었다.

"피해는 얼마나 됩니까?"

앨빈이 말했다.

"경미합니다. 앨런 시장 쪽 경찰이 한 명 죽고, 세 명이 다쳤다는데 얼마나 심한지는 모르오. 우리 쪽 사람은 아무도 다치지 않았습니다."

"흠. 모두 좋은 소식이군요. 나도 벤틀리 앨런을 압니다. 해머가 충돌했을 때 LA 도심 한복판에서 근무 중이던 사람이죠. 그 상황에서도 탈출할 수 있는 인물이라고는 생각하지만, 조금 우습군요. 실버밸리 바깥에는 생존자가 없다고 생각했으니 말이오."

앨빈과 모린, 그리고 상원의원이 심각한 표정으로 그를 바라봤다. 하비가 말했다.

"좋아할 일이 아닌가 보군요. 그래서 이백 명의 신혈맹군이 발전소를 공격했다는 것이 의미하는 바는…… 그것이 의미하는 바는……."

하비는 마침내 내리고 싶지 않은 결론을 내렸다.

"그들은 발전소쯤 간단히 접수할 것이라고 생각하고, 그래서 주 전력은 어딘가 다른 곳으로 보냈군요. 어디로? 아마 여기일 거요. 우리가 충분히 준비하기 전에 말이오!"

앨빈이 고개를 끄떡이고 입을 꾹 다물었다. 미소가 아니라 자기혐오의 표정이었다.

"제기랄. 아무튼 최선을 다 했는데!"

젤리슨이 말했다.

"책임자는 날세."

"네, 상원의원님. 하지만 제가 그 부분까지 생각해야 했습니다. 하지만 겨울을 대비하는 것만 해도 너무 바빴고…… 방어를 생각할 만한 시간은 없었습니다."

하비가 대답했다.

"아니, 우린 방어체계를 갖췄소. 하지만 그렇게까지 거대한 군대가 나타날 것이라고는 생각할 수 없었던 거죠."

"왜 나는 그런 생각을 못했죠? 그걸 생각했어야 합니다. 내가 그 생각을 하지 않았기 때문에 그 실수에 대한 책임을 우리 모두가 지게 된 상황인 거죠."

하비가 말했다.

"당신이 우리에게 음식을 위해 일하라고 하지 않았다면, 지금 아마 지킬 물건이 아예 없었을 거요. 너무 자책을……."

그때 아일린의 곁에 있던 무전기가 켜졌다. 앨리스 콕스의 조금 높고 겁에 질린 듯한, 하지만 아주 또랑또랑한 목소리가 울려 퍼졌다.

"상원의원님, 앨리스예요."

아일린이 마이크에 대고 말했다.

"말하렴, 앨리스."

"디크 아저씨가 심하게 공격받고 있다고 했어요. 적이 엄청나게 많아요. 디크 아저씨 말로는 오백 명이 넘을 것 같대요. 그리고 더 버틸 수가 없어서 사람들을 탈출시키고 있으니까 지시를 내려 달래요."

하비가 말했다.

"이런, 제길."

젤리슨 상원의원이 말했다.

"오 분 후에 지침을 주겠다고 전해주시오."

아일린이 고개를 끄떡였다.

"앨리스, 오 분만 기다리라고 해주렴."

"디크 아저씨에게 그렇게 말할게요."

하비가 말했다.

"별로 놀라지 않은 것 같군요. 이미 알고 있었던 거요?"

앨빈이 돌아섰다. 상원의원이 말했다.

"놀라지 않은 것이 이상해 보이시오? 나는 신혈맹군이 보낸 통첩에 기재된 날짜 이전에는 공격하지 않기를 원했지만, 우리를 속였다고 놀랄 것은 없지."

하비가 물었다.

"그래서, 이제 어떻게 하면 됩니까?"

앨빈이 몸을 숙여 지도를 봤다.

"사실 그들의 통첩을 받은 순간부터 작업은 시작됐습니다. 포레스터 박사의 무기 제작에 참여하지 않는 사람들은 모두 산마루에서 진지를 파고 있소."

앨빈은 지도에서 연필로 그려진 선을 가리켰다.

"하트먼의 지휘로 이 지역에서 이틀 동안 작업 중이오. 조지 크리스토퍼는 사흘째 돌아오지 않았소. 그가 지원군을 데리고 오면 좋겠지만, 거기에 의존할 수는 없습니다. 하트먼과 일하는 사람들은 탈진했지만, 여전히 진지가 완성되지는 않았소. 그리고 포레스터 박사의 특수 무기도 아직 완성되지 않았다는 것이고."

하비가 말했다.

"네. 다음 주나 되어야 할 것 같더군요."

젤리슨이 말했다.

"우리에게 다음 주는 없소."

앨빈이 끄떡였다.

"하비, 당신도 하루 종일 일하느라 지쳤겠지만, 하트먼 쪽 사람들처럼 땅을 파거나 무리한 힘을 쓰지는 않았죠. 우리 중 누군 가가 밖으로 나가서 시간을 벌어줘야 합니다."

하비는 예상했던 말이었다.

"그걸 내가 해야 한다는 거죠."

모린이 사사프라스 뿌리*와 꿀을 가방에 담고 밖으로 나가려 다가 멈칫했다. 그녀는 밖으로 나가지 않고 문을 닫고 돌아서서 그들을 응시했다. 하비가 말했다.

"이제 내가 여기에 머무르는 대가를 치러야 하는 순간이군요."

젤리슨이 말했다.

"그래, 그렇게 말해도 되겠군."

젤리슨이 모린을 흘낏 쳐다봤다.

"그 차를 가져다주는 것이 중요한 일인가?"

그녀가 고개를 끄떡였다.

젤리슨이 말했다.

"하비가 출발하기 전에 이야기를 나눌 시간이 있을 거다. 그가 출발하려면 시간이 조금 걸릴 테니까."

"고마워요."

모린은 문을 열었다.

"조심해요, 하비. 꼭이요."

그리고 그녀는 사라졌다.

앨빈이 말했다.

---

* 루트비어 원료가 되는 나무.

"당신이 데려갈 특공대원도 있습니다."

이제 의사결정은 내려졌고 앨빈의 태도는 다시 사무적으로 바뀌어 있었다. 차라리 자책하고 있던 때가 더 인간적으로 호감이 가는데.

"정예 병력은 아닙니다. 미안하지만, 아이들이오."

"소모품이군요."

하비가 말했다. 하비는 목소리를 평온하게 유지했다.

앨빈이 말했다.

"굳이 그렇게 말하고 싶다면."

하비로서는 이것이 가장 합리적인 결정이라는 사실이 가장 기분 나빴다. 시간을 벌기 위해 정예 병력을 투입할 수는 없다. 선별된 정예 인력은 진지를 파게 하고, 여분 인력은 밖으로 보내서 시간을 번다. 그래서 앨빈은 나를 택했다! 요새 전체의 안전을 위해서…….

젤리슨 상원의원이 말했다.

"우리는 기적을 바라는 것이 아니오. 하지만 이 일은 정말 중요해요."

하비가 말했다.

"물론입니다."

앨빈이 말했다.

"트래블─올을 몰고 가십시오. 무전기는 뒷좌석에 넣어뒀습니다. 다른 장비들도 싣고 가서, 시간을 벌어주시오. 가능하다면 며칠 정도는, 하지만 몇 시간이라도 상관없습니다. 상원의원님이 말씀하셨듯이, 기적을 바라는 것은 아닙니다. 디크 쪽 사람들이 싸우면서 후퇴하고 있을 거요. 그들이 후퇴하면서 최대한 다리를 폭파시키고 불을 지를 테니, 그들과 합류하십시오. 전기톱과 다이너마이트와 윈치를 싣고 가서 도로를 엉망으로 만들어주십시오."

젤리슨이 말했다.

"신혈맹군이 도보로 이동할 수밖에 없도록 도로를 파괴해주시오. 그러면 하루나 그 이상을 벌 수 있을 테니까."

하비가 물었다.

"그러면 나는 얼마나 오래 외부에 있어야 합니까?"

그는 숨을 쉬기도 힘들어졌지만 간신히 숨겼다. 마음을 가다듬을 시간이 필요하다. 아니면 겁을 먹을 여유조차 없도록 시간이 전혀 없어야 한다.

젤리슨이 웃었다.

"죽을 때까지 버티라고 지시하는 것이 아니오. 내가 그렇게 지시한다고 정말로 그렇게 할지도 모르겠고…… 디크 쪽 사람들을 모두 후퇴시킨 다음 복귀하시오. 일단은 여기서 최대한 멀리 떨어진 곳의 도로를 부숴주시고. 혹시 더 좋은 생각 있소?"

하비는 고개를 저었다. 그는 이미 더 좋은 생각이 있을지를 생각해봤다.

"그렇게 해주겠습니까?"

앨빈은 마치 하비의 거짓말을 가려내기라도 할 듯 질문을 던졌다.

하비는 신경에 거슬렸지만 그냥 내뱉듯 대답했다.

"예. 그렇게 하겠소."

앨빈이 말했다.

"좋소. 아일린, 디크에게 전해주시오. '불타는 대지' 작전이 시작됐다고."

하비의 특공대원은 소년 열 명과 소녀 두 명이었다. 가장 나이가 많은 아이는 열일곱 살이었다. 그리고 마리 밴스도 특공대원이었다.

"여기서 대체 뭘 하는 겁니까?"

하비가 물었다.

그녀가 으쓱했다.

"지금은 요리사가 필요 없대요."

그녀는 하이킹을 나서는 듯한 복장이었다. 목 높은 부츠, 방한용 귀마개가 달린 모자, 여러 겹으로 겹쳐 입은 겉옷. 맨 위의 겉옷은 주머니가 주렁주렁 달려 있었다. 그리고 소총도 한 자루 들고 있었다.

"나도 야생 여우 사냥 경험이 있어요. 운전도 할 수 있고요. 알잖아요?"

하비는 그의 대원들을 바라보며 실망을 숨기려고 애썼다. 이 중 몇몇은 아는 얼굴이었다. 열일곱 살인 토미 탈리프슨에게 분대장을 맡겨야겠다. 마리에게는 어떤 지위를 부여해야 할지 상상도 할 수가 없었다.

"토미, 네가 픽업트럭을 몰아."

"알겠어요, 하비 아저씨. 괜찮다면, 바바라 앤도 저와 함께 갈 게요."

그는 열다섯이 안 되어 보이는 소녀를 가리켰다.

하비가 말했다.

"그건 괜찮다. 좋아. 모두 탑승."

하비는 다시 현관으로 돌아갔다.

"젠장, 앨빈, 이건 전부 아이들이잖소."

앨빈은 조금 실망하는 듯한, 조금은 역겨운 듯한 표정으로 그를 바라봤다. 넌 나의 정교한 계획을 망치고 있어. 괜히 시끄럽게 굴지 마. 그런 말이 하고 싶은 표정이었다.

"우리가 가진 병력은 그들이 전부요. 하지만 그들을 무시하지 마시오. 그들은 목장에서 자란 아이들이오. 총을 쏠 줄 알고, 대부분은 다이너마이트도 다룬 경험이 있소. 이 계곡의 지리도 잘 알고 있소."

하비가 고개를 저었다.

앨빈이 말했다.

"그리고. 만약 신혈맹이 여기를 점령한다면 모두 죽는 겁니다. 저 아이들, 마리, 당신, 그리고 나도 마찬가지요. 싸우지 않겠다는 겁니까?"

"총 네 자루를 가지고는 나갈 수 없소!"

"우리가 동원 가능한 것은 그 총이 전부요. 동원 가능한 사람도 그들이 전부입니다. 빨리 나가서 작전을 시작하십시오. 지금 당신은 시간 낭비를 하는 겁니다."

하비는 고개를 끄떡이고 돌아섰다. 그래, 목장에서 자란 아이들은 다르겠지. 그렇게 믿어야지. 그러고 싶지만…… 베트남에서, 이 아이들보다 훨씬 나이가 많은 도시 출신 아이들을 많이 봐왔다. 훈련소에서 갓 나온 아이들은 싸울 줄 몰랐고 항상 겁에 질려 있었다. 하비는 그 문제에 대해 여러 번이나 뉴스로 보도했지만 군대는 그 문제를 끝내 해결하지 않았다.

하비는 혼잣말을 했다. 우리는 전투를 하러 가는 게 아냐. 그러니 괜찮을 거야. 아마도.

그들은 마을에 멈춰서, 트럭 짐칸과 트래블–올 상단의 화물칸에 각종 장비를 적재했다. 다이너마이트, 전기톱, 가솔린, 곡괭이, 삽, 한 번 사용한 크랭크오일 백구십 리터…… 모든 짐을 다 실었다. 운전은 마리에게 맡겼다. 그리고 이 지역 출신의 소년 하나에게 지도를 주고 조수석에 태운 뒤, 자신은 뒷좌석에 탔다. 그들은 계곡 바깥의 고속도로로 향했다.

하비는 소년들에게 말을 걸어봤지만 그들은 대화를 하려 하지 않았다. 소년들은 질문에 정중하게 대답을 하면서도 본심은 잘 감췄다.

잠시 후 하비는 좌석에 등을 기대고 잠시 휴식을 취하려 했다. 하지만 그 순간 지난번 마리가 트래블–올을 운전하고 자신이 시체처럼 구겨져 있던 섬뜩한 기억이 떠올랐다.

이제 그들은 실버밸리의 바깥으로 나가고 있었다. 마치 살가죽이 벗겨진 듯한 느낌이었다. 그와 마크와 조안나와 마리는 여기 도착하기까지 너무 많은 일을 겪었다. 하비는 소년들이 무슨 생각을 하고 있을지 궁금했다. 그리고 곁에 있는 소녀의 생각도 궁금하다. 마을 약사의 딸인데, 소녀는 약국에는 별 관심이 없고 곁에 있는 소년에게만 관심이 있어 보였다. 그 소년의 이름은 빌이다. 빌과 소녀는 캘리포니아 주립대학 산타크루즈 캠퍼스에서 장학금을 받았던 것 같다. 마을 사람들은 그들이 그렇게 먼 학교를 다니는 것을 이상하다고 생각했다.

마리 밴스가 운전하는 차는 실버밸리 바깥으로 나갔다. 이전까지 와본 적이 없는 곳이다. 능선 꼭대기에는 불빛이 움직이고 있었다. 하트먼 쪽 사람들이 저 위에서 추운 날씨, 불어오는 바람에도 불구하고 참호를 파고 있을 것이다. 능선 아래쪽 도로 차단소의 작은 초소에서 보초 한 명이 혼자 몸을 웅크리고 있었다. 그 초소를 지나자 이제 완전히 계곡의 바깥이다.

이제 그들은 해머 충돌이 남긴 전 우주적인 혼란 속으로 들어가고 있다. 바깥세상은 무시무시하다. 하비는 자기도 모르게 마리에게 트래블−올을 당장 세우라고 소리 지르지 않기 위해 애를 썼다. 다른 사람들도 지금 비슷한 느낌일까? 묻지 않는 편이 낫겠지. 그냥 다른 사람들은 겁먹지 않았다고, 그래서 모두가 용기를 잃지 않았다고 느끼는 편이 낫다. 부자연스러운 침묵 속에서 차는 계속 전진했다.

도로 곳곳이 무너져 있었지만 다른 차량들이 오가면서 부서진 포장도로 주변에 우회로를 만들었다. 하비는 도로를 쉽게 차단할 수 있을 곳을 메모했고, 차 안의 다른 사람들에게도 알려줬다.

간헐적인 진눈깨비와 짙은 어둠 때문에 시야가 충분하지는 않았다. 지도로 봐서 그들은 다른 계곡으로 들어와 있었다. 요새 주변보다 훨씬 낮은 산이 남쪽으로 이어져 있었다.

이곳이 아마 제일 주된 전장이 되겠지. 아래쪽으로 흐르는 튤강의 지류는 요새의 주 방어선이 될 것이다. 이 강 너머는 앨빈이 진출할 시도조차 하지 않던 곳이다. 이제 며칠 안에, 아니 어쩌면 몇 시간 안에 지금 차를 몰고 지나가는 계곡이 살육의 현장, 피의 대지가 될 것이다.

하비는 전장을 상상해봤다. 쉴 새 없는 굉음. 기관총이 드르륵거리고 소총이 불을 뿜고 다이너마이트가 터지고 박격포탄이 폭발하고…… 그리고 부상자와 사망자들의 비명 소리. 여기는 헬리콥터도 없고 야전 병원도 없다. 베트남 전장에서 부상자들은 종종 교통사고를 당한 사람보다 더 빠르게 병원으로 후송됐다. 여기서도 부상자에게 그런 기회가 주어져야 한다.

부상자에게? 아니, 내게 주어져야 한다는 뜻이다. 누가 이야기했더라? '군인이 이성적이라면 모두 도망을 칠 것이다.' 누가 이야기한들 어떤가. 하지만 어디로 도망을 치지? 문득 시에라 산맥이 떠올랐다. 고르디와 앤디가 있는 곳으로 가자. 가서 아들을 만나자. 누구든 자식을 보호할 의무는 있으니까…… 제기랄, 그만하자! 어른처럼 행동하자. 그는 자신을 타일렀다.

어른처럼 행동한다는 것이, 사지로 달려가는 차 안에서 묵묵히 앉아 있는다는 의미인가?

그런 뜻이다. 가끔은 그런 뜻이다.

딴 생각을 좀 해보자. 모린을 생각하자. 내게 기회가 있을까? 그 생각도 그다지 만족스러운 답이 없다. 그는 왜 자신이 모린을 그토록 신경 쓰는지 알 수 없었다. 하비는 그녀에 대해 거의 모른다. 전생에 가까울 정도로 아련한 먼 옛날에 이곳에서 오후를 보내고 섹스를 한 적이 있고, 혜성이 충돌한 후에 몰래 세 번 더 섹스를 했다. 인생 전체를 걸 만큼 심각한 관계라고는 할 수 없다. 그런데 그녀에게 관심을 가지는 이유가 뭘까? 모린과의 결혼이 안전과 권력과 영향력의 상징이기 때문일까? 그렇지는 않다. 뭔가 다른 것이 있는 것은 확실하지만 객관적으로 설명할 수가 없다. 충실함? 성적인 관계를 가진 여성이기 때문에 느끼는 책임감? 로레타에게 느끼던 충실함과 같은 유의 것이다. 하지만 그런 것은 이제 의미가 없다.

어둠 속에 작은 빛이 보였다. 아직 완전히 황폐해지지 않은 곳, 전장에 있는 농가들이었다. 하비는 이들까지 걱정하지는 않았다. 이곳 거주자들은 이미 어떻게든 알고 있을 것이다. 그들은 침묵 속에 튤 강의 남쪽 분기점까지 왔다. 그리고 강을 건넜고 이제 후퇴는 없다. 요새의 도움을 받을 수 있는 선을 넘어선 것이다. 하비는 차 안의 긴장감을 느낄 수 있었고, 이상하게도 그 긴장감 덕택에 기분이 편해졌다. 말을 하지 않았지만 모두가 두려워하고 있었다는 사실이 확인된 것이다.

그들은 남쪽의 계곡 너머로 이어지는 능선으로 갔다. 도로 양편의 들판만 평평하고 보드라워 보였다. 하비는 차를 세우고 직접 제작한 지뢰를 매설했다. 단지 속에 다이너마이트를 깔고 못과 부서진 유리조각을 채운 다음 뇌관 용도로 산탄총 탄환을 수직으로 세워 아래에서 못으로 찌르도록 한 것이었다.

마리가 생각에 잠긴 표정이었다.

"어떻게 적을 여기서 걷게 만들 건가요?"

"그걸 위해 기름을 가져온 거요."

그들은 크랭크오일을 담은 통을 끙끙거리며 도로 위로 옮겨다 놓았다.

"이 기름통에 총으로 구멍을 뚫으면 도로에 기름이 가득하게 되죠. 그러면 누구든 걷지도, 차를 타지도 못하게 될 겁니다."

그곳을 넘어간 후에도 계속해서 도로 곁으로 능선과 계곡이 반복되었고, 능선이 겹치는 곳에서는 교차로가 나타났다. 대지의 모습은 마치 퍼져가는 물방울 같았다. 요새에서 십육 킬로미터를 벗어났을 때 그들은 디크 윌슨의 영역에서 온 트럭을 처음 마주쳤다. 그 차에는 여자와 아이들과 부상당한 남자들, 가정 집기며 생필품이 들어 있었다. 차의 꼭대기와 짐칸 양 옆에는 갖은 물건이 매달려 있었다. 냄비, 프라이팬, 가구, 아주 소중한 음식과 비료, 값을 매길 수 없을 정도로 소중한 탄약. 트럭의 짐칸은 방수포로 덮여 있고 많은 사람들이 그 아래 모여 있었다. 그들의 손에도 여러 가지 물건이 들려 있었다. 침구류와 이불, 새가 들어 있지 않은 새장. 그들이 소유한 것은 그런 애처로운 물건들이 전부였다.

거기서 몇 킬로미터를 전진하는 동안 트럭 몇 대를 더 만났고, 이어서 두 대의 승용차가 지나갔다. 마지막 차의 운전사는 더 이상 빠져나온 사람이 있는지 모르겠다고 했다.

그들은 넓은 개울에 만들어진 교량을 건너면서 교각에 다이너마이트를 심은 뒤, 퓨즈가 있는 자리를 표시했다. 같은 편의 누구든 다리를 폭파시킬 수 있도록 말이다.

디크 쪽 사람들이 살던 목장에 도달하기 직전, 마지막 능선의 꼭대기에 도착했을 때 하비는 동쪽에 희미하게 반짝이는 붉은빛을 봤다. 혹시 신혈맹이 디크 쪽 사람들을 지나쳐서 도로 확보를 위해 습격하는 것 아닐까 걱정했지만, 아무도 그들을 공격하지 않았다. 그들은 트래블─올을 세우고 귀를 기울였다. 멀리서 부정기적으로 총소리가 들렸다. 하비가 말했다.

"좋아. 여기서 본격적으로 작업을 시작하자."

그들은 나무를 베어 도로에 미로를 만들었다. 쓰러진 나무를 지그재그로 배치했으니 트럭이 지나오려면 속도를 줄이고 조심스럽게 후진과 회전을 반복해야 할 것이다. 도로를 무너뜨리기 좋은 지점에는 다이너마이트를 준비시켰다. 그리고 특공대의 절반은 산등성이에, 다른 절반은 도로 양 옆에 대기하도록 했다. 그리고 나무를 쉽게 쓰러뜨릴 수 있도록 나무의 한쪽 면을 깎았다. 도로 양편과 산등성이에서 전기톱의 윙윙거리는 소리가 들렸고 때때로 다이너마이트의 날카로운 폭발음이 들려왔다.

작업조가 복귀할 무렵 하이시에라 너머 회색 어둠에 붉은색이 드리워졌다. 빌이 말했다.

"나무를 두 그루 정도만 더 쓰러뜨리고 다이너마이트를 터뜨리면 도로를 몇 시간 정도는 봉쇄할 것 같아요. 그리 어렵지 않게 말이죠."

누군가가 말했다.

"지금 바로 해야 하는 것 아닐까?"

빌이 주변을 한 바퀴 보더니 하비에게 말했다.

"디크 아저씨 쪽 트럭을 좀 더 기다려야 하겠죠?"

마리가 대답했다.

"그래, 좀 더 기다리자. 우리 편의 필사적인 탈주를 막게 되면 정말 끔찍한 일이니까."

하비가 대답했다.

"물론이지. 혹시 신혈맹이 먼저 도착하더라도 저 미로에서 시간을 많이 빼앗길 거다. 그러면 잠시 휴식이다."

소년 하나가 말했다.

"총 소리가 가까워지고 있어요."

하비가 끄떡였다.

"내가 듣기도 그렇구나. 정확히 구분하기는 어렵지만."

마리가 말했다.

"지금은 무슬림 기준으로 공식적인 새벽이군요. 검은 실 속에 섞인 흰 실 한 가닥을 식별할 수 있는 때가 바로 공식적인 새벽이라더군요."

마리는 잠시 귀를 기울였다.

"뭔가 오고 있어요. 트럭 소리예요."

하비는 호루라기를 꺼내서 한 번 불었다. 이어서 근처의 소년들에게 도로 주변에서 넓게 펼쳐지라고 외쳤다. 트럭의 소음이 점점 커졌다. 차는 도로를 빙 돌아오다가 첫 번째 나무 앞에서 날카로운 브레이크 소리와 함께 멈춰 섰다. 거대한 트럭인데, 어두워서 모습이 불분명했다. 하비가 외쳤다.

"거기 누구요?"

"당신은 누구요?"

"차에서 내리시오. 모습을 보이시오."

누군가가 트럭 조수석에서 뛰어내려서 길 위에 서며 외쳤다.

"우리는 디크와 함께 있는 사람들이오. 당신은 누구요?"

"우리는 실버밸리에서 왔소."

하비가 그 트럭을 향해 발걸음을 옮겼다. 좀 더 가까이에 있던 소년이 먼저 다가가서 차 안을 들여다봤다가, 흠칫 놀라더니 얼른 뒤로 달아났다.

"우리 편이 아니라……."

소년은 말을 마치지 못했다. 트럭에서 총소리가 울리고 소년은 쓰러졌다. 하비의 왼쪽 어깨에도 강력한 충격이 왔다. 하비는 거의 뒤로 쓰러질 뻔했다. 총소리가 더 요란하게 울렸고, 사람들이 트럭에서 뛰어내렸다.

마리 밴스가 먼저 반격을 시작했다. 이어서 도로 양 편과 여기저기에서 대응 사격이 시작됐다. 하비는 가까스로 총을 찾아냈지만 실수로 총을 떨어뜨렸다. 그는 몸을 숙이고 바닥을 더듬었다.

누군가가 외쳤다.

"엎드려!"

파지직 소리를 내는 물체 하나가 트럭 앞에 떨어져서 아래로 굴러들어갔다. 영원히 아무 일도 일어날 것 같지 않았다. 다시 사격이 시작되려는 찰나, 다이너마이트가 폭발했다. 트럭이 불쑥 들리고 가솔린 냄새가 퍼지더니 불기둥이 솟구쳤다. 하비의 얼굴 근처까지 불길이 춤을 췄다. 불 속에서 비명을 지르는 사람들의 모습이 보였다. 다시 여기저기서 총 소리가 들렸다.

"멈춰. 사격을 멈춰. 지금 쏘면 총알 낭비라고."

마리 밴스가 손을 흔들었다. 총성이 잦아들면서 조용해졌다. 이제 불길이 타오르는 소리만 들렸다.

하비는 마침내 총을 찾아냈다. 왼쪽 어깨가 심하게 쑤셔서 들여다보기 두려웠다. 그는 어깨에 피투성이 구멍이 생겼을 것을 예상하면서 아픈 곳을 들여다봤다. 하지만 아무 흔적도 없었다. 분명 충격이 있었고 지금도 시큰거리면서 아픈데. 코트를 벗고 자세히 보니 찰과상이 있었다. 튀어나온 총알에 맞았는데 두꺼운 코트 덕택에 이 정도 상처로 끝난 것 같았다. 하비는 일어나서 길 아래로 걸어갔다.

소녀 하나가 타오르는 트럭 앞에 쓰러져서 불타고 있는 몸뚱이를 향해 다가가려고 했고, 소년 두 명이 소녀를 말리며 몸싸움을 벌였다. 소년 하나가 외쳤다.

"그는 이미 죽었어. 죽었다고. 가봐야 소용없어, 젠장!"

하비는 트럭 운전석 곁에 죽어 넘어져 있는 소년을 가리키며 물었다.

"누구지?"

그는 얼굴을 아래로 한 채 엎어져 있고, 등은 불타고 있었다.

토미 탈리프슨이 말했다.

"빌이에요. 우리 빌을 묻어줘야…… 우리 이제 뭘 해야 하죠, 하비 아저씨?"

"빌이 내리막길 어디쯤에 화약을 매설했는지 아니?"

"네."

"알려줘. 바로 거기로 이동하자."

그들은 내리막길로 향했다. 새벽이 찾아오자 주변이 밝아지면서 시야가 급속히 나아졌다. 이제 백 미터, 이백 미터 바깥도 보였다. 토미가 도로 가운데에 놓인 바위를 가리켰다. 하비가 몸을 숙여 뇌관에 불을 붙이려고 할 때 토미가 그의 어깨를 잡았다.

"저 멀리서 트럭 한 대가 더 와요."

"이런, 젠장."

하비는 주저했고 토미는 아무 말도 하지 않았다. 마침내 하비는 몸을 일으켰다.

"저 차가 이 앞에 도착할 때면 환해졌을 거야. 너는 언덕 뒤편의 우리 편에게 상황을 알려줘. 저 트럭이 불타고 있는 트럭을 아무렇지도 않게 지나치지는 못할 거야. 누군지 확실히 알 때까지 절대 가까이 접근하면 안 돼."

"네, 알았어요."

하비는 자기 자신과 디크, 신혈맹을 차례로 저주했다. 산타크루즈에서 장학금을 받던 소년, 그 소년의 이름은 빌. 그는 내 실수 때문에 죽었다.

트럭이 언덕 위로 올라왔다. 트럭에는 사람이 잔뜩 타고 있었다. 가재도구는 전혀 없었고, 차 꼭대기에는 큰 비옷을 입은 소년 두 명이 바람을 맞으면서 쪼그려 앉아 있었다. 트럭이 접근하자 하비는 운전석 옆에 매달린 남자를 알아봤다. 디크가 실버밸리에 올 때 함께 왔던 농부 중 하나였다. 이름이 제이콥이던가?

트럭에는 여자와 아이들과 피 묻은 반창고를 붙인 남자들이 가득 타고 있었다. 과적한 트럭이 오르막길을 기듯이 간신히 올라갔고 트럭에 탄 사람들은 꼼짝도 하지 않았다. 하비는 차를 지나가게 한 다음 도화선에 불을 붙였다. 그리고 차를 따라갔다. 차의 속도는 그가 따라잡을 수 있을 정도로 느렸다. 다이너마이트가 뒤에서 폭파했지만 바위 무더기는 길로 쏟아지지 않았다.

트럭이 통나무의 미로 앞에 멈춰 섰다. 이 트럭에 누가 타고 있는지는 의심할 여지가 없었다. 소년들이 은닉처에서 튀어나왔다. 제이콥이 차에서 뛰어내렸다. 그는 탈진한 것 같지만 눈에 띄는 외상이나 붕대자국 등은 없었다. 그가 고함을 질렀다.

"우리가 이 길을 지나가기 전까지 길을 막지 말아야 했소!"

하비가 함께 고함을 질렀다.

"시끄럽소!"

그는 자제심을 잃지 않기 위해 애썼다. 저 트럭에는 부상자와 여자와 아이들이 가득 타고 있고, 그들 모두는 탈진해서 반쯤 죽어가는 상태다. 하비는 동정심과 분노로 고개를 젓고 마리 밴스를 불렀다.

"트래블—올을 가져오시오! 윈치를 써서 길을 내줘야겠소!"

두 개의 통나무를 썰고 길 옆으로 밀어 트럭이 지나갈 길을 확보하는 데 삼십 분이 걸렸다. 그들이 작업하는 동안, 하비는 토미에게 다이너마이트가 터지고도 무너지지 않은 바위를 다시 무너뜨리도록 했다. 아직 차단시킬 도로가 몇 킬로미터나 남았지만 다이너마이트는 금세 다 떨어질 것 같았다. 토미가 다이너마이트 하나를 더 터뜨리자 이번에는 바위가 무너져 내렸다. 그곳은 이제 돌아갈 방법이 없는 어마어마한 장애물이 됐다. 전기톱을 가진 소년들이 도로 위에 더 많은 나무를 쓰러뜨렸다.

소년 하나가 외쳤다.

"끝났어요. 전진하세요!"

제이콥은 트럭 운전석 옆으로 다시 올라갔다. 앞좌석에는 네 사람이 끼여 앉아 있었고 운전자는 열서너 살의 소년이었는데 페달에 발이 닿지도 않을 것 같은 작은 체구였다.

제이콥이 외쳤다.

"엄마를 잘 돌봐라!"

소년이 대답했다.

"예, 아버지!"

농부가 말했다.

"자, 가라. 그리고……."

그는 고개를 한 번 저었다.

"먼저 가거라."

"조심하세요, 아버지."

트럭이 천천히 전진했다.

제이콥이 다시 하비에게 돌아왔다.

"자, 함께 일합시다. 이제 더 나오는 차는 없을 겁니다."

총소리가 점점 더 가까워졌다. 하비는 언덕 건너편의 샌호아킨 바다를 바라봤다. 농가가 있던 곳에서는 모두 연기가 솟아올랐고, 소형 화기가 불을 뿜으면서 끊임없이 팝콘 터지는 소리를 냈다. 불과 일 킬로미터도 안 되는 곳에서 사람들이 싸우고 죽어가는데 아무것도 보이지 않는다니 기분이 이상하다. 그때 소년 하나가 소리쳤다.

"누가 뛰어오고 있어요."

오백 미터쯤 건너편 언덕 꼭대기에서 사람들이 흘러넘치듯 뛰어 내려오고 있었다. 점점 그 수가 늘었다. 그들은 숨도 쉬지 않았고 질서도 없었다. 무기를 들지 않은 빈손이었고 공포에 질려 있었다. 전투 중 후퇴가 아니라 달아나는 것이다! 그들은 계곡 아래로, 하비가 지키고 있는 바로 그곳으로 마구 달려왔다.

건너편의 능선에서 픽업트럭의 모습이 나타났다. 그 차가 멈추더니 사람들이 튀어나왔다. 그제야 하비는 능선 가득히 사람들이 접근하고 있다는 것을 알아차렸다. 아주 조심스럽게 진격했기 때문에 전혀 알아차리지 못한 것이다.

앞장선 사람들이 픽업트럭에 손짓을 했다. 트럭 뒷좌석에 있던 사람이 일어서며 쌍안경을 두 눈에 가져다 댔다. 지금 도망치고 있는 사람들은 저들에게 단숨에 밀려나오는 것이리라. 그 장소에서 거의 조금도 버티지 못하고 말이다. 쌍안경을 손에 쥔 사내는 하비가 만든 도로 봉쇄물을 주의 깊게 살피면서 도로를 따라 이동하고 있었다. 이제 적의 얼굴이 보였다. 저 적도 내 얼굴을 봤을 것이다.

불과 오 분도 지나기 전에 계곡과 능선에 무장한 사람들이 가득 나타났다. 그들은 조심스럽게 전진했다. 그들은 도로의 좌우로 팔백 미터는 될 만큼 넓게 폭을 벌이고 하비를 향해 천천히 전진했다.

내리막을 달린 도망자들은 이제 오르막을 휘청거리면서 올라오더니 하비 쪽 사람들에게는 곁눈질도 하지 않고 그대로 달려갔다. 그들은 폐렴 환자처럼 거칠게 숨을 몰아쉬었고 손에는 무기도 없었다. 그들의 눈은 공포로 덮여 있었다.

하비가 외쳤다.

"멈추시오! 여기서 싸웁시다! 우리를 도와주시오!"

그들은 아무 소리도 듣지 못한 듯 계속 달려갔다. 하비가 데려온 소년 중 하나가 벌떡 일어나더니 도망자들 틈에 섞여서 함께 뛰기 시작했다. 하비는 그에게 고함을 질렀으나 소년은 들은 척도 하지 않았다.

제이콥이 말했다.

"다른 아이들은 남아 있으니 다행이오. 나는…… 나도 달아나고 싶소, 젠장."

하비가 대답했다.

"나도 그렇소."

상황은 그들의 계획대로 진행되지 않았다. 신혈맹은 도로를 따라 직선으로 전진하지 않고 넓게 펼쳐서 전진했다. 하비에게는 능선 전체를 지킬 만큼의 병력은 없었다. 그러니 저들을 좀 더 지연시키고 싶어도 기회가 없었다. 빨리 탈출하지 않는다면 곧 그들에게 꼬리를 잡힐 것이다.

"우리도 여기까지다."

그는 호루라기를 들어 힘껏 불었다. 조금 전진해 있던 소년들이 급히 뒤로 달려왔다.

하비는 소년들에게 손짓을 해서 그들을 트럭과 트래블—올에 나눠 태웠다. 제이콥이 빌의 빈자리를 맡았다. 하비는 트럭을 먼저 보내고 잠시 망설이다가 말했다.

"아무튼 최선을 다 해야 해. 자, 몇 방이라도 갈기고……."

마리 밴스가 말했다.

"아무 소용없을 거예요. 너무 많은 엄폐물이 있고 적은 스스로의 모습을 숨기고 있어요. 아무 피해도 입히지 못하고 우리만 금방 사로잡힐 거예요."

하비가 물었다.

"도대체 그런 건 어떻게 아시오?"

"전쟁 영화를 많이 봤어요. 자, 여기서 빠져나가요!"

"그럽시다."

하비는 트래블—올의 시동을 걸고 다음 계곡으로 이어지는 능선을 향해 달려갔다. 앞서가던 트럭은 멈춰 서서 먼저 달아나던 사람들을 태우고 있었다.

마리가 말했다.

"가엾게도……."

제이콥이 말했다.

"우리는 저들과 꼬박 하루를 싸웠지만 그들을 잠시도 잡아둘 수가 없었소. 바로 저 능선에서 그랬던 것처럼. 그들은 넓게 펼쳐져서 다가오다가 어느 순간 우리 옆을 치고, 또 우리 뒤를 막아버렸소. 그러면 죽는 거죠. 그러니 계속 달릴 수밖에 없었던 것이고, 한참 달리다보니 이제 습관이 된 거요."

"그럴 테죠."

습관이든 아니든 지금 그들이 달리는 모습은 인간이 아니라 토끼 같았다.

냇가로 이어지는 도로는 폭우 때문에 물에 잠겨 있고 부근 계곡은 깊은 진흙탕이었다. 하비는 냇가를 건너는 작은 교량의 한쪽 끝에 멈춰서 다이너마이트를 들었다.

"저기 적이다!"

소년 중 하나가 소리쳤다.

하비는 능선을 바라봤다. 백 명이 넘는 무장한 적들이 꼭대기에 나타나더니 언덕 아래를 향해 빠르게 달려왔다. 짧고 날카롭게 드르륵거리는 소리가 들리더니 바로 근처의 풀잎에서 뭔가가 바스락거렸다.

제이콥이 외쳤다.

"빨리 하시오! 그들이 우리에게 총을 쏘고 있소!"

적이 있는 능선까지는 일 킬로미터는 떨어져 있어서 유효 사거리가 아닌데 어떻게? 하지만 하비는 이 소리의 정체를 안다. 베트남에서 이미 친숙하게 들어온, 중기관총의 소리다. 그것이 하비와 트래블-올을 향해 제대로 불을 뿜으면 그대로 끝장이다.

하비는 지포 라이터를 꺼냈다. 라이터기름이 아니라 일반 가솔린으로 충전했는데도 고맙게도 단번에 불이 붙었다. 도화선이 칙칙거리며 타들어갔다. 하비는 트래블−올을 향해 달렸다. 마리는 이미 운전석에 앉아서 시동을 걸고 있었다. 하비는 급히 차 위에 몸을 실었고 누군가의 손이 그를 잡아당겨 주었다. 다시 한 번 짧고 날카로운 소리가 울렸다. 드륵, 드륵, 드륵, 드륵. 뭔가가 그들의 귀를 스쳐가듯 윙윙거렸다.

하비가 비명을 질렀다.

"이런 제길!"

제이콥이 말했다.

"저놈들 사격 솜씨가 아주 좋아!"

다이너마이트가 폭발하면서 다리는 폐허가 됐다. 하지만 완전히 부서지지는 않았다. 여전히 적의 병력은 그대로 넓게 산개해서 접근해오고 있었다. 저들은 개울을 금방 건널 것이다. 그리고 교각을 수리하는 것이 오래 걸릴 것 같지도 않았다. 아무튼 후퇴할 리는 없다.

하비의 일행은 다음 능선 꼭대기에 도착했고 모두 차에서 내려서 도로 위에 쓰러뜨릴 나무나 굴려 떨어뜨릴 바위를 찾아 헤맸다.

신혈맹의 군대는 계곡의 저지대로 접어들었다. 그들의 일부는 도보로, 십여 명은 모터사이클로 이동하고 있었다. 그들은 파손된 다리에 멈춰 섰다. 몇 명이 헤엄을 쳐서 개울을 건넜다. 다른 몇 명은 강 주변으로 넓게 산개하더니 강폭이 좁은 건널목을 찾아냈다. 불과 오 분이 지나자 백여 명이 강을 건넜고, 그들은 하비가 작업 중인 곳으로 접근을 시작했다.

하비가 말했다.

"젠장, 저 자식들은 밀물 같아."

제이콥은 말없이 바위 밑에 다이너마이트를 넣을 구멍만 열심히 팠다. 소년들이 그들의 바로 옆에 있던 나무 한 그루를 도로 위로 쓰러뜨리고 다음 나무로 이동했다.

계곡에서 엔진 소리가 들려왔다. 두 대의 오토바이가 부서진 다리 위로 조심스럽게 전진하고 있었다. 다른 사람들이 오토바이 뒤에 올라탔다. 오토바이는 곧 하비가 있는 쪽을 향해 쏟아져 나왔다.

마리 밴스는 왼쪽 어깨에 메고 있던 총을 풀면서 말했다.

"계속 파요."

그녀는 앉아서 총을 큰 바위에 기대고 저격용 안경에 대고 눈을 찡그렸다. 그녀는 오토바이가 유효 사거리로 접근할 때까지 기다렸다가 방아쇠를 당겼다. 아무 일도 일어나지 않았다. 그녀는 다시 조준을 하고 발사했다. 세 번째 총성이 울렸을 때 앞장섰던 오토바이가 휘청 하더니 도로 옆의 진탕으로 굴러 떨어졌다. 탑승자 중 한 명은 다시 일어섰다. 마리가 다시 총을 겨냥했으나 이미 오토바이들은 도로 바깥으로 벗어나서 숨어버리고 탑승자들도 몸을 엄폐했다. 그들은 다른 병력들과 합류해서 전진할 생각인 것 같았다.

적은 꾸준히 가까워졌다. 마리는 목표물을 바꿔, 보병을 쏘았다. 보병의 전진이 조금 느려졌다. 하지만 더 많은 적병이 양쪽으로 넓게 산개해서 전진하자 하비 일행의 방어 범위를 넘어섰다. 하비가 외쳤다.

"끝내자! 여기를 빠져나가야 한다!"

아무도 그의 말에 반대하지 않았다. 제이콥은 바위 아래 땅을 판 곳에 두 개의 다이너마이트를 밀어 넣고, 그 위를 진흙으로 막았다.

토미의 파트너인 바바라가 겁에 질려 외쳤다.

"저기를 봐요!"

그곳은 그들이 새벽 내내 도로 차단 작업을 했던 곳 근처다. 능선 꼭대기에서 트럭 한 대가 모습을 드러냈다. 새벽 내내 작업한 곳을 이미 지나친 것이다. 그 차들은 도로를 따라 아래쪽으로 내려왔다. 또 한 대가 뒤를 따랐고, 다시 한 대가 따랐다. 트럭은 부서진 다리 앞에 멈춰 섰다. 남자 하나가 트럭에서 통나무와 철판을 들고 뛰어내렸다. 곧 능선에 더 많은 트럭들이 나타났다.

해리는 시계를 봤다. 그들은 적의 트럭을 정확하게 38분 지연시켰다.

죽음의 계곡

저런, 저런, 명령 불복종인가, 대령님이 차렷이라고 했잖아!
하지만 아무도 차렷은 하지 않을 거야.
왜냐하면 우리는 토끼고 있거든, 그래, 토끼고 있다고.

– '달아나는 부기', 미국 육군 군가

상황은 계속 똑같았다. 하비가 도로에 무슨 장애물을 설치하든 신혈맹은 장애물 설치에 걸린 시간 이상을 소비하지 않았다. 만약 하비의 특공대가 도로 저지선에서 조금만 더 적극적으로 방어했다면 적의 전진을 훨씬 오래 막을 수 있었을지 모르겠다. 하지만 그럴 기회가 없었다. 신혈맹은 트럭을 이용해 병력을 최대한 가까이 수송한 다음 전면과 측면에서 동시에 공격을 가해 하비의 퇴로를 차단하려고 했다. 하비는 달아날 수밖에 없었다.

또 적은 새로운 전술도 개발했다. 트럭 한 대에 중기관총을 설치하고, 소총 사거리 바깥에서 하비에게 사격을 퍼붓는 것이다. 이제 도로 봉쇄 작업은 더 이상 진행하기 어려웠고 반격도 불가능했다. 적은 절대 상처를 입힐 수 없는 형체 없는 유령 같았다. 하비는 도저히 그들을 지연시킬 수 없었다. 그들의 보병은 하비가 설치한 장애물을 우회하거나 그냥 지나치면서 계속 전진했다.

전장은 아주 넓게 펼쳐졌고 적의 부상자는 거의 없었다. 그리고 신혈맹의 전진은 가차 없었다. 한낮이 되자 그들은 실버밸리 경계선의 십육 킬로미터 앞까지 후퇴했다.

작업하고, 달아나고.

이제 달아나는 것이 습관이 됐다. 마음속으로는 수십 번이나 도로 봉쇄 따위 악마에게나 맡겨두고 달아나고 싶었다. 그리고 달아나기 위한 변명을 수십 가지나 머릿속으로 생각해냈다.

토미가 소리를 질렀다.

"저 자들을 멈출 방법은 아예 없는 것 같아요."

그들은 다음번 능선에서 잠시 섰다. 하지만 이제 신혈맹군은 하비가 작업했던 속도보다 훨씬 빠르게 나무를 제거하고 구멍을 메웠다. 지도에 이 계곡은 '헝그리할로우*'라는 이름이 붙어 있었다. 적절한 것 같았다.

하비가 말했다.

"그래도 계속 노력해야 해."

토미는 동의하지 못하겠다는 표정이었다. 하비는 그의 생각을 짐작할 수 있었다. 그들 모두는 지쳤고, 하비는 특공대 중 다섯 명을 더 잃었다. 한 명은 전기톱 작업 중 총에 맞아 죽었고, 다른 네 명은 사라졌다. 달아났는지 포로가 됐는지 부상을 입고 언덕 어딘가에 쓰러져 있는지 알 수 없다. 그들은 시간 맞춰 차에 오르지 못했고, 그들을 기다리거나 수색하기에는 신혈맹이 너무 가까

---

* 굶주린 구멍.

이 접근해 있었다. 그리고 달아나는 것은 이미 습관이 되어 있었다. 이미 탈진한 사람 여덟 명이 밀물 같은 적을 도대체 무슨 수단으로 막아낸단 말인가.

하비가 말했다.

"몇 시간 후면 어두워질 거다. 그때는 쉴 수 있겠지."

"과연 그럴까요?"

토미가 대꾸했다.

아무튼 토미는 다시 돌아가서, 도로 위쪽의 바위 아래의 흙을 팠고 다른 사람들은 트래블-올의 윈치를 바위 주변에 감았다. 이제 터뜨릴 다이너마이트가 없었다.

어둠이 내리기 한 시간쯤 전에 그들은 굶주린 공동에서 쫓겨나 다음 능선으로 이동했다. 그들은 디어크리크를 날듯이 건너 달아났다. 미리 매설했던 다이너마이트의 퓨즈만 간신히 점화했을 뿐이었다. 하비는 다음 능선에 도착하는 순간 이미 그곳에 사람이 있는 것을 알아차렸다. 그리고 그들이 적이 아니라 같은 편인 것을 깨닫기까지 약간 시간이 걸렸다.

스티브 콕스가 백 명 가까운 병력을 이끌고 능선을 지키고 있었다. 요새의 병력들은 지금까지는 달아나기만 했지만 이제 여기부터 맞서 싸우는 것이다. 스티브는 자신의 병력을 능선에 넓게 산개시키고 참호 속에 들어가도록 했다. 하비 특공대의 생존자는 이제야 쉴 수 있었다. 심지어 이곳에는 저녁 식사와 보온병 속의 뜨거운 차도 있었다.

하비가 스티브에게 말했다.

"우리는 빈사상태요. 큰 도움이 되지 못할 것 같소."

스티브가 어깨를 으쓱했다.

"괜찮소. 잘 쉬시오. 우리가 저들을 막을 테니까."

하비는 입이 근질거렸다. 당신은 바보요, 적은 천 명이고 당신은 백 명이오, 게다가 적은 병정개미처럼 죽어라고 몰려옵니다. 저들을 멈출 수는 없을 거요.

"혹시, 포레스터 박사의 작업은 완료됐소? 그가 설계한 특수무기 중 뭐라도 가지고 온 것 있소?"

"테르밋 수류탄이 있소."

스티브는 불에 구운 진흙 도자기처럼 생긴, 꼭대기에 도화선이 삐죽 나온 덩어리가 가득 찬 상자를 보여줬다. 지름은 십오 센티미터 정도였고 육십 센티미터 정도의 낙하산 줄이 달려 있었다.

스티브가 말했다.

"도화선에 불을 붙인 다음 낙하산 줄을 잡고 빙글빙글 돌리다가 투척! 하는 거요."

"제대로 작동합니까?"

스티브가 열정적으로 말했다.

"확실히 작동하지요. 몇 개는 진짜 폭탄처럼 폭발했소. 다른 것들은 그냥 쪼개지기만 했지만, 그래도 삼 미터가 넘는 거대한 불길을 뿜었소. 저 식인종 자식들이 겁을 먹어 감히 접근도 못할 거요."

"하지만 다른 무기는 어떻게 된 거요? 겨자가스는?"

스티브가 어깨를 으쓱했다.

"아직 작업 중이오. 앨빈은 시간이 필요하다고 하더군요. 그래서 우리가 여기까지 나온 거요."

계곡 아래에는 신혈맹의 선두 병력이 접근하고 있었다. 그들은 하비가 파괴한 다리의 바로 앞까지 와 있었다. 디어크리크는 깊고 물살이 맹렬했으며 교각은 완전히 사라졌다. 몇 사람이 물살을 헤치고 걸으려다가 포기했다. 잠시 후 멈춰 있던 신혈맹의 군대가 강을 따라 좌우로 갈라졌다. 선두는 눈에 보이지 않을 정도로 상류까지 거슬러 올라갔고, 후미는 하류의 바다를 향해 서쪽으로 몇 킬로미터나 걸어갔다.

하비가 근심스럽게 말했다.

"그들이 우리를 포위할 겁니다."

스티브가 웃었다.

"아니오."

그는 상류에 우뚝 솟아 있는 시에라 산을 가리켰다.

"저 위에 동맹이 있소. 오십 명 정도의 튤 인디언이지요. 조지가 데려온 동맹 중 일부요. 아주 용맹한 놈들이지. 당신은 잠이나 좀 자두시오, 하비. 그들은 오늘 밤도, 내일도, 이곳을 지나가지 못할 거요. 우리가 좋은 위치를 선점했으니까 저들을 충분히 막을 수 있소."

하비가 마리에게 말했다.

"스티브가 제정신이 아닌 것 같소. 내가 신혈맹과 싸워봤는데…… 당신도 싸워봤잖소. 스티브는 아직 싸워보지 않은 거요."

마리가 말했다.

"우리 무전 보고는 계속 들었죠."

그녀는 트래블-올의 뒷좌석에 몸을 길게 펴고 누웠다.

"편하니까 좋군요. 일주일이라도 잘 수 있을 것 같아요."

"나도 그렇소."

하비는 말했지만 실제로 잠들지는 않았다.

트래블-올을 주차시킨 장소는 디어크리크가 내려다보이는 능선 아래였다. 다른 소년들은 제대로 휴식을 취할 수 있도록 더 후방의 농가로 보냈다.

하비 자신도 후방으로 가야 한다고 생각했지만, 걱정이 되어서 그럴 수가 없었다. 그는 신혈맹의 우두머리가 누구인지 모르지만 결코 만만치 않을 것이라고 생각하고 있었다. 적은 전력을 부주의하게 노출시키거나 병력을 낭비하지 않으면서 하루 만에 무려 삼십 킬로미터를 휩쓸고 전진했다. 반면 하비는 가솔린과 탄약을 부주의하게 마구 쏟아 부었다.

이 전쟁은 총력전이다. 신혈맹은 가능한 모든 보급품을 모두 이 전쟁에 걸고 있을 것이며 실버밸리의 요새를 차지함으로써 새로운 식량과 자재를 얻어야 할 것이다.

어두워지자 찬바람이 불었지만 진눈깨비는 그쳤다. 흐린 하늘 사이로 몇 개의 별이 반짝였는데, 별자리를 식별하기는 힘들었다. 갑자기 이런저런 기억이 났다. 더운 여름날 찬물에서 한참 수영을 하고 뜨거운 사우나에 몸을 담그던 기억. 트래블-올을 몰고 바하 캘리포니아의 작렬하듯 아름다운 사막을 관통한 다음 목욕물처럼 따뜻한 바다에서 헤엄을 치던 기억. 허모사비치에서 더 크고 강한 파도가 오기를 기다리며 서핑을 즐기던 기억. 모래가 너무 뜨거워 걸을 수 없어 타월을 깔던 일…… 많은 것이 떠올랐다.

아래 계곡에서 신혈맹의 트럭과 사람들이 무거운 물체를 옮기는 소리가 들렸다. 적이 뭘 하는지는 정확히 알아낼 수 없었다. 스티브는 야간조를 따로 편성했지만 적의 지휘관은 병사들에게 불규칙한 간격으로 총을 쏘고 고함을 지르고 수류탄이나 바위를 던지도록 했다. 그러면 부대 전체가 응전해야 했다. 어둠을 향해 총을 갈기고, 탄약을 낭비하고, 잠을 설치면서.

그것이 신혈맹군이 노리는 것인 줄은 알고 있다. 하지만 지식은 별 도움이 되지 않았다. 하비는 선잠을 잤고 너무 자주 깼다. 마리는 뒷좌석에서 몸을 뒤척였다. 그녀가 속삭였다.

"깼나요?"

"그렇소."

"누구였나요? 트럭에서 쌍안경을 들고 있었던 사람. 혹시 알아요?"

"아마 그가 바로 후커 하사일거요. 왜 그러시오?"

"이름을 알면 덜 두렵거든요. 당신은 우리가 이길 수 있다고 생각해요? 앨빈이 정말 그를 이길 전략을 세웠을까요?"

하비가 대답했다.

"물론이오."

"그들은 끝없이 밀려와요. 기계처럼. 거대한 고기 가는 기계처럼요."

하비가 일어나 앉았다. 어딘가에서 수류탄이 터졌고 스티브가 탄약을 낭비하지 말라고 외치는 소리가 들렸다.

"그건 무시무시한 이미지겠지만, 다행히도 정확한 이미지는 아니오. 그들은 고기 가는 기계가 아니오. 이 상황은 예술가가 파티를 열어 기자들을 초청하고, 기자들이 먹고 마시면서 자기 작품을 씹어대고 갈기갈기 찢는 모습을 구경하는 상황이라고 합시다."

그녀는 억지로 웃었다.

"적절한 이미지네요."

"내가 바위를 깨거나 도로 차단을 하기 전에는 이미지를 만드는 직업을 가졌잖소. 그 시절에는 전쟁이 체스 게임 비슷하다고 생각했는데, 지금 보니 그건 아니오. 전쟁은 조각 예술에 가깝소. 사령관은 거대한 조각품을 만드는 사람이죠. 그는 각각의 조각이 갈리고 쪼개질 수밖에 없는 것을 알고 있고, 또 자신이 조각을 완성한다고 생각하지도 않소. 전체 조각의 절반 정도는 자신을 미워하는 비평가에 의해 완성될 수밖에 없다는 것을 알고 있지. 그리고 모든 사람들이 조각가의 손에 남아 있는 덩어리가 마음에 드는지 쳐다보는데, 그게 모두에게 만족스러운 경우는 없기 때문에 전쟁은 끝없이 반복되는 거요."

마리가 말했다.

"그리고 우리는 조각품의 일부라는 거죠. 앨빈이 똑똑히 잘 해냈으면 좋겠군요."

아침에 일어나보니 야영지에 주둔한 사람들은 흥분해 있었다. 밤사이 튤 인디언의 지도자인 스테펜 톨맨이 자신의 전사를 동부에 배치하고 진지 구축을 마쳤으며 인력 보강 중이라는 말을 남기고 갔다는 것이다. 소문은 점점 거창해졌다. 조지 크리스토퍼가 산악지역에서 규합한 백 명, 이백 명, 천 명의 무장한 병력을 이끌고 귀환하고 있다는 소문도 퍼졌다. 그 말을 의심하는 목소리는 파묻혀버렸다.

사람들은 오십 명의 인디언이 동부에 주둔했으며 그들이 얼마나 용맹한 사람들인지, 그들과의 동맹이 얼마나 굳건한지에 대해서 이야기했다. 다른 이야기도 있었다. 밤에 신혈맹이 디어크리크의 상류 쪽 팔 킬로미터쯤 되는 지점에서 강을 건너다가 톨맨의 인디언에게 습격을 당해 수십 명이 죽었고 신혈맹은 죽어라 달아났다는 이야기였다. 하비가 여러 사람들에게 캐물어봤지만 그 전투를 직접 봤다는 사람은 아무도 없고 전투 경험자에게 직접 이야기를 들었다거나, 스트레치 탈리프슨의 부대에 소속된 병사의 이야기를 전해들었다는 사람뿐이었다. 스트레치는 지금 상류 지역, 전선 서쪽 끝을 지키고 있었다.

언제나 이런 식이다. 새로 합류하는 사람은 악마의 화신이며 마치 고기 써는 기계처럼 적진을 헤치고 다니는 것으로 묘사된다. 새로운 자들 스스로도 그렇게 생각한다. 그것은 사실일 수도 있다. 때로 사실이기도 하다. 어쩌면 그들은 확실한 승리를 거둘 것이다. 그래서 요새가 전력을 다하기 전에 신혈맹을 물리칠지도 모른다.

✤

구름이 동쪽으로 흘러갔다. 해는 놀랄 정도로 환하게 빛났다. 환한 낮이지만, 아무 일도 일어나지 않았다. 스티브의 농부들과 신혈맹의 첨병들이 조준 사격을 몇 차례 교환했으나 서로 별다른 영향을 주지 못했다. 그리고…….

맞은편 산등성이에서 트럭이 나타났다. 트럭은 트럭처럼 생기지 않았다. 앞부분에 거대하게 치솟은 나무 구조물을 붙이고 있었다. 트럭은 빠르지 않은 속도로 언덕을 내려왔다. 차량 앞부분에 무거운 구조물을 싣고 있었기 때문에 움직임이 빠르지도 않고 안정적이지도 않았지만 물이 불어난 개울을 향해서 꾸준히 전진했다.

동시에 수백 명의 적이 은폐했던 바위와 구릉 바깥으로 모습을 드러냈다. 그들은 움직이는 모든 것을 향해 총격을 가했다. 기괴한 목조탑이 장착된 트럭이 선봉에 섰고, 늪지대나 다름없는 목초지 위에도 밤새 철망과 널빤지를 깔아 만든 길 위로 병력이 전진해왔다.

강물 앞에 도착한 트럭이 나무 구조물을 앞으로 쓰러뜨렸다. 그 구조물은 그대로 강물을 건너는 다리가 됐다. 신혈맹이 앞다

투어 다리를 건넜다. 그리고 요새의 수비자들이 모습을 드러낼 때마다 총을 갈겼다. 하비는 날카로운 폭발음을 들었다. 베트남에서 익숙하게 들었던 소리, 바로 박격포였다. 박격포탄이 스티브의 병력들이 숨어 있는 바위 근처로 떨어졌다. 탄착지의 정확도가 조금씩 높아졌다. 스티브 쪽 사람 중 누군가가 도하를 방해하려면 곧 그 자리로 박격포탄이 날아갔다. 적은 아주 훌륭한 지휘관의 지휘를 받고 있었다.

신혈맹의 병력이 점점 더 많이 강을 건넜다. 그리고 강을 건너자마자 거의 일 킬로미터 가까이 넓게 산개해서 전진했다. 스티브 쪽에서 전진배치했던 병력은 후퇴하거나 짓밟혔다. 갑작스럽게, 불과 삼십 분도 지나지 않아 강 쪽의 방어선은 사라졌고, 스티브는 겨우 능선만 지키게 됐다. 하지만 적은 소총의 유효 사거리 바깥에서 계속해서 박격포탄과 기관총을 무자비하게 쏘아댔다. 스티브의 병력들은 머리를 숙이며 숨었고, 더 많은 신혈맹군이 언덕을 오르고, 바위 뒤에 숨고, 약진하고, 달려들었다.

하비가 부르짖었다.

"개미떼다! 병정개미떼!"

이제 하비는 깨달았다. 결코 저 식인종들을 저지할 수 없다. 저지할 수 있다고 생각한 것부터가 바보 같은 생각이다. 저들이 돌진하는 속도로 봐서 스티브는 병력 대부분을 잃을 것이다. 이미 많은 병력이 전선을 이탈해서 달아나기 시작했다. 일부는 무기를 던져버렸고, 다른 일부는 무기를 들고는 있지만 적을 향해 응사하지 않았다. 이제 방어 체계는 거의 무너졌고 사람들은 자신을 지키기도 버거웠다. 어떤 지점이든 다른 곳이 무너지면 연쇄 돌파될 수밖에 없다. 옆의 방어선에서 다른 동료가 달아나지 않는다는 확신은 사라졌다. 식인종이 쏟아져 들어올 구멍을 만들지 않고 버틴다는 확신도 없었다. 방어선은 의미가 사라졌다.

십여 명의 남자들이 트래블-올에 매달리거나 꼭대기에 올라타거나 범퍼에 매달렸다. 하비는 차를 출발시켰다. 스티브가 하루 종일이라도 지킬 수 있다고 했던, 어쩌면 신혈맹군을 완전히 저지시킬 수도 있다고 했던 디어크리크는 불과 한 시간 삼십 분만에 함락됐다.

그날 오전은 악몽이었다. 하비는 자신의 특공대원과 장비가 있는 트럭을 찾을 수 없었다. 그리고 트래블-올에는 장비가 몇 가지밖에 실려 있지 않았다. 스티브 쪽 사람들 중 도와주겠다고 나선 사람은 몇 명에 불과했다. 요새에서 저지 작전을 위해 지원군 스무 명이 다이너마이트와 가솔린과 전기톱을 들고 도착했으나 신혈맹의 선두가 너무 가까워서 거의 작업을 할 수가 없었다.

신혈맹의 작전이 바뀌었다. 이제는 요새의 방어선 전체를 포위할 듯 넓게 펼치지 않고 정면으로 밀려왔다. 요새의 병력을 계속 도망치게 만들려는 것이었다.

만약 마리가 하비의 곁에 있지 않았다면 하비도 다른 군중과 함께 미친 듯 도망쳤을 것이다. 하지만 마리는 하비를 도망치게 놔두지 않았다. 그녀는 임무를 계속 수행해야 한다고 주장했다. 최소한 지난 이틀간 그들이 매설했던 화약에 불이라도 붙이면서 후퇴해야 한다는 것이다. 그리고 그들은 그렇게 했다.

한 번은 그들이 조금 오래 머물렀을 때 공격을 받았다. 뒤 유리창이 깨지면서 유리 조각이 그들을 덮쳤고, 앞 유리창은 깨지면서 앞으로 날아갔다. 50구경 기관총의 탄환이 트래블-올을 뒤에서 앞으로 관통했던 것이다. 그 총탄은 마리와 하비 두 사람 사이를 가로질러 날아갔을 것이다. 다음번 그들이 차를 세우자 지연작전을 도와주려 함께 탑승했던 사람들이 모두 달아났다.

하비가 마리에게 외쳤다.

"도대체 당신은 어떻게 그렇게……."

하비는 말을 마치지 못했다. 처음에는 용감한 비결을 말해보라고 하려고 했다. 하지만 그렇게 말한다면 자신은 용감하지 않다는, 겁쟁이라는 의미가 된다. 하비는 단어를 한참 고른 후 말했다.

"……의지가 굳은 거요?"

마리는 땅을 파다가 고개를 들었다. 그녀는 가지고 있던 마지막 다이너마이트 한 자루를 매설하다가, 시에라 산맥을 가리키며 말했다.

"내 아들이 저기 있어요. 우리가 저들을 막지 못하면 누가 막겠어요? 이유는 그걸로 충분해요. 다이너마이트 좀 이리 줘요."

하비는 도화선 작업을 마친 다이너마이트를 건넸다. 그녀는 구멍에 다이너마이트를 쑤셔 넣고 흙으로 덮은 다음, 바위를 얹었다.

하비가 외쳤다.

"이제 그 정도면 됐소! 여기서 벗어납시다!"

그들의 위치는 언덕 아래쪽이었기 때문에 적의 선봉이 보이지 않았다. 하지만 적이 멀리 있을 것 같지 않았다.

그러자 마리가 말했다.

"아직 아니에요. 꼭 할 일이 있어요."

그녀는 언덕 꼭대기를 향해 걸어갔다.

"이리 돌아오시오! 나 먼저 가버릴 거요! 이봐요!"

마리는 돌아보지 않았다. 하비는 입속으로 욕설을 삼키며 마리의 뒤를 쫓았다. 그녀는 총을 들고 몸을 바위에 기댔다.

"저 아래가 바로 당신이 크랭크오일을 부은 자리에요. 지뢰도 설치했죠. 방금 지나온 자리 말이에요."

"빨리 갑시다! 그들이 우리 바로 뒤에 있소!"

그리고 이딴 짓은 다 소용없다고! 그때 오토바이가 산등성이 너머에서 나타났다. 일이 분이면 언덕 아래에 닿을 것이다. 마리는 조심스럽게 조준을 하고 방아쇠를 당겼다.

"좋아."

그녀는 혼자 중얼거리고 다시 총을 쐈다.

"당신도 좀 같이 쏴준다면 좀 더 빨리 끝낼 수 있을 텐데요."

그녀가 말했다.

하비는 삼백 미터도 넘게 떨어져 있는 드럼통을 맞힐 수 있다고 생각하지 않으면서도 총을 바위에 거치하고 접근하는 오토바이를 겨냥했다. 몇 번 방아쇠를 당겼지만 매번 빗나갔다. 오토바이는 속도가 느려지더니 증원군을 기다리듯 갓길 아래로 모습을 숨겼다. 마리는 조심스럽게 몇 차례 더 방아쇠를 당겼다.

마침내 그녀가 말했다.

"맞췄어요. 이젠 됐어요. 서두를 필요도 없겠네요. 저들은 저기에 발이 묶였으니까."

그녀는 몸을 일으켰다.

하비는 주먹을 꽉 쥐고 깊게 숨을 들이쉬었다. 그녀 말이 맞았다. 이제 긴급한 위험은 사라졌다. 지금 기름이 길 위로 흘러내리고 있었다.

오토바이 한 대가 각오를 했는지 기름이 흐르는 미끄러운 노면으로 속도를 줄이지 않고 달려오다가, 미끄러져 도로 바깥으로 굴러 떨어졌다. 잠시 후 운전자가 비명을 질렀다. 마리가 희미하게 미소를 지었다.

"갓길 아래에 부비트랩을 설치하기를 잘했군요."

하비는 두려움 속에 그녀를 쳐다봤다. 마리 밴스. 자선단체의 이사. 은행가의 아내. 사교계의 유명인사. 컨트리클럽 회원. 그런 그녀가, 상처를 빨리 썩게 하기 위해 인분을 바른 창에 꽂힌 사람을 보며 미소를 짓고 있었다.

트럭 한 대가 기름이 흐르는 노면에 멈춰서더니 아주 천천히 전진했다. 마리는 차의 앞 유리창을 향해 총을 쐈다. 차는 앞으로 주르륵 미끄러지더니 살짝 방향을 틀었다. 엔진 소음이 요란하게 울렸다. 하지만 이제 차는 움직이지 않았다.

다른 트럭이 그 뒤를 따라왔다. 그때 다이너마이트 지뢰 중 하나가 요란하게 폭발했다. 트럭 한 대가 단숨에 불길에 휩싸였다.

순간 하비의 맥박 속에도 승리의 함성이 울려 퍼졌다. 저 아래의 저것들은 인간이 아니다. 온몸에 불을 붙이고서 트럭 바깥으로 기어가는 저것들은 인간이 아니라 마법에 걸린 병정개미들이다.

하비와 마리는 전면에서 '프학!' 하는 소리를 들었고, 이어서 희미한 휘파람 소리가 들렸다. 그들의 좌측 이십 미터에서 뭔가가 폭발했다. 다시 '프학!' 하는 소리!

"차를 겨냥하고 있다! 젠장, 갑시다! 제기랄!"

하비가 외쳤다.

마리가 뒤를 따랐다.

"네, 이제 한 번 달아나봐요."

두 번째 박격포탄의 탄환이 어딘가에 떨어졌다. 그들은 트래블-올에 뛰어들었고, 아이들처럼 웃음을 터뜨리면서 차를 출발시켰다.

"개자식들, 이번에는 해치웠소!"

하비가 외쳤다. 그는 마리를 쳐다봤고, 그녀의 눈동자 또한 승리로 빛나는 것을 봤다. 훌륭한 팀워크였어!

하비가 외쳤다.

"달려가자! 런어웨이!"

마리가 이상한 표정으로 그를 쳐다봤다.

하비가 물었다.

"몬티파이선과 성배*에 나온 대사인데, 모르오?"

---

* 영국 코미디 그룹인 몬티파이선의 극장판 영화.

"몰라요."

그들은 여전히 웃고 떠들고 흥분한 상태로 전진했다. 하비는 방금 이것이 대단한 승리가 아닌 줄 알고 있었지만, 오늘 하루 동안 일어났던 다른 일보다는 훨씬 나았다. 의심할 여지 없이 그들을 정지시켰으니까 말이다.

그리고 이제 그들은 다음번 거대한 장벽이 될 위치인 튤 강의 분기점에 다다랐다. 다리만 폭파시키면 이곳은 어마어마한 장애물이 될 것이다. 아무리 신혈맹이라고 해도 멈추지 않을 수 없다. 그래야만 한다. 이곳을 지나면, 언덕 하나만 넘으면 바로 실버밸리의 입구가 나온다. 튤 강은 가장 중요한 방어선이다.

그들은 커브를 돌아서 튤 강이 있는 계곡에 들어갔다. 다리는 없었다. 이미 폭파되었다.

하비는 부서진 다리 앞에 도착해서, 물이 불어난 강을 바라봤다. 폭이 삼십여 미터였고, 깊었고, 빠르게 소용돌이쳤다. 그가 외쳤다.

"이봐요!"

강 건너편에서 하트먼의 부하 하나가 통나무 방벽 뒤에서 몸을 숨기고 있다가 일어났다. 그가 말했다.

"당신들이 아직 건너지 않았다더군요!"

하비가 외쳤다.

"나는 어떻게 하면 되는 거요?"

마리가 말했다.

"급해요. 적이 가까이 있어요."

경찰이 외쳤다.

"상류로 가시오. 상류 쪽에 우리 편이 있소. 그리고 가기 전에 잊지 말고 무전을 보내시오."

"알겠소."

하비는 트래블—올을 회전시켜 튤 인디언 보호구역 방향으로 전진했다. 그가 마리에게 말했다.

"무전을 보내주시오. 그리고 그들에게 우리 쪽 사상자 수가 많이 과장됐을 거라는 말도 전해주시오."

2.4킬로미터 정도 상류로 올라가자 튤 강을 건널 수 있는 다리가 나타났다. 십여 명의 사내들이 다리 기단에서 뭔가 작업을 하고 있었다. 하비는 신중히 접근해서 그들 쪽으로 손을 흔든 다음 차를 멈춰 세웠다.

그들은 목장의 농부들과 비슷하게 생겼지만 피부색이 더 짙었다. 그들은 여러 날 동안 태양을 보지 못한 흔적이 전혀 없었다. 비타민 D 결핍 따위는 절대 겪지 않을 것 같은, 차갑고 그늘진 환경에 맞게 진화된 생명체 같은 느낌이었다.

작업 중이던 일꾼 하나가 트래블—올 곁으로 다가와서 말했다.

"당신이 하비 랜들이오?"

"그렇소. 신혈맹이 우리 바로 뒤에서 쫓고 있소."

"그들이 어디 있는지는 알고 있소. 앨리스 콕스가 그들을 관측하면서 무전을 보내주니까 말이오. 당신들은 터틀마운틴으로 올라가서 앨리스의 관측 임무를 도와주시오. 계곡 전체를 조망할 수 있는 관측 장소로 이동해서, 앨리스와 함께 관측을 해주시오. 무전 연락이 끊기지 않도록 신경써 주시고."

"그러겠소. 고맙소. 당신들이 우리 편이 되어서 정말이지 기쁩니다."

인디언이 씩 웃었다.

"우리도 당신과 같은 편이라서 반갑소. 행운을 빕니다."

아까까지 잔뜩 고양됐던 기분은 곧 사라졌다. 도로는 차츰 운전하기 까다로워졌다. 진흙, 바윗돌, 바큇자국……. 하비는 트래블─올을 사륜구동으로 전환시켰다. 좀 더 높이 올라가자 계곡 전체가 한눈에 들어왔다. 남서쪽으로 튤 강의 분기점과 그들이 방금 떠난 다리가 보였다. 갈라진 물줄기 하나는 북서쪽의 레이크석세스로 이어졌다가 다시 튤 강과 합류했다.

튤 강의 분기점에는 산등성이가 하나 있었다. 그 산은 실버밸리의 방벽이었다. 하트먼 서장은 이곳의 지형적 이점을 이용해서 방어선을 구축해뒀고, 하비가 있는 위치에서는 그 방어선이 한눈에 내려다보였다. 많은 병력이 참호와 통나무 진지를 구축하고 대기 중이었다. 남쪽의 포크밸리는 방어 체제가 조금 덜 정교했다. 하지만 능선이 높아서 아무튼 방어는 될 것 같았다. 이 방어 체계는 전형적인 딱딱한 껍질형 방어다. 적들이 한 방의 강펀치만 잘 날린다면 실버밸리의 사람들은 전부 달아나야 할 것이다.

황혼이 되었다.

적의 의도가 분명히 보였다. 적은 트럭에 병력을 잔뜩 데려와서 요새에서 훤히 보이는 장소에 모닥불을 피웠다. 그들은 자신 있는 듯 그냥 휴식을 취하는 듯한 제스처를 보였지만, 하비는 그들이 어디선가 교각을 만들고 있다는 것을 알았다. 마침내 밤이 오자 언덕 전체가 조용해졌다.

하비가 말했다.

"더 이상은 아무것도 볼 수 없소. 이제 우리가 할 수 있는 일이 없어진 거요."

마리가 엉덩이를 들썩이며 하비의 곁에 붙었다. 마리가 존재한다는 것은 분명했지만 막상 어둠 때문에 눈에는 잘 보이지 않았다. 하지만 하비는 마리 밴스가 자신으로부터 불과 몇 센티미터밖에 떨어져 있지 않다는 것을 알고 있었고, 어딘지 모르게 간질간질했다. 그들은 내일 새벽까지 외부 우주 전체와 차단되어 있다.

하비는 갑자기 못된 기억이 떠올랐다. 해머 충돌 몇 주 전에 집 앞에서 로레타와 함께 마리를 만났던 적이 있었다. 그때 마리는 거의 가슴을 다 드러낸 화려한 녹색 이브닝 가운에 에메랄드 장식을 하고 머릿결을 환상적인 물결처럼 찰랑거렸다. 그녀는 품위 있게 웃고 그를 가볍게 포옹했었지. 그리고 하비는 자신의 곁을 계속 따라다니는 음울한 검은 그림자를 기억했다. 곧 침묵은 말할 수 없이 불편해졌다.

그녀가 부드럽게 말했다.

"나 생각난 것이 하나 있어요."

하비가 말했다.

"섹스만 빼고 뭐든 이야기하시오. 지금 바로."

마리는 아무 말도 하지 않았다. 하비는 그녀에게 미끄러져 가서 그녀를 잡아당겼다. 여기저기서 뭔가가 부딪히고 부서지는 소리가 들렸다. 두 사람의 겉옷에 부착된 수많은 주머니는 모두 물건이 들어 있었다. 두 사람은 키득거리면서 주머니가 주렁주렁 달린 겉옷을 벗었다.

그러자 그날의 두려움, 내일의 위험, 천천히 세계를 위협하는 죽음의 접근, 다가오는 요새의 종말, 그 모든 고뇌가 서로에 대한 미친 듯한 탐닉 속에 사라져갔다. 좌석 아래 발을 두는 공간에 옷 뭉치가 쌓였다. 하비는 한 아름의 옷 뭉치를 운전대 뒤편으로 집어던졌다. 조수석의 구조는 이런 일에 적합하지 않았지만 그들은 조심스럽게 자세를 잡았다. 하비는 조수석에 반쯤 몸을 눕혔고 마리는 그의 앞에서 무릎을 꿇었다. 그녀는 그에게 얼굴을 마주 대고 몸을 합친 뒤 자세를 유지했다. 그들의 숨결이 서로의 볼에 닿았다.

하비가 유쾌하게 말했다.

"뭔가를 생각했다니 기쁘군요."

하비는 그녀를 사랑한다고는 말할 수 없었다.

"차 안에서 해본 적 있어요?"

그는 잠시 생각해봤다.

"물론이오. 지금보다 훨씬 유연하던 시절에."

"난 한 번도 해본 적 없어요."

"음, 대개는 뒷좌석을 더 많이 이용하죠. 하지만……"

"뒷좌석에는 유리 파편 투성이예요."

마리가 말을 마치는 순간, 두 사람은 상대방이 움찔 긴장하는 것을 알아차렸다. 두 사람 모두 50구경 기관포의 총탄이 사방으로 유리조각을 날리고, 마리가 하비의 얼굴에서 유리조각을 떼어 준 순간을 기억한 것이다. 물론 그걸 잊을 수 있는 방법이 있다.

잊을 수 있는 방법, 그것이 처음과 같이 다급함 속에 반복됐다. 그들은 서로에게 깊숙이 빠진 것이 아니었다. 바깥 존재에 대한 두려움으로부터 탈출한 것이다. 그들은 바깥의 총소리에 귀를 바짝 기울인 채 섹스를 나눴다. 그러나 아무튼 섹스였다. 아무리 안 좋더라도, 그래도 좋기 마련인 것이다.

하비는 새벽이 되기 전에 잠에서 깨었다. 그는 이불을 덮고 누워 있었는데 언제 이불을 덮었는지는 기억나지 않았다. 그는 눈을 떴지만 머릿속이 복잡해서 그 상태 그대로 꼼짝 않고 누워 있었다.

마리가 부드럽게 말했다.

"잘 잤어요?"

"잠든 것 아니었소?"

"잠이 잘 안 오네요. 당신은 좀 더 쉬어요."

하비는 쉬려고 했다. 그러나 어제 하루 종일 지나치게 사용했던 근육들이 쑤셨고, 또 마음도 아팠다. 그는 지금 여자 친구를 우주비행사에게 빼앗긴 신세였다. 공식적이지는 않지만 말이다. 제기랄. 그건 될 대로 되라지. 하지만 여전히 잠이 오지 않았다.

그는 일어나 앉았다.

"우리는 또 하룻밤을 살아남았소."

"어젯밤 당신에게 죽을 정도로 하라고 시키지는 않았는데요."

그는 웃음을 터뜨렸지만 웃음 속에 뭔가 이상한 느낌이 있었던 모양이다. 아니면 마리가 하비를 알고 지낸 지 너무 오래됐기 때문일지도. 마리는 어둠 속에서 그에게 돌아누웠다.

"고르디 때문에 신경 쓰는 건 아니죠? 나는 고르디와 이미 끝났어요. 그는 새로운 여자를 얻었죠. 결혼이 끝났다고 판사의 선언을 들어야 하는 것도 아니니까. 그건 이전 시절에도 그랬지만……."

하비는 고르디에 대해 생각하던 것은 아니다. 하비가 물었다.

"이제 뭘 할 거요? 그러니까, 이 상황이 끝난다면 말이오."

그녀가 웃었다.

"계속 요리사로 남지는 않을 거예요. 이 계곡에 데려와줘서 고마워요. 나 혼자서는 이런 장소를 결코 찾지 못했을 거예요."

그녀는 잠시 침묵을 지켰다. 바깥에서 올빼미 소리가 들리더니, 이어서 올빼미에게 잡힌 토끼의 비명이 들렸다.

마리가 말을 이었다.

"이제 남자들의 세상이에요. 그러니 이제 누군가 중요한 사람과 결혼을 해야겠죠. 나는 항상 사회적 지위에 신경 쓰는 여자였고, 새삼 나 자신을 바꿔야 할 이유도 없어요. 간단하죠. 힘이 최고인 세상이잖아요. 나는 리더를 찾아 그와 결혼할 거예요."

"그게 누구요?"

마리가 낄낄거렸다.

"어제 이후로 당신이 리더예요. 당신은 이제 아주 중요한 사람이에요."

마리는 그에게 몸을 미끄러뜨리면서 팔을 그에게 둘렀다. 그러더니 큰 소리로 웃었다.

"왜 그렇게 긴장해요? 내가 그렇게 무서워요?"

"물론 그렇소."

정말 그랬다. 그녀가 다시 웃었다.

"가엾은 하비. 당신이 무슨 생각을 하는지는 정확히 알아요. 의무감이죠. 당신은 한 여자를 유혹했고 그 여자와 결혼해야 하지만, 내가 정말로 당신에게 작업을 건다면 견디지 못할 것이 뻔해서…… 그렇죠?"

그녀의 손이 하비의 은밀한 곳으로 움직였다.

로레타와 함께 살 때는 이런 도발에는 전혀 준비가 되어 있지 않았다. 하비는 마리에게 강하게 키스를 했고 ─하비는 마리의 장난에 속지 않았다!─ 키스를 계속 유지했고 ─왜냐하면 그 키스는 너무도 좋았다. 그리고 모린에게는 날개 달린 남자가 있지 않은가!─ 잠시 후 마리가 물러났다.

마리가 말했다.

"걱정 말아요, 하비. 당신에게 매달리겠다는 건 진담이 아니에요. 제대로 되지도 않을 거고. 당신은 나를 너무 잘 알아요. 우리가 뭘 하든, 심지어 정말 서로 사랑하게 되더라도 항상 의심할 거예요. 저 여자의 모든 것이 연기가 아닐까, 언제쯤 연기를 벗어

던질까. 그리고 싸우게 되겠죠. 잔머리 싸움, 주도권 싸움……."

"나도 그런 생각을 하고 있었소."

마리가 말했다.

"스스로 뭔가 해야 한다고 설득하지 말아요. 나는 그런 것 필요 없어요. 나는 당신의 친구가 되고 싶어요."

"그래요. 나도 그게 좋소. 당신의 진짜 목표는 누구요?"

"조지 크리스토퍼예요. 나는 그와 결혼할 거예요."

하비가 깜짝 놀랐다.

"뭐라고? 그도 알고 있소?"

"물론 모르죠. 조지는 여전히 모린과 기회가 있다고 생각하고 있어요. 기회가 될 때마다 내게 모린에 대한 이야기를 하고, 나는 말없이 들어주죠."

"당신이 그러는 것은 알겠소. 하지만 그가 모린을 얻지 못한다고 생각하는 근거는?"

"어리석게 굴지 마요. 모린의 선택은 당신 아니면 조니, 둘 중 하나예요. 결코 조지와는 맞지 않아요. 만약 조지를 이미 알던 사이가 아니었다면, 그녀의 첫 번째 남자가 아니었다면, 모린은 조지를 아예 염두에 두지도 않았을 거예요."

"그럼 나는?"

"당신은 기회가 있죠. 조니 베이커보다 확률이 낮지만."

하비가 물었다.

"그렇군. 당신이 조지와 사랑에 빠졌느냐고 물어보는 건 아주 어리석은 질문이오?"

어둠 속에서 마리가 어깨를 으쓱하는 느낌이 들었다. 그녀가 말했다.

"조지는 그렇게 생각하게 될 거예요. 하지만 그 문제에는 누구도 관심을 갖지 않을 거예요. 오늘 같은 밤은 앞으로는 없을 거예요. 오늘은, 특별한 날이에요. 딱 맞는 시간에 딱 맞는 사람이 있었어요. 나는 이제껏 항상…… 하비, 당신부터 말해봐요. 우리가 오랫동안 이웃으로 살면서, 로레타가 외출하고 고르디가 출근한 오후에 몰래 우리 집에 오고 싶었던 적 없나요?"

"있었소. 행동하지는 않았지."

"아무 일도 없었지만, 당신이 시도조차 하지 않았기 때문에 오히려 나는 더 불안했죠. 좋아요. 이제는 좀 자요."

그녀는 돌아누워서 이불 속에 몸을 말았다.

가엾은 조지. 아니다. 맞는 말이 아니다. 운 좋은 조지. 내가 만약 이 여자를 이렇게 잘 알지 않았다면…… 제길. 잘 알고서도 유혹을 당했잖아. 조지, 당신은 이 여자를 모르지. 하지만 당신은 이제 행복한 사람이 될 거야.

당신이 오래 살기만 한다면. 마리가 살아남기만 한다면.

새벽이다. 시에라산맥에 붉은빛이 보였다. 바람이 변덕스럽게 불었다. 샌호아킨 바다에서 물안개가 피어올랐다.

해가 높이 솟자 전장의 모습이 한눈에 들어왔다. 백 명, 또는 그 이상의 신혈맹 병력이 밤사이 강 앞에 바싹 다가와 있었다. 그들은 레이크석세스 호수 인근에서 전열을 정비한 후 우회해서 부서진 다리 앞에서 방어하고 있는 요새의 방어군을 밀어내고 있었다. 신혈맹의 박격포가 불을 뿜자 방어자들은 계곡과 능선으로 후퇴할 수밖에 없었다. 비록 질서정연했지만 후퇴는 후퇴였다. 하비가 마리에게 말했다.

"정오까지는 그들이 저 계곡을 차지하게 될 것 같소. 내 생각에…… 희망하건대, 이번에는 좀 더 오래 버틸 것 같소. 최소한 토끼처럼 달아나고 있지는 않으니까."

마리는 고개를 끄떡이면서 무전기로 적의 위치를 계속해서 말했다. 그것 이외에는 할 수 있는 일이 없었다. 앨리스는 겁에 질린 듯한 목소리였지만, 계속 그들에게 정보를 요구했다.

쓸모없어. 이건 아무 소용도 없어. 하비는 지도를 들여다봤다. 적진을 가로지르지 않고도 시에라 산으로 달아날 길이 있을까? 신혈맹이 접근한다면 어디에 제일 먼저 도착할까?

마리가 말했다.

"저들이 다리를 수리하고 있어. 수백 명이 달라붙어서 큰 나무를 나르고 있어."

앨리스가 물었다.

"얼마나 지나면 적의 트럭이 건너올까요?"

"많이 걸려도 한 시간 이내일 거야."

"잠깐 기다리세요, 앨빈 아저씨에게 보고할게요."

앨리스가 말했다. 무전기가 조용해졌다.

하비가 말했다.

"아무 소용없소."

하비는 웃으려고 애썼다.

"여기에는 당신과 나뿐이오. 그냥 저 산으로 달아나서 아이들에게 가면 어떻겠소? 내가 당신을 놓고 고르디와 싸울 일도 없을 거고."

"입 좀 다물고 관측이나 해요."

마리가 말했다. 마리도 겁을 먹은 것 같았다. 하비는 그녀를 비난하지 못했다.

✤

다리를 고치는 데에는 한 시간이 조금 넘게 걸렸다. 그리고 기관총을 탑재한 트럭을 선두로 트럭의 물결이 이어지면서 도로를 가득 채웠다. 박격포를 실은 트럭이 도착하자 적은 땅을 파서 포좌를 가설했다. 그리고 계곡 아래로 쏟아진 병력은 곧 반대편 능선까지 가득 채우면서 밀려 올라갔다.

이제 적에게는 시간이 많았다. 그리고 밤도 그들의 편이었다. 이제 그들은 바위틈으로, 능선 너머로, 요새 안으로 직접 병력을 침투시킬 수 있었다.

날씨는 따뜻해졌지만, 그것은 하비와 마리에게는 좋을 것이 없었다. 샌호아킨 바다에서 따뜻해진 공기가 솟아오르고 그 때문에 시에라산맥에서 차가운 바람이 불어내릴 것이다. 구름이 조금 낀 화창한 날씨였고 적은 전진을 계속했다. 정오가 다가올 무렵 적 대부분이 강을 건넜다. 그리고 적은 최후의 방어선이 있는 능선을 오르기 시작했다.

앨리스가 말했다.

"준비하세요."

그녀의 목소리는 흥분해 있었다. 이번에는 겁에 질린 목소리가 아니었다.

"뭘 준비하라는 거지?"

하비가 물었다.

앨리스가 말했다.

"준비했다가, 상황을 관측하고, 빠르게 보고해주세요. 아저씨가 거기서 할 일이 바로 그거니까요. 여기서는 볼 수가 없어서……."

능선에서 요새의 사람들이 뭔가를 하고 있었다. 사람들이 뭔가 커다란 것을, 마치 마차처럼 생긴 물체를 등성이의 내리막으로 밀어 내렸다. 커다란 물체는 금방이라도 부서질 듯 내리막길을 따라 굴러 내려가더니 다리가 복구된 지점으로부터 약 백 미터 정도의 거리에 멈췄다. 그리고 약 삼십 초 가까이 아무 일도 일어나지 않았다. 그리고 폭발했다.

폭발한 지점에서 엄청난 안개가 솟구쳐 올랐다. 안개는 산 위에서 불어 내려오는 바람을 타고 강을 향해 이동해, 다리를 건너느라 줄을 서 있던 적의 군사를 덮쳤다.

그리고 능선 여기저기에서 이상한 물체가 솟구쳤다가 아래로 떨어졌다. 사람들이 긴 지렛대 같은 막대를 조작하면 뭔가가 활 모양의 궤적을 그리면서 아래로 떨어지는 것이다.

하비가 외쳤다.

"투석기다!"

그것은 투석기가 맞다. 투석기의 동력이 무엇일까? 나일론 끈이겠지, 아마? 카르타고의 여인들은 투석기를 위해 머리칼을 바쳤다고 하던데, 우리도 어쩌면 여자들이⋯⋯.

투석기는 물건을 그다지 멀리 날리지 않았지만, 뭔가 특수한 점이 있었다. 투석기가 쏘아낸 검은 물체는 항아리였다. 항아리는 바닥에 부딪혀 노란 안개를 뿜었는데, 바람은 그 안개를 계곡 아래쪽 적의 선두를 향해 몰고 갔다.

신혈맹이 공포에 떨며 비명을 질렀다. 그들은 무기를 집어던지고 고통 속에서 달렸다. 그들은 옷을 쥐어뜯고, 강물에 몸을 던지고, 서로 다리를 건너기 위해 싸웠다. 능선에서 총이 불을 뿜기 시작했다. 달아나던 자들은 모두 쓰러졌다. 투석기는 비처럼 항아리를 떨어뜨렸고, 죽음의 노란 안개는 끊임없이 계속 공급됐다.

하비는 마이크에 대고 저도 모르게 갈라진 목소리로 외쳤다.

"적이 달아난다! 적이 죽어가고 있어! 오, 주여, 최소한 오백 명은 쓰러졌어!"

"강을 건너지 못한 사람들은 어떻게 하고 있어요?"

목소리는 앨리스 콕스였지만, 질문하는 자는 아마 앨빈이었을 것이다.

"트럭을 타고 있다."

"무기는요? 무기를 챙기고 있나요?"

하비가 쌍안경으로 자세히 봤다.

"그래. 여기저기의 박격포를 모두 챙기지는 않아. 트럭 중 한 대는 지금 출발했다."

하비가 어깨를 으쓱했다. 그 트럭에는 공포에 질린 사람이 가득 타고 있었다. 트럭은 최고 속도로 도로를 따라 달렸다. 심지어 다리에서도 속도를 줄이지 않았고 먼저 다리를 건너던 사람들을 물속으로 밀쳤다. 차는 사람들이 강물에 떠내려가든 말든 상관없이 계속 전진했다.

하비가 말했다.

"지금 달아나는 트럭에는 기관총 두 대가 장착돼 있어. 기관총을 들고 달아나는구나."

가스는 계곡 전체를 뒤덮지는 않았기 때문에 신혈맹의 일부는 아직 안전했다. 많은 사람들은 무기를 버리고 비명을 지르며 달아났지만, 그 와중에도 멈춰 서서 퇴로를 살핀 다음 중화기를 챙기는 자들도 있었다. 박격포 두 대가 그렇게 빠져나갈 뻔했으나, 곧 투석기가 그 탈출 경로에 항아리를 쏘았다. 하비는 엄숙한 목소리로 아직 노란색으로 물들지 않은 지역을 계속 보고했고, 몇 분이 지나면 가스가 가득 찬 항아리가 그곳으로 떨어졌다.

하비가 외쳤다.

"상류 쪽에 무슨 일이 생겼는지는 여기서 보이지 않는데……."

앨리스가 물었다.

"그쪽은 걱정 마세요. 상류 아래쪽 도로에는 가스가 없나요?"

"어디 보자. 그래, 없단다."

"잠시만 기다려주세요."

얼마 후에 상류의 도로에서 트럭이 내려왔다. 거기에는 톨맨의 인디언 군대와 목장 일꾼들이 타고 있었다. 그 트럭 중 한 대에는 조지 크리스토퍼도 타고 있었다. 그들은 후퇴하는 적을 추격하기 시작했다. 그 트럭은 능선 꼭대기에 도착해서 차를 세우고 적의 이동을 살폈다. 이제는 요새가 정찰하고, 약점을 찾고, 도로 차단물을 치우면서 전진할 차례였다.

이제 계곡은 우주 바깥, 외계가 된 것 같았다. 우주복을 입지 않은 인간에게 치명적인 영향을 끼치는 비일상적인 노란 대기가 떠돌았고, 네 발과 배로 느리게 기어 다니는 으스스한 생명체들이 살고 있었다. 그 생명체 중 일부는 금속으로 무장하고 있었지만 대부분은 동면에 들어가는 것처럼 무기력해지는 가운데 지금은 일부만 꿈틀거리고 있었다. 그 동물들은 마치 달팽이처럼 배로 기어 다니면서 붉고 끈끈한 흔적을 남겼고, 달팽이와 비슷한 속도로 강물 속으로 기어들어가기도 했다. 강물 속에 들어가는 순간 그 생명체는 활기차게 움직였지만 잠시 후 움직임을 멈추고 둥둥 떠올라서 경련을 일으켰다.

어둠이 내리자, 그곳은 죽음의 침묵이 내렸다. 황폐해진 세상의 침묵이었다.

여파

극동으로부터, 오스트레일리아부터 도쿄까지 이 모든 상륙 거점에서, 내가 보내는 것은 오직 한 가지 생각, 한 가지 의견입니다. '전쟁에서 승리를 대신할 수 있는 것은 아무것도 없다.'

— 더글러스 맥아더 장군

어두워서 아무것도 보이지 않았다. 시에라 산에서 찬바람이 밀려왔다. 하비가 마리에게 돌아서며 말했다.

"승리했소."

"그래요! 우리가 해냈어요! 주여, 하비, 우린 이제 안전해요!"

너무 어두워서 그녀의 얼굴이 보이지는 않았지만, 아마 멍청이 같은 표정으로 웃고 있을 것이다.

하비는 트래블—올에 시동을 걸었다. 앨리스는 하비에게 계곡 바깥, 주요 도로에서 멀리 떨어진 곳만 이용하라고 말했다. 그들은 요새까지 이어지는 가축이 다니는 비포장도로를 택하고 기어를 넣고 조심스럽게 전진했다.

아직 가본 일 없는 길이었다. 많이 험하지는 않지만 왼편에는 가파른 절벽이 있었고 그 바닥에는 늪이 있을 것이다. 전쟁이 이미 끝난 다음에 교통사고로 죽을지 모른다는 상상은 끔찍하다.

하지만 이 길은 그냥 나쁜 길일 뿐이다. 이런 길이라면 얼마든지 겪어봤다. 나쁜 길에 악의는 없다.

유쾌한 기분이 그를 휩쓸었다. 차를 급가속하고 싶은 욕망을 참기 어려웠다. 살아 있다는 것을 이만큼 실감해본 적은 처음이었다. 그들은 산을 돌고 능선을 건너 젤리슨 상원의원의 저택으로 향하는 내리막길에 올라탔다. 그제야 하비는 자제심을 풀고 속도를 높혀 전속력으로 달렸다. 위험할 수도 있는 진흙탕의 바퀴자국이나 파인 곳에서도 멈추지 않았다. 트래블-올은 그들과 즐거움을 나누듯 껑충껑충 뛰었다.

하비는 뭔가에서 달아나듯 달렸다. 사실 그는 알고 있었다. 만약 목격한 것에 대해 깊이 생각할 시간이 생긴다면 즐거움 대신 슬픔을 느낄 것이다. 전투가 벌어졌던 계곡에는 모든 연령대의 남자, 여자, 소녀, 소년들이 폐가 망가진 채 기어 다니면서 쌍안경으로도 보일 만큼 선명한 핏자국을 남겼다. 자비로운 어둠이 대지를 덮어주기 전까지 계속해서 말이다. 해머 충돌과 세계의 종말로부터 살아남았던 자들이 그렇게 죽어갔다.

"하비, 그들을 사람이라고 생각할 수는 없어요."

"당신도 마음에 걸리오?"

"아주 조금. 하지만 우리는 살아남았어요! 우린 이겼다고요!"

트래블-올은 작은 턱에서 펄쩍 뛰었다. 네 바퀴 모두가 분명하게 땅에서 떨어졌다가, 요란하게 바닥에 닿았다. 이 속도로 달리면서 이렇게 멍청하게 운전하다니. 하지만 하비는 신경 쓰지 않았다. 하비가 외쳤다.

"최후의 전투는 끝났소. 더 이상 전쟁은 없을 거요."

다시 행복이 밀려왔다. 세상은 살기 좋은 곳이 될 것이다. 죽은 자는 이미 죽었다. 적을 무찔렀고, 하비는 살아남았다.

"〈정복 영웅을 찬양하라〉[*]! 그 곡조와 멍청한 대사가 기억나면 좋겠는데. 정복 영웅이라니. 당신은 나보다 훨씬 영웅이오. 만약 당신이 나를 잡아주지 않았다면 나는 죽어라고 달아났을 거요. 하지만 나는 달아나지도 못했지. 여자가 보고 있을 때 남자는 달아나지 못한다……. 내가 왜 이렇게 주절거리지? 당신은 왜 가만히 있는 거요?"

"내가 떠들지 않는 이유는 당신이 기회를 안 줬기 때문이죠!"

마리가 외쳤다. 그녀의 목소리에는 웃음이 담겨 있었다.

"그리고 당신은 달아나지 않았어요, 나도 달아나지 않았고요."

그녀는 다시 웃었고, 이번에는 재밌는 말을 했다.

"그리고 지금은, 승리한 영웅에게 주어지는 전통의 보상을 받으러 가는 거예요. 당신은 모린을 찾아서 획득하라고요."

"나도 벌써 그 생각을 해봤는데, 말하기 이상하지만, 당연히 조지도 승리해서 돌아올 것 아니겠소?"

마리가 깐깐하게 말했다.

"조지는 내 거예요. 나도 보상을 받아야 하잖아요? 그러니까 조지는 나한테 맡겨줘요."

"조지에게 질투가 나는걸."

---

[*] 고전 코미디 영화.

"그거 안됐군요."

상원의원의 저택에 도착해서도 들뜬 기분이 계속됐다. 저택에는 이미 많은 사람이 있었다. 앨빈은 술을 마신 것도 아닌데 취한 듯 멍청한 미소를 짓고 있었고, 다른 사람들이 그의 어깨를 두드리며 격려했다. 포레스터는 완전히 탈진했고, 침울했으며, 다른 사람과 이야기를 나누려고 하지 않았다. 사람들은 그를 칭송하고, 그에게 감사인사를 건네면서 포레스터에게 즐거움이든 분노든 행복이든 슬픔이든 반응을 끌어내려고 애썼다. 위대한 마법사는 그들이 하고 싶은 대로 행동하도록 가만히 뒀다.

사라진 사람도 많았다. 죽었을 수도 있고, 추격대에 참여하고 있을 수도 있다. 어쩌면 달아났을지도 모른다. 신혈맹이 사라졌다는 사실도 모르고 지금까지 계속 달아나고 있을지도 모른다.

승리자들은 너무 지쳐서 그 모두를 신경써줄 수 없었다. 하비는 한참 주변을 찾다가 마침내 모린을 발견해서 그녀에게 갔다. 그들 사이에는 욕정은 없었고 오직 끝없는 애틋함과 걱정만 존재했다. 그들은 마치 어린아이처럼 서로를 끌어안았다.

파티나 축하 행사는 없었다. 모임은 금방 끝이 났다. 몇몇은 의자에서 쓰러져 잠이 들었고, 몇몇은 집으로 돌아갔다. 하비는 아무 생각도 할 수 없었다. 오직 휴식, 잠, 그날 일어났던 일에 대한 망각이 필요할 뿐이었다. 전에도 이런 경험이 있었다. 베트남전에서 정찰 임무를 마치고 온 대원들이 에너지와 감정을 완전히 소모한 후, 아주 짧게 흥분했다가 땅속으로 사라지듯, 이제까지 겪지 못한 탈진을 느끼는 것이다.

그리고…….

하비는 잠에서 깨어났다. 그는 그들이 승리했다는 것부터 떠올렸다. 상세한 것은 기억할 수 없다. 지난 며칠의 기억이 온통 뒤섞인 꿈을 꿨는데, 그 꿈이 희미하게 사라지면서 머릿속에 한 단어만 남았다. 승리!

그는 거실의 카펫 위에서 담요 하나를 덮고 자고 있었다. 왜 여기 있는지는 알 수 없었다. 아마 모린과 이야기를 나눈 직후에 고꾸라져 잠든 것 같다. 충분히 가능했을 것 같은 상황이다.

집 안에서는 사람들이 움직이는 소리가 들렸고, 음식을 만드는 냄새가 났다. 그 모든 것이 즐거웠다. 소리와 냄새. 그리고 살아 있다는 느낌. 창밖의 흰 구름은 한없이 반짝였고 햇빛처럼 선명했다. 벽에 있는 청동 트로피는 너무도 신비로워서 기적 같았다. 살아 있다는 것. 삶이 가져다주는 한 순간 한 순간이 보석 같았다.

조금씩 그런 기분이 희미해지더니 곧 절망적일 정도로 배가 고팠다. 그는 벌떡 일어났다. 거실 카펫은 마치 전쟁터 같았다. 피로에 지친 사람들이 쓰러진 자리에서 저마다 잠들어 있었다. 조금 더 피로를 버틴 사람들은 담요라도 펼쳤지만 대부분은 그러지 못했다. 하비는 추위 때문에 잔뜩 웅크리고 잠든 스티브 콕스에게 자신의 담요를 덮어준 다음 음식 냄새를 좇아서 걸어갔다.

방 안에는 햇빛이 환하게 반짝였다. 모린 젤리슨은 믿을 수 없었다. 침대에서 나오기가 두려웠다. 이 환한 태양은 어쩌면 꿈일 거야. 그냥 내 희망이 반영된 꿈일 뿐이야. 마침내 그녀는 자신이 깨어 있다는 것을 확신했다. 이것은 환상이 아니다. 따뜻하고, 노르스름하고, 환한 해가 비치고 있었다. 해가 뜬 지 한 시간이 넘은 것 같았다. 그녀는 커튼을 열면서 팔에 비춰지는 온기를 느꼈다.

차츰 잠이 완전히 깼다. 두려움과 피와 죽음과 같은 피곤함이 조금씩 사라졌다.

모린은 너무도 빠른 영화처럼 진행됐던 어제 하루를 떠올렸다. 요새 병력 전체가 굳건히 뭉친 상태로 조금씩 후퇴해서 혈맹을 계곡 안으로 유인하면서도, 절대로 능선까지 오게 해서는 안 되는 상황이었다. 누구든 포로로 잡히면 작전이 누설될까봐 작전을 공유하지도 않은 상태였기 때문에 점진적인 후퇴는 불가능할 것 같았다. 마침내 공포가 확산되자 그들 모두 일제히 달리기 시작했다. 앨빈이 말했었다.

"펼쳐서 접근하다가 일단 우리가 달아나면 그들은 뭉쳐서 뒤쫓는다. 하비의 보고를 들어봐도 그렇습니다. 그들의 지휘관은 교범대로 행동하고 있습니다. 그리고 우리도 그렇게 할 겁니다."

가장 어려운 것은 고지대의 능선을 지키고 혈맹을 저지대에 머무르게 하는 부분이었다. 신혈맹의 병력이 다리를 건너 계곡 저지대를 장악할 때까지 요새의 병력들은 달아나지 말고 계속 싸워야 했다. 어떻게 요새의 병력을 달아나지 못하게 할 것인가? 앨빈은 가장 단순한 대책을 내놓았다.

"모린, 당신이 거기 머무른다면, 당신이 최전선에 있다면, 대부분은 당신 곁에 남아 있을 겁니다. 그들은 모두 남자니까요."

그녀는 화가 났지만, 앨빈과 말싸움을 할 시간이 없었다. 그리고 앨빈의 말이 옳았다. 모린이 할 일은 자신의 용기를 지키는 것뿐이었다. 굳이 살아야겠다는 생각이 없던 그녀로서는 어려운 일도 아니었다. 하지만 막상 총탄이 빗발치는 현장에 섰을 때 그녀는 자신이 살고 싶어 한다는 것을 깨달았다.

정확히 보지 못한 뭔가가 곁에 있던 로이 밀러의 옆구리를 할퀴었다. 로이는 팔뚝으로 부상 부위를 막으려고 했다. 갈비뼈 사이의 으깨진 부위는 팔꿈치로도 다 막아지지 않았다. 모린은 아침에 먹었던 음식이 목구멍까지 치솟았다. 로이는 주변을 한 바퀴 둘러보고 그녀의 표정을 알아차렸다. 그리고 마지막 순간이 되었다.

박격포 탄환이 디크 윌슨과 다른 두 사람이 있는 곳의 뒤편에서 폭발했다. 두 사람은 뒤로 튕겨나가서 몇 바퀴나 구르고 구른 뒤, 소름 끼칠 정도로 불편할 자세로 팔다리를 널브러뜨리고 누웠다. 디크는 앞으로 튕겨나가면서 미친 듯이 팔을 휘저었다. 그는 갓 나는 법을 배운 새처럼 퍼덕거리며 언덕 아래로 날아가다가 노란 안개 속에 처박혔다.

앞에 서 있던 조안나가 돌아서서 모린을 향해 고함을 질렀다.

총탄 하나가 조안나의 머리칼을 스치고 날아갔다. 방금 전까지 거기에는 그녀의 머리가 있었다. 그래서 조안나의 외침은 쌍욕으로 변해버렸다.

잭 터너가 겨자가스 발사를 준비하고 있을 때 박격포탄이 날아오는 바람에 항아리가 깨졌다. 주변에 있던 사람들은 모두 급히 달아났다. 잭 터너는 비틀거리다가 노란 구름 속에 푹 쓰러져서 그대로 죽었다.

샤이어 출신인 갈라드리엘은 슬링에 겨자가스 한 병을 넣고 빙글빙글 돌리다가 앞으로 나가면서 멀리 언덕 아래쪽으로 내던졌다. 긴 마무리 동작까지 마친 후 갈라드리엘은 승리의 여신상 같은 모습으로 서 있었다. 모린은 바위에 기대 간신히 몸을 버티고 있었다. 같은 절벽 꼭대기였지만 취미로 뛰어내릴 생각을 하는 것과 다정한 갈라드리엘이 신경가스를 던지는 모습을 지켜보는 것은 전혀 다른 상황이었다. 예전에 정말 뛰어내릴 생각이 있기는 했을까, 아니면 그냥 연기였을 뿐일까? 이제 예전에 무슨 생각을 했었는지는 절대로 알 수가 없게 됐다.

갈라드리엘은 잔뜩 얼굴을 일그러뜨리고 목의 부상에서 피를 흘리면서, 누군가가 그녀를 겨냥하고 있는지는 살피지도 않고 슬링에 가스항아리를 한 병 집어넣은 뒤 그 사악한 물건을 마구 회전시켰다. 마지막으로 이 물건을 던졌을 때 슬링이 가리키는 방향보다 비스듬한 각도로 날아갔던 것을 기억하고, 이번에는 식인종 군대와 조금 비스듬한 방향으로 가스폭탄을 던졌다.

그 모두가 어제의 짧은 하루 동안 일어났던 일이다. 그 하루 동안 모린 젤리슨은 살아야 할 이유를 여러 가지나 발견했다. 회색 하늘, 차가운 바람, 굵은 눈송이, 겨울의 배고픔…… 그 모든 것이 흐리게 사라졌다. 아주 단순한 깨달음이다. 만약 두렵다면 그것은 살고 싶다는 뜻이다. 이제까지 그것을 이해하지 못한 것이 이상하다.

모린은 빠르게 옷을 갈아입고 밖으로 나갔다. 밝은 태양은 그 사이 어디론가 사라졌다. 모린은 태양을 전혀 보지 못했지만 머리 위의 하늘은 환했고 구름은 평소보다 훨씬 얇았다. 그 햇빛은 꿈이었을까? 그건 상관없다. 공기는 따뜻했고, 비는 내리지 않았다. 집 아래의 계곡은 수위가 높았고 신나게 콸콸거렸다. 아마 송어가 살기 좋을 정도로 아주 차가울 것이다. 새들은 흐르는 물에 가볍게 발을 적셨다가 시끄럽게 짹짹거렸다. 그녀는 진입로를 향해 걸어갔다.

도로에는 차가 없었다. 예전에 요양원이던 건물은 요새의 병원으로 사용하고 있었는데, 이 건물 근처는 중상자를 이송하는 트럭이나 덜 심한 부상자를 실은 마차가 올 때 한창 붐볐지만 지금은 텅 비었다. 모린은 모든 주변 풍경과 소리를 예민하게 의식하며 꾸준히 걸었다. 언덕 위쪽에서 들리는 도끼질 소리, 붉은 날개의 찌르래기가 섬광처럼 덤불을 향해 날아가는 모습, 숲에서 돼지를 모는 아이들의 함성 소리.

아이들은 새로운 생활에 빠르게 적응했다. 노인 하나가 교사 역할을 하고, 십여 명 이상의 아이들이 두 마리의 개를 데리고 돼지 떼를 몰았다. 그곳은 일터이자 학교였다. 전혀 다른 교육을 실시하는 전혀 다른 학교였다. 독해와 수학도 배웠지만 전혀 다른 지식도 배웠다. 돼지를 몰아 개똥을 먹여라. 개들에게는 사람의 똥을 먹여라. 언제든지 바구니를 들고 다니면서 돼지 똥을 주워서 마을에 가지고 와라……. 쥐와 다람쥐를 잡는 법을 배우는 것도 중요했다. 새로운 생태계에서 쥐를 잡는 것은 매우 중요했다. 실버밸리의 모든 헛간에서는 반드시 쥐를 몰아내야 했고 그 역할의 대부분은 고양이가 담당했다. 하지만 쥐도 쓸모가 있었다. 쥐는 따로 기르지 않아도 자기가 먹을 음식을 찾아내면서 사람에게 고기를 제공했고, 쥐의 가죽으로 옷이나 신발을 만들 수 있고, 작은 뼈는 바늘로 사용할 수 있었다. 쥐를 많이 잡는 아이들에게는 상이 주어졌다.

마을 인근에는 쓰레기장이 있었는데, 여기서 동물과 사람의 분뇨를 나뭇조각이나 톱밥과 함께 정화조에 퍼 넣어서 발효시켰다. 발효 과정에서 독기가 정화됐고, 열이 발생해서 관을 타고 마을회관과 병원 아래로 흐르면서 난방에 사용됐고, 마지막으로 가스가 응축됐다. 그 결과물로 생산된 가스와 메탄올은 쓰레기 수집 트럭의 연료로 사용되고 잔여분은 이런저런 다른 용도로 이용됐다. 이 순환체계는 불완전했다. 더 많은 발효조, 더 많은 관, 더 많은 응축기가 필요했다. 그리고 숙련된 인력도 너무 많이 필요했다. 하지만 앨빈이 만든 이 순환 시스템을 모두가 자랑스럽게 생각했다. 내년 봄이면 그들은 다량의 질소비료를 얻어 농작물에 사용할 수 있을 것이다. 그리고 힘든 쟁기질을 대신해줄 트랙터 연료용 메탄올도 얻게 될 것이다.

우리는 잘 해왔다. 할 일은 얼마든지 더 있다. 풍차와 수차를 만들어야 하고 종자를 심어야 하고 대장간을 세워야 한다. 앨빈은 청동 제련이나 모래를 이용해 주형을 뜨는 법에 대한 오래된 책을 찾아냈지만 아직 시도는 하지 못했다. 이제는 시간이 있었고 머리 위에 드리워진 전쟁의 위협도 사라졌다. 하비는 전투가 끝난 날 저택에서 더 이상 전쟁에 대한 연구는 필요 없다고 몇 번이나 이야기했지만 그것은 쉽지 않을 것이다.

모린은 구름을 올려다봤다. 날이 어두워지고 있었다. 햇빛이 구름을 뚫고 나오면 좋을 것 같았다. 해를 보고 싶어서라기보다는 그래야 어울릴 것 같았기 때문이었다. 햇빛은 성공의 상징 아닌가. 하지만 하늘에는 먹구름뿐이다. 모린은 구름 때문에 우울해지지는 않기로 했다. 절망하는 것은 너무 쉬운 일이니까.

하비의 말이 맞다. 사람을 좌절과 무력감에서 구해내는 것은 그 자체로 가치가 있다. 하지만 무력감을 정복하는 것은 본인 스스로다. 이 새롭고 끔찍한 세상을 정면으로 마주보고 그것이 인생을 어떻게 바꿔놓는지 직시하고 저항해야 한다. 그러면 무엇이든 할 수 있다.

하비에 대한 생각이 조니 베이커로 이어졌다. 발전소로 떠난 원정대에게 무슨 일이 일어났을까? 아마 별일 없을 것이다. 신혈맹이 이미 패했으니 발전소도 괜찮을 것이며, 침략자의 산발적인 공격도 끝났을 것이다. 그러나…….

원정대에게 마지막 무전이 온 것은 사흘 전이었다.

어쩌면 두 번째 공격을 받았을지도 모른다. 무전기는 고장 난 것이 틀림없다. 모린은 몸을 부르르 떨었다. 어쩌면 무전기의 트랜지스터가 유령에게 굴복했을 수도 있고, 어쩌면 모두 죽었을지도 모른다. 알 방법이 없다.

조니는 그 상황의 중심인물이다. 그는 너무 도드라져 보이는 사람이다. 그냥 트랜지스터가 고장 난 것으로 믿자. 그리고 나는 그냥 바쁘게 지내자. 모린은 병원을 향해 걸어갔다.

✤

나소르는 호흡을 찾으려 했지만 자신의 폐가 어디 있는지 알 수 없었다. 그는 트럭 짐칸에 상체를 기대고 있었다. 만약 그냥 눕는다면 폐에 가득 찬 물 때문에 익사할지도 모른다. 아무튼 앞으로 오래가지 않을 것이다. 그들은 실패했다. 신혈맹은 패했고 나소르는 죽은 것과 다름없었다.

스완은 죽었다. 재키도 죽었다. 그의 형제들 대부분은 가시처럼 날카롭게 찌르는 노란색 가스 구름에 호흡을 빼앗기고 튤 강의 계곡에서 죽었다. 나소르는 에리카가 자신의 얼굴을 천으로 닦는 것을 느꼈지만, 그녀의 얼굴에 눈의 초점을 맞출 수 없었다. 에리카는 좋은 여자였다. 백인이었지만 나소르와 함께 머물렀고, 다른 자가 모두 달아날 때 그를 구해줬다. 나소르는 그녀에게 좋은 여자라고 말하고 싶었다. 말을 할 수만 있다면…….

트럭의 속도가 조금씩 느려지고, 누군가가 정차라고 외쳤다. 이제 그들은 새로운 야영지에 도착한 것이다. 누군가가 보초를 지정하고 있었다. 후커인가? 후커는 아직 살아 있을 것이다. 그는 강을 건너지 않고 박격포 부대를 지휘했으니까, 추격대에게 당하지만 않았다면 아마 안전할 것이다. 후커가 살아남았기를 바라고 있는 건가? 글쎄. 이제 아무것도 중요하지 않다. 해머가 마침내 나소르를 죽였다.

트럭은 모닥불 주변에 멈췄다. 몸이 번쩍 들어 올려지더니 모닥불 주변에 내려놓아지는 것 같았다. 기분이 조금 나아졌다. 에리카가 나소르의 곁에 있었다. 누군가가 뜨거운 수프 한 컵을 가져다줬고, 에리카가 나소르에게 수프를 떠먹이려 했다. 좋은 국물을 낭비하지 말라고 하고 싶었다. 한 번 잠들면 다시 일어나지 못할 텐데. 자기 자신의 가래에 묻혀 익사할 것이 뻔한데. 나소르는 목구멍에 붙은 가래를 없애고 말을 하기 위해 힘껏 기침을 했지만, 고통이 너무 심했다.

나소르의 귀에 천천히 목소리가 들려왔다.

"그리고 너희는 주님을 거부하고 군대를 믿었노라. 전략! 너희 주님의 천사들에게 필요한 전략이 무엇인가? 너희의 믿음을 주님께 바치는 것이다! 군대의 전략을 따르지 말 것이며 주님의 뜻을 따르라! 주님의 일을 대신 하라! 주님이 뜻하시는 대로 악마의 성전을 부수라. 그러면 너희가 그들을 다스리게 될 것이다!"

목사의 목소리가 나소르의 귀를 때렸다.

"쓰러진 자를 위해 울지 말지어다. 그들은 주를 위해 쓰러진 것이며 하늘나라에서 큰 보상을 받을 것이다. 너희 천사들과 궁수들은 내 말을 듣고 따르라! 슬퍼할 시간이 없다! 이제 주님의 이름으로 북쪽을 향해 나갈 시간이다!"

나소르가 호흡을 몰아쉬며 외쳤다.

"안 돼."

그러나 누구도 그의 말을 듣지 못했다.

"우리는 할 수 있소!"

가까운 곳에서 누군가의 목소리가 들렸다. 나소르는 한참 후에야 그 목소리가 제리 오웬의 것임을 알아들었다.

"발전소에는 독가스가 없소. 만약 독가스가 있어도 문제는 없소. 모든 박격포와 무반동포를 바지선에 끌고 가서 터빈만 날려버리면 끝이니까. 발전소는 한 방에 끝장이란 말이오."

"주님의 이름으로 적을 쳐라!"

아미티지가 외쳤다. 몇 사람이 '할렐루야!', '아멘!' 하고 외쳤다. 청중은 처음에는 조금 머뭇거렸지만 아미티지의 연설이 계속되자 차츰 열기를 띠기 시작했다.

"제기랄!"

저건 후커 하사의 목소리인 것 같다. 나소르는 고개를 돌려 후커를 보고 싶었지만 그러지 못했다.

"나소르, 내 말 들리나?"

나소르는 가볍게 고개를 끄떡였다.

에리카가 말했다.

"그는 말을 하고 들을 수도 있어요. 하지만 그를 그냥 놔두세요. 좀 쉬어야 해요. 잠을 좀 자야 할 텐데."

자다니! 그러면 영영 죽을 것이다. 매번 숨 쉬는 것 자체가 전투인데. 의지를 가지고 싸워야 간신히 숨 한 번을 쉴 수 있는데. 잠시라도 의식을 놓는다면, 동시에 숨 쉬는 것을 멎을 것이다.

"이제 나는 어떻게 해야 하지?"

후커가 물었다.

"나와 말이 통하는 유일한 형제인 자네가 떠나다니!"

나소르의 입술에서 단어가 흘러나왔다. 에리카가 통역해줬다.

"형제가 얼마나 남아 있는지 묻고 있어요."

후커가 대답했다.

"열 명 남았다네."

열 명의 흑인. 그들이 지구 최후의 흑인일까? 물론 아니다. 아프리카는 여전히 건재하다. 그렇지 않은가? 하지만 상원의원 쪽 사람 중 검은 얼굴을 본 적이 없다. 어쩌면 그 열 명은 캘리포니아의 마지막 흑인일지 모르겠다. 나소르가 다시 속삭이고 에리카가 말을 전했다.

"열 명은 충분하지 않다고 했어요."

"그래."

후커가 몸을 숙이고 나소르의 귀에 입을 가져갔다. 누구에게도 그의 말을 엿듣게 하고 싶지 않았다.

"나는 이제 저 목사와 함께 다닐 생각이네, 나소르. 저 목사는 미쳤을까? 멀쩡할까? 이제는 아무것도 모르겠어."

나소르가 고개를 저었다. 그 문제에 대해서는 이야기 하고 싶지 않았다. 아미티지는 성스러운 싸움에서 죽어간 자를 위해 예비된 천국을 이야기하고 있었다. 그 단어들이 희미하게 뒤섞여서 천천히 나소르의 의식 속으로 미끄러져 들어왔다. 천국이라. 사실일지도 모르지. 어쩌면 저 미친 목사의 말이 맞을지도 모른다. 그렇게 생각하는 편이 낫다. 나소르가 마침내 말했다.

"그는 진정한 예언자야."

모닥불의 온기가 포근했다. 조금 전에 아침 햇빛을 본 것 같은데 주변으로 어둠이 몰려왔다. 목사가 하는 말이 차츰 어둠 속에 가라앉았다.

"쳐라, 너희 천사들아! 바로 오늘, 바로 이 순간이다! 그것이 주님의 뜻이다!"

후커 하사가 일어나서 '아멘!' 하고 외쳤다. 그것이 나소르가 마지막으로 들은 말이었다.

✤

모린이 병원에 도착하자 레오닐라가 병실 입구에서 그녀를 맞이했다. 모린이 말했다.

"나도 도우러 왔어요. 하지만 부상자와 잠깐 이야기를 하고 싶어요. 탈리프슨의 아이 중 하나가 나에게……."

레오닐라가 말했다.

"죽었어요."

그녀의 말에는 감정이 담겨 있지 않았다.

"도움은 필요해요. 현미경 써본 적 있어요?"

"대학교 생물 수업 때 써본 게 마지막이에요."

레오닐라가 말했다.

"사용법을 잊지는 않았겠군요. 먼저 혈액 샘플이 필요해요. 여기 앉아요."

레오닐라는 압력솥에서 피하주사용 바늘을 꺼냈다.

"내 고압 증기 멸균기예요. 모양은 별로이지만 작동은 제대로 하죠."

저택에 있던 압력솥이 사라졌다 했더니. 모린은 팔에 바늘이 꽂히자 얼굴을 가볍게 찌푸렸다. 바늘 끝이 뭉툭했다. 레오닐라는 혈액 샘플을 채취하더니 학생들의 화학 실험교재용 시험관에 조심스럽게 짜 넣었다.

레오닐라는 시험관을 양말 안에 집어넣었다. 양말에는 낙하산용 끈이 하나 달려 있었고, 레오닐라는 낙하산 끈을 잡고 시험관을 빙글빙글 돌렸다.

"원심분리를 하고 있어요. 일단 이 일을 하는 방법을 배우고서 직접 하면 돼요. 도움이 많이 필요하니까요."

그녀는 계속 시험관을 돌렸다.

"방금 세포와 혈장을 분리했어요. 이제 혈장은 따라내고, 세포질에 식염수를 채워야 해요."

그녀의 손놀림이 재빨랐다.

"여기 선반 위에는 혈액이 필요한 환자에게서 얻어낸 샘플이 있어요. 이쪽과 당신에게 추출한 샘플을 비교할 거예요."

모린이 물었다.

"내 혈액형을 알려드려야 하나요"

"네, 곧 물어볼 거예요. 하지만 이 실험은 해야 해요. 환자들의 혈액형을 알 수 없기 때문에 이 방법이 더 정확해요. 물론 편하지는 않죠."

이 방은 예전에는 사무실이었다. 벽은 얼마 전에 새로 색칠이 되었고 청소도 잘 되어 있었다. 레오닐라가 작업하는 사무실 책상은 아주 깨끗했다. 레오닐라가 말했다.

"이제, 당신의 세포질 샘플을 환자의 혈청 샘플에 넣고, 환자의 세포질을 당신의 혈청에 넣어볼게요. 그런 다음 현미경으로 관찰하는 거예요."

현미경 또한 실험 교재용 장비였다. 앨빈이 과학 장비를 얻기 위해 이미 불타버린 지역의 고등학교에 원정대를 보내서 얻어온 것이다.

레오닐라가 말했다.

"이 현미경은 작업하기 아주 힘들지만 정상적으로 작동은 해요. 초점을 맞추려면 조심스럽게 만져야 해요."

그녀는 현미경 안을 들여다봤다.

"염주형성 반응이에요. 이 환자에게는 당신 혈액을 투여할 수 없어요. 자, 봐요. 당신도 알 거예요."

모린은 현미경 안을 들여다봤다. 처음에는 아무것도 볼 수 없었다. 그녀는 손끝으로 조작해서 초점을 맞췄다. 레오닐라의 말대로 현미경 작동 방법은 여전히 기억이 났다. 다른 쪽 눈을 감으면 안 된다는 말도 기억났지만, 그냥 다른 눈은 감았다. 현미경의 초점이 제대로 맞자 혈액 세포가 보였다.

"카지노 칩처럼 생긴 조그만 덩어리를 말하는 거죠?"

"카지노 칩요?"

"접시가 쌓인 것처럼……."

"맞아요. 그게 바로 염주형성 반응이에요. 응고했다는 뜻이죠. 당신 혈액형이 뭐죠?"

"A형이에요."

"좋아요. 그걸 여기 이 카드에 적어둬요. 각자의 카드에 기입하는 거예요. 당신 카드에는 제이콥의 피가 응고 반응을 나타냈다고 기록하고, 제이콥의 카드에도 마찬가지 기록을 하는 거죠. 이번에는 다른 사람의 피로 해보죠."

레오닐라는 같은 절차를 몇 차례 반복했다. 그러더니 마침내 말했다.

"빌 다든에게는 당신의 피를 제공할 수 있겠군요. 당신의 카드와 그의 카드에 메모를 해둬요. 이제 순서를 알겠죠? 여기 샘플이 있어요. 샘플 병에는 분명하게 주인이 표시되어 있죠. 피를 제공하는 사람과 환자 사이의 교차 실험을 계속해야 해요. 그 일이 끝나면 제공자의 샘플끼리도 실험해보면 좋겠군요. 지금 당장 중요하지는 않지만 나중에 언젠가 수혈이 필요할 때……."

"지금 빌 다든에게 피를 제공해야 하지 않나요?"

모린은 빌 다든을 기억해냈다. LA에서 어머니를 찾아 여기까지 왔던 사람이다. 늙은 어머니가 있기 때문에 실버밸리가 받아들여준 사람이었다. 그는 하트먼의 지휘 하에 전투에 참여했다.

레오닐라가 말했다.

"그에게는 이미 0.5리터를 수혈했어요. 릭 델란티 중령이 헌혈했죠. 지금 우리는 피를 보관할 방법이 없어요. 기증자의 몸 안에 보관하는 방법뿐이죠. 빌 다든에게 피가 더 필요하면 당신에게 사람을 보낼 거예요. 나는 이제 병동으로 돌아가야 하니까, 정말로 도움을 주고 싶다면 혈액 간 교차 실험 작업을 계속 해주세요."

모린은 첫 번째 실험은 실패했다. 하지만 조심스럽게 작업하다 보니 그다지 어렵지 않고 단지 조금 지루할 뿐이었다. 근처의 오물 냄새 때문에 비위가 상했지만 선택의 여지가 없었다. 그들은 배설물을 발효한 열기로 보온을 해야 했다. 마을회관과 병원은 공짜 난방을 이용할 수 있었지만 대신 냄새가 났다.

레오닐라가 갑자기 들어오더니 어느 환자의 혈액 샘플과 카드를 치웠다. 레오닐라는 따로 설명을 해주지 않았지만 설명은 필요 없었다. 모린은 카드에 적힌 이름을 봤다. 열여섯 살인 아람슨이었다. 다이너마이트를 던지다가 부상을 입은 것이었다.

레오닐라가 말했다.

"페니실린이 있었다면 구할 수 있었을 거예요. 하지만 그런 건 없죠. 앞으로도 없을 거예요."

모린이 말했다.

"만들 수는 없나요?"

레오닐라가 고개를 저었다.

"간단한 항생제나 설파제 정도는 만들 수 있겠죠. 하지만 다른 항생제는 무리예요. 제조에 필요한 장비가 없으니까요. 정확한 온도 통제 장치와 초고속 원심분리기는 당분간은 얻을 수 없겠죠. 페니실린 없이 살아가는 방법을 배우는 것이 더 중요해요."

그녀는 얼굴을 찡그렸다.

"이제 모두가 알아야 해요. 단순한 자상을 입어도 빨리 치료하지 않다가 사망선고를 받을 수 있어요. 위생과 응급처치는 과거보다 훨씬 중요해졌어요. 모든 상처는 깨끗이 씻어야 해요. 파상풍 백신도 곧 다 떨어질 텐데……. 하지만 그 정도는 만들 수 있을 거예요. 아마도."

석궁은 거대했고 바퀴로 감아서 장전하도록 되어 있었다. 하비는 힘을 줘서 석궁을 조정한 뒤 가늘고 긴 화살을 얹었다. 그리고 브래드 웨고너를 쳐다보며 말했다.

"왠지 검은색 투구라도 하나 써야 될 것 같지 않소?"

브래드가 어깨를 으쓱하며 말했다.

"마음대로 하시오."

하비는 조심스럽게 조준을 했다. 석궁은 커다란 삼각대 위에 얹어져 있었고, '배틀밸리'가 한눈에 내려다보였다. '배틀밸리'라. 앞으로는 이 계곡은 모두가 그렇게 부르게 되겠지. 하비는 아래쪽 정지해 있는 물체 하나를 겨냥했다. 그 물체는 아주 미미하게 움직이고 있었다. 하비는 그 물체를 다시 한 번 육안으로 확인한 후 석궁의 뒤에 섰다.

"좋소."

하비는 활끈을 부드럽게 방아쇠에 걸었다.

활의 강철 스프링에서 새 울음 같은 소리가 나더니, 달카닥하고 걸리는 소리가 났다. 방아쇠를 당기자 길이가 일 미터가 넘고 끝부분을 날카로운 금속으로 마무리한 가느다란 화살이 날아갔다. 그것은 직선으로 날아가서 조준했던 물체에 정확히 꽂혔다. 그 물체는 움찔하더니 파르르 경련하다가 곧 움직임을 멈췄다. 그들은 더 자세하게 쳐다보지는 않았다. 비명을 지르지 않아서 다행이다.

브래드가 말했다.

"하나가 더 있소. 왼쪽으로 사십 미터 정도 이동시켜서…… 그건 내가 쏘겠소."

하비가 돌아섰다.

"고맙소."

이 무기는 너무 인간적이다. 총은 훨씬 낫다. 기관총도 좋다. 기관총은 대단히 비인간적이다. 누군가를 기관총으로 갈기는 것에는 죄책감이 필요 없다. 당신은 아무것도 하지 않았고 모두 총이 저지른 일이라고 스스로를 설득할 수 있다. 하지만 석궁은 자신의 근력을 이용해야 했다. 그것은 지독히 인간적이다.

다른 방법은 없다. 지금 계곡에 들어가면 죽는다. 차가운 밤공기 때문에 겨자가스가 응축되어 있을 것이다. 겨자가스는 지금도 가끔씩 띠를 이루고 몰려다닌다. 누구도 저 계곡에 들어갈 수 없다. 그래서 적을 그대로 놔둘 수밖에 없다. 하늘에 감사하게도 실버밸리의 부상자들은 가스 공격을 하기 전에 대부분 구조했다. 물론 구조를 마치지 못했어도 앨빈은 공격을 명령했겠지만.

그들은 쓰러져 있는 적의 부상자를 그대로 둘 수도 있고 죽일 수도 있었다. 하지만 그런 목적으로 총탄을 이용할 수는 없다. 재사용 가능한 석궁의 화살을 써야 한다. 이제 첫 번째 고마운 비가 내리거나, 또는 따뜻한 날이 며칠 계속되면 가스가 완전히 흩어질 것이다.

가스는 고마운 비료가 될 것이다. 그리고 죽은 자도 마찬가지다. 이 계곡, 배틀밸리는 내년 봄이면 비옥한 경작지가 될 것이다. 하지만 현재 이곳은 도살장이었다.

우리가 이겼다. 승리했다. 하비는 지난밤의 고양된 감정과 아침에 일어났을 때의 삶에 대한 애착을 회복하려고 애썼다. 지금 해야 하는 일은 끔찍하지만 해야만 하는 일이었다. 신혈맹의 부상자들이 계속 고통을 받도록 놔두는 것보다는 깨끗하게 죽이는 편이 나았다.

그리고 이번이 마지막이다. 더 이상 전쟁은 없다. 이제 문명을 건설할 차례다. 신혈맹은 요새에서 할 일을 대신했다. 그들은 실버밸리 인근의 넓은 지역을 깨끗이 청소했다. 이제 물건을 인양할 탐사대도 굳이 대규모로 보낼 필요가 없을 것이다. 하비는 계속 그 문제를 생각해봤다. 어떤 물건을 더 찾을 수 있을까, 얼마나 많은 물건이 남아 있을까.

그는 활소리를 듣고 고개를 돌렸다. 다시 그의 차례다. 브래드에게 잠깐 쉴 시간을 주자.

✤

　모린은 혈액 감별을 끝낸 다음 부상자들이 누운 곳으로 가봤다. 생각보다 상황이 나쁘지 않았다. 생각하고 싶지 않지만 이유가 뭔지는 알고 있었다. 최악의 환자들은 이미 죽었기 때문이다.

　모린은 이미 죽은 사람들이 최소한의 치료는 받았는지 궁금했다. 의사인 레오닐라, 발드마, 정신과 전문의인 루스, 이 세 사람은 모두 그들이 할 수 있는 일의 한계를 알고 있었다. 겨자가스를 들이마시거나 내장에 총상을 입은 사람은 치료할 약품도 장비도 없으며, 겨자가스를 마신 사람은 살아남더라도 대부분 눈이 멀 것이다. 의사들은 죽은 자를 골라내는 것 말고는 할 수 있는 일이 거의 없었다. 모린은 더 이상 묻고 싶지 않았다.

　모린은 병원을 나섰다.

　마을회관에서 사람들은 승리를 기념하는 축제를 준비하고 있었다. 그들 모두는 축하 파티를 벌일 자격이 있다. 죽은 자를 애도하면서도 살아남은 사람은 계속 살아야 했다. 그리고 이 사람들은 이 순간을 위해 일했고, 피 흘렸고, 죽었다. 이제 그들은 축제를 벌이면서 전쟁은 끝이 났고, 해머 충돌 이후 최악의 순간이 지나갔으며, 이제 재건의 시간이 시작되었음을 선언해야 한다.

　조안나와 로자가 기쁨의 함성을 질렀다. 그들은 등 하나를 켜고 있었다. 조안나가 외쳤다.

　"이거 훌륭해! 안녕, 모린! 우리가 메탄올 등에 불붙였어요."

　그 등불은 환하지는 않지만 그래도 빛이 나왔다. 복도의 끝에서는 아이들이 열심히 음료를 담을 그릇을 진열하고 있었다. 뽕으로 만든 와인은 정말 훌륭했다. 아니, 아무튼 나쁘지는 않았다. 누군가가 코카콜라 한 상자를 내놓았다. 그리고 음식도 있었다. 대부분은 스튜였고, 별로 알고 싶지 않은 내용물로 만든 것이었다. 아무튼 쥐나 다람쥐는 그리 색다른 동물이 아니었고, 고양이 고기도 맛은 토끼와 비슷했다. 스튜 안에 야채는 많지 않았다. 감자는 거의 없었지만 그래도 귀리는 꽤 많이 들어 있었다. 고르디 밴스의 스카우트 쪽 아이들이 귀리를 가지고 와서 물건을 바꿔갔다. 잘 선별된 것은 종자로 쓰고, 좀 부실한 것은 식용으로 사용했다. 시에라 산에 가득한 야생 귀리였던 것이다.

스코틀랜드의 대표적인 전통 음식의 재료가 귀리였지. 오늘 밤은 해기스[*]의 맛을 확실히 보겠군.

모린은 대청을 지나갔다. 여자와 아이들이 모여 장식을 하고 있었다. 밝은색 천이며 종이, 잔치 분위기를 낼 수 있는 이런저런 물건을 벽에 붙이는 중이었다. 모린은 맨 끝에 있는 집무실로 들어갔다.

집무실에는 젤리슨 상원의원, 앨빈 하디, 세이츠, 조지 크리스토퍼, 아일린 햄너가 모여 있었다. 모린이 들어서자 그들의 대화가 갑자기 멈췄다. 모린은 조지와 가볍게 인사를 나눴지만, 조지는 그녀가 나타난 것에 죄의식을 느끼고 불안해하는 것 같았다. 아니면 모린이 상상만 하던, 후계자에 대한 이야기를 하고 있었

---

[*] 양 내장에 귀리를 채운 스코틀랜드 음식. 맛없는 요리의 대명사로 자주 언급.

던 것일까? 그녀는 방 안의 침묵에 대해 상상하던 것을 멈췄다.

그녀가 말했다.

"하던 일 계속 하세요."

앨빈이 말했다.

"우리는…… 이야기를 나누던 중이오. 관심이 있을지 모르겠지만."

모린이 웃었다.

"걱정하지 마시고, 계속 이야기하세요."

왜냐하면, 나를 계속 공주님처럼 취급하겠다면, 나는 무슨 일이 일어나고 있는지 다 알아야겠으니까 말이지.

앨빈이 말했다.

"그래요. 음…… 조금 끔찍한 주제이기는 합니다."

"그래요?"

그녀는 아버지의 옆자리에 앉았다. 젤리슨 상원의원은 건강해 보이지 않았다. 모린이 보기에 이번 겨울을 넘길 수 있을 것 같지 않았다. 베데스다 병원의 의사들은 그녀에게 아버지가 마음을 편히 가져야 한다고 말했다. 하지만 지금은 마음을 편히 가질 수 없는 상황이다. 모린은 그의 팔에 손을 얹으며 미소를 지었다. 상원의원이 그녀의 팔을 떼어냈다. 모린이 말했다.

"앨빈에게 난 괜찮다고 말해주세요."

상원의원이 미소를 지었다.

"정말 그렇니, 애야?"

"물론이에요. 나도 내 몫을 할 수 있어요."

상원의원이 말했다.

"앨빈. 이야기하지."

"예, 상원의원님. 우리는 포로에 대해 이야기하고 있었습니다. 포로를 어떻게 취급할 것인지에 대해서요."

"병원에는 적의 부상자는 거의 없던데요. 내가 본 사람들은 모두 우리 쪽이오!"

앨빈이 고개를 끄떡였다.

"그들은 모두 조치되었습니다. 우리가 이야기하던 것은 항복한 사람들입니다. 마흔 한 명의 남자와 여섯 명의 여자이지요."

앨빈은 손을 들고 손가락으로 딱 소리를 냈다.

"내가 생각하는 대안은 다음 몇 가지입니다. 첫째, 그들을 우리 시민으로 받아들인다."

조지가 그르릉거렸다.

"절대 안 돼!"

"둘째, 그들을 우리의 노예로 받아들인다. 셋째, 그들을 풀어준다. 넷째, 그들을 죽인다."

조지가 말했다.

"그들을 풀어주는 것도 안 되오. 풀어주면 어디로 가겠소? 모조리 다시 신혈맹에 가담하겠지. 신혈맹은 우리에게 패했지만 여전히 우리보다 규모가 큰 조직이오. 절대 잊어서는 안 됩니다. 우리는 십여 킬로미터를 추격했지만 그들은 전혀 질서를 잃지 않고 체계적으로 응전했소. 여전히 지휘관이 있고, 트럭이 있고, 박격포도 있소. 물론 그들의 무기를 상당수 노획했지만, 그들은 여전히 멀쩡하다고."

그는 마치 늑대 같은 미소를 지으며 말했다.

"물론 그 자식들이 다시 우리에게 주둥이를 디밀지는 못하겠지만. 노예라. 노예가 있다면 여러 가지 일을 할 수 있을 텐데."

"그렇소."

앨빈이 긍정의 뜻으로 고개를 끄떡였다.

"내 생각도 마찬가지요. 중노동을 시킬 수 있을 겁니다. 압축기 펌프를 작동시켜서 냉장장치를 가질 수도 있고, 선반 작업을 시켜도 되고, 유리 가공을 시킬 수도 있겠죠. 하다못해 쟁기질이라도 시킬 수 있습니다. 아무도 하고 싶어 하지 않는 일들이 적지 않죠."

모린이 항의했다.

"하지만 노예제도라니? 그건 끔찍해요."

"그래요? 그렇다면 표현을 좀 바꾸면 어떻겠습니까? 포로로서 감금시키고 노동을 시킨다고 말이오. 그들의 신혈맹에서의 삶과 비교하면 더 나빠질까요? 아니면 해머 충돌 이전의 수감자들보다 나쁠 것 같습니까?"

모린이 말했다.

"아니. 난 그들을 걱정하는 것이 아니에요. 우리 스스로에 대한 질문이에요. 우리가 노예를 부리는 사람이 되고 싶나요?"

조지 크리스토퍼가 말했다.

"그렇다면 그놈들을 모조리 죽여버립시다. 우리 내부든 외부든 그들을 그냥 놔준다는 것은 말도 안 되는 줄 알잖소."

모린이 말했다.

"그냥 놔주면 왜 안 되죠?"

조지가 말했다.

"이미 말했잖소. 그들은 다시 식인종에게 돌아가서……."

모린이 물었다.

"신혈맹이 지금도 그렇게 위험한가요?"

조지가 말했다.

"이제는 그렇게 위험하지는 않겠지. 그들이 여기로 다시는 오지 못할 테니 말이오."

앨빈이 덧붙였다.

"그리고 내년 봄까지는 신혈맹의 상당수는 살아남지 못할 것입니다. 그들은 겨울을 체계적으로 대비하지 않았을 테니까. 포로가 된 사람들의 이야기를 들어보면 월동준비를 한 것이 거의 없었습니다."

모린은 자신을 위협하는 생각과 싸워야 했다.

"모든 것이 정말 두려워요."

젤리슨 상원의원이 말했다.

"우리가 어떤 여유를 가지고 있겠소?"

그의 목소리는 낮았다. 기운을 아끼는 듯한 느낌이었다.

"문명은 여유를 가진 만큼의 윤리와 도덕을 가지게 되지. 지금 우리는 가진 것이 거의 없고, 그래서 여유도 거의 없소. 포로는 고사하고 우리 스스로의 부상자도 돌보지 못하고 있소. 우리의 여유로서 할 수 있는 일은 죽어가는 부상자에게 편안한 안식을 선물하는 정도지. 그렇다면 포로들에게는 어떤 여유를 베풀 수 있겠소? 모린의 말은 옳아. 우리가 스스로 야만의 상태로 돌아갈 수는 없지. 그러나 우리는 의도대로 행동할 만큼의 여유를 가지지 못했소."

모린은 자신의 아버지의 팔을 어루만졌다.

"나도 바로 그렇게 생각했어요. 하지만 만약 우리에게 그만큼의 여유가 없다면, 우리는 최소한의 여유를 만들어내야 해요! 결코 악한 일에 익숙해져서는 안 돼요. 악한 것을 미워해야 해요. 어떤 한이 있어도 말이에요."

조지가 말했다.

"그렇다고 포로를 시민으로 정착시킬 수는 없소. 나는 그들을 모조리 죽여 버리는 쪽에 한 표를 행사하겠소. 필요하다면 내가 직접 죽여주지."

그렇지만 조지는 모두를 죽인다고 해도 아무것도 얻지 못하겠지. 그리고 모린의 말을 결코 이해하지 못할 것이다. 하지만 그는 나름의 방식으로 좋은 사람이었다. 그는 자신이 가진 모든 것을 나누며 결코 이기적으로 굴지 않았고, 다른 누구보다 더 열심히 오래 일했다.

모린이 말했다.

"그건 아니에요. 좋아요. 우리는 그들을 풀어줄 수는 없어요. 동시에 그들을 시민으로 받아들일 수도 없어요. 우리가 가진 여유로는 그들을 노예로 만들 수밖에 없다면 그들을 노예로 받아들여요. 그리고 그들에게 노동을 시켜 우리의 여유를 키워나가요.

하지만 그들을 노예라고 부르면 안 돼요. 왜냐하면 우리가 스스로를 노예의 주인이라고 생각해서는 안 되니까요. 우리는 그들에게 일을 시키겠지만 그들의 명칭은 전쟁포로이고, 그들을 취급할 때에도 전쟁포로로서 취급해야 해요."

앨빈은 조금 어리둥절한 표정이었다. 모린이 이렇게 적극적으로 의견을 내놓는 경우는 별로 없었기 때문이었다. 앨빈은 시선을 상원의원에게 옮겼다. 상원의원은 그저 죽음 직전의 지친 표정만 보여줄 뿐이었다.

앨빈이 말했다.

"좋습니다. 아일린, 전쟁포로 수용소를 만들기로 합시다."

최후의 결정

어떤 문명에서든 농부는 언제나 존재했다. 농부의 신앙은 기독교보다 오래
되었고, 농부가 믿는 신은 그 어떤 고등종교의 신보다 오랜 역사를 가지고
있다.

— 오스왈드 슈펭글러, 『서구의 몰락』

지난 몇 달간 차는 수년 이상 삭은 것 같았다. 길이 없는 땅과
바닷물 위를 헤치고 다니느라 생선 썩는 악취가 났다. 정비가 불
가능했고, 끝없이 비가 내렸기 때문에 엄청난 부식이 생겼다. 한
쪽 전조등이 깨져 시야는 절반만 확보됐다. 차는 자신의 수명이
다해가는 것을 아는 듯이 그르릉거리고 덜걱였다. 충격 흡수 스
프링 하나하나가 모두 망가져 있었다.

팀 햄너는 하반신이 찌르는 듯 아팠다. 기어를 변속하기는 너
무 힘들었다. 클러치 페달을 밟으려고 왼쪽 다리를 움직일 때마
다 마치 뼈에 얼음송곳이 꽂힌 듯 아팠다. 팀은 여기저기 구멍이
뚫린 도로를 힘겹게 가로지르고 덜그럭대는 차의 균형을 맞춰가
면서 속도를 높였다.

도로 차단소에는 칼 크리스토퍼가 근무 중이었다. 그는 한 손
에 군용 기관총을, 다른 손에는 올드페드칼 한 병을 들고 있었

다. 그는 손전등을 비춰보더니 뻐기는 듯한 태도로 팀에게 말을 걸었다.

"팀! 반갑소!"

그는 트럭 창문으로 술병을 밀어 넣으며 말했다.

"한잔 하시오! 어! 대체 얼굴이 어떻게 된 거요?"

팀이 말했다.

"모래를 뒤집어썼소. 이봐요. 트럭 뒷좌석에 부상자가 세 사람 있소. 누가 내 대신 운전 좀 해줄 수 있겠소?"

"이런, 여기는 우리 두 사람밖에 없소. 나머지는 모두 축제 중이오. 당신들도 승리했겠지? 당신들도 전투를 벌여 그들을 물리쳤다는 이야기를 들었⋯⋯."

팀이 말했다.

"부상자가 있소. 병원에서 치료를 받을 수 있소?"

"내 말 좀 들어보시오. 우리도 부상자는 있지만, 우리는 이겼다니까! 그 자식들, 상상도 못했을 거야. 팀, 정말 아름다운 한판이었소! 포레스터 박사님의 발명품이 그놈들을 사정없이 몰아치니까 그놈들이 튀기 시작하는데⋯⋯."

"그들을 무찌른 것은 잘 알겠소. 하지만 나는 지금 이야기할 시간이 없소, 칼."

"알았소, 좋아요. 그런데 사람들은 모두 마을회관에서 축제를 벌이는 중이오. 병원은 마을회관 옆에 있으니 충분히 도움을 받을 수 있을 거요. 그들이 제정신은 아니겠지만, 그러나⋯⋯."

"바리케이드를 치워주시오, 칼. 내가 치우지 않고 당신에게 시켜서 미안하오. 나도 부상을 당했거든요."

"오, 이런."

칼은 통나무를 옆으로 치웠고, 팀은 다시 페달을 밟았다. 도로는 어두웠고, 어느 집도 불을 켜지 않았다. 도로 위에는 아무것도 보이지 않았지만 운전은 아까보다 훨씬 쉬웠다. 길에 팬 구덩이가 모두 메워져 있었기 때문이다. 팀은 커브를 돌아서 마을로 들어섰고 곧 마을회관 앞에 닿았다.

마을회관은 어둠 속에서 부드럽게 반짝였다. 모든 창문마다 촛불과 등불이 켜져 있었다. 원자력발전소의 휘황찬란한 불빛을 본 후라서 인상적일 정도로 아름다운 빛은 아니었지만, 그러나 그들이 축제를 벌인다는 것은 분명하게 알 수 있었다. 마을회관 건물에는 수용할 수 있는 것보다 훨씬 많은 사람이 모여 있었다. 눈발이 약간 날렸지만 사람들은 아랑곳없이 길가까지 나와 있었다. 그들은 추위와 바람에 맞서려고 단단하게 무리를 짓고 있었다. 그들의 웃음소리가 들려왔다. 팀은 요양소 건물 옆문에 차를 정차시켰다.

팀이 나타나자 마을회관 바깥에 있던 사람 중 일부가 모여들었다. 그중 한 사람이 아일린이었다. 그녀는 환하게 미소를 지으면서 균형을 잃은 것처럼 와락 달려들었다.

"천천히!"

팀이 부르짖었지만 너무 늦었다. 아일린이 팀에게 파고들어 꽉 껴안으면서 웃음을 터뜨렸고, 팀은 쓰러지지 않도록 힘들여 균형을 잡았다. 엉덩이뼈에 비틀리는 듯한 고통이 밀려왔다.

"조심해, 오, 주여! 내 엉덩이에 쇳조각이 박혀 있다고!"

아일린이 불에 데듯 뒤로 펄쩍 뛰었다.

"무슨 일이에요?"

아일린은 팀의 얼굴을 봤다. 아일린의 미소가 사라졌다.

"어떻게 된 거예요?"

"박격포 파편에 맞았어. 바로 앞에서 폭발했지. 무전기를 설치한 냉각탑이 박격포를 맞아, 무전기는 산산조각이 났고 내 근처에 있던 사람은 즉사했지. 나는 모래주머니 바로 앞에 서 있었어. 바로 앞에 말이야! 모래주머니가 터져서 모래를 잔뜩 뒤집어썼고, 엉덩이에 파편 한 조각이 꽂혔지. 당신은 괜찮아?"

"물론이에요. 그리고 당신, 괜찮은 거죠, 그렇죠? 걸을 수 있어요? 오, 주여 고맙습니다."

팀이 끼어들기 전에 아일린이 말했다.

"팀, 우리가 이겼어요! 우리가 식인종의 절반은 해치웠어요. 그리고 나머지는 지금도 도망가고 있어요. 조지 크리스토퍼가 그들을 수십 킬로미터나 추격했거든요."

다른 누군가가 뻐기듯 말했다.

"그들은 다시는 우리를 건드리지 못할 거요."

그제야 팀은 사람들이 자기를 둘러싸고 있는 것을 깨달았다. 그에게 말을 한 사람은 처음 보는데, 인디언 같았다. 그는 팀에게 병을 건네며 말했다.

"이 세상에 남아 있는 최후의 아이리시 위스키요."

"그건 아이리시 커피를 위해 남겨둬야 하는 것 아냐?"

누군가가 웃음을 터뜨렸다.

"하지만 더 이상 커피가 없잖아."

병은 거의 비어 있었다. 팀은 마시지 않았다. 그는 고함을 질렀다.

"차 뒤에 부상자가 있소. 들것을 가져다주시오! 그리고 들것을 날라줄 사람도 필요합니다. 이쪽으로."

흥청거리던 사람들 중 일부가 병원으로 뛰어 들어갔다. 다행이다.

아일린이 얼굴을 찌푸렸다. 슬프다기보다는 생각에 잠긴 표정이었다. 그녀는 팀이 무사한지를 계속 지켜보다가 말했다.

"발전소가 공격을 받았다는 이야기는 들었어요. 하지만 이미 물리쳤고, 그리고 우리 쪽은 아무도 다치지 않았다고……."

"첫 번째 공격을 말하는 것이군. 하지만 그들은 다시 공격을 해온 거야. 오늘 오후에."

인디언이 믿을 수 없다는 듯 말했다.

"오늘 오후라고요? 그들은 달아났는데. 우리가 그들을 추격했고요."

팀이 말했다.

"그들은 도망가지 않았소."

아일린은 팀에게 귓속말을 했다.

"모린은 조니 베이커가 어떻게 됐는지 궁금해할 거예요."

"그는 죽었소."

아일린은 놀란 표정으로 팀을 바라봤다.

사람들이 들것을 가지고 왔다. 부상자들은 뒷좌석에 담요를 번데기처럼 감고 누워 있었다. 그중 한 명은 조지 크리스토퍼의 처남인 잭 로스였다. 다른 두 명의 부상자는 흑인이었다. 들것을 가져온 사람들이 부상자의 얼굴을 보며 놀라자 팀이 말했다.

"앨런 시장이 데리고 있는 경찰들이오."

팀은 부상자 운반을 돕고 싶었지만, 자기 자신을 운반하는 것도 쉽지 않았다. 팀은 트럭 짐칸에서 호리에게 얻은 나무 지팡이를 발견하고, 그 나무를 짚고 병원까지 절뚝이며 걸었다.

레오닐라는 외과 수술용으로 쓰고 있는 대형 사무용 책상 하나를 가리켰다. 책상 위에 들것을 내려놓자 그녀는 빠르고 조심스럽게 부상자를 살펴봤다. 첫 번째는 잭 로스였다. 레오닐라는 청진기를 대보고 인상을 찌푸리더니, 청진기를 여기저기 옮겨보았다. 그리고 그의 엄지손톱을 세게 눌렀다. 손톱이 희게 변했다가 그 상태로 머물렀다. 레오닐라는 묵묵히 담요를 그의 얼굴 위까지 끌어올리고 다음 부상자로 넘어갔다.

그 흑인 경찰은 의식이 있었다. 레오닐라가 물었다.

"내 말, 들려요?"

"예. 당신은 러시아에서 온 우주비행사죠?"

"맞아요. 얼마나 여러 군데를 공격당한 거죠?"

"파편이 대여섯 곳을 덮쳤소. 지금 배 속이 불타는 것 같소."

레오닐라는 맥박을 짚었다. 팀은 절뚝이면서 방 밖으로 나왔다. 아일린이 인상을 찌푸리면서 팀의 팔을 안았다.

"당신도 부상을 당했잖아요! 안에 있으세요."

"지금 피는 멎었어. 나는 가야 해. 조지에게 그의 처남이 당한 일을 이야기 해줘야 해. 그리고 지원군을 결집해야 해. 최대한 빨리."

팀은 그녀의 얼굴을 봤다. 이곳의 누구도 그런 소식은 들으려 하지 않을 것이다. 이들은 싸웠고 이겼다. 다시 싸워야 한다는 소식을 반갑게 들을 사람은 없었다. 팀이 말했다.

"발전소에는 의사도 없어. 내 엉덩이에 박힌 파편을 누구도 건드리지 못했지."

아일린이 말했다.

"다시 병원으로 돌아가요."

"그러지. 하지만 경찰부터 치료해야 해. 나보다 훨씬 심하게 다쳤으니까. 그리고 원자력발전소 사람들이 내 상처에 설파제를 바르고 멸균 거즈를 덮어줬으니까 나는 한동안은 괜찮을 거야. 나는 지금 앨빈을 만나야 해."

생각을 정리하기 쉽지 않았다. 그는 엉덩이가 불에 탄 듯 아팠고 고통 때문에 정신이 혼미했다.

아일린이 팀을 부축해서 마을회관 건물로 이어지는 좁은 길을 걸었다. 팀은 혀를 찼다. 젠장, 또 포위당했군. 상원의원의 집사인 스티브 콕스가 물었다.

"팀, 무슨 일이오?"

다른 사람이 고함쳤다.

"그를 가만히 좀 놔두시오. 우리 모두에게 한꺼번에 이야기를 할 수 있도록."

다른 누군가가 말했다.

"팀, 손에 든 것, 마실 거요?"

팀은 자신의 손에 거의 비어 있는 술병이 아직 들려 있는 것을 깨달았다. 팀은 술병을 넘겨줬다.

스티브가 외쳤다.

"이봐. 술병은 다시 팀에게 돌려줘. 팀, 그걸 마시시오. 우리는 이겼소!"

"마실 수 없소. 상원의원님께 말씀드릴 것이 있소. 그리고 앨빈에게 이야기할 것도 있소. 지원군이 필요해요."

팀은 아일린이 긴장으로 뻣뻣해진 것을 깨달았다. 다른 사람들도 뻣뻣해졌다. 그 말을 들은 사람들은 모두 팀을 미워했다.

"적이 다시 공격을 시작하면 더 이상 방어할 수가 없소. 발전소는 너무 큰 피해를 입었기 때문이오."

아일린이 속삭였다.

"아뇨, 이제는 끝났을 거예요."

팀이 대답했다.

"모두 끝났을 거라고 생각하는 거요?"

"모든 사람이 다 그렇게 생각하고 있어요."

아일린의 표정에 참을 수 없는 슬픔이 깃들었다. 그 표정은 팀을 애달프게 해야 정상이지만, 지금은 그렇지 않았다. 아일린이 말했다.

"누구도 다시 싸우고 싶어 하지 않아요."

조안나의 짜랑짜랑한 목소리가 울려 퍼졌다.

"싸울 필요도 없어요. 그 개자식들을 이미 완전히 해치웠으니까요, 팀!"

그녀는 아일린과 반대편에서 어깨로 팀을 부축하며 말했다.

"지금 그들에게는 싸울 병력도 남지 않았어요. 곧 산산이 흩어져 이후로는 신혈맹이라는 이름도 들어본 적 없다고 시치미를 떼겠죠. 하지만 그건 소용없어요. 우린 그들을 알아볼 테니까요."

조안나는 이미 피 맛을 봤다. 갑자기 그녀가 물었다.

"마크는 괜찮나요?"

"마크는 괜찮소."

팀은 자신이 무엇을 맞서고 있는지, 그리고 그것을 이기는 것이 얼마나 희망 없는 일인지를 깨달았다. 하지만 대안은 없다. 그들을 이해시켜야 한다. 팀은 말했다.

"마크는 지금의 당신보다 훨씬 건강하고, 행복하고, 깨끗할 거요. 원자력발전소에는 뜨거운 샤워기와 전기 세탁시설이 있으니까 말이오."

이런 말은 도움이 될 거다.

마을회관에서 조금 떨어진 회의실에서 릭 델란티는 진저 다우와 말다툼을 벌이고 있었다. 진저는 이미 릭과 자기로 마음을 굳힌 것 같았다. 그녀는 버릇없을 정도로 흥분한 상태로 말했다.

"알잖아요. 나와 꼭 결혼할 필요는 없어요."

릭이 대답하지 않자 그녀가 웃었다. 진저는 체구가 큰 편인 삼십대 중반의 흑인 여자였는데, 해머 충돌 후 거의 처음으로 빗질을 한 덕택에 긴 갈색 머리가 지금은 보드랍게 물결무늬를 이루고 있었다.

"만약 내 집이 마음에 든다면 와서 살아도 좋아요. 마음에 들지 않는다면 내일 아침에 떠나면 돼요. 아무도 신경 쓰지 않을 거예요. 알잖아요. 여기는 미시시피가 아니에요. 이제 천육백 킬로미터 이내에는 식인종 이외의 흑인 여자는 아무도 없을 거예요."

릭이 대답했다.

"그래요, 그래서 나도 불안하다는 것은 인정합니다. 그리고 이 모든 상황도 잘 알고 있어요. 하지만 아직은 때가 아니에요. 나는 아직은 죽은 가족을 애도해야 한다고요."

목소리가 높아져 옆방의 분위기를 망칠까봐 걱정을 할 필요는 없었다. 옆방은 이미 제멋대로의 가락에 맞춰서 충분히 시끄럽게 노래를 부르며 떠들고 있기 때문이었다.

당신은 벌목꾼이죠? 평범한 사내가 아니죠?
벌목꾼 말고 누구도 엄지손가락으로 커피를 젓지 않죠

진저의 얼굴에서 미소가 조금 사라졌다.

"우리 모두는 누군가를 애도하고 있어요. 하지만 그 때문에 살아남은 사람의 삶이 방해받아서는 안 돼요. 내가 마지막으로 남편을 봤을 때 그는 변호사와 같이 점심을 먹겠다면서 포터빌로

가고 있었어요. 그리고 콰쾅! 아마 댐이 무너질 때 쓸려갔겠죠."

내 벌목꾼 애인은 눈 속을 뚫고 걸었죠
영하 사십 팔도에, 행복하게, 귀향길을 걸었죠

진저가 말했다.
"지금은 애도를 할 때가 아니에요. 축제를 벌일 시간이에요."
그녀의 입가에는 잔주름이 볼록 나와 있었다.
"남자는 엄청나게 많아요. 여자보다 훨씬 더. 그리고 나보고
못생겼다고 말한 사람은 아무도 없었어요."
릭이 말했다.
"당신은 못생기지 않았소."
저 여자는 혹시 우주비행사의 머리 가죽을 모으는 취미를 가
졌을까? 아니면 흑인의 머리 가죽? 그것도 아니면 남편의 취미
가 사냥일까? 릭은 자신이 설레고 있음을 깨달았다. 하지만 엘라
고의 옛 가족에 대한 기억이 너무 생생했다. 그는 옆으로 연결되
는 문을 열고 도망치듯 나갔다.

바람은 그를 얼리려고 했죠, 있는 힘껏 얼리려고 했죠
영하 백도로 내려갔고, 그는 초끼 단추를 잠갔어요

마을회관 건물은 도시의 도서관이고, 경찰서이고, 교도소이기
도 했다. 책이 잔뜩 꽂힌 회의실에는 그림과 늘어진 천이 잔뜩 장

식되어 있었다. 그 장식이 흡음재 역할을 했지만 여전히 축제는 시끄러웠다. 릭은 회의실의 한쪽 끝에서 브래드 웨고너를 찾아냈다. 웨고너는 진열장 유리창 안에 들어 있는 뭔가를 바라보고 있었다.

릭이 물었다.

"그것들은 어디서 나온 거죠? 스튜벤 글라스를 수집하는 사람이 있나 봅니다?"

브래드가 어깨를 으쓱했다.

"나도 모르죠. 아주 고급스러운 고래요. 그렇지 않소?"

브래드는 이마에 큰 붕대를 감고 있었다. 마치 영화 〈전사의 용기〉*의 한 장면 같았지만 누구에게도 말하지는 않았다. 브래드는 테르밋 수류탄을 힘껏 던지다가 바위 아래 내리막으로 굴러 떨어졌다. 가스에 중독되어 죽을 뻔했지만 간신히 중턱에 걸려서 기어 올라와 살아남았다. 그리고 지금은 버번위스키에 중독되어 있었다. 브래드가 릭에게 말했다.

"이제 그 일을 다시 반복할 필요는 없겠죠."

그는 이미 같은 말을 여러 번이나 반복했다.

행복은 전염성이 있었다. 릭은 그들 사이에 끼고 싶었다. 망할 원자력발전소에 대한 걱정만 하지 않을 수 있다면, 그리고 조니에 대한 걱정만 멈출 수 있다면, 그리고 엘라고에 대해서 잊을 수만 있다면.

---

* 〈Red Badge of Courage〉 1995년 출간된 『붉은 무공훈장』을 원작으로 1951년 존 휴스턴 감독이 만든, 남북전쟁을 다룬 영화.

그는 병원으로 건너가서 좀 더 몸을 쓰는 일을 하기로 마음먹었다. 병원에서 묵묵히 일을 하면서 누구의 잔치도 방해하지 않을 생각이다. 그가 문으로 걸어가는데 팀이 안으로 들어왔다. 팀의 양쪽 팔을 여자들이 부축하고 있었고, 군중이 그를 둘러싸고서 한꺼번에 말을 걸고 있었다.

릭은 사람들을 헤치고 팀에게 다가갔다. 소음이 두 배로 커졌다. 팀은 집무실로 계속 나아갔고 릭은 그 뒤를 따랐다. 몇몇 사람들이 조용히 하라고 소리를 지른 후에야 소음이 조금 낮아졌다. 아일린이 릭을 발견하더니 팀의 팔에서 빠져나왔다.

"이야기해줄 것이 있어요."

릭은 한 번에 알아차렸다. 그는 기절하기 직전의 싸늘함을 느꼈다.

"조니는 어떻게 죽었습니까?"

"모두의 생명을 구했다고 들었어요. 내가 아는 것은 그게 전부예요."

릭은 무릎이 풀렸지만 꼿꼿하게 몸을 세웠다.

"내가 가야 했어."

릭은 누구에게인지 모르게 말했다. 이제 지구상에 우주비행사는 세 사람 남았다.

"모린도 알고 있소?"

"아직 모를 거예요. 그녀는 어디에 있죠?"

"마지막으로 본 장소는 집무실이었소. 상원의원님과 함께 말이오."

상원의원도 이 상황을 좋아할 것 같지는 않다.

"나도 함께 가겠소."

릭은 그들을 위해 앞장서서 길을 냈다.

그래, 조니가 죽었다. 이제 릭이 사랑하던 사람은 모두 죽었다. 해머가 그들 모두를 데려갔다. 릭은 미친 듯 웃음을 터뜨리고 싶었다. 하지만 아직 미국의 완벽한 기록은 훼손되지 않았다. 우주 임무 중에 죽은 우주비행사는 한 사람도 없으니까.

"무엇으로부터 모두의 생명을 구했다는 거요?"

릭이 물었지만, 아일린과의 사이가 멀리 떨어져 있었고 주변이 시끄러워서 대화를 나눌 수 없었다.

누군가가 팀에게 술병을 건넸다. 스카치였다. 이번에는 팀은 한 모금을 받아 마시고, 술병을 들고 집무실로 들어갔다. 리더들이 모두 모여 있었다. 상원의원은 큰 책상 앞에 앉아 있었고 상원의원의 곁에 앨빈이 서 있었다. 모린, 하트먼, 세이츠 등이 주변에 있었다. 그들 모두는 의기양양하고 행복해 보였다. 팀은 그래서 화가 났다. 자신이 이성적으로 생각하지 않는다는 사실을 알고 있었고, 그들이 승리를 축하할 자격이 있다는 사실도 잘 알았다. 하지만 너무 슬펐다. 팀은 절뚝이며 집무실로 들어갔고, 사람들이 당황하면서 얼굴빛이 변하는 모습이 만족스러웠다. 아일린과 릭의 뒤에서 사람들이 몰려오더니 곧 문이 닫히는 소리가 들렸다.

앨빈이 물었다.

"발전소가 다시 공격을 당했습니까?"

"그렇소."

팀이 모린을 쳐다봤다. 모린은 알아차렸다. 그의 표정만으로 알아차렸다. 그 일이라면 굳이 아무렇지도 않게 받아들이는 척할 필요가 없다.

"조니 베이커 장군은 죽었소. 적의 공격은 저지했지만, 아주 일시적일 뿐입니다. 그리고, 여러분 모두에게 이야기를 하는 편이 낫겠습니다."

그는 상원의원에게 시선을 집중했다. 모린의 표정을 보고 싶지는 않았다.

앨빈은 상원의원을 바라보자 상원의원이 고개를 끄떡였다.

"나는 괜찮다네."

앨빈은 팀의 뒤쪽 사람들에게 말했다.

"바깥쪽, 좀 조용히 해주겠습니까."

사람들이 장소를 옮겼다. 스티브 콕스가 연단에 올라서서 장내를 정리했다. 앨빈과 사람들이 팀을 연단 위로 데리고 가서 세웠다. 어떤 사람은 상원의원을 위한 좋은 자리를 마련하기 위해 의자를 이동시켰다. 세이츠와 하트먼은 상원의원 뒤편에 섰다. 모린은 어디론가 사라졌다.

팀은 연단에 몸을 기대 자신을 바라보는 수백 개의 눈을 쳐다본 후 스카치를 한 모금 더 마셨다. 몸이 따뜻해졌다. 방은 이제 아주 조용해졌다. 누구도 말을 하지 않았다. 사람들이 자리를 옮기느라 부스럭거리는 소리가 전부였다. 팀은 이제까지 살면서 한 번도 청중을 향해 연설을 해본 적이 없었다. 혜성 충돌 전까지는 말이다. 청중이 너무도 가까이 있었고 너무도 생생했다. 그들의 냄새도 맡을 수 있을 것 같았다. 조지 크리스토퍼가 마치 쇄빙선처럼 군중을 헤치고 들어오고 있었다. 조지는 그렌델의 팔을 잘라낸 베오울프처럼 승리에 도취되어 의기양양했다. 그리고, 젠장, 군중들 모두가 의기양양했다. 그들 모두가 팀의 말을 기다리고 있었다.

그가 말했다.

"좋은 소식부터 말하겠습니다. 발전소는 지금도 제대로 작동하고 있습니다. 발전소는 오늘 오후에 공격을 받았습니다. 우리는 그들의 공격을 저지했지만 피해는 컸소. 우리 중 일부는 죽었고, 일부는 부상을 입었고, 더 많은 사람들은 부상 때문에 곧 죽게 될 겁니다. 이미 잘 아시다시피 그곳을 침공한 것은 신혈맹의 주력이 아니었고……."

박수갈채가 쏟아지고 의기양양한 웃음소리가 터져 나왔다. 신혈맹의 주력을 무찌른 전사들이 그런 반응을 보이는 것은 정상이었지만, 팀으로서는 전혀 기대하지 못한 상황이었다. 팀은 정신이 번쩍 들었다. 이렇게 함성을 지르고, 먹고 마시고 춤추고 껴안고 즐기는 동안, 팀이 두고 온 사람들은 죽음을 기다리고 있다!

청중이 조금 조용해지자 팀은 분노에 찬 연설을 시작했다.

"조니 베이커 장군은 죽었소. 신혈맹은 아직 죽지 않았소."

팀이 말했다. 그러고는 반응을 살폈다. 분노와 불신의 반응이었다.

"그들은 그곳을 다시는 공격하지 않을 거요."

누군가가 소리를 질렀고, 다른 사람들이 맞장구를 쳤다.

조지 크리스토퍼가 큰 소리로 말했다.

"팀의 이야기를 마저 들어봅시다. 무슨 일이 난 거요?"

방 안이 다시 조용해졌다.

팀이 이야기했다.

"처음에는 신혈맹이 배를 타고 공격해왔는데 그때는 상대하기가 어렵지 않았소. 그런 다음에는 무전으로 실버밸리에서 전투가 벌어졌다는 소식을 들었고, 신혈맹의 패배 소식을 듣는 순간 이제 다 끝났다고 생각했소."

그는 요새의 승리 소식을 듣던 순간 샌호아킨 원자력발전소에서 벌어졌던 떠들썩한 축하를 기억했다.

"그러나 신혈맹은 다시 돌아왔습니다. 바로 오늘. 그들은 모래주머니를 튼튼하게 쌓은 거대한 배를 끌고 와서 우리에게 박격포를 쐈소. 우리가 가진 어떤 무기도 닿지 않는 곳에서 말이오. 그들의 박격포탄 하나가 발전소의 수증기 파이프를 맞혔소. 펄펄 끓는 수증기가 이동하는 관이었는데, 기술자 하나가 지옥 같은 시간을 보내면서 간신히 그 파이프를 수리했소. 그리고 또 하나의 포탄이 날아와 잭 로스를 데려갔습니다."

팀은 조지의 얼굴에서 의기양양한 웃음이 사라지는 걸 봤다.

"부상당한 잭을 승합차에 옮겨 태울 때까지만 해도 그는 살아 있었습니다. 하지만 여기 도착했더니 이미 죽었더군요. 또 하나의 박격포탄은 바로 내 앞에서 터졌소. 냉각탑 위에 쌓아둔 모래주머니를 타격했죠. 무전기를 설치했던 바로 그 자리였소. 내 옆에 있던 사람이 죽고 무전기가 박살났지. 내 엉덩이뼈에도 파편한 조각이 박혔소. 그 파편은 지금도 여기 그대로 있소. 그들은 반격을 당하지 않을 만큼의 거리를 두고 계속 공격했습니다. 발전소 엔지니어들이 급히 대포를 만들었죠. 파이프로 몸통을 만들고 압축공기를 이용하는 전장식 화포였지만, 정확도가 낮아서 바지선을 공격할 수 없었습니다. 망할 놈의 박격포탄은 계속 우리 주변에 떨어졌죠. 조니가 배를 타고 병력을 데리고 나갔지만 거의 성과를 낼 수 없었습니다. 신혈맹이 기관포를 갖고 있었던 데다가 모래주머니 방벽도 있어서, 공격이 효과를 발휘하지 못했죠. 마침내 조니는 배를 되돌리고 사람들을 모두 내리도록 했습니다."

집무실 바깥으로 이어지는 복도에 모린이 서 있었다. 그녀는 상원의원의 뒤에 서서 그의 어깨를 짚고 있었다. 아일린도 곁에 있었다. 팀이 말을 이었다.

"우리에게는 예인선으로 사용하던 경주용 배가 한 척 있었습니다. '신디-루'라는 배였죠. 조니 베이커가 발전소장인 배리에게 말했소. '나는 한때 전투기 조종사였소. 절대 빗나가지 않는 확실한 공격 방법 하나를 알고 있지.' 그러더니 신디-루를 최고속도로 가속해서 신혈맹의 바지선을 향해 돌격하더니 오른편에 충돌했습니다. 바지선의 오른쪽 전체가 불타오르기 시작했죠. 조니가 신디-루에 가솔린과 테르밋 폭탄을 싣고 갔던 거죠. 신혈맹은 다른 배로 옮겨 타서 계속 공격을 했지만, 박격포가 없기 때문에 우리가 응전할 수 있는 거리로 다가올 수밖에 없었소. 우리도 피해를 입었지만 결국 그들은 떠날 수밖에 없었던 겁니다."

조지 크리스토퍼가 말했다.

"달아났군. 그들은 항상 달아나."

팀이 말했다.

"달아난 것이 아니오. 후퇴한 거요. 그들의 배 중 한 척에는 흰 머리의 미치광이 한 사람이 있었소. 그를 공격하기 위해 최선을 다했지만 명중시키지 못했는데…… 그 자는 우리를 죽이라고 끊임없이 고함을 질렀죠. 마지막 순간까지 그는 고함을 질렀습니다. 그는 다시 돌아올 겁니다."

팀은 말을 멈추고 사람들의 반응을 살펴봤다. 충분하지 않다. 잔치의 흥겨운 분위기는 완전히 없앴지만, 사람들의 반응은 오직 비탄과 슬픔뿐이었다. 다른 것은 없었다.

"신혈맹은 우리 쪽 열네 사람을 죽였습니다. 잭 로스를 포함해서 말이오. 부상자는 그보다 세 배쯤 많은데 그중 상당수는 죽을 거요. 간호사와 응급 약품은 있지만 의사는 없으니까요. 그 모든 것이 필요합니다. 새로운 무전기도 필요합니다."

그들의 표정에는 비탄과 슬픔 이외에 분노도 있었다. 이제 그들은 팀이 다음에 말할 내용을 예측했다.

팀은 말을 이었다.

"무엇보다도 가장 필요한 것은 지원군입니다. 이번과 같은 공격을 더 이상 막아낼 수 없습니다. 겨자가스 폭탄은 소용이 없습니다. 우리에게 필요한 것은 총입니다. 신혈맹에게 빼앗은 기관총이 있다면 큰 도움이 될 겁니다. 그러나 무엇보다 사람이 필요합니다. 발전소 쪽 사람들은 모두 발전소가 공격당하면 즉각 보수해야 하니까요. 배리가 데리고 있는 사람들은…….”

그는 적당한 단어를 찾느라 머뭇거렸다. 너무 진부한 단어들밖에 떠오르지 않았다. 하지만 그러면 어떤가.

“그들은 정말 굉장합니다. 나는 펄펄 끓는 수증기를 향해 달려드는 사람을 내 눈으로 봤소. 수증기가 펄펄 끓는데, 뚜벅뚜벅 걸어가서 밸브를 돌려 수증기를 막고 파이프를 보수하더군요. 그는 큰 부상을 입었지만 내가 떠날 때까지는 죽지 않았소. 하지만 그를 여기 데려오는 것은 아무 의미가 없습니다. 다른 발전소 엔지니어는 박격포탄이 떨어지는 가운데, 수천 볼트의 전기가 흐르는 전신주에서 전선 작업을 하더군요. 조니는 죽었지만 그들은 아직 살아 있소. 그들을 지원해야 합니다. 지원이 필요하다고요. 나는 발전소로 돌아갈 겁니다.”

팀은 그렇게 말을 맺었다. 그는 아일린의 얼굴은 쳐다보지 못했다.

팀은 뒤편의 인기척을 느꼈다. 단상에 앨빈이 올라오고 있었다. 그는 단상의 왼편에 올라서서 양손을 맞잡고 사람들의 주목을 이끌었다. 그는 우렁찬 목소리로 웅변가의 연설을 시작했다.

“감사합니다, 팀. 당신의 말은 아주 설득력이 있습니다. 발전소로 돌아갈 생각이라고 했지요. 하지만 질문이 있습니다. 우리가 얻는 것이 뭡니까? 원자력발전소에 사람이 몇이나 있습니까? 우리에게 배가 있고 음식이 있으니 그들 모두를 여기로 데려오면 어떻습니까? 발전소 사람들을 여기로 대피시키는 것은 그리 어렵지 않을 겁니다. 그 일을 할 지원자들을 모집하는 것도 어려움이 없을 겁니다."

　하비 랜들은 병원에 있다가, 팀의 이야기를 듣기 위해 마을회관으로 들어갔다. 그는 집무실 뒷문 쪽으로 들어오다가 우연히 모린을 발견했다. 팀이 조니 베이커 장군에게 일어난 일을 이야기했다. 하비는 모린의 팔을 가볍게 잡았다. 모린은 비명을 지르거나 기절하지 않았다. 눈물을 흘리기는 한 것 같지만, 그것도 분명하지 않았다. 하비는 이 시점에는 끼어들고 싶지 않았다.

　모린은 이 상황을 릭보다 더 잘 받아들이고 있었다. 우주비행사 릭 델란티 중령은 금방 살인이라도 저지를 것 같았다. 조니의 다른 두 동행자는 이 방에 있지 않았다. 레오닐라는 총상을 입은 경찰을 수술하고 있었고, 그의 동지인 표트르가 그녀를 돕고 있었다. 사람들은 이제 표트르를 그냥 '동지'라고 불렀다. 그는 최후의 공산주의자였고 그 사실을 자랑스럽게 여겼다. 그래서 발음하기 어려운 이름 대신 쉽게 '동지'라고 부르는 것이다.

　상원의원의 얼굴은 잿빛이었다. 그는 주먹을 단단하게 쥐고 무릎 위에 놓고 있었다. 지금 그의 계획 중 하나가 사라졌을까?

　하비는 갑자기 이 상황이 다르게 해석됐다. 세 명의 왕자. 그 중 하나는 죽었고, 다른 하나는 마녀의 주문에 걸렸다.

　조지는 혼자가 아니었다. 이미 마리는 조지의 곁에 서 있었다. 그 방의 여자 가운데 유일하게 치마 정장에 하이힐과 스타킹을 갖추고 간단한 보석 장식도 했다. 그리고 그녀와 조지는 각각 서 있는 것이 아니라 짝을 이루고 나란히 있었다. 누군가가 마리에게 너무 가까이 다가서면 조지의 얼굴빛이 변했다.

세 명의 왕자가 있었다. 하나는 괴물에게 살해당했다. 다른 하나는 마녀의 주문에 걸렸다. 공주의 곁에는 세 번째 왕자가 서 있다. 그리고 적은 패했다. 투사가 필요 없는 상황은 아니지만 이제는 요새를 재건할 사람이 더 중요하다. 그것을 가장 잘할 수 있는 것이 하비다. 나는 이제 왕관을 물려받을 왕자다. 이런 저열한 자식!

하지만 팀은 지금 새로운 전투를 해야 한다고 말하고 있다.

석궁 작업을 한참 마치고 돌아온 하비는 머릿속으로만 무기력하게 고함을 질렀다. 닥쳐! 닥치라고! 앨빈이 올라서서 발전소 사람들을 요새로 대피시키자고 제안했을 때, 하비는 크게 환호를 보내고 싶었다. 일부 청중은 실제로 환호를 보냈다. 그러나 릭은 여전히 살인을 저지를 듯한 표정이었고, 그리고 팀은 목청을 높였다.

"아무도 달아나지 않을 겁니다. 사람과 총과 총탄을 배에 실어서 보내주십시오! 달아나는 것을 도울 생각을 하지 말고요. 누구도 떠나지 않을 겁니다."

"이성적으로 생각하십시오."

앨빈이 말했다. 앨빈의 목소리는 파급력이 있었다. 그의 목소리에는 온기, 친근감, 우호가 담겨 있었고, 회의실 구석구석까지 분명하게 전달됐다. 그것은 정치인의 기본적인 기술이었다. 그리고 앨빈은 잘 훈련받은 사람이었다. 팀은 그에게 압도당하고 있었다.

"우리는 그들 모두를 먹여 살릴 수 있습니다. 그리고 그 엔지니어들의 기술을 최대한 활용할 수 있습니다. 신혈맹 때문에 사람을 잃었지만 음식은 조금도 잃지 않았고, 게다가 그들의 물건을 노획하기까지 했으니 먹을 것은 충분합니다. 이 겨울 내내, 우리 모두가 배불리 먹을 수 있을 겁니다. 디크 윌슨 쪽의 여자와 아이와 생존자를 포함해서 말이오. 신혈맹은 타격을 입었습니다. 아주 심각한 타격을."

그는 사람들이 다시 환호하도록 잠시 말을 멈췄다가, 환호가 가라앉자 말을 이었다. 아주 완벽한 완급 조절이었다.

"그리고 다시는 우리를 공격하지 못할 겁니다. 얼마 남지 않은 식인종의 생존자들은 이번 겨울 동안 굶주려서……."

"서로 잡아먹겠죠!"

누군가가 소리를 질렀다.

앨빈이 말했다.

"바로 그렇습니다. 그리고 봄이 오면 우리는 그들의 토지도 얻을 수 있습니다. 팀, 그때가 되면 우리는 찾아오는 사람을 돌려보낼 필요가 없을 뿐 아니라, 심지어 새롭게 획득하고 개척한 토지를 경작할 사람을 찾아나서야 할 겁니다. 발전소의 친구들에게 달아나라고 말하는 것이 아닙니다. 그들 모두를 우리의 손님으로서, 친구로서, 그리고 새로운 시민으로서 환영하겠다는 의미지요. 모두 동의하십니까?"

사람들이 환성을 질렀다.

"물론이오!"

"그들을 환영합니다!"

팀은 손바닥을 바깥으로 펼치고 간청하듯 팔을 벌렸다. 상처 입은 엉덩이가 쓰셨다. 그의 눈에는 눈물이 맺혔다.

"이해하지 못하는 겁니까? 그곳은 원자력발전소란 말입니다! 우리는 발전소를 버려둘 수 없소. 지원을 받지 않는다면 신혈맹이 발전소를 파괴할 겁니다!"

"틀렸어, 제기랄."

하비는 중얼거렸다. 모린이 뻣뻣해지는 것 같았다. 하비가 말했다.

"더 이상 전쟁은 없소. 겪을 만큼 겪었으니까. 앨빈의 말이 옳은 거요."

하비는 동의를 구하며 모린을 바라봤지만 모린은 멍한 표정이었다.

조지 크리스토퍼는 웃고 있었다. 그의 웃음은 앨빈의 음성만큼 또렷했다.

"그들은 이제 너무 허약해서 누구도 공격하지 못할 거요. 처음에는 우리가 그들을 박살냈고, 이어서 당신들이 박살을 냈소. 이제 로스앤젤레스까지 죽어라고 뛰어서 도망가겠지. 그따위 자식들을 누가 걱정하겠소? 우리는 그놈들을 팔십 킬로미터나 추격했다니까!"

회의실에서 웃음과 함성이 커졌다. 그때 모린이 하비의 곁을 떠나서 그녀의 아버지를 지나쳐서 걸어 나갔다. 그녀의 목소리는 앨빈만큼의 호소력은 없었으나, 군중을 진정시키는 힘을 가지고 있었다. 군중은 모린의 말을 경청했다.

"그들은 여전히 무기를 가지고 있지요. 그리고 팀, 당신은 그들의 리더가 아직 살아 있다고 했죠?"

팀이 말했다.

"네, 맞소. 그 미치광이 목사가 있소."

모린이 말했다.

"그렇다면 그들 중 일부는 다시 발전소를 파괴하려고 덤비겠군요. 살아 있는 한 계속 시도하겠죠."

그녀는 돌아서서 말했다.

"앨빈, 당신도 알겠죠? 휴고 벡의 이야기를 들었으니까 잘 알고 있을 거예요."

앨빈이 말했다.

"그렇습니다. 그리고 우리는 원자력발전소를 방어할 수 없어요. 그러니 다시 한 번, 나는 그곳의 모든 사람들이 이곳에서 살도록 초대합니다. 우리와 함께 살도록 말입니다."

조지 크리스토퍼가 말했다.

"그래, 맞소. 신혈맹 따위는 우리에게 위협이 못 돼. 그들은 이제 돌아오지 않을 거요."

"그리고 그들은……."

앨빈이 연설을 이어가려는데 젤리슨 상원의원이 손을 흔들었다. 앨빈은 말을 멈추고 물었다.

"네, 상원의원님. 앞으로 올라오시겠습니까?"

"아닐세."

젤리슨이 일어서며 말했다.

"자, 짧게 말합니다."

그의 목소리는 취한 듯이, 아니면 탈진한 듯이 잠겨 있었다. 하지만 모든 사람들은 상원의원이 술을 마시지 않았다는 것을 알고 있었다.

"우리 모두 동의하고 있소. 그렇지 않습니까? 혈맹은 더 이상 우리를 위협할 힘이 없지만 그들의 지도자는 건재하며 그들은 원자력발전소를 파괴할 힘을 가지고 있습니다. 그들이 강하지는 않지만 발전소는 그만큼 약합니다."

팀이 그 순간 위로 뛰어올라왔다. 그것은 상원의원의 말을 가로막는 행동이었지만 팀은 신경 쓰지 않았다. 팀은 몇 마디의 말에 모든 것이 걸려 있다는 것을 알고 있었다. 한 단어 한 단어를 조심스럽게 골라야 했지만, 그러기에는 너무도 지쳐 있었고 상황은 너무 긴박했다.

"그렇습니다! 원자력발전소는 약합니다. 마치 저 고래처럼요."

그는 유리 장식 상자를 가리켰다.

"이 지구상에 남아 있는 마지막 스튜벤 크리스털 조각처럼 말입니다. 만약 발전소가 어느 날 멈춰버리면……."

"아름답고 연약하죠."

앨빈의 목소리가 팀의 말을 막았다.

"상원의원님. 계속 말씀하시지요."

상원의원의 커다란 머리가 가볍게 흔들렸다.

"그게 전부라네. 신중하게 생각하게. 지금 이 자리의 대화는, 여태 우리의 판단 가운데 가장 중요한 결정일 수도 있다네. 그…… 날 이후로 말일세."

그는 무겁게 자리에 앉았다.

"자, 계속 이야기하시오."

상원의원이 말했다.

앨빈은 상원의원을 조심스럽게 바라보다가, 주변에 있던 여자 하나에게 손짓을 했다. 그는 여자에게 낮은 목소리로 말했고 여자가 자리를 떴다. 너무 작게 말해서 하비는 그 대화를 알아듣지 못했다.

앨빈이 다시 단상을 짚으며 말했다.

"발전소는 아름답고도 연약합니다. 하지만 농경 사회에서 큰 쓸모는 없습…… ."

팀의 분노가 폭발했다.

"쓸모가 없다고요? 전기가 말이오? 깨끗한 옷! 밝은 전등…… ."

앨빈이 말했다.

"그 모든 것은 사치품입니다. 그것이 우리의 생명만큼 가치가 있습니까? 우리는 농경사회를 살고 있습니다. 아주 민감하게 균형을 잡아야 합니다. 불과 몇 주 전까지 우리는 이 겨울에 살아남을 수 있을지도 의심스러웠습니다. 지금에야 확실해졌지요. 며칠 전까지 우리는 식인종들에게 맞서 싸울 수 있을지 의심했습니다. 우리는 마침내 해냈소. 이제 우리는 안전합니다. 그리고 새롭게 해야 할 일이 있죠. 쓸모없는 전쟁에 더 많은 사람을 동원할 여유가 없습니다."

앨빈은 조지 크리스토퍼를 바라봤다.

"동의합니까, 조지? 우리 중 누구도 싸움을 피하려는 사람은 없소. 하지만 우리가 나서서 싸움터로 달려가야 합니까?"

조지가 말했다.

"나는 아니오. 우리는 이미 우리의 전쟁을 이겼소."

사람들이 웅성거리며 동의했다. 하비는 그들에게 끼기 위해 앞으로 나섰다. 더 이상 전쟁은 없다. 더 이상 석궁을 들고 씨름하는 오후는 없다.

하비는 그때 모린이 곁에 온 것을 깨달았다. 그녀는 애원하는 눈으로 하비를 바라봤다.

"발전소를 저대로 두지 말아 주세요. 그들을 이해시켜주세요!"

그녀는 이번에는 상원의원에게 몸을 숙이며 말했다.

"아버지, 저들에게 말해주세요. 우리가…… 우리가 싸워야 한다고. 발전소를 지켜야 한다고."

젤리슨이 말했다.

"왜 그렇지? 우리는 충분히 싸웠지 않나? 그리고, 나는 명령을 내릴 수는 없다. 누구도 가지 않을 거야."

"사람들은 갈 거예요. 아버지가 이야기하신다면, 그렇게 할 거예요."

상원의원은 대답을 하지 않았다. 그녀는 돌아서서 하비에게 말했다.

하비는 이해하지 못하는 표정으로 모린을 바라봤다. 하비가 말했다.

"앨빈의 말을 들어보시오."

앨빈이 말했다.

"지원군은 결코 충분하지 않을 거요, 팀. 서장과 상원의원님과 읍장님과 나, 그렇게 모여서 오늘 오후에 발전소에 대해 고민했습니다. 잊었던 것이 아닙니다! 검토해봤지만, 그곳을 수비하기 위한 비용은 너무도 비쌉니다. 당신이 직접 말했듯이 발전소는 너무 연약합니다. 발전소를 전투병으로 꽉 채울 만큼 수비대를 보내도 충분하지 않을 겁니다. 신혈맹의 병사들이 딱 한 방의 박격포탄만 제대로 날리더라도 끝장입니다. 자, 만약 아까 이야기했던 발전소의 기술자가 스팀 밸브를 잠그지 못했다면 발전소가 끝장나지 않았겠소?"

팀이 으르렁거렸다.

"그렇소. 그 한 방에 발전소는 완전히 끝장날 뻔했습니다. 그래서 스무 살 먹은 젊은이가 몸을 반쯤 익혀가면서 발전소를 지킨 거요. 그래서 조니 베이커 장군이 자신의 몸을 불사르는 결정을 내린 거요."

앨빈이 애원조로 말했다.

"팀, 당신은 내 말을 이해하지 못한 겁니다. 지원군을 보내도 아무 소용이 없을 겁니다. 보세요. 내가 지원자를 보내겠습니다. 가고 싶다는 사람은 누구든지요. 그리고 충분한 음식과 탄약도 함께."

팀의 얼굴이 순간 밝아졌으나, 그것은 아주 잠시였다.

"하지만 아무 소용이 없을 겁니다. 당신도 알지 않소? 그 발전소를 지키려면 우리는 모든 사람을 모든 전력을 보내야 합니다. 발전소를 지키는 것이 아니라 신혈맹을 공격하는 싸움이 될 겁니다. 그들을 추격해야 하고, 그들을 쓸어버려야 하고, 모든 무기를 빼앗아야 합니다. 그리고 샌호아킨 바다 주변에 순찰을 편성해서, 적이 발전소의 일 킬로미터 이내로 접근도 하지 못하게 해야 합니다. 그건 우리의 모든 전력이 필요한 일입니다, 팀. 끔찍할 정도로 비싼 비용이오."

"하지만……."

앨빈이 말했다.

"생각해보시오. 순찰이나 공격을 위해서는 많은 수의 직업군인이 필요합니다. 단 한 명의 미치광이가 단 한 군데의 부품에 단 한 번의 치명적인 공격으로 발전소를 파괴할 수 있는 상황에서 그러지 못하게 하려면 이 모든 비용이 필요합니다. 그것이 바로 이 일입니다. 그렇지 않습니까?"

팀이 말했다.

"지금은 그렇소. 몇 주만 평화를 유지한다면 2호기의 가동이 시작될 겁니다. 그러면 둘 중 하나가 작동하는 동안 다른 쪽을 수리할 수 있습니다."

회의실에 모인 생존자의 대부분은 이제 정신이 맑았다. 마지막 한 방울의 술까지 다 마신 지 한참 지났기 때문이다. 그들은 서로 이야기를 나누고 논쟁을 했다. 하비가 보기에 청중은 두 개의 의견으로 나뉘는 것 같았지만, 권력을 가진 사람들이 팀과 맞서고 있었다. 그것은 다행이다. 더 이상 전쟁은 없다.

그러나, 하비는 모린을 바라봤다. 그녀는 이제 드러내놓고 눈물을 흘렸다. 조니 때문인가? 조니는 최후의 선택을 했고 모린은 그의 죽음이 헛되지 않기를 바라는 것일까? 모린과 눈이 마주쳤다. 그녀가 말했다.

"그들에게 이야기해주세요. 그들을 이해시켜주세요."

하비가 말했다.

"나 스스로도 이해가 되지 않소."

모린이 말했다.

"우리의 여유는 얼마나 있나요. 문명은 보유한 여유만큼의 윤리를 가지죠. 우리의 여유는 충분하지 않고, 적을 돌볼 수 있는 여유를 가지지 못해요. 그건 당신도 알죠."

하비는 어깨를 으쓱했다. 그도 그것에 대해서는 잘 알았다.

레오닐라가 집무실로 들어와서 상원의원에게 말했다.

"제가 필요하다고 하시던데요."

젤리슨이 물었다.

"누가 그런 말을 했소?"

"앨빈에게 들었어요."

"나는 괜찮소. 병원으로 돌아가세요."

"다른 의사들이 근무 중이라서, 저는 시간이 좀 있어요."

그녀는 상원의원의 뒤에서 그를 주의 깊게 살펴봤다. 그녀는 전문의다운 표정이었고, 걱정이 가득해 보였다.

앨빈이 말했다.

"우리는 비용을 치러야 합니다. 당신은 우리에게 모든 것을 감수할 수 있는지 묻고 있습니다. 우리는 간신히 생존을 확보했어요. 그래서 최후의 전쟁을 치르고 지금 살아 있지요. 팀, 전등이나 온수는 목숨을 던질 만큼 가치가 있지는 않습니다."

팀은 탈진한데다 고통으로 논지를 잃고 있었다.

"우리는 달아나지 않을 겁니다. 싸울 거요. 우리 모두는."

하지만 팀의 목소리에는 기운이 없었다. 그는 이미 패한 것 같았다.

모린이 하비의 팔을 움켜쥐었다.

"뭔가를 해주세요. 그들에게 이야기를 해줘요."

"당신이 이야기를 하시오."

"나는 할 수가 없어요. 하지만 당신은 영웅이에요. 당신의 특공대가 적을 지연시킨 덕택에……."

하비가 말했다.

"당신은 충분히 높은 위치에 있소."

"우리 함께 말해요. 나와 함께 와요. 우리 함께 말해요. 함께."

이건 대체 무슨 제안인가. 발전소를 위해서인가? 아니면 조니에 대한 추억 때문에? 마리와 조지 크리스토퍼의 다정한 모습에 질투를 느끼는 걸까?

모린의 동기를 알 수는 없지만, 그녀는 방금 하비에게 실버밸리의 리더가 되라는 제안을 한 것이다. 그녀의 표정은 확고했다.

하비에게 이런 기회는 다시는 오지 않을 것이다.

앨빈이 말했다.

"우리는 적의 영토를 공격해야 합니다. 디크의 사람들은 그것을 지키지 못했었지만……."

팀이 부르짖었다.

"우리는 할 수 있소! 우리는 신혈맹을 몰아낸 사람들입니다! 우리는 할 수 있소!"

앨빈은 무겁게 고개를 끄떡였다.

"네, 우리는 할 수 있다고 생각합니다. 하지만 먼저 인정할 것이 있습니다. 포레스터 박사의 마법의 무기, 테르밋 폭탄이나 독가스는 공격 용도로는 별 소용이 없습니다. 그러면 더 많은 사람을 잃게 되겠죠. 아주 많이 말이오. 전깃불에 과연 생명만큼의 가치가 있습니까?"

그러자 레오닐라가 말했다.

"생명의 가치가 있죠. 어젯밤에 제대로 된 수술용 조명만 있었다면 최소한 열 명은 더 살릴 수 있었을 거예요."

그녀의 목소리는 그리 널리 퍼지지 못했다.

모린이 단상으로 올라갔다. 하비는 조금 망설이다가 그녀와 함께 올라갔다. 무슨 말을 해야 할까? 사람들은 대의명분이 있을 때 무기를 든다.

'공화국을 위하여!', '국왕과 조국을 위하여!', '의무, 명예, 조국!', '알라모를 기억하라!', '자유, 평등, 인류애!'…….

그러나, '삶의 질 향상!'이라든지, '순간온수기와 전기면도기를 위하여!' 같은 구호를 외치면서 앞장설 수는 없다.

그리고 나 자신은 어떤가? 내가 저곳에 올라간다면 나는 내 몸을 던져야 한다. 만약 신혈맹이 새로운 뗏목에 박격포를 들고 도착한다면 나는 앞장서서 배에 타서 앞장서서 전투를 치러야 하고, 앞장서서 쬣겨나가야 한다. 나 자신이 그렇게 하겠다고 목소리를 높여서 이야기할 수 있을까?

하비는 지난 전투를 기억했다. 끝없는 소음, 외로움, 두려움. 달아날 때의 부끄러움과, 달아나지 않을 때의 두려움. 달아나는 것은 순간의 결심일 뿐이지만, 달아나지 않기 위해서는 끊임없이 시달려야 한다. 군대가 이성적이라면 달아나는 것이 정상이다. 하비는 팔을 잡아 모린을 멈춰 세웠다.

모린이 돌아섰다. 그녀의 얼굴은…… 걱정으로 가득해 있었다. 그녀는 동정을 원하고 있다. 모린이 하비에게만 들릴 만큼 작은 소리로 말했다.

"우리 모두는 맡겨진 일을 해야 해요. 그리고 이번 일은 옳아요. 그렇지 않아요?"

짧은 중단이 너무 길어졌다. 앨빈은 하고 싶은 말을 마쳤고 충분한 지지를 얻었다. 군중은 돌아서서 자기들끼리 이야기를 했다. 하비는 그들의 대화를 엿들었다.

"나도 잘 모르겠어. 확실한 건 더 이상 싸우기 싫다는 것 정도랄까."

"조니 베이커가 발전소를 위해 자신을 희생했어. 발전소가 그만큼 중요하다는 의미 아닐까?"

"너무 피곤해. 집으로 가자, 수잔."

앨빈이 연단을 내려오려고 할 때 릭이 앞을 막아섰다.

"상원의원께서는 이것이 아주 중요한 의사결정이라고 했습니다. 그러니 나도 이야기를 조금 해봅시다."

다행히도 릭은 더 이상 살인을 저지를 것 같은 상태는 아니었다. 하지만 그는 아주 굳은 결심을 한 상태로 보였다.

"앨빈, 당신은 우리가 이번 겨울을 견딜 수 있을 것이라고 했소. 그에 대해 이야기합시다."

앨빈이 대답했다.

"원하신다면. 하지만 그 이야기는 이미 마친 것 같은데……."

릭이 연기하듯 과장스럽게 미소를 지었다.

"오, 앨빈, 사람들이 모두 모였고, 술도 깼소. 내일은 다시 돌을 깨러 가야 하니까 지금 바로 이야기합시다. 우리 모두는 겨울이 지나도 살아 있겠죠?"

"그렇습니다."

"하지만 커피는 없이 살아야 할 거요. 전부 다 마셨으니까."

앨빈이 얼굴을 찌푸렸다.

"그렇소."

"우리 옷은 어떻게 합니까? 이제 빙하가 올 텐데, 옷이 닳아 없어지고 있소. 물에 잠긴 백화점에서 뭔가를 건질 수 있겠소?"

"비닐 재질은 좀 건져낼 수 있겠죠. 급하지는 않습니다. 이제 신혈맹이 그 물건을 선점할 걱정을 할 필요가 없으니까요."

이상하게도 이번에는 누구도 호응하지 않았다.

"한편 우리는 입을 옷 대부분은 직접 만들어야 할 겁니다. 사냥을 해서 가죽을 구하던가요."

"교통은 어떻소? 승용차나 트럭은 이제 임신하지 못하는 야수처럼 사라질 것입니다. 그렇죠? 혹시 우리가 말도 잡아먹어야 할까요?"

앨빈이 손으로 머리칼을 쓸었다.

"아니오. 한동안은 그럴 필요가 없습니다. 트럭이 몇 년 정도는 멀쩡할 겁니다. 그리고 말은 빨리 번식하지 않으니까."

"다른 건 뭐가 부족할까요? 페니실린?"

"그렇소."

"아스피린은? 술은? 그리고 모든 종류의 마취제도 사라질 것이고."

"술을 빚을 수 있을 겁니다."

"그렇죠. 우리는 살아남을 거요. 이 겨울이 지나고, 다음 겨울이 지나고, 그 다음 겨울이 또 지나도록 말이오."

릭은 잠시 말을 멎었다. 하지만 앨빈이 대꾸하기 전에 큰 소리로 외쳤다.

"농부로 말이오! 오늘처럼 축제를 벌일 것이고, 가장 쥐를 많이 잡은 아이에게 상을 줄 겁니다. 우리 삶의 남은 기간 내내 똑같을 겁니다. 이제 우리의 아이들은 쥐를 잡고 돼지를 모는 사람으로 자라게 될 겁니다. 물론 그 일은 귀한 일이고, 반드시 해야 하는 일입니다. 누구도 얕볼 수 없는 일입니다. 하지만…… 그보다 나은 희망을 가질 수는 없습니까?"

릭이 말을 이었다.

"그리고 우리는 노예를 가질 수밖에 없을 겁니다. 원해서가 아니라 필요하기 때문에 말입니다. 옛날의 우리는 번개를 제어할 수 있었는데 말이오!"

마지막 한 마디가 하비에게 물리적 충격으로 다가왔다. 그 한 마디는 다른 사람들에게도 충격을 준 것 같았다. 많은 사람들에게 말이다. 사람들은 돌아서지 못하고 그대로 서 있었다.

"물론 우리는 여기 실버밸리에서 잘 살아나갈 수 있습니다. 우리는 안전하게 삶을 지키고, 아이들은 자라나서 돼지를 키우고, 돼지 똥을 치울 수 있겠죠. 이곳은 자랑스러운 장소입니다. 바깥의 지독한 환경보다 훨씬 나은 곳이니까요. 하지만 충분합니까? 안전하기만 하면 만족합니까? 바깥세상의 모든 사람을 추위 속에 버려두고 말입니다. 당신들 모두는 이곳을 찾아온 사람을 돌려보내는 것이 얼마나 미안하고 곤혹스러운지 이야기했소. 자, 이제 우리에게 기회가 있습니다. 바깥세상 모두를, 샌호아킨 전체를, 지금 이곳만큼 안전하게 만들 기회 말입니다. 아니면 다른 선택도 있습니다. 여기에 가만히 머무르면 아주 안전하겠죠. 마치 땅두더쥐처럼 말이오. 이번에 쉬운 방법을 선택한다면 다음에도 같은 선택을 할 겁니다. 그 다음번도, 다다음도 똑같겠죠. 그래서 오십 년 후의 자식들은 번개가 치면 침대 아래에 숨을 겁니다! 위대한 번개의 신으로부터 모습을 숨겨야 하죠. 모든 농부들은 번개의 신을 믿었거든요. 그리고 혜성 말입니다. 우리는 혜성이 뭔지 알고 있었습니다. 만약 십 년만 더 여유가 있었다면 우리는 그 망할 혜성이 충돌하기 전에 궤도 바깥으로 밀어낼 수도 있었을 겁니다. 나는 우주를 다녀왔습니다. 나는 다시 가지 못하겠지만 우리 아이들은 갈 수 있을 겁니다. 그럴 수도 있다고요! 발전소만 있다면, 이십 년 후에 다시 우주로 나갈 수 있소. 기술은 모두 있습니다. 필요한 것은 전기뿐이오. 그리고 그 전기는 여기에서 불과 팔십 킬로미터 이내에 있습니다. 우리는 용기만 있으면 됩니다. 생각해보시오. 선택을 해야 합니다. 이대로 좋은 농부, 안전한 농부, 미신을 믿는 농부가 되겠습니까, 아니면 다시 한 번 세상을 지배하고, 다시 한 번 번개를 제어하겠습니까."

릭은 말을 멎었다. 하지만 다른 사람이 말을 할 수 있을 만큼 오래 멈추지는 않았다. 그는 말했다.

"나는 갈 거요. 레오닐라, 당신은?"

"물론이죠."

그녀는 연단 위로 올라왔다.

그러자 표트르 동지도 회의실 뒤편에서 큰 소리로 말했다.

"나도 가겠소. 번개를 위해서."

"지금이오."

하비는 모린의 등을 톡 치면서, 이 열기가 죽기 전에 빠르게 연단 위로 올라갔다. 결정은 단순했다. 그리고 그는 이제 뭐라고 소리쳐야 할지를 알았다.

"하비 특공대에 함께 하실 분?"

"물론입니다."

누군가가 외쳤다. 모린이 하비의 곁에 섰고, 다른 농부가 앞으로 나섰고, 팀 햄너와 세이츠가 나섰다. 마리 밴스와 조지 크리스토퍼는 논쟁을 벌였다. 훌륭하다! 만약 조지 특공대가 없다면 마리는 하비 특공대에 소속될 것이다. 그리고 조지는 결국 그들에게 힘을 합칠 것이다.

앨빈은 혼돈 속에 잠겨 있었다. 그는 연설을 하고 싶었지만 모린의 눈빛에 담긴 호소에 묶여 버렸다. 앨빈은 사람들을 저지할 수 있다. 모든 것이 결정되고 사람들이 약속한 이후라면 몰라도, 지금 당장 이 상황을 중단시키는 것은 어렵지 않을 것이다. 그리고 지금 저지하지 않는다면 아무도 멈출 수 없을 만큼 급격하게 상황이 전개될 것이다. 앨빈은 상황을 저지할 힘을 가졌다.

앨빈은 모린의 뒤편에 있는 상원의원을 바라봤다. 그 노인은 의자에서 반쯤 일어났다가 숨을 몰아쉬면서 주저앉았다. 레오닐라가 상원의원을 향해 달려갔다. 상원의원은 손짓을 해서 그녀를 저지하고 숨을 몰아쉬면서 말했다.

"앨빈."

레오닐라는 사무실에 둔 의료가방을 열어 주사기를 꺼내고, 상원의원의 미약한 저항을 무시하고 재킷을 열어젖혔다. 그리고 상원의원의 가슴을 탈지면으로 문지른 다음, 심장 근처에 직접 주사바늘을 꽂았다.

앨빈은 미친 듯이 군중을 헤치고 달려가서 숨을 헐떡이는 상원의원 옆에 무릎을 꿇었다. 젤리슨은 의자에서 몸부림을 치며 괴로워했다. 그는 자신의 가슴을 쥐어뜯으려고 했고, 하트먼과 다른 사람들이 그를 말렸다. 상원의원의 눈의 초점이 앨빈에게 모였다.

"앨빈."

"네, 상원의원님."

앨빈의 목소리가 잠겼다. 앨빈은 몸을 굽혔다.

"앨빈, 우리 아이들에게 번개를 돌려주게."

상원의원의 목소리는 또렷했고, 실내 전체에 분명하게 전달되었다. 젤리슨의 눈빛이 번쩍이더니 곧 그는 의자 위에서 늘어졌다. 젤리슨이 다시 한 번 말했다.

"아이들에게 다시 한 번 번개를 주게."

그의 목소리는 속삭이듯이 작아지다가 완전히 들리지 않게 되었다.

에필로그

인간의 모든 달걀을 보관하기에 지구라는 바구니는 너무도 작고 연약하다.

— 로버트 A. 하인라인

팀 햄너는 야트막한 산의 꼭대기에 올라섰다. 그가 가볍게 발걸음을 옮기자 가슴 주머니에서 종이가 버스럭거렸다.

뒤편의 긴 비탈은 사람들의 움직임으로 부산했다. 짐승을 부리는 사람들은 단단한 토양 위로 써레를 끌었고 인근에는 메탄올 동력으로 움직이는 트랙터가 땅을 깊숙이 뒤엎고 있었다. 써레가 지나간 자리에는 하얀 조각이 흩어져서 반짝였다. 겨자가스와 신혈맹의 희생자 덕택에 북돋워진 대지는 이제 풍요로운 결실을 맺을 것이다.

세 대의 전동 카트가 도로를 따라 움직이고 있었다. 그리고 팀의 곁에도 한 대가 대기하고 있었다. 이제 팀도 아래로 내려가서 일을 해야 한다. 하지만 그는 좀 더 서서, 밝은 태양과 봄의 깨끗한 푸른 하늘을 즐겼다. 오늘은 아주 화창한 날씨다.

그의 앞에는 샌호아킨 바다가 펼쳐져 있었다. 물에 잠겨 있던 대지의 상당 부분은 이제 광활한 늪지대로 바뀌고 있었다. 바로 앞에는 최근까지 바다에 잠겨 있던 섬이 있었다. 포로들의 개척지였다. 영원한 방랑을 원하지 않았던 신혈맹의 사람들이 그곳에서 농작물을 키웠다. 그곳은 동시에 표트르의 영지이기도 했다. 모든 사람은 표트르를 '동지'라고 불렀다. 표트르 동지는 아직 공산주의를 포기하지 않았다. 하지만 맑스의 이론에서는 역사가 단계적으로 변화한다고 했다. 노예제 사회는 중세 봉건 사회로, 봉건 사회는 자본주의 사회로. 이곳은 아직 노예제 사회를 다 거치지 못했다. 지구는 공산주의 사회를 준비하기까지 훨씬 더 많은 세월이 필요할 것이다. 어쨌거나 동지는 포로들을 재교육할 의지로 충만했다.

팀은 어깨를 으쓱했다. 표트르 동지와 후커 하사가 포로들을 모아 조직을 만들었고, 스스로 작물을 재배했다. 그들 중 누군가가 탈출해도 아무도 신경 쓰지 않았다.

팀의 왼편, 저 멀리 남쪽에서는 원자력발전소의 증기가 솟아오르고 있었다. 그리고 좀 더 가까운 곳에서 일꾼들이 전봇대 작업을 하고 있었다. 이제 두 주 안에 요새에도 전기가 들어올 것이다. 그 새로운 삶은 상상할 수도 없다.

겨울은 견디기 힘들었다. 정말 힘들었다. 아일린이 낳은 아기는 하마터면 죽을 뻔했고, 아직도 병원에 있다. 유아 사망률은 오십 퍼센트를 넘었지만 이제 조금씩 낮아질 것이다. 그리고 포레스터 박사는 터헝가의 책을 다시 찾기만 하면 페니실린을 제조할 수 있을 것이라는 메모를 남겼다.

포레스터 박사의 메모. 포레스터 박사가 죽기 전까지 구술한 수많은 내용을 정리하는 것은 팀의 역할이었다. 만약 발전소를 구하기 위해 전력을 다하지 않았다면 인슐린을 만들 수 있었을 것이다. 그리고 포레스터 박사도 그 사실을 알았을 것이다. 그 겨울은 다른 많은 사람과 함께 마법사의 목숨도 앗아갔다.

친구의 생존을 확인하는 것은 정말 즐거운 일이다. 팀은 자신의 주머니를 만지작거렸다. 과거의 기억이 아무 경고 없이 그의 뒤통수를 쳤다. 예전에도 이렇게 주머니의 전보를 만지작거렸지. 혜성의 절반! 키트 피크의 국립 천문대가 팀 햄너의 관측을 승인해줬지. 그는 고개를 거칠게 흔들고, 혼자 키득거렸다. 우편배달부 해리가 어제 비에 젖어 구겨진 종잇조각 하나를 전해줬다. 그 종이는 25만 달러 지불 각서였다.

그때의 그 자동차 딜러, 스팀스가 아직도 살아 있었다! 이제 지불 각서의 대가로 무엇을 지불할 것인가? 발전소에 일자리를 구해주면 되겠지? 스팀스는 자동차를 만지던 사람이니 기계를 만질 수 있을 것이다. 그리고 발전소 직원들은 팀에게 신세를 졌으니 그 정도는 도와줄 것이다. 만약 일자리를 주기 원활하지 않다면…… 새끼 밴 암소라도 한 마리 보내줄까? 그거라면 충분히 25만 달러 정도가 될 것이다. 팀은 하늘을 바라보며 느긋한 기분을 만끽했다.

그가 하늘을 바라보는 가운데, 얇고 깨끗한 선이 하늘에 그려지고 있었다. 한동안 그는 그 선이 무엇인지를 이해하지 못했다. 뭔가를 외쳐야 해! 그런데 저걸 뭐라고 부르더라?

"비행 구름이다! 제트기다!"

그들은 콜로라도스프링스의 소식을 조금 들었다. 그들에게 비행기 몇 대가 남아 있다고 했다. 하비와 모린은 책이 보관되어 있는 터헝가의 정화조에 다녀오는 즉시 콜로라도스프링스와 협약을 체결하겠다고 했다. 하지만 무전기를 통해 듣는 것과 하늘을 가로지르는 선을 육안으로 보는 것은 전혀 다른 체험이었다. 팀은 그 선이 얼마나 아름다운지를 잊고 있었다.

팀은 비행기를 향해 엄숙하게 손을 흔들었다.

"당신들은 날 수 있어."

그의 목소리가 높아졌다.

"당신들은 날 수 있지. 하지만 우리는 번개를 제어할 수 있어."

**

소행성은 폭풍의 자식이었다. 긴축의 지름이 오 킬로미터인 암반 지층 약간과 니켈-주철의 거친 덩어리였다. 목성이 소행성을 궤도로부터 끌어당겨 행성 간의 우주로 내던지는 모습은 어떤 인간도 보지 못했다.

소행성이 그 길고 좁은 궤도를 두 바퀴째 돌 때 벌어진 일이었다. 그것이 궤도의 가장 불룩한 원일점을 지나, 다시 태양을 향해 돌아가기 시작하고 있었고, 철로 된 표면은 얼음으로 덮여 있었다.

그곳에 블랙 자이언트가 있었다. 블랙 자이언트의 얼어붙은 외부는 별빛을 받아 아름답게 반짝였고, 적외선이 표면에 반사되어 반짝였다. 그것은 별들 사이에서 유일하게 부피를 가진 물체였고, 소행성은 블랙 자이언트를 향해 적외선을 마주보고 점점 더 속도를 더했다.

얼어붙은 철은 적외선에 흠뻑 적셔지면서 조금씩 해동되었다. 블랙 자이언트의 고리는 점점 더 커져갔다.

소행성은 초속 이십 킬로미터의 속도로 블랙 자이언트의 고리 단면을 통과해서 날아갔다. 벌겋게 달아오른 분화구 때문에 심하게 난타당한 소행성은 이제 반대편으로 밀려났고, 그 과정에서 자체의 미약한 중력장이 고리의 얼음 조각을 끌어당겼다. 얼음 조각은 마치 수행원처럼, 혹은 은하계의 나선 팔처럼 소행성을 둘러쌌다.

소행성과 십여 개의 혜성은 토성의 인력에서 풀려났고, 다시 한 번 회오리 속으로 길고 긴 자유낙하를 시작했다.

『루시퍼의 해머』 끝

역자 후기

래리 니븐과 제리 퍼넬이 공저한 『루시퍼의 해머』는 1978년도 휴고상 후보에 노미네이트되었으며 〈뉴욕타임스〉 베스트셀러에 올랐던 소설이다. 혜성 충돌을 모티브로 하는 종말 소설 중 고전 반열에 올라, 아직도 독자들의 사랑을 받고 있다. 출간한 지 35년이 지났지만 아직도 아마존닷컴에는 한 달에 열 편 이상의 새로운 서평이 등록될 정도이다.

현실의 생활보다 천문학에 관심이 더 많은 소심한 백만장자 팀 햄너가 혜성을 발견하고 자랑스러워하는 것으로 이야기는 시작된다. 그가 발견한 혜성인 햄너−브라운은 점점 지구를 향해 접근해온다.

혜성이 전례 없이 지구에 근접할 것으로 예측됨에 따라서 사람들은 사상 최대의 우주쇼가 벌어질 것이라며 즐거워하고, 또

유인 위성을 발사해서 혜성 구성물질을 분석하면 우주과학의 한 획을 그을 수 있다고 확신한다.

하지만 연구기관이 말하는 충돌 확률이 수억 분의 일에서 수백만 분의 일, 수백 분의 일로 점점 줄어듦에 따라 사람들은 차츰 충돌을 우려하기 시작한다. 혜성 충돌, 지구 멸망의 위협 속에 슈퍼마켓의 생필품이 동나고 사람들은 너도 나도 안전한 지역으로 달아나려고 한다.

그리고 마침내 혜성이 충돌한다. 고작해야 얼음과 눈으로 뭉친 지름 몇 킬로미터의 혜성이고, 그나마 몇 조각으로 쪼개져 하나의 대형충돌이 아니라 지구 여러 곳에서의 산발적 충돌에 불과했다.

그러나 이 충돌은 어마어마하게 거대한 지진과 해일, 엄청난 기상이변을 일으키고 만다. 천재지변이 끝난 뒤에는 인간의 재난이 시작된다. 중국과 소련 사이의 핵전쟁, 제3세계의 정변 등등…….

생존자들은 슈퍼마켓의 통조림 같은 문명의 잔해로 연명하지만 홍수로 문명의 대부분이 수장되었기에 자원은 풍족하지 않다. 간신히 물속에서 건져낸 빵 한 조각을 서로 빼앗겠다며 서로 죽고 죽이는 약탈이 일어난다.

당신이라면 어떻게 생존하겠는가?

종종 종말 이후의 세상은 힘세고 강인한 남자들의 약육강식으로 묘사되지만, 역사 이래 물리적인 힘이 세다는 이유로 타인을 지배하는 사회는 드물었다. 조금 더 현실적으로 생각해보면 그런 힘은 한계가 명확하다. 사람들은 필요에 의해 사회를 형성하기 나름이고, 그 사회를 지도하는 사람에게는 힘이 아닌 다른 무언가가 있다.

이 소설은 종말 이후 인간들이 어떻게 사회를 구성하는지를 현실적으로 묘사하고 있다. 정치, 종교, 군사, 언론, 과학 등 각 영역의 등장인물들이 어떤 역할을 하는지, 특히 상원의원 출신의 거물 정치인이 새로운 사회를 건설하는 모습에 초점을 맞추면 더 재밌는 독서가 될 것이다.

저자는 정치 지도자란 결국 사람들의 이해관계를 조율하는 직업이므로, 종말 이후의 작은 사회에서도 사람들 간의 의견 대립과 갈등 조정이 사회 유지의 핵심 요소라고 말하고 있다. 우리나라에서 이런 재앙이 발생한다면 정치지도자 가운데 누가 이런 역할을 할 수 있을까를 생각해보는 것도 재미있을…… 아니, 그건 생각하지 말기로 하자.

1970년대의 출간작이므로 최신 소설의 감각이나 호흡과는 조금 다른데, 그건 그것대로 이 책의 재미다. 환경운동, 인종차별, 여성해방 등 여러 모로 지금의 미국과는 다른 사회적 분위기를 느껴보는 것도 또 다른 재미가 될 것이다.

등장인물이 다소 많고 앞부분의 전개가 느린 편이긴 하지만, 조금만 참으면 책에서 한시도 눈을 뗄 수 없는 이야기가 롤러코스터를 타듯 급속도로 진행될 것이다.

번개를 제어하는 시대에 살고 있는 우리에게 이 책은 과학과
우주 그리고 재미라는 세 가지를 선사해줄 것이다.
그럼 즐거운 독서가 되셨기를!

김찬별